VALENTINA CEBENI wurde 1985 in Rom geboren. Bereits seit ihrer Kindheit liebt sie es, Geschichten zu erzählen. *Der Orangengarten* ist der vierte Roman der Bestsellerautorin und spielt auf einer traumhaft idyllischen Insel an der Nordküste Siziliens. Gefühlvoll und warmherzig erzählt die Autorin vom Glück, der großen Liebe und dem Schicksal, das alles verändern kann.

Außerdem von Valentina Cebeni lieferbar:
Die Zitronenschwestern. Roman
Die Blütenmädchen. Roman
Die Wildrosentöchter. Roman

Besuchen Sie uns auf www.penguin-verlag.de
und Facebook.

VALENTINA CEBENI

Der Orangen-garten

ROMAN

Aus dem Italienischen
von Ingrid Ickler

PENGUIN VERLAG

Die italienische Originalausgabe erscheint 2020 bei Garzanti, Mailand.

PENGUIN VERLAG

2. Auflage 2020

Neumarkter Straße 28, 81673 München
Umschlag: Favoritbüro
Umschlagmotiv: MeSamong/Shutterstock,
Aleksandr Simonov/Shutterstock, Woodhouse/Shutterstock
Redaktion: Brigitte Lindecke
Satz: Greiner & Reichel, Köln
Druck und Bindung: GGP Media GmbH, Pößneck
Printed in Germany
ISBN 978-3-328-10561-9
www.penguin-verlag.de

Dieses Buch ist auch als E-Book erhältlich.

1

Der heiße Schirokko umwehte die weitläufige Terrasse des Gutshauses über dem Meer, das mit seinem rustikalen Charme und gediegener Eleganz den Besucher vom ersten Augenblick an in seinen Bann zog. Das Haus schmiegte sich an einen Felsen, in dessen breitester Nische eine von flackernden Kerzen in mystisches Licht gehüllte Madonnenstatue stand. Von hier aus bot sich ein unvergleichlicher Blick auf die kurvenreiche Küstenstraße, die sich durch die wilde Macchia-Landschaft schlängelte. Hier und da blitzten pittoreske Dörfchen aus dem Grün, und der Duft der Oliven- und Orangenhaine betörte die Sinne. Ein Bild voller herber Schönheit, Anmut und Harmonie.

In dieser eindrucksvollen Atmosphäre hätte Calliope Costa den Abend zu Ehren des siebzigsten Geburtstags ihrer Mutter Azalea gerne gebührend gefeiert. Doch es würde ein Abend wie viele andere auch werden, die gleichen Gesichter, die gleichen Gespräche, die gleichen Rituale. Die sanfte Abendbrise würde über das blasse Lächeln auf ihren Lippen streicheln, das Lächeln für einen Mann, der auch diesmal nicht hier sein würde.

Ettore würde nicht an ihrer Seite sein, das hatte er ihr bereits ein paar Stunden zuvor per SMS mitgeteilt: »Die Sitzung wird länger dauern, die Amerikaner machen Druck wegen des Preises. Gratuliere deiner Mutter in meinem Namen, wir sehen uns zu Hause. Ich liebe dich.«

Das ist nichts Neues, hatte sie gedacht, als der Name ihres Mannes im Display des Handys erloschen war. Sie war erschöpft, auch wegen der endlosen Diskussionen mit ihrer Schwiegermutter. Contessa Lucia Benvenuti ließ keine Gelegenheit ungenutzt, um ihr vorzuwerfen, dass sie ihr immer noch kein Enkelkind geschenkt hatte, und selbst an diesem Abend gab sie keine Ruhe.

Calliopes Einwand, dass sie keinen Ersatz für einen immer abwesenden Ehemann großziehen wolle, ließ Lucia nicht gelten. Calliope wollte ihre Zeit mit dem Mann verbringen, den sie einmal geheiratet hatte, und mit niemand anderem.

Sie schob den Vorhang aus Sangallo-Spitze zur Seite und sah zu, wie die Dämmerung langsam hereinbrach. Der Himmel färbte sich dunkel und nahm die Farbe ihrer von langen Wimpern umrahmten Augen an. Ein klarer Abend Ende Mai, die nachmittäglichen Wolken hatten sich verzogen. Die im Zwielicht liegende Landschaft schien vor sich hin zu dösen, die Silhouetten der prächtigen Orangenbäume und der knotigen Olivenbäume hoben sich wie Scherenschnitte von der rötlichen Erde ab. Calliope suchte zwischen den ersten Sternen am silbrigen Himmel nach einer Richtung, nach einem Kompass, der ihr in all dem Chaos den Weg wies. Doch sie spürte nur die kalte Hand des unerbittlichen Schicksals. Aus der Mauernische neben dem Fenster strahlte ihr Ettores Gesicht von ihrem Hochzeitsfoto entgegen, das vor der Sakristei der Kathedrale von Salina aufgenommen worden war. Wie sehr sie dieses Lächeln vermisste! Sie liebte ihn noch genau wie damals, vielleicht noch mehr, aber sie spürte, wie der Ring an ihrem Finger immer weiter wurde.

»Die Nudelfabrik reibt ihn auf, aber wenn er sich erst einmal eingefunden hat, wird alles wie früher«, hatte ihr Vater, der Calliopes Lächeln von Tag zu Tag schwinden sah, sie immer wieder zu trösten versucht. Eugenio hatte sich um ihre Ehe gesorgt. Dabei war er an der Situation nicht ganz unschuldig gewesen. Er hatte gerade mal gewartet, bis die Tinte der Unterschrift unter der Heiratsurkunde getrocknet war, um noch beim Hochzeitsessen die Gäste um Aufmerksamkeit zu bitten und zu verkünden, dass er die Leitung des traditionsreichen Familienunternehmens, der im Jahr 1880 gegründeten Nudelfabrik Costa, in die Hände von Ettore Benvenuti legen würde. Des »Tierarztes«, wie die Leute ihn hier nannten, nachdem er sich geweigert hatte, in die Fußstapfen seines Vaters, einem weltbekannten Herzchirurgen, zu treten, und nach Bologna gegangen war, um dort Veterinärmedizin zu studieren. Danach hatte er ein Reittherapiezentrum für behinderte Kinder eröffnen wollen. Sein Lebenstraum.

Damals hatte Eugenio ihr beruhigend die Hand auf die Schulter gelegt, doch sein Versprechen war genauso verblüht wie ihr Brautstrauß, den ihre Mutter immer noch aufbewahrte, obwohl seit dem Jawort inzwischen mehr als sechs Jahre vergangen waren.

Erinnerungen, die Calliope um jeden Preis bewahren wollte. Sie hatte es sich versprochen.

»Seit diesem Tag ist zu viel Zeit vergangen, Papa, viel zu viel. Und auch du bist von uns gegangen, und es hat sich nichts geändert«, flüsterte sie zu sich selbst und ließ das Handy in ihre Tasche gleiten. Wie aus dem Nichts überfiel sie panische Angst, von den rauen, weiß gekalkten Wänden erdrückt zu werden und zu ersticken. Sie griff sich an den Hals. Da war es wieder, dieses beklemmende Gefühl, wie damals, als sie zu spüren begann, dass Ettore ihr immer mehr entglitt. In ihrer Ehe, in ihrem Leben war die Wärme erloschen, geblieben war die Kälte, die sie auch jetzt spüren konnte, trotz des warmen Windes, der zwischen den Bougainvilleen hindurchwehte, die die Fassade des Gutshauses emporrankten.

»Willst du dein Kleid jetzt endlich mal anziehen, oder willst du es noch länger auf dem Bügel bewundern?«, drängte ihre Schwester Diana, die gerade ins Zimmer kam. Sie deutete mit einer resoluten Geste auf den Schrank, die Absätze ihrer Louboutin-Pumps entschlossen in den Fußboden gestemmt. Sie betrachtete die jeden Tag schmaler werdenden Schultern ihrer großen Schwester und verlagerte das Gewicht auf den anderen Fuß, die Arme über der fast mädchenhaften Brust verschränkt. Wenn Calliope nicht mit Sicherheit gewusst hätte, dass sie Diana vor sich hatte, der sie noch vor Kurzem Märchen erzählt und jeden Abend die Haare gekämmt hatte, hätte sie glauben können, dass diese gazellenhafte Schönheit direkt vom Cover der neuesten Ausgabe der *Vogue* entsprungen wäre. Und Diana wusste um ihre Ausstrahlung.

Sie strich sich eine lästige schwarze Locke aus der Stirn, während sich ihre Lippen zu einem wissenden Lächeln verzogen. »Ich wette, Ettore kommt auch heute Abend nicht.« Calliope atmete tief durch. Auch wenn ihre Schwester inzwischen erwachsen war, hatte sie die Bedeutung des Wortes »Taktgefühl« noch immer nicht begriffen. Womöglich würde sie es nie lernen. Sie nickte, ihre Augen hatte sie hinter ihrem Pony versteckt, das Kleid schaukelte weiter auf dem Bügel hin und her. Ettore hatte es ihr gekauft, als er von der Sitzung mit den Amerikanern erfahren hatte, die zufällig genau am Geburtstag ihrer Mutter stattfinden sollte, das x-te Entschuldigungsgeschenk für seine dauernde Abwesenheit. Und jedes Mal tat es weh. Sie fuhr über die Seide, samtweich und geschmeidig, wie ein langsamer Walzer in seinen Armen. Ein Traum, den seine kaum 150 Zeichen lange SMS nicht zunichtemachen konnte.

»Es ist wirklich schön, aber …«

»Nichts aber, zieh es an und Schluss. Wir feiern unsere Mutter mit oder ohne Ettore.« Dianas Stimme duldete keinen Widerspruch.

»Schon gut, zu Befehl.« Calliope hob beschwichtigend die Hände.

»Geht doch.«

Calliope ging an ihrer Schwester vorbei, die sich mittlerweile in die Lektüre einer Modezeitschrift vertieft hatte, und stellte sich auf die Zehenspitzen vor den Massivholzschrank aus dem neunzehnten Jahrhundert, in dem der Familienschmuck aufbewahrt wurde: das Collier, mit dem ihre Großmutter vor den Altar getreten war, die Perlenkette, die als verflucht galt, weil sie Tante Addolorata gehört hatte, die von einem Blitz erschlagen worden war, der Goldschmuck, den Azalea anlässlich der Geburt ihrer beiden Töchter bekommen hatte, und schließlich die Smaragdgarnitur, ein Geschenk ihres Mannes Eugenio nach der Geburt Augustos, des erstgeborenen Sohnes.

Eine Kollektion von unschätzbarem Wert, materiell, aber auch emotional, Erbstücke und persönliche Geschenke zu besonderen Anlässen. Der Schatz der Costa-Frauen, der sich hier vor Calliopes schokoladenbraunen Augen präsentierte.

»Wunderschön, nicht wahr?«, sagte Azalea leise, die wie aus dem Nichts aufgetaucht war. Sie räusperte sich und trat an den Schrank, die Hände über dem türkisfarbenen Satinkleid verschränkt, das perfekt mit dem Blaugrün ihrer Augen harmonierte, die früher den Männern in Salina den Kopf verdreht hatten. Sie strich zärtlich über jede einzelne auf ihrem Samtbett ruhende Kostbarkeit, das Herz voller Erinnerungen. »Ich weiß nicht, was ich heute Abend tragen soll, ich brauche eure Hilfe.« Sie legte den Finger auf die schmalen Lippen.

»Ich helfe dir gerne. Du solltest etwas ganz Besonderes wählen, immerhin ist das heute dein Abend«, meinte Diana, die aus dem Sessel aufsprang, wobei ihre Zeitschrift achtlos zu Boden fiel. Sie ließ den Blick über die Kleinode schweifen, deutete auf eine Spange in Weißgold mit einem Rubin in der Mitte, ein Erbstück ihrer Urgroßmutter, änderte dann jedoch ihre Meinung. »Wir brauchen etwas, das deinen Teint und deine Augen betont.« Aber sosehr sie sich auch bemühte, sie fand nicht das Richtige. »Die Perlen sind etwas für ganz junge oder ganz alte Frauen, du bist keins von beiden.« Sie schob eine in die Stirn gefallene schwarze Haarlocke zur Seite.

Azalea betrachtete ihre Jüngste im Spiegel. »Ich danke dir für deinen Rat, Liebes, aber Calliope soll für mich aussuchen. Was Mode und Stil angeht, hattest du schon immer deinen eigenen Kopf, daran hat auch dein Romaufenthalt nichts geändert.« Bei diesen Worten warf sie einen kritischen Blick auf den langen Schlitz in Dianas Kleid, der ihre nicht enden wollenden Beine betonte. Diese senkte den Blick und versuchte ihre Blöße zu verbergen.

Calliope wandte sich unmerklich ab und hoffte, dieser Moment würde schnell vorbeigehen. Wie sie solche Szenen hasste.

»Aber natürlich, wie du willst«, sagte Diana leise und ging raschen Schrittes zur Tür, die schmalen Absätze ihrer stylischen Pumps klapperten auf dem rauen Steinboden.

»Diana, warte«, rief Calliope ihr nach, aber ohne Erfolg.

Azalea tat unbeteiligt und atmete tief durch. »Ich weiß nicht, was ich mit deiner Schwester machen soll. Sie ist immer so unbeherrscht, wenn sie so weitermacht, wird sie noch große Schwierigkeiten bekommen.«

»Das mag sein, aber du solltest es ihr nicht dauernd vorwerfen. Du weißt doch, wie sehr sich Diana um deine Anerkennung bemüht.«

Azalea deutete ein Lächeln an. »Lieb, dass du das sagst, aber du weißt genauso gut wie ich, dass ich bei deiner Schwester immer nur zweite Wahl war. Sie war immer Eugenios Liebling, und er war ihr Ein und Alles, sie hat ihn vergöttert.«

»Schon möglich, aber die Dinge haben sich geändert. Seitdem Papa …«

»Schhh«, unterbrach sie Azalea und legte den Zeigefinger auf die Lippen, »bitte sprich nicht weiter. Sag es nicht.« Sie drehte sich um und starrte auf das Bett in der Zimmermitte, ein handgeschmiedetes Himmelbett, das Eugenio zu ihrer Hochzeit hatte anfertigen lassen. Zwischen diesen Laken hatte sie geliebt, geweint, gefühlt, gelebt. In diesen vier Wänden hatte sie ihre drei Kinder geboren und mit ihrem Mann Tränen gelacht. Und dann, eines Nachts, war Eugenio nach vielen erfüllten gemeinsamen Jahren von ihr gegangen, und sie hatte hier einsam und allein die Liebe ihres Lebens beweint. Sie setzte sich auf die Seite des Bettes, auf der er geschlafen hatte, strich über die Häkeldecke, ein Geschenk ihrer Schwiegermutter, und klopfte auf den Platz neben sich. »Komm her, mein Schatz, und leiste mir Gesellschaft«, flüsterte sie, den Blick versonnen auf die antike Truhe am Fußende des Bettes gerichtet.

Der Korb mit Orangen stand immer noch da, eine Tradition, die auch nach Eugenios letztem Atemzug fortgesetzt wurde. Nach dem Aufstehen hatte ihr Mann immer als Erstes eine Orange gegessen, und sie hatte den Korb immer wieder aufgefüllt, vierzig Jahre lang, Tag für Tag. Auch heute Morgen, obwohl er seit nunmehr einem Jahr nicht mehr da war. Azalea hatte ihren Mann geliebt, wie man nur einmal im Leben lieben kann, mit ihrer ganzen Seele und aus tiefstem Herzen.

Calliope ergriff die Hände ihrer Mutter und drückte sie fest. Die Liebe zwischen ihren Eltern war einzigartig gewesen, wie für die Ewigkeit geschaffen, und sie hatte immer nach einer solchen Liebe gesucht und sie schließlich bei Ettore gefunden. Doch ihr Vater hatte alles zunichtegemacht, als er ihm die Leitung der Firma übertragen hatte.

Calliopes Beziehung zu ihrem Vater war immer von Konflikten geprägt gewesen, aber sie hatte gelernt zu akzeptieren, dass sie oft unterschiedlicher Ansicht waren, allein schon ihrer Mutter zuliebe, die jetzt müde lächelte. Sie betrachtete die feinen Äderchen, die ihre nach Rosenwasser duftenden Wangen durchzogen. Einen Moment lang versank sie im Türkisblau ihrer Augen, im goldenen Glänzen ihrer Haare, die ihr madonnenhaftes Gesicht umrahmten. Azalea war eine zeitlose Schönheit, ihr Gesicht erinnerte an die Schwarz-Weiß-Fotos aus längst vergangenen Zeiten, die lächelnde Frauen im Festtagsstaat zeigten.

»Nimm die Smaragde, Mama. Papa hat immer gesagt, sie sind wie für dich gemacht«, schlug Calliope vor und strich ihr mit der rechten Hand sanft über die Wange, versuchte dabei, das Funkeln ihres Eherings zu ignorieren. Und doch durchzuckte sie der Gedanke an Ettore wic cin Blitz.

Wo bleibst du nur?, fragte sie sich sehnsüchtig, während die Nacht jetzt endgültig hereinbrach.

2

Wo bleibst du nur?, fragte sich Calliope, als die ersten Takte des Streichquartetts erklangen, das sie für den Abend engagiert hatte. Die weißen Leinenvorhänge des Salons bauschten sich sanft im Wind, der den betörenden Duft des weißen Jasmins hereintrug.

Auf den Tischen standen halb volle Weingläser neben mit Lippenstift verschmierten Servietten, auf der Terrasse tanzten die ersten Paare. Das Champagnerglas in der Hand, betrachtete Calliope sie und versuchte dabei die Blicke des Ehemanns ihrer Schwägerin Rosa zu ignorieren, der Diana anzüglich anstarrte.

Unglaublich, dachte sie kopfschüttelnd.

Calliope und Diana waren beide groß gewachsen und hatten die gleichen dunklen Locken, dennoch waren sie grundverschieden. Während ihre Schwester die mädchenhafte Figur eines Models hatte, hatte sie wohlgerundete Hüften und einen üppigen Busen, den sie lange vergeblich zu verbergen versucht hatte. Wenn sie an Dianas lange, nicht enden wollende Beine dachte, die jetzt aus dem großzügigen Schlitz ihres Kleides herausblitzten … Sie wurde jäh aus ihren Gedanken gerissen, als nun Rosas Kinder johlend durch den Raum tobten.

»Kleine Satansbraten«, hatte Azalea sie genannt, als sie einmal vor Jahren alle Rosen aus den Vasen gerissen hatten, die Eugenio für sie gekauft hatte, weil sie wegen einer Immuntherapie das Haus nicht verlassen konnte. Die Rosen waren damals beim Kampf gegen den Krebs ihre einzige Freude gewesen.

»Satansbraten«, murmelte jetzt auch Calliope, als sie tatenlos zusehen musste, wie die beiden Rabauken an einer Tischdecke zogen und Porzellan und Kristallgläser zu Bruch gingen.

Sie seufzte und strich unwillkürlich über ihren Ehering. Ettore war verrückt nach Kindern, aber sie hatte nie welche gewollt. Als ihr Vater Ettore und nicht ihr die Leitung der Nudelfabrik übertragen hatte, war sie wie vor den Kopf gestoßen gewesen. Aus Rache hatte sie sich geweigert, einen Erben zu produzieren, der die männliche Dominanz im Hause Costa sicherte. Ettore schien ohnehin mehr mit der Firma als mit ihr verheiratet zu sein. Wie oft schon hatte sie vergeblich auf ihn gewartet und sich in den Schlaf geweint?

»Bist du überhaupt bei uns, Schatz?« Eva, ihre beste Freundin aus Kindertagen und Frau des Besitzers der Supermarktkette La Luisa strich ihr über die Schulter. Sie hatten sich kurz vorher zufällig auf dem Parkplatz getroffen, und seitdem hatte Calliope sich einen langen Monolog über Evas Eheprobleme anhören müssen. Nach der Geburt ihres Sohnes Davide hatte sie sogar wieder angefangen zu rauchen. Als sie gerade richtig in Fahrt kam, hatte der Anruf des Babysitters ihr Frauengespräch jäh unterbrochen.

»Du wirkst so abwesend, geht es dir nicht gut?«

Calliope winkte resigniert ab. »Ach, ich weiß auch nicht. Das frage ich mich schon lange nicht mehr …«

Sie lächelte der Frau von Filippo Donati zu, dem Bürgermeister von Salina und lokalen Baulöwen. Als sie sich zu ihrem Tisch umdrehte, sah sie auf dem Display ihres Handys Ettores Namen aufleuchten.

»Bin gleich zurück.« Sie zwinkerte Eva zu und griff nach ihrem Telefon, das Champagnerglas noch immer in der Hand.

»Wie ist es mit den Amerikanern gelaufen?«

»Gut, sehr gut sogar, auch wenn sie kein Ende finden wollten.« Er räusperte sich. »Ich stehe jetzt in der Hotelhalle. Bist du noch auf dem Fest?« Was für eine Frage.

Sie schaute sich um. Auf der Terrasse wurde getanzt, hin und wieder waren leises Flüstern und das Rascheln der Blätter der Orangenbäume zu hören, Azalea unterhielt sich, und Diana flirtete auf Teufel komm raus.

Alles war wie immer.

Und wie fast immer seit nunmehr sechs Jahren war sie allein, wobei die Entschuldigungen wechselten, aber Ettore war nicht da.

»Wo soll ich sonst sein?«

»Calliope, du weißt doch, wie sich diese Konferenzen hinziehen können, man weiß vorher nie, wann so etwas zu Ende ist.«

»Ich weiß.« Mehr sagte sie nicht.

Dann schwiegen sie beide, bis eine Frauenstimme ertönte, die die Radionachrichten ankündigte. Calliope hätte ihn gerne noch gefragt, wo er gerade war, ob er noch zurückfahren würde, doch da wurde ihre Aufmerksamkeit für einen kurzen Moment von einem eleganten Paar abgelenkt, er im nachtblauen Smoking, sie in einem langen roten Kleid, das sich zu Tangoklängen auf der Tanzfläche drehte. Sie schienen miteinander eins zu sein, in der Art, wie sie sich ansahen und dann wieder wegschauten, ohne dabei aus dem Takt zu kommen. Es erinnerte sie an die erste Zeit mit Ettore, eine Zeit voller Verbundenheit und Harmonie. Aber das war lange her, die intensiven Gefühle waren der Routine gewichen. Wie sehr sehnte sie sich nach seiner Liebe! Die wenige Zeit, die sie miteinander verbrachten, waren nur ein Tropfen auf den heißen Stein, während ihr Durst fast unerträglich war und der nächste Regenguss in weiter Ferne lag.

Beide seufzten, beide hatten das Bedürfnis, etwas zu sagen, brachten es jedoch nicht über die Lippen: Ihre Ehe war in eine tiefe Krise geraten.

»Calliope?«

Würde er doch noch kommen? Voller Hoffnung antwortete sie: »Ja?«

»Hast du über das nachgedacht, worüber wir vor meiner Abfahrt gesprochen haben?«

Ihr Herzklopfen erstarb, ihre Mundwinkel sackten herab.

Natürlich hatte sie darüber nachgedacht, seit Monaten beherrschte dieses Thema ihre Gedanken. Ettore wollte plötzlich unbedingt ein Kind, einen Benvenuti, der Calliopes Augen hätte, ein Kind, mit dem er fischen und im Wald spazieren gehen und dem er das Reiten beibringen konnte. Vorher war das anders gewesen, die Kinder der Freunde, die in der Masseria zu Besuch gewesen waren, hatte er keines Blickes gewürdigt. Woher kam dieser plötzliche Sinneswandel? Calliope war sich sicher, dass seine Mutter dahintersteckte.

Sie starrte auf die Stuckdecke des Salons und räusperte sich. Sie hasste es, so sachlich über dieses Thema zu sprechen. Schließlich ging es hier nicht um irgendein Geschäft, hier ging es um etwas, das ihr ganzes Leben verändern würde. »Natürlich habe ich darüber nachgedacht, aber was sollen wir mit einem Kind? Du bist nie zu Hause, du lebst nur für die Firma, da würde ein Kind doch nur stören!« Sie schrie jetzt fast, was sie jedoch erst bemerkte, als einige Gäste sie neugierig musterten. »Ein Kind ist eine Lebensaufgabe, das kann man nicht einfach aus einer Laune heraus entscheiden. Es braucht Eltern, die für es da sind, es braucht Liebe, Fürsorge, Nähe. Bist du bereit, ein solches Opfer zu bringen?«

Ettore war enttäuscht. War es nicht das natürliche Bedürfnis jeder Frau, Mutter zu werden und dem geliebten Mann das Kind zu schenken, das er sich so sehr wünschte? Durch ein Kind würden Calliope und er sich wieder näherkommen, und ihre Liebe würde neu entflammen. Doch ihre Reaktion hatte ihn dieser Illusion beraubt.

Er räusperte sich, seine Stimme war rau und kaum zu verstehen. »Das ist nur eine Frage der Prioritäten. Ein Kind würde natürlich an erster Stelle kommen. Ich werde schon eine Möglichkeit finden, in der Firma kürzerzutreten und öfter an deiner Seite zu sein.«

Die Verbindung war jetzt so schlecht, dass Calliope die letzten Worte ihres Mannes nur erraten konnte. *Komisch*, dachte sie, *er hat doch gesagt, er würde in der Hotelhalle stehen, wo er die Amerikaner abgesetzt hat.*

Sie schaute auf ihr Handy, vielleicht hatte sie ja kein Netz, dann hielt sie es sich wieder ans Ohr und versuchte sich noch stärker zu konzentrieren. »Wo bist du eigentlich?«

»Das spielt keine Rolle, ich will eine Antwort.«

»Am Telefon? Was soll ich denn jetzt dazu sagen?«

Er lachte, das gleiche Lachen wie vor acht Jahren, als sie sofort gewusst hatte, dass sie mit diesem Mann ihr Leben verbringen wollte. »Zum Beispiel Ja. Das reicht schon.«

Sie war mit den Nerven am Ende, sie hatte einige Gläser Champagner und *Falanghina* intus und die ganze Zeit gute Miene zum Geschwätz der Giftspritzen aus Salinas feiner Gesellschaft machen müssen. Aber sie riss sich zusammen.

»Nein, Ettore, ein Kind ist kein Geschäft, das man am Telefon oder per Handschlag und bei einer gemeinsamen Zigarre besiegeln kann. Und ich bin auch keine Handelsware. Ich sage Nein. Hast du das verstanden?«

»Calliope, jetzt sei doch nicht so …«

»Wie bin ich denn?« Sie schaute wieder auf die Tänzer und entschuldigte sich bei Eva, die wieder näher gekommen war, dann ging sie auf die Terrasse hinaus. Vor ihr lag das Meer, und sie atmete den Geruch des Salzwassers, das ihr die dunklen Flecken von der Seele waschen konnte, tief ein. Sie starrte auf das endlos scheinende Blau und vertraute all ihre Gedanken den Wellen an.

Sie hatte den ganzen Abend gehofft, dass Ettore kommen würde, seit Monaten wartete sie auf ihn, doch immer kam in der Firma etwas Wichtiges dazwischen, eine

Verkaufsverhandlung, ein Vertrag oder ein plötzlich anberaumtes Geschäftsessen. Und sie wartete in der Masseria, Herrin in einem Schloss ohne König. Da halfen auch die Blumensträuße und die sündhaft teuren Geschenke nichts. Das Einzige, was sie wirklich wollte, schenkte er ihr nicht: Zeit. Zeit, die sie gemeinsam verbrachten.

Und dann wagte Ettore auch noch zu sagen, dass er einem Kind die höchste Priorität einräumen würde! Als ob ein Kind alles wäre und sie nichts!

»Entschuldige, ich weiß nicht, was Lucia dir für Flausen in den Kopf gesetzt hat ...«

»Lass meine Mutter aus dem Spiel, das ist allein unsere Sache.«

Sie lachte bitter und schaute sich um. »Sie hat mich heute Morgen angerufen und mich gebeten, meiner Mutter ihre Glückwünsche auszurichten. Ganz nebenbei hat sie mich daran erinnert, dass sie und Azalea nicht mehr die Jüngsten wären und es an der Zeit sei, ihnen ein Enkelkind zu schenken, das sie umsorgen können. Kannst du dir vorstellen, wie ich mich dabei gefühlt hab? So etwas Hinterhältiges!«

»Ich schwöre, damit habe ich nichts zu tun!«

»Mag ja sein, aber kannst du dir vorstellen, was das bei mir auslöst?«

»Calliope, vielleicht meinte meine Mutter gar nicht ...«

»Ich bin doch kein Brutkasten!«, unterbrach sie ihn. »Sie hat mit mir gesprochen, als wäre ich nur dazu da, einen Benvenuti zur Welt zu bringen. Woher kommt überhaupt dein plötzlicher Sinneswandel? Jahrelang hast du keinen Gedanken daran verschwendet, eine Familie zu gründen, und auf einmal willst du unbedingt ein Kind? Damit ich auf andere Gedanken komme und nicht dauernd herumnörgele, weil du nicht da bist? Ist es das? Oh nein, tut mir leid. Dass ich mich einsam fühle, ist doch wohl mein Problem.«

»Calliope …«

»Nein, Ettore, jetzt hörst du mir zu«, schnitt sie ihm erneut das Wort ab, »ich will kein Kind, ich will meinen Mann zurück. Ich will den Mann, der mir vor dem Altar Liebe und Treue geschworen hat, ich will den Mann, der mich jeden Tag aufs Neue überrascht, meinen Geliebten und besten Freund. Ich habe immer nur dich gewollt, Ettore, und du lässt mich einfach allein.«

»Aber ich bin doch immer für dich da, Calliope. Ich versuche, sooft es geht, in der Masseria zu schlafen, auch wenn es bequemer wäre, im Hotel zu übernachten. Ich nehme diesen Aufwand gerne in Kauf. Das mache ich für dich, für uns. Ich versuche alles, was in meiner Macht steht, das weißt du doch.«

»Nein, das weiß ich nicht. Manchmal kommt es mir vor, als wäre ich mit einem Gespenst verheiratet. Heute Abend haben mich wieder alle nach dir gefragt. Ich habe es satt, immer die gleichen Erklärungen abzugeben, ich habe es satt, mit meiner Mutter zu diesen Abendessen zu gehen, bei denen dein Schwager meiner Schwester auf die Beine starrt, ich habe es satt, allein zu sein. Ich will mit dir zusammen sein, immerhin bist du mein Mann.« Sie holte tief Luft und schluckte die Tränen hinunter, die in ihrer Kehle brannten. »Du hast mir versprochen, dass es nur vorübergehend wäre, als mein Vater dir die Leitung der Fabrik übertragen hat. Ihr habt es mir beide versprochen, aber er ist jetzt tot und du … du nimmst mich nicht ernst und hast mich angelogen. Schlicht und einfach angelogen. Aber ich bin niemand, der nur zu Hause rumsitzt und wartet. Und ich will auch nicht deiner Mutter den Wunsch erfüllen und das Haus mit lauter kleinen Stellvertretern von dir füllen. Ich will mit dem Mann zusammen sein, den ich liebe und den ich geheiratet habe, und nicht mit einem Haufen seiner Samenzellen in meinem Bauch.«

Sie wollte gerade weiterreden, als die am anderen Ende eingetretene Stille ihr zu denken gab. Wahrscheinlich war das wirklich nicht der richtige Zeitpunkt, über das Thema zu sprechen. Plötzlich hörte sie ein Quietschen und dann einen gellenden Schrei. Einen markerschütternden Schrei, der sich durch die Stille hindurch wie ein Messer in ihr Fleisch bohrte.

Ihre Hand umklammerte das Handy, Eva winkte, sie solle sich beeilen, die Kellner hatten bereits die Torte gebracht, und Diana stand neben Azalea vor einem Meer brennender Kerzen.

Dem Schrei folgte ein ohrenbetäubender Knall.

Mit weit aufgerissenem Mund drehte Calliope sich zu Eva um, als weitere Schreie aus dem Hörer drangen und dann die Verbindung abrupt abbrach.

»Ettore«, flüsterte sie, die Augen vor Entsetzen geweitet, »Ettore!« Sie flehte das schwarze Display an.

Dann fiel ihr das Handy aus der Hand.

3

Die Infusionsflüssigkeit tropfte aus dem Beutel, sie gab diesem grauen Sommer den Takt.

Wie Regentropfen, dachte Calliope, die auf einem wackligen Stuhl saß, die Ellbogen auf das Bett ihres Mannes gestützt. Die Flüssigkeit sickerte langsam in Ettores Vene.

Seit dem Tag, an dem Azalea ihre siebzig Kerzen ausgepustet hatte, lag er im Koma.

In den letzten Wochen war es Sommer geworden. Die Schüler ließen in den Schulhöfen Wasserbomben platzen, um den Beginn der großen Ferien zu feiern, an den Bushaltestellen hing der Ferienfahrplan, und in den Nachrichten wurde wie üblich geraten, an heißen Tagen viel zu trinken und ausreichend Obst und Gemüse zu essen. Die erste Reisewelle setzte ein, mit kilometerlangen Staus, überfüllten Stränden mit quengelnden Kindern und Urlaubern mit Strohhüten.

Ein Leben, von dem Calliope sich ausgeschlossen fühlte.

Seit der Nacht, in der Ettore die Kontrolle über den Wagen verloren hatte, pendelte sie zwischen Masseria und Krankenhaus hin und her, immer bepackt mit Kleidung, die sie mit nach Hause nahm und frisch gewaschen wieder ins Krankenhaus brachte. Sie hatte täglich Termine mit Neurochirurgen, um Neuigkeiten über den Zustand ihres Mannes zu erfahren. Nach Hause kam sie nur zum Duschen und um mit Familie und Freunden zu telefonieren. Ab und zu aß sie eine Kleinigkeit, aber meist blieb ihr Teller halb voll stehen.

Und jede Nacht saß ein zuverlässiger Gefährte an ihrem Bett: ihr schlechtes Gewissen.

»Ich bin schuld, dass du jetzt hier liegst«, flüsterte sie und betrachtete den tief ins Kissen gesunkenen Kopf ihres Mannes. Wieder und wieder dachte sie über ihr letztes Gespräch nach. Die Hautabschürfungen waren verheilt, die Hämatome zurückgegangen, das Gesicht wieder zu erkennen. Aber der Zustand seines Gehirns machte Calliope Sorgen. Die Ärzte hatten ihr klar gesagt: Solange er nicht aufwachte, konnten sie nicht beurteilen, ob der Unfall bleibende Schäden in seinem Gehirn verursacht hatte.

Ein Vibrieren kündigte eine SMS an. Calliope fuhr sich übers Gesicht und zog das Handy aus der Tasche. Auf dem Display leuchtete der Name Luigi Sartori auf, ihr Familienanwalt.

Das Treffen mit der Straßenverkehrsbehörde ist gut gelaufen. Ich habe die Akten eingesehen, wir haben alle Möglichkeiten, eine hohe Schadensersatzsumme zu fordern. Diese Schweine müssen die Hosen runterlassen, was sie Ettore angetan haben, wird nicht einfach unter den Teppich gekehrt werden.

Calliope las die Nachricht und legte das Telefon auf den Nachttisch, dann massierte sie sich die Schläfen.

»Kein Geld der Welt bringt ihn mir zurück«, murmelte sie und schaute auf das ausdruckslose Gesicht ihres Mannes, ihre Hände suchten seine starren Finger. Man hatte ihm den Ehering abnehmen müssen, jetzt trug sie beide. Sie betrachtete sie zärtlich und küsste sie, während ihre Gedanken wieder zu der Nacht zurückkehrten, die alles verändert hatte: *Ich habe einfach nicht verstanden, dass er auf dem Weg zu mir war. Er wollte mich überraschen, er hatte sogar Blumen gekauft. Und ich habe ihm die ganze Zeit Vorwürfe gemacht.*

Sie schlug die Hand vor den Mund, als ihr wieder der Blick des Polizisten und der wie durch ein Wunder unversehrt gebliebene Rosenstrauß auf dem Rücksitz in den Sinn kamen.

Als ob die Liebe sich am Ende doch hätte retten können. Oder, daran wollte sie lieber glauben, dass die Liebe ihren Mann vor dem Tod bewahrt hatte.

Das Telefon meldete sich erneut, diesmal musste sie nicht auf das Display schauen, um zu wissen, wer es war: ihre Schwiegermutter Lucia. Obwohl sie erst vor weniger als einer Stunde das Krankenhaus verlassen hatte, rief sie wie jeden Abend zur gleichen Zeit an, um sich nach dem Zustand ihres Sohnes zu erkundigen. Ohne den Blick von Ettore abzuwenden, beantwortete sie knapp ihre Fragen.

»Wir sehen uns morgen, gute Nacht.« Dann legte sie auf. Wie sie diese abendlichen Rituale satthatte, die sie seit Wochen über sich ergehen lassen musste.

Sie schraubte den Deckel der Thermoskanne auf, goss sich einen Kaffee ein und, die Augen auf den Monitor gerichtet, bereitete sie sich auf eine weitere Nacht in Stille vor. Alles schien normal.

»Sofern man den Zustand eines Mannes im Koma als normal bezeichnen kann«, murmelte sie und schlug die

Beine übereinander. »Es ist wirklich absurd. Wir verbringen den ganzen Tag miteinander, sind uns ganz nah und können trotzdem nicht miteinander reden. Absurd und zynisch«, wiederholte sie und trank einen Schluck heißen Kaffee.

»Hey.«

Calliope sprang auf und drehte sich um. Auf der Türschwelle stand Diana, eine Tüte vom Imbiss an der Ecke in der Hand. »Was machst du denn hier?«

»Ich bringe dir etwas zu essen.«

»Danke, aber das ist nicht nötig.«

»Natürlich ist das nötig. Ich kann doch nicht zulassen, dass du eine bessere Figur bekommst als ich. Du isst jetzt was«, befahl sie und stellte mehrere Behälter mit Nudeln, Grillgemüse, Salat und Auberginen mit Parmesan auf den Tisch.

Calliope musterte das Angebot und hätte fast aufgelacht. »Sehe ich so verhungert aus?«

»Ich habe alles genommen, was ich auch essen würde.«

»Mit Ausnahme der Pasta. Obwohl wir eine Nudelfabrik besitzen, streikst du da.«

Diana verschränkte die Arme vor der Brust und schnaubte verächtlich: »Du weißt doch, dass ich von Gluten einen Blähbauch bekomme.«

»Natürlich, ich kann mir gut vorstellen, welche Schäden zwei Spaghetti anrichten können, du Hungerhaken.«

»Du hörst dich schon an wie unsere Mutter. Und das ist kein Kompliment«, unterbracht Diana sie und setzte sich auf die Bettkante. »Wie geht es ihm?«

Calliope nahm einen Bissen und trank einen Schluck

Wasser. »Siehst du doch, unverändert. Es macht mich wahnsinnig, untätig hier rumzusitzen und zu warten.«

»Du brauchst mal eine Pause, ein paar Tage nur für dich. Dieser Stress tut dir nicht gut, das spürt er sicher auch.«

Calliope schaute aus dem Fenster, die Sterne leuchteten am tiefschwarzen Himmel, eine fast magische Szenerie von erhabener Schönheit. Aber irgendwie auch makaber, immerhin kämpfte sie hier jeden Tag gegen den Tod. »Ettore ist mein Mann, er braucht mich. Das ist wichtiger als ein paar Sorgenfalten mehr auf der Stirn.«

»Von Falten rede ich auch nicht, Calliope. Du reibst dich auf und setzt deine Gesundheit aufs Spiel. Mutter sagt das auch.«

»Sie hat doch eh nur die Firma im Kopf«, fauchte Calliope und spießte ein paar Nudeln auf die Gabel. Aber sie wollte jetzt nicht über die Firma sprechen, die damalige Entscheidung ihres Vaters war schmerzhaft genug gewesen. Sie wollte jetzt nicht diese Büchse der Pandora öffnen, nur weil die Dinge wegen des Unfalls nicht mehr nach Plan liefen.

»Mutter misstraut Onkel Domenico eben, das ist alles.«

Diana sah zu, wie ihre Schwester das Essen in sich hineinstopfte, wie immer, wenn sie schlecht gelaunt war. »Kannst du ihr das verdenken? Wir wissen doch alle, was für ein Typ er ist. Ein Emporkömmling und ein Schmarotzer der übelsten Sorte. Das war er immer schon.«

»Ja, und?« Calliope knüllte die Serviette zusammen und warf sie in den Mülleimer. »Was erwartet ihr von mir? Dass ich für die Familie die Kastanien aus dem Feuer hole? Dass ich die Leitung der Firma übernehme? Jetzt auf einmal, wo Vater nicht mehr da ist und Ettore im Koma liegt?« Natürlich wusste sie, dass Domenico die Firma mit seinem Machthunger ruinieren würde, aber sie hatte lange gebraucht, um die Ablehnung ihres Vaters zu verarbeiten, und jetzt war es für sie ein für alle Mal vorbei. Sie würde sich das nicht noch einmal antun. »Ich bin doch nicht eure Marionette.« Die ganze Wut und Frustration, die sich in ihr aufgestaut hatten, brachen jetzt aus ihr heraus. Ihre Hände waren zu Fäusten geballt, sie ertrug es nicht, dass Diana entrüstet ihre langen Wimpern niederschlug, als wäre sie an allem schuld, wie das Ungeheuer im Märchen. »Wir haben doch einen Mann in der Familie, soll er das doch machen. Holen wir eben Augusto aus New York zurück, den von allen verehrten Erstgeborenen, der uns im Stich gelassen hat und sein Geld lieber in den Staaten verdient. Soll er doch die Fabrik übernehmen.«

»Calliope, du irrst …«

»Ich irre mich ganz und gar nicht. Als Vater überlegt hat, wem er die Leitung der Firma überträgt, hat er sich gegen mich entschieden. Dabei habe ich alles getan, um ihm zu zeigen, dass ich die Richtige wäre. Aber er hat mir meinen Mann vorgezogen, der eigentlich ganz andere Pläne hatte und lieber Tierarzt geworden wäre. Ettore musste schwören, dass die Firma auch in Zukunft in der Familie bleibt. Deshalb drängt Ettore so auf ein Kind. Dafür bin ich offensichtlich gut genug. Das sieht meine Schwiegermutter auch so. Nein, auf mich könnt ihr nicht zählen. Lasst mich da raus, ich muss an meinen Mann denken.« Ihre linke Hand tastete nach den beiden Ringen an der rechten Hand. »Ich bin seine Frau, es ist meine heilige Pflicht und Schuldigkeit, an seiner Seite zu sein.«

Diana senkte den Blick und fixierte ihre Prada-Sandalen. Calliope hatte recht, sie sollten Augusto bitten, nach Hause zu kommen. Aber sie hatte nicht den Mut zuzugeben, dass sie kaum noch Kontakt zu ihm hatte und nicht, wie sie immer behauptete, jeden Tag mit ihm telefonierte. Und wenn sie es mal taten, sprachen sie nur über das Nötigste.

Sie verzog den Mund und stand langsam auf. »Ich weiß, was du gerade durchmachst. Es ist sicher nicht leicht, den Mann, den man liebt, in diesem Zustand zu sehen.« Calliope nickte und kratzte sich an der Stirn. Diana hatte mal wieder laut ausgesprochen, was sie selbst nur gedacht hatte. »Ich gehe jetzt besser.« Sie griff nach ihrer Tasche, an der Tür drehte sie sich noch einmal um. Das Gesicht ihrer Schwester war bleich und verhärmt. Seit Ettores Unfall war sie ein Schatten ihrer selbst, sie war nicht mehr die Rebellin, mit der ihr Vater nie zurechtgekommen war. Diana trommelte mit den Fingerspitzen auf den weißen Türrahmen, ein Fuß im Zimmer, den anderen draußen im Flur. »Du magst ja mit allem recht haben, aber eins solltest du dir aus dem Kopf schlagen: Es ist nicht deine Schuld. Du bist nicht gefahren, und du hast auch nicht die Leitplanke entfernt, weil sie verrostet war. Es war ein tragischer Unfall, und ich bin sicher, dass auch Ettore das so sehen wird, wenn er wieder aufwacht.«

Calliope verschränkte die Arme vor der Brust und fixierte die grazile Gestalt ihrer Schwester im Gegenlicht. Das perfekte Lächeln, die perfekte Frisur, das perfekte Make-up. Diana hätte einem Blinden den Mond verkaufen können, aber sie konnte sie nicht überzeugen.

Sie strich sich eine Locke aus dem Gesicht und schaute auf den Türspalt zwischen Ettores Zimmer und dem Flur, wo eine Nachtschwester vorbeihuschte. Aus dem Nebenzimmer war ein Beatmungsgerät zu hören. »Gute Nacht, Diana, und danke für das Essen.«

4

Der Sommer kam mit Macht, die Sonne brannte unbarmherzig vom Himmel, der Wind wehte Hitze heran.

Die Luft über den Straßen flirrte, die Fassaden der Barockpaläste Salinas hoben sich grellweiß darüber ab. Auf dem Marktplatz priesen die Händler ihre Waren an, die strahlend gelben Pfirsiche leuchteten in ihren Weidenkörbchen mit der Sonne um die Wette.

Auf ihrem Weg zu Ettore kaufte Calliope ein Körbchen, biss in einen Pfirsich und genoss den süßen Saft der prallen Frucht. Der Duft der frisch gewaschenen Kleidung ihres Mannes, die sie in einer Tasche über der Schulter trug, mischte sich mit den würzigen Aromen des in heißem Öl angebratenen Knoblauchs und der sonnengereiften Tomaten, die aus den geöffneten Küchenfenstern drangen. Frauen pfiffen und sangen Lieder, es war ein wildes Durcheinander alter Schlager, aktueller Hits und Volkslieder. Calliope glaubte *Volare* herauszuhören. Als sie um die Ecke bog, tauchte die Neorenaissance-Fassade des Ospedale Beata Vergine Addolorata auf, und der Zauber verflog.

Sie hasste diesen Ort aus tiefstem Herzen. Sie hasste die beiden symmetrisch angeordneten Palmen neben dem Eingang des Krankenhauses, deren Wedel im Wind hin und her schwangen, sie hasste den Geruch nach Desinfektionsmitteln in den Gängen, und noch mehr hasste sie die

Blicke der Angehörigen der anderen Patienten, wenn sie im Aufzug den Knopf für die Intensivstation drückte. Jedes Mal musste sie ihre Tränen herunterschlucken. So viele Tränen waren längst getrocknet und hatten salzige Spuren auf den Wangen und auf der Kleidung hinterlassen.

Sie grüßte die Schwester am Eingang und ging mit den anderen Besuchern die marmorne Treppe zu den Aufzügen hoch, die Stufen waren abgetreten vom jahrhundertelangen Auf und Ab verzweifelter Angehöriger. Die Intensivstation lag genau gegenüber der Gynäkologie, und heute blieb sie etwas länger vor der Glasscheibe stehen als sonst, sie brauchte Leben und Lachen, um diesen Tag zu überstehen. Und Hoffnung. Eine Hoffnung, die in ihr wuchs, genau wie ein Kind.

Die Atmosphäre zu Hause in der Masseria war unerträglich geworden. Azalea beschwerte sich ununterbrochen über ihren unfähigen Schwager und ließ keine Gelegenheit aus, Calliope die alarmierenden Auftragszahlen und die Klagen des Personals zu unterbreiten. Diana hingegen saß stundenlang ungerührt im Sessel und blätterte durch ihre Modezeitschriften. Sie wirkte allerdings erschöpfter als sonst und verbarg ihre Augen hinter einer riesigen Sonnenbrille.

Es ist absurd, wie sehr ich den einzigen Ort hasse, an dem ich zur Ruhe kommen kann, dachte Calliope und wickelte den Pfirsichkern in ein Papiertaschentuch, um ihn später wegzuwerfen.

Im Flur, den sich die beiden Stationen teilten, bemerkte sie Ärzte in weißen Kitteln und Frauen in hellblauer Schwesterntracht, die mit Infusionsständern unterwegs waren. Sie nickte der Oberschwester zu, die ihr zu verstehen gab, dass ihre Schwiegermutter bereits zugegen war. »Danke«, murmelte sie und hob den Daumen.

Sie ging auf Ettores Zimmer zu, als plötzlich die Tür aufgerissen wurde und Lucia wild mit den Armen rudernd herausgestürzt kam. Ihr Gesicht war feuerrot.

»Er hat die Augen geöffnet, Ettore hat die Augen aufgemacht!«, rief sie außer sich vor Freude.

Ihre Worte pumpten mit der Wucht eines Defibrillators durch Calliopes Körper, ihr war, als durchzucke sie ein Stromstoß. Sie ließ die Tasche mit der Kleidung fallen und rannte los, bewegte sich wie ferngesteuert.

Ettore war wach, endlich war er zurück.

Sie hielt sich am Türrahmen fest und starrte auf ihren Mann, der mit geöffneten Augen dalag und sich verwirrt umsah. Es war deutlich zu sehen, dass er nicht wusste, wo er war. Die Umgebung, die Geräusche, die Gerüche, alles war ihm fremd.

»Gott sei Dank«, schluchzte Calliope und schlug sich die Hand vor den Mund, während die Ärzte ins Zimmer stürmten.

»Er ist wach, verstehst du? Mein Ettore hat es geschafft, ein Wunder ist geschehen«, jubelte Lucia, die sich an sie klammerte, während ihr Tränen über die Wangen strömten und auf das Kostüm aus kostbarer Shantungseide fielen. Calliope starrte ins Leere, unfähig, einen klaren Gedanken zu fassen. Sie war wie gelähmt und spürte Lucias knochige Finger, die sich in ihr Fleisch bohrten. Ihr Schluchzen war jetzt so stark, dass sie kaum noch Luft bekam.

Plötzlich durchfuhr sie ein stechender Schmerz, von der Brust bis hinunter zum Magen, der sich zusammenkrampfte. Ihre Welt, die in den Wochen nach dem Unfall stillgestanden hatte, hatte sich wieder zu drehen begonnen, und sie war zurück in einem Leben, von dem sie nicht wusste, wie es weitergehen würde.

Lucia und sie kamen aus zwei verschiedenen Welten. Die Witwe Benvenuti stammte aus einer adligen Familie, Calliopes Vorfahren dagegen waren Bauern gewesen, doch in diesem Moment waren alle Grenzen zwischen ihnen aufgehoben. In diesem Moment lagen sie sich weinend in den Armen, selig und überglücklich. Allerdings nur so lange, bis der behandelnde Neurochirurg Salvatore Valdi mit ernstem Gesicht auf sie zukam.

»Doktor, wie geht es meinem Mann?«, fragte Calliope und ging ihm entgegen, gefolgt von ihrer Schwiegermutter. Der Mann war wesentlich größer als sie, er nahm bedächtig die Brille ab und steckte sie in die Tasche seines Kittels. »Es ist zu früh, um etwas zu sagen. In den nächsten Tagen müssen wir Tests machen, um festzustellen, ob die lange Bewusstlosigkeit bleibende Schäden im Gehirn hinterlassen hat.«

»Aber kann er sprechen? Kann er uns erkennen?«, drängte Lucia und fuchtelte so heftig mit den Armen, dass ihr Brillantarmband klimperte.

Der Arzt räusperte sich: »Signora, ich verstehe Ihre Ungeduld, aber ich brauche Zeit, um mir ein Bild zu machen. Die einzige Antwort, die ich Ihnen im Moment mit Sicherheit geben kann, ist, dass Signor Benvenuti in der nächsten Zeit viel Ruhe braucht. Und jetzt entschuldigen

Sie mich, ich habe noch andere Patienten.« Bei den Worten schaute er zu der Krankenschwester, die aus dem gegenüberliegenden Zimmer kam.

Lucia starrte der weiß gekleideten Gestalt, die neben der Schwester den Flur hinunterging, ungläubig hinterher. Ihre Augen hatten sich zu Schlitzen verengt, ihre Lippen fest zusammengepresst. »Idiot, was bildet der sich ein? In meinen ganzen siebzig Jahren hat noch niemand so mit mir geredet. Und ich werde nicht zulassen, dass sich das ändert.« Sie rückte sich die Stola über den Schultern zurecht. Dann winkte sie eine Schwester heran und fragte nach Doktor Valdis Büro.

»Du wartest hier, ich bin gleich zurück«, sagte sie zu Calliope, die allerdings nicht vorhatte, auf dem Gang stehen zu bleiben. Sie hatte lange genug gewartet.

Nachdem auch die anderen Ärzte den Raum verlassen hatten, ging sie selbst hinein. Sonnenstrahlen erhellten das Zimmer und erzeugten eine geradezu heitere Atmosphäre, trotz der Maschinen. Ettore war wieder eingeschlafen, seine Augen waren halb geschlossen. Sie streichelte über seinen Ehering an ihrem Finger. Diese Augen waren es damals auf der Party bei ihrer Cousine in Bologna gewesen, die sie von Anfang an in ihren Bann gezogen hatten und die sie in den sieben gemeinsamen Jahren lesen und lieben gelernt hatte.

Auf Zehenspitzen schlich sie über den Marmorfußboden, um Ettore nicht zu wecken, und hielt den Atem an, als er plötzlich die Augen ganz aufschlug und sie anlächelte, wie nur er es konnte.

Wie er es auch an jenem Abend getan hatte, als er sie

fragte, warum sie nicht auf die Zwischenräume zwischen den Pflastersteinen treten wollte, und sie ihm achselzuckend geantwortet hatte: »Weil sie wie Grenzen sind. Und ich mag keine Grenzen, die andere festgelegt haben.«

Bei dieser Erinnerung musste sie lächeln, dann beugte sie sich langsam über ihn. Sein Herzschlag, der von einer Maschine neben dem Bett überwacht wurde, beschleunigte sich, als sie sich neben ihn setzte. Ein Zeichen, dass er sie wahrnahm.

»Du kannst mich hören, oder?«

Sie fuhr ihm mit den Fingerspitzen durchs Haar, suchte nach seinem Geruch, der noch Stunden an ihr haftete, wenn sie miteinander geschlafen hatten. Dieser Geruch, der sie in den wenigen gemeinsamen Nächten in den Schlaf gewiegt hatte. Aber er war nicht mehr da. Genau wie die Wunden schien der ganze Körper desinfiziert worden zu sein.

Der Unfall hatte Narben in seinem perfekt modellierten Gesicht hinterlassen. Wie die Risse in den Gemälden alter Meister, die einer Restaurierung bedurften.

»Mach dir keine Sorgen, wir schaffen das gemeinsam«, flüsterte sie und küsste ihn auf die Stirn. Noch einmal durchlebte sie die Gefühle der Nacht des Unfalls, und ihr kam wieder der Blumenstrauß in den Sinn, der wie durch ein Wunder unversehrt geblieben war. Sie hatte die Rosen getrocknet und einzelne Blütenblätter zwischen die Seiten des Buches gelegt, das sie immer bei sich trug, Liebesgedichte von Nazım Hikmet, aus dem sie ihm nachts oft vorgelesen hatte.

Sie lächelte und fühlte zwischen Daumen und Zeigefinger Ettores dichtes Haar. »Du bist zurück, mein Schatz, das ist das Einzige, was zählt.«

5

Calliope war auf dem Weg von Salina ins Krankenhaus. Am ersten Abzweig bog sie in die Straße ein, die in das Industriegebiet der kleinen Stadt führte. Nachdem Ettore aufgewacht war, war sie im Morgengrauen für eine rasche Dusche in die Masseria zurückgekehrt und gleich wieder losgefahren, aber der Gedanke, wieder stundenlang auf einem Plastikstuhl ausharren zu müssen, war unerträglich gewesen. Lieber erst zur Nudelfabrik fahren, der Ort, an dem sie den größten Teil ihrer Kindheit verbracht hatte. Die späteren Umbauten hatten das Erscheinungsbild der Gesamtanlage verändert, doch die mattweißen Produktionshallen, die das zentrale Backsteingebäude flankierten, sahen immer noch so aus wie früher. Und Calliope wusste, dass trotz aller äußerlichen Modernisierungen das Herz der Fabrik unangetastet geblieben war.

Der Wind trieb sie zu den Wurzeln, den Wurzeln ihres Lebens, wo alles seinen Anfang genommen hatte. Der Prozess, in dem aus Mehl, Salz und Wasser Pasta wurde, war für sie wie die Geburt eines Kindes, die Entstehung neuen Lebens. Nur dass dieses Wunder in der Nudelmaschine begann. Wenn sie als Mädchen auf Azaleas Schoß gesessen hatte, war sie jedes Mal aufs Neue fasziniert gewesen, wenn sie den Nudelmacherinnen bei der Arbeit zusah.

An diesem Ort hat alles begonnen, dachte sie und

lehnte sich an eine Wand, während sie die an- und abfahrenden Lastwagen, das Kommen und Gehen der Arbeiter und Arbeiterinnen beobachtete. Sie erinnerte sich, wie sie sich heimlich für ein Seminar für Firmenmarketing in Bologna eingeschrieben hatte, wo sie Ettore kennengelernt hatte. Ihren Eltern hatte sie erzählt, sie würde ihre Cousine besuchen.

Sie sog den für den Sommer so typischen Duft des wilden Thymians und den Geruch nach trockener Erde tief ein. Diese Straße war sie Hunderte Male mit dem Fahrrad entlanggefahren, damals aber war sie ein Feldweg gewesen, staubig und mit Schlaglöchern übersät. Sie erinnerte sich noch gut an die knorrigen Olivenbäume rechts und links des Weges, dort, wo jetzt Leitplanken waren. Wie oft war sie stehen geblieben und hatte den Kopf an die raue Rinde der Stämme gelegt! Gegen Ende des Sommers hatte sie sogar ab und zu ein paar Früchte stibitzt, um sie mit den anderen Oliven in der Sonne trocknen zu lassen, ehe sie nach traditionellem Familienrezept zu Olivenpaste verarbeitet wurden – eine köstliche Beilage zur Pasta. Sie lächelte versonnen, als sie die weiße Keramikschüssel voller dampfender Nudeln vor sich sah, und erinnerte sich fast wehmütig an die Gespräche über die ideale Kochzeit und die richtige Pasta-Sorte.

Für uns Costas war Pasta schon immer wie eine Religion, dachte sie und schaute zum Beifahrersitz, wo noch der orangefarbene Aktenordner mit den Quartalszahlen der Firma lag, den Ettore am Tag des Unfalls dort liegen gelassen hatte. Azaleas permanente Klagen hallten immer noch in ihr nach, nicht einmal die Freude über Ettores Erwachen aus dem Koma hatte ihre Sorgen um die Firma verdrängen können.

»Wir müssen Domenico Einhalt gebieten. Wenn wir diesen Größenwahnsinnigen nicht stoppen, ruiniert er die Firma«, hatte sie am Morgen erneut gedrängt, als sie im Garten Kaffee getrunken und die Zeitung gelesen hatten. »Mit Ettore können wir nicht rechnen, er muss erst ins Leben zurückfinden, die Nudelfabrik ist da zweitrangig. Es ist an uns Costas, Ordnung in die Familie und in die Firma zu bringen«, hatte sie gesagt, als sie ihre Tochter nach den Autoschlüsseln greifen sah.

Als wäre das so einfach, dachte Calliope und sah einem Laster nach, der das Firmengebäude verließ.

Sie griff nach dem Handy und suchte Augustos Nummer. Sie wusste so wenig von ihrem Bruder, der bereits mit neun Jahren auf eine Privatschule in der Schweiz geschickt worden war und seit Langem in New York lebte. Wenn Augusto hier gewesen wäre, hätte Eugenio ihm und nicht Ettore die Leitung der Firma übertragen, hatte Azalea hinzugefügt.

Bevor sie seine Nummer wählen konnte, klingelte das Telefon. Sie schaute auf das Display. Lucia.

Sie nahm das Gespräch an. »Ja?«

»Wo bist du denn? Ich warte schon seit einer Stunde auf dich.«

Melodramatisch wie immer, dachte Calliope und klappte den Ordner auf. Sie blätterte durch die Briefe, auf denen oben in der Mitte das Firmenlogo prangte, der Name Costa, umrankt von einem Ährenkranz. Ein Design, das sie seit jeher altmodisch fand, aber ihr Vater hatte sich immer gegen ein moderneres Erscheinungsbild gewehrt. »Ich bin in der Fabrik.«

»Warum, gibt's Probleme?«

Ich brauchte mal einen Moment für mich. Du und Azalea lasst mir ja keine Luft zum Atmen, hätte sie am liebsten geantwortet, entschied sich dann aber für eine Notlüge. »Ich musste den Kopf freikriegen und nachdenken«, sagte sie leise, worauf am anderen Ende ein hysterisches Lachen zu hören war.

»Nachdenken? Manchmal weiß ich wirklich nicht, was in dir vorgeht. Heute werden sie uns sagen, wie es mit Ettore weitergeht, und du musst nachdenken? Mich wundert nicht, dass der gute Eugenio nicht dich, sondern meinen Sohn an die Spitze der Firma gesetzt hat. Einer in dieser Familie muss ja mit beiden Füßen auf der Erde stehen!«

»Natürlich«, antwortete Calliope mechanisch und kickte einen Stein in Richtung der mit Unkraut überwucherten Böschung. *Wilde Schönheiten, aber unerwünscht, das gilt in der Natur wie im Leben*, dachte sie und seufzte. Der Waffenstillstand war zu Ende, falls es ihn überhaupt je gegeben hatte. Zwischen ihr und Lucia herrschte wieder kalter Krieg. »Ich komme so bald wie möglich.« Dann legte sie auf, breitete die Arme aus und ließ sich vom Wind durchpusten, der ihr sein Lied sang, wie damals als Kind, als das Leben noch nicht so kompliziert war. Im Sommer war sie barfuß durch die Getreidefelder gelaufen und sonntags hatte sie sich im Trockenraum versteckt, wo die Spaghetti in langen Fäden über den Holzstangen hingen.

Ihre Gedanken kehrten in die Vergangenheit zurück, zu den Bienen von Onkel Peppe, dem Dorfdeppen von Salina, der im Sommer einen kleinen Stand an der Straße aufbaute, um den Touristen Honig zu verkaufen, obwohl dort nie welche vorbeikamen. Schließlich kauften die Einheimischen ihm den Honig ab, weil sie dem armen Kerl etwas Gutes tun wollten. Kiloweise Honig, aus Mitgefühl und Solidarität mit einem Mann, der leider nicht das Glück hatte, mit einem so wohlklingenden Namen geboren worden zu sein wie die Signora Benvenuti.

Nur Lucia rümpft immer die Nase, wenn sie ihn sieht, dachte sie und begrüßte ihn in Gedanken mit einem Lächeln, das sich unter ihren windzerzausten Haaren versteckte. Dann kam ihr wieder das Telefonat mit ihrer Schwiegermutter in den Sinn. Sie hasste es, wenn sie ihr in ihrer herrischen Art Anweisungen gab, als wäre sie eine Dienstbotin und nicht die Frau, die ihr Sohn als Partnerin fürs Leben ausgewählt hatte. Sie behandelte sie wie Onkel Peppe.

Sie stieg wieder ins Auto, startete den Motor und gab Gas, die weiß getünchten Mauern und ihre dunklen Gedanken ließ sie in einer weißen Staubwolke hinter sich. Als sie mit Ettores Tennistasche in der Hand in das Krankenzimmer kam, blieb sie überrascht auf der Schwelle stehen: Er hatte seine Lieblingsjeans und ein weiß-blau gestreiftes Hemd an. Er bewegte sich nicht, war aber wach, im Gegensatz zu den Vortagen, an denen er noch vor sich hin gedämmert und sie angesehen hatte wie eine Fremde, als ob der Anblick von Calliopes Körper, der sich früher lustvoll an ihn geschmiegt hatte, plötzlich unerträglich für ihn geworden war.

»Hallo«, sagte sie und stellte die Tasche auf den Boden, während Lucia, die neben ihrem Sohn saß, nur kurz die Hand hob. Langsam ging sie auf Ettore zu. »Hallo, mein Lieber«, flüsterte sie leise und wollte ihm über die Schulter streichen, aber als er ihre Hand näher kommen sah, wandte er sich ab und zog die Augenbrauen hoch. Sie zuckte zurück und runzelte ungläubig die Stirn. »Was ist?«, fragte sie, aber weder er noch Lucia, die aus dem Fenster auf die Umrisse des barocken Kirchturms blickte, antworteten.

Sie räusperte sich und suchte nach einer Erklärung für sein merkwürdiges Verhalten. Aber ihr fiel nichts auf. Das Bett war gemacht, auf dem Nachttisch standen eine halb volle Flasche Wasser, ein Glas Pfirsichsaft und zwei weitere Gläser. Die Anzeige auf dem Monitor war unauffällig.

»Könnte mir mal bitte jemand sagen, was hier los ist?«, fragte sie jetzt nachdrücklicher und versuchte Blickkontakt zu ihrem Mann herzustellen, der sich ostentativ abwandte und den Kopf zu seiner Mutter drehte. In diesem Moment öffnete sich die Tür und ein junger Mann mit karamellbrauner Haut und kaffeebraunen Augen betrat den Raum. Er trug ein Hoodie mit dem Logo einer amerikanischen Universität und ausgewaschene Jeans und hatte so viel Gel im schwarzen Haar, dass Calliope das Geburtsdatum, das auf seinem umgehängten Ausweis stand, kaum glauben konnte. Er wirkte eher wie ein Jugendlicher, der gerade mit der Schule fertig war. Sie wollte sich ihm in den Weg stellen, als er den mitgebrachten

Rollstuhl aufklappte und ihn neben Ettores Bett postierte. Calliopes Hals war wie zugeschnürt, nackte Angst verschlug ihr den Atem. »Guten Tag«, sagte der Mann mit einem ausgeprägten lateinamerikanischen Akzent und reichte ihr die Hand. »Me llamo Santiago Duarte, ich bin Signor Benvenutis Physiotherapeut.«

»Calliope Costa, ich bin die Ehefrau«, stammelte sie, ihre Stimme zitterte. Sie war wie vor den Kopf geschlagen. Der Rollstuhl führte ihr die Realität schonungslos vor Augen. Ihr Leben würde nie wieder so sein wie früher, der Unfall in den Kurven vor Salina hatte alles verändert. Professor Valdis Worte kamen ihr wieder in den Sinn. Waren die Untersuchungsergebnisse etwa da? Waren die Folgen des Komas für das Nervenzentrum doch gravierender als erhofft? Wieder starrte sie auf den Rollstuhl. Ein Gebilde aus Stahlrohren mit einem Sitz aus Stoff. Allein sein Anblick ließ sie erschauern.

Schlagartig war alles nur noch schwarz-weiß, da war keine Stimme, kein Zeichen, um die bösen Geister zu vertreiben, sie sah nur Ettore, sein versteinertes Gesicht, seine müden Augen, die noch schwermütiger wirkten als der düstere Sommerhimmel. Ein schwülwarmer Wind bewegte die Palmwedel im Park und war selbst noch im Krankenzimmer zu spüren.

Eine Amsel hüpfte auf das Fensterbrett und pickte nach ein paar Brotkrumen, die Lucia dort verstreut hatte, während Calliope den Blick nicht von ihrem Mann lösen konnte.

Sie versucht nur zu überleben, wie wir alle, sinnierte sie, bevor sie wieder in die Realität zurückkehrte. Die nackte Wahrheit war direkt vor ihr, und sie musste all ihren Mut zusammennehmen und die letzten ihr verbliebenen Kräfte mobilisieren. »Was hat das zu bedeuten?«, fragte sie und deutete auf den Rollstuhl. Lähmendes Schweigen machte sich breit, dann hörte sie Ettores Stimme: »Dass ich ein verdammter Krüppel bin, was denn sonst?«, brachte er gequält über die Lippen.

Das Echo seiner wütenden Worte vibrierte in der Luft, dann war es wieder still.

Lucia neigte den Kopf zur Seite, die Finger um das mit Mascara verschmierte Taschentuch gekrallt, während Santiago die Griffe des Rollstuhls umfasste.

Calliope wechselte einen kurzen Blick mit ihm. Sie wollte es einfach nicht wahrhaben. »Aber Professor Valdi …«

»Professor Valdi hat das hier gerade unterschrieben«, unterbrach sie Ettore und deutete auf einen Zettel auf dem Nachttisch. Neben unverständlichen Kürzeln und der Unterschrift des Arztes stand die Diagnose: Querschnittslähmung.

»Das kann doch nicht wahr sein«, stammelte sie.

»Oh doch. Ich komme nach Hause, ganz wie du es dir gewünscht hast, allerdings nicht auf meinen eigenen Beinen.« Ettore wischte sich einen Speichelfaden weißer Wut aus dem Mundwinkel. »Du hast mir doch immer vorgeworfen, dass ich nie da bin. Jetzt hast du deinen Willen.« Er mühte sich damit ab, die Bettdecke mit der linken Hand weiter zurückzuschlagen. *Er kann nicht mal den rechten Arm bewegen*, dachte Calliope und versuchte die Tränen zurückzudrängen.

Ettore schaute zu Santiago, der in der Ecke stand und wartete. »Lassen Sie uns gehen. Ich möchte keine Sekunde länger hierbleiben.« Dann fixierte er kurz seine Frau, stemmte die Hände in die Matratze, drehte den Oberkörper in Richtung Rollstuhl und versuchte, ein Bein nach dem anderen anzuheben.

»Das ist so ungerecht«, schluchzte Lucia und tupfte sich die Tränen mit ihrem weißen Leinentaschentuch ab, während Santiago seinem Patienten in den Rollstuhl half.

Rollstuhl las Calliope das unausgesprochene Wort auf Ettores Lippen, die er so fest aufeinanderpresste, als wollte er nie wieder etwas sagen.

»Hier, damit dir nicht kalt wird«, sagte Lucia und reichte ihm eine Decke, aber er ignorierte sie, stieß sich ab und fuhr an seiner Mutter vorbei zur Tür. Mit eiserner Willenskraft, von seiner Wut getrieben, nur die Augen verrieten seinen Schmerz. Er versuchte rückwärts zu fahren, doch die Räder blockierten und er kam nicht voran, er versuchte es wieder und wieder, aber ohne Erfolg.

»Verdammt!«, schrie er.

»Warte, ich helfe dir.«

»Lass mich in Ruhe!«, herrschte er Calliope an. »Du hast schon genug angerichtet.« Dann wandte er sich ab, die Schultern sanken herab, erschöpft und entmutigt, sein Atem ging schwer, und er schwitzte. »Lasst mich alle in Ruhe!« Santiago umfasste schweigend die Griffe des Rollstuhls und schob Ettore durch die Tür.

Calliope sah ihm nach, die Verzweiflung lag noch in der Luft. Sie fuhr sich mit den Fingern durchs Haar, ihr war bewusst, dass von nun an alles anders würde, sie stand am Scheideweg, vor einer schweren Bewährungsprobe für ihre Ehe und für ihr Leben.

Würden sie es schaffen? Oder war die Bürde zu schwer?

Die Krankenschwester, die Ettore betreut hatte, hielt ihr den Prospekt einer psychologischen Beratungsstelle hin.

»In diesem Zentrum wird Menschen wie Ihrem Mann geholfen, sie bieten auch psychologische Unterstützung für Familienangehörige an, vielleicht ist das hilfreich«, sagte sie und starrte auf den Boden.

Calliope griff nach der Hochglanzbroschüre und unterdrückte ein Seufzen, nickte und hob die Tasche vom Boden auf. Dann suchte sie nach den Autoschlüsseln.

»Calliope …«. Lucia umklammerte immer noch das Taschentuch.

»Ich gehe das Auto holen, wir sehen uns am Eingang«, fiel sie ihr ins Wort und ging zur Tür.

6

Calliope drehte das Gas ab und goss den Kaffee in die weißen Tassen mit den handgemalten Irisblüten von ihrem Lieblingskeramiker aus der Toskana, einem Hochzeitsgeschenk ihrer Mutter. Sie war in der Nacht nicht zur Ruhe gekommen, seit Ettores Unfall litt sie an Schlafstörungen. Doch der Kaffeeduft weckte ihre Lebensgeister, und das bäuerliche Ambiente tat ein Übriges: der massive Holztisch ihrer Großmutter, das charmante Tellerregal aus Nussbaum, das sich von den weiß getünchten Wänden abhob, die getrockneten Oregano-Sträuße, die von den dunkel gebeizten Deckenbalken herabhingen, die Kupfertöpfe und Puddingformen aus Terrakotta, Reminiszenzen an ihre Kindheit.

In der Küche der Masseria herrschte eine warme und anheimelnde Atmosphäre, eine liebevolle Umarmung, die ihr sonst verwehrt blieb.

»Wie viel Zucker?«, fragte sie Santiago, der hochaufgerichtet und in Habachtstellung auf dem Stuhl saß wie ein kleiner Junge am ersten Schultag.

»Einen Löffel, Signora, danke.«

»Signora? Die Zeit ist vorbei«, antwortete sie mit einem matten Lächeln und reichte ihm die Tasse. Sie stellte den Espressokocher, die alte Caffettiera Napoletana ihrer Großmutter, auf eine mit griechischen Motiven bemalte Fliese, die sie von ihrer Hochzeitsreise mitgebracht hatte. Dann setzte sie sich ihm gegenüber. Als sie die Keramikfliese ganz unten in der Schublade mit den Küchenhandtüchern gefunden hatte, hatte es ihr einen Stich versetzt, wie eine Art Vorwarnung für den tiefen Riss, der sich vielleicht schon bald durch ihre Ehe ziehen könnte. Eine Verletzung, von der zu befürchten stand, dass sie schlimmer werden würde.

Sie strich mit der rechten Hand über die ecrufarbenen Stickereien am Rand der Tischdecke, dabei fiel ihr Blick auf Ettores Ehering, den sie immer noch über ihrem eigenen schmalen Goldreif trug. Er hatte sie noch nicht danach gefragt. »Mein Mann gibt mir in letzter Zeit nicht gerade das Gefühl, eine verheiratete Frau zu sein, geschweige denn seine Frau«, fuhr sie fort. Sie rührte in ihrer Tasse und leerte sie in einem Zug, dann stellte sie sie zur Seite. Das Klirren des Löffels konnte die tiefe Stille in der Küche nicht vertreiben. Von draußen hörte man die Traktorengeräusche von den umliegenden Feldern und die Rufe der Arbeiter, die Calliope beauftragt hatte, das Haus behindertengerecht umzubauen, damit Ettore sich frei bewegen und seine Therapie machen konnte, ohne immer wieder zur Reha in die Stadt fahren zu müssen.

»Vielleicht braucht Signor Benvenuti einfach nur Zeit, um sich an seinen neuen Zustand zu gewöhnen. Er muss erst mal nach Hause kommen. Zu seiner Frau«, versuchte Santiago sie zu trösten und starrte in die Kaffeetasse, die er zwischen den Händen hielt. Calliope zuckte mit den Schultern. Wie gerne würde sie ihm glauben, aber Ettores Schweigen belastete sie mit jedem Tag mehr. Sie tat alles für ihn, aber die Kälte, mit der er sie jedes Mal empfing, wenn sie in die Klinik kam, in der er während der Umbauzeit untergebracht war, verletzte sie tief, auch wenn sie sich zwang, es sich nicht anmerken zu lassen.

Sie blickte zu den Weizenfeldern, die sich an einen Seitenflügel der Masseria anschlossen, und wünschte sich sehnlichst, dass der Wind, der durch die angrenzenden Orangenbäume strich, ihr irgendein Zeichen oder irgendeine Antwort geben würde. Neben der Nudelfabrik war die Masseria der Ort, an den sie sich zurückzog, wenn die Welt ihr zu nahe kam. Hier war sie geschützt, doch die Ungewissheit dauerte schon zu lange an.

»Ich wünschte, er würde sich darauf freuen, nach Hause zu kommen, aber ich fürchte, das tut er nicht. Er will bestimmt sofort Resultate sehen. Ich kenne meinen Mann, wenn sich innerhalb weniger Tage nichts tut, wird er ungeduldig und wirft alles hin.«

»Aber Rom wurde auch nicht an einem Tag erbaut, oder?«, wandte Santiago ein.

»Ettore ist von Natur aus ein unruhiger Geist. Er kann nicht warten.«

»Wenn er die Hoffnung hat, geheilt zu werden, wird sich das bestimmt ändern. Signor Benvenuti leidet an einer Verletzung des Spinalkanals, an den Nerven, die für den Bewegungsapparat zuständig sind. Aber Professor Valdi hat festgestellt, dass seine Beine noch reagieren, deshalb hat er ihn in sein Spezialprogramm aufgenommen. Es gibt eine Chance, dass er wieder laufen kann, wenn auch nur eine kleine. Vielleicht muss er auch noch mal operiert werden. Aber das braucht Zeit.«

Calliope fuhr mit der Fingerkuppe den Rand der Tasse entlang und betrachtete fasziniert die Reste des Kaffeepulvers, das sich dort abgesetzt hatte. Ihre Tante Amanda konnte aus dem Kaffeesatz lesen, was die Zukunft bringt. Hätte sie doch auch diese Gabe! Dann könnte sie vielleicht erfahren, wie es mit ihrer Familie weitergehen würde. Sie schlug die Beine übereinander und strich den Pony aus der Stirn. »Das ist ja der Punkt. Ettore will sich nicht mehr operieren lassen.«

Santiago beugte sich zu ihr und nahm ihre Hände. In seinen Augen schimmerte Hoffnung, sie loderten wie ein Feuer in einer mondlosen Nacht, erzählten von alten Liedern und von langen weißen Röcken, die sich im warmen Wind des Südens bauschten.

Wer weiß, wie sehr ihm seine Heimat fehlt, dachte sie.

»Sie müssen sich keine Sorgen machen, Signora, es ist nur eine schwierige Phase. Selbst das, was wir für unüberwindlich halten, vergeht irgendwann, und wenn wir zurückblicken, fragen wir uns, wie wir jemals daran haben zweifeln können. Ihr Mann wird sein Selbstvertrauen zurückgewinnen, aber das ist meine Aufgabe. Vertrauen Sie mir.«

Ein Sportwagen raste die Auffahrt hoch und blieb vor dem Portal stehen. Durch das geöffnete Küchenfenster drangen aus dem Autoradio Gitarrenklänge herein, es klang nach Gipsy-Musik, in die sich erregte Stimmen mischten. Calliope konnte deutlich Azaleas Stimme erkennen. Sie nahm die Tassen, stellte sie in die Spüle und sagte zu Santiago: »Der Alltag hat uns wieder.«

Er schaute erst sie an, dann den Porsche Carrera 911 im Hof. Davor standen jetzt zwei Frauen, beide hochrot im Gesicht, die eine war Azalea, die wild gestikulierte, die andere war Diana.

»Warum?«, fragte er.

»Wenn meine Mutter und meine Schwester aufeinandertreffen, fliegen die Fetzen«, antwortete Calliope und wischte sich die Hände an den Jeans ab. Santiago verschränkte die Arme vor der Brust. »Sie kennen Diana noch nicht«, fuhr sie fort. »Als Ettore aufgewacht ist, war sie mit Freundinnen im Urlaub. Aber keine Sorge, Sie werden sie gleich kennenlernen.«

Calliope hatte den Satz gerade beendet, als ihre Schwester schnaubend durch den Flur rauschte und grußlos in ihrem Zimmer verschwand. Das Klappern ihrer hochhackigen Prada-Sandalen hallte ihr nach.

Santiago starrte ihr fasziniert hinterher, noch immer hing ihr sinnlich-salziges Parfüm in der Luft, das an den Mythos der Sirene erinnerte.

Calliope hängte das Küchenhandtuch neben den Herd und verkniff sich ein Lächeln. So war es immer, wenn Diana irgendwo auftauchte, aber sofort wurde dieser Gedanke beiseitegeschoben, denn nun stürmte wütend Azalea in die Küche und warf ihren Schal auf den Tisch.

»Eines Tages werde ich wegen deiner Schwester noch einen Herzinfarkt bekommen, sie macht wirklich nichts als Ärger!«, schimpfte sie, während Calliope und Santiago einen Blick tauschten.

Oh, ich fürchte, das war erst der Anfang, schien sie ihm sagen zu wollen.

7

Eine Woche nach Dianas Rückkehr wurde in der Masseria degli Aranci das erste Sommerfest der Saison gefeiert. Eine lieb gewonnene Tradition in der Familie Costa, die im vergangenen Jahr durch Eugenios Tod jäh unterbrochen worden war. Doch Diana, die ihren Vater vergöttert hatte, bestand darauf, dass dieses Jahr wieder gefeiert wurde, und fand in Lucia eine Verbündete für die Organisation.

»Ettore und du habt das Recht, mal durchzuatmen. Ich weiß, wie schwierig diese Zeit für euch ist. Erst der Unfall, dann das Koma und jetzt die Reha. Vielleicht wird der Abend nichts ändern und morgen geht alles genauso weiter wie bisher, aber das Fest ist auch für mich eine Gelegenheit, euch zu zeigen, dass ich für euch da bin. Ich hasse Krankenhäuser und Familientragödien. Wenn ich nur daran denke, wie unser Vater in der Masseria aufgebahrt lag und die Verwandten am offenen Sarg Abschied nahmen. Ich habe das nicht ausgehalten und bin geflüchtet. Dieses Fest ist meine Art, mich zu entschuldigen und meine Anteilnahme zu zeigen. Ich hoffe, ihr könnt das akzeptieren.«

Calliopes Finger umklammerten die Münzen an der Kette, die sie an diesem Abend um den Hals trug. Es hatte ihr die Sprache verschlagen. Sie war sehr wütend auf Diana gewesen, weil sie gerade in dem Moment, in dem sie ihre Schwester am nötigsten gebraucht hätte, nicht da gewesen war. Aber so war sie eben, eine freundliche Geste, ein freundlicher Augenaufschlag, schon verzieh man ihr alles.

Ihr Blick fiel auf Dianas gertenschlanke Gestalt, die von einem körperbetonten Hosenanzug aus grünem Taft vorteilhaft in Szene gesetzt wurde. Sie war nach ihrer Ankunft in der Masseria regelrecht aufgeblüht, ihr Gesicht strahlte einen faszinierenden Liebreiz aus, gegen den sich Calliope nicht wehren konnte. Sie schaute sich um. Eilfertige Kellner trugen Tabletts voller Champagnergläser und gingen zwischen den gut gelaunten Gästen auf und ab. Am Nachmittag hatte Diana höchstpersönlich rechts und links der Einfahrt Fackeln aufgestellt, rund um das Schwimmbad waren Kissen ausgelegt, Scheinwerfer beleuchteten die weiße Fassade der Masseria, überall standen große Kübel mit Oliven- und Zitronenbäumen, die an den Wänden emporrankenden Bougainvilleen und die üppige Petunienpracht auf den Fensterbänken gaben dem Ganzen ein mediterranes Gepräge. Um die Stämme der Orangenbäume waren Lichterketten geschlungen, die wie Sterne funkelten. Ein Bild voller Farbe und Strahlkraft, eine Einladung, damit Ettore seinen Weg zurück nach Hause fand.

»Ich fürchte, ich kann dir gar nicht böse sein, auch wenn ich es mir manchmal von ganzem Herzen wünsche«, erwiderte Calliope. »Du hast dich heute Abend selbst übertroffen, du solltest so was beruflich machen. Der Erfolg wäre vorprogrammiert.«

Diana lächelte. »Nun ja, ich habe ja nicht alles allein

gemacht, Lucia hat mir geholfen. Und es war mir eben eine Herzensangelegenheit. Für diesen Zweck war das Beste gerade gut genug«, fügte sie hinzu und nahm ihre Schwester in den Arm.

»Danke, meine Kleine, das ist das schönste Geschenk, das du Ettore und mir machen konntest.« Sie löste sich aus der Umarmung und schaute Diana in die Augen. »Sag nicht, du bist gerührt. Du? Du weinst doch sonst nie?« Sie tupfte ihr die Tränen aus den Augen.

»Lass nur. Seit ich wieder hier bin, bin ich empfindlich wie ein rohes Ei. Jeden Tag passiert hier etwas anderes.« Diana nahm ein Taschentuch und tupfte sich die Tränen von der Nase. »Ich wäre besser nach Rom zurückgefahren und hätte weiter an meiner Abschlussarbeit geschrieben. Da hätte ich wenigstens meine Ruhe gehabt.«

»Ich dachte, Ruhe ist für dich ein Fremdwort.«

Diana holte einen Taschenspiegel aus ihrer eleganten Pochette, um den Zustand ihres Make-ups zu prüfen, und schaute sie dann düster an: »Seitdem man sie mir genommen hat, nicht mehr.« Sie ließ die Tasche zuklappen. Im Hintergrund war Azaleas Stimme zu hören, die die Gäste begrüßte. »Entschuldige mich, ich schau mal, ob Lucia alles im Griff hat«, sagte Diana und verschwand.

Ettores schwerer Audi rollte langsam durch das Tor. Santiago saß am Steuer, das finstere Gesicht des Hausherrn neben ihm wirkte wie in Stein gemeißelt.

Lucia tauchte neben dem Wagen auf, sie trug einen wassergrünen Kaftan und eine Hose mit Ethno-Muster. Hinter ihr stand Ettores Schwester Rosa in einem unförmigen Sackkleid, das Abbild einer überforderten Hausfrau, eine Horde schreiender Kinder im Schlepptau, während ihr Ehemann ein Champagnerglas nach dem anderen leerte. Dabei starrte er ungeniert auf Dianas Dekolleté, die gerade im Gespräch mit einem Angestellten der Cateringfirma war. In der zweiten Reihe standen Onkel Domenico und seine Frau Angela und betrachteten feindselig die Szenerie.

Santiago stellte den Motor ab, betretene Stille machte sich breit. Wie würde der Ehrengast des heutigen Abends reagieren?

Calliope hatte feuchte Hände, das Herz schlug ihr bis zum Hals, ihre Gedanken rasten. Sie hatte sich diesen Moment so oft vorgestellt, Ettores Rückkehr nach Hause, ins Eheleben, ein langer Kuss, eine innige Umarmung. Die ein oder andere Schwierigkeit, natürlich, aber nichts, was sich nicht überwinden ließe. Gemeinsam hatten sie immer alles geschafft.

Sie fuhr sich mit der Zunge über die Lippen und ging zum Wagen. Als sie sah, wie Ettore von Santiago herausgehoben und in den Rollstuhl gesetzt wurde, blieb sie wie versteinert stehen. Sie hatte den Physiotherapeuten gebeten, ihm in seinen nachtblauen Lieblingssmoking zu helfen, er sah großartig aus. Doch sein Gesicht war finster. Er warf ihr einen kurzen, unergründlichen Blick zu, legte die Hände auf die Räder des Rollstuhls und schob sich entschlossen nach vorne, während Santiago Diana die Autoschlüssel in die Hand drückte.

Seine ganze Familie war angetreten, in gespannter Erwartung. Was würde er sagen?

Ettore musterte jeden einzelnen, wie ein General seine Truppen oder ein König seinen Hofstaat. Dann senkte er den Blick auf die goldenen Manschettenknöpfe, die er von Eugenio geerbt hatte. Er murmelte Santiago etwas zu, der ihm verblüfft half, die Knöpfe am Hemdsärmel zu lösen und sie Azalea in die Hand drückte.

»Ich hoffe, der Abend entspricht euren Erwartungen. Ihr könnt euch gerne amüsieren und auf meine Gesundheit anstoßen. Mir ist nicht nach Feiern zumute, ich gehe ins Bett. Gute Nacht«, sagte er knapp und nickte Santiago zu. Die Räder des Rollstuhls holperten über das unebene Pflaster, und das Vibrieren ließ Ettores Körper erzittern, bis er im Haus verschwunden war. Ein traurig seufzender Wind strich über den Orangenhain, während das Flackern der Kerzen die langsam einsetzende Kühle der hereinbrechenden Nacht begleitete wie eine letzte Umarmung, ein letzter Kuss, bevor die Finsternis alles verschluckte.

Calliope schauderte, ihr Kopf war leer, sie hatte das Gefühl, als hätte man ihr tief ins Fleisch geschnitten, leere Tage und zerbrochenes Porzellan, das man nicht wieder kitten konnte.

Sie ballte die Fäuste und atmete tief ein, während eine Hand sanft nach ihr griff. Ein Trost, den sie nicht wollte.

»Mein Schatz …«

Calliope hob abwehrend die Hand, ohne sich umzudrehen, sie wollte nur weg von Azaleas zarter Berührung. Sie folgte Santiago, der jetzt den Rollstuhl schob. An der Türschwelle hatte sie ihn eingeholt. Die einst so lebensfrohen Augen ihres Mannes wirkten verbittert und undurchdringlich schwarz wie Erdöl.

»Ettore«, flüsterte sie.

»Genieße das Fest, Calliope, tu es für mich. Ich bin zu müde, von allem«, sagte er und legte die Hand auf die Armlehne des Rollstuhls. In dieser Geste kam die ganze Schwere seiner düsteren Gedanken zum Ausdruck.

»All die Leute sind deinetwegen hier. Wir alle sind deinetwegen hier«, unterbrach sie ihn.

»Das ist nicht mehr meine Welt, Calliope. Da störe ich nur. Ich war eine gefühlte Ewigkeit im Krankenhaus, komme nach Hause und werde von einer Horde von Menschen empfangen, die mit Champagner auf meine Gesundheit anstoßen wollen. Das ist zu viel für mich.« Er hielt inne, der Wind trug Stimmenfetzen zu ihnen herüber, die Luft war erfüllt von süßlich-würzigem Orangenduft. »Ich gehe schlafen, ich bin erschöpft.«

Calliope wollte etwas erwidern, wusste aber nicht, was. Sie blieb stehen, sie konnte seinen Schmerz förmlich spüren, aber eben nicht lindern.

»Bring mich rein, Santiago«, befahl Ettore, während sie vor dem Hauseingang stehen blieb, der ihr plötzlich riesig vorkam. Dann drehte sie sich um und ging in den Garten zurück, zu den verwirrten Gesichtern, den Lästereien und dem Klatsch und Tratsch der vermeintlichen Freunde, die sich verzogen, wenn es ernst wurde.

Das Fest ging weiter, ein Fest wie alle anderen zuvor, die Musik wurde lauter, die Gäste ausgelassener, als wäre nichts geschehen.

Nachdem sich Ettore zurückgezogen hatte, wurde die Torte mit der Aufschrift »Willkommen« in den Kühlschrank zurückgestellt, zusammen mit dem edlen Champagner, mit dem sie auf ihn anstoßen wollten. Bestimmt würde sich eine passendere Gelegenheit ergeben. Spätestens bei der Silvesterfeier.

»Das geht vorbei, du wirst sehen. Er braucht Zeit.«

»Glaubst du wirklich, Mama?« Calliope hob den Kopf und schaute zu Azalea, die mit den Fingern auf Eugenios Manschettenknöpfen herumtrommelte. Das Feuer in den Augen ihrer Tochter war erloschen.

»Du siehst aus, als hätte man dich zum Tode verurteilt. Du darfst nicht aufgeben, du musst kämpfen, Calliope. Bei deinem Jawort hast du versprochen, gemeinsam mit ihm durchs Leben zu gehen, Tag für Tag, in guten wie in schlechten Zeiten. Das Leben ist selten so, wie wir es uns vorgestellt haben. Nie, um ehrlich zu sein. Aber dennoch lohnt es sich«, fügte Azalea hinzu und hielt die Manschettenknöpfe fest umklammert. Calliopes Blick fiel auf ihren Schwager, der noch immer lüstern auf Dianas Brüste starrte, während sie nach und nach die Gäste verabschiedete. Er konnte kaum noch stehen, sein Vollmondgesicht glänzte rot. Rosa versuchte ihm das Glas aus der Hand zu nehmen.

»Wenn das die Ehe ist«, seufzte Calliope angewidert, »dann gebe ich lieber gleich auf, solange ich noch ein bisschen Selbstachtung habe.«

»Schluss damit!«, sagte Azalea und zog die Stola enger um die Schultern. »Ettore ist nicht so ein Idiot wie Carlo, und das wird er auch nie sein. Er ist ein Ehrenmann, so etwas würde er dir nie antun. Er ist momentan einfach verzweifelt.«

Calliope zuckte mit den Schultern und hob den Blick

zum nächtlichen Himmel, als würde sie in den Sternen nach einer Antwort suchen. »Stimmt, aber ich weiß nicht, wie ich ihm helfen soll.«

»Sei einfach an seiner Seite, unterstütze ihn. Er braucht dich jetzt, mehr als je zuvor.«

»Das will ich ja, aber er lässt es gar nicht zu. Du hast doch gesehen, wie er mich behandelt hat.«

Azalea winkte ab. »Das spielt keine Rolle. Vergiss nicht, du bist diejenige, die die Familie zusammenhält. Innerhalb der eigenen vier Wände hatten immer schon wir Frauen das Sagen.«

Wenn das so einfach wäre, dachte Calliope, aber das Geräusch von knackenden Zweigen lenkte sie ab. In einer Ecke des Gartens standen Rosa und Carlo und stritten, Rosa hatte den Kopf gesenkt, und Carlos Stimme wurde immer lauter. Es war klar, wer am Ende der Sieger und wer die Verliererin sein würde.

Durch das Schweigen ihrer Tochter irritiert, schaute Azalea ebenfalls zu den beiden hinüber und schüttelte den Kopf.

Calliope bemerkte ihren Blick.

»Sieht nicht gerade aus, als hätte Rosa das Sagen.«

»Rosa ist nie richtig erwachsen geworden, deshalb hat sie auch eher nach einem Vater als nach einem Ehemann gesucht. Aber du bist anders. Du bist eine starke, verantwortungsvolle Frau. Also hör endlich auf, dich so kindisch zu benehmen. Nimm deine Rolle an und kämpfe.«

»Was erwartest du von mir?«

»Dass du alles tust, um Ettore aus diesem Sumpf zu ziehen, in dem er zu versinken droht. Dass du die Stütze deiner Familie wirst, die er jetzt nicht sein kann. Denn das ist es, was die Ehe ausmacht. Man unterstützt einander, immer.«

Mutter und Tochter tauschten einen langen Blick, in dem die Wehmut und Hoffnung eines ganzen Lebens lagen, als sie jäh von Diana unterbrochen wurden, die sich neben ihnen auf einen Stuhl fallen ließ.

»Es tut mir leid, ich weiß nicht, was ich dazu sagen soll«, begann sie.

»Dann sag lieber nichts«, erwiderte Azalea.

»Es ist nicht deine Schuld, niemand konnte Ettores Reaktion vorhersehen«, versuchte Calliope sie zu trösten.

»Mag sein, aber falls ich noch mal auf die Idee kommen sollte, gemeinsam mit Lucia eine Feier zu organisieren, dann haltet mich bitte davon ab«, sagte Diana seufzend und schlug die Beine übereinander. »Deine Schwiegermutter hat an allem etwas auszusetzen, sogar daran, wie ich die Gäste verabschiedet habe. Die ist ein richtiger Feldwebel!«

Azalea schaute zu Calliope und zog die Augenbrauen hoch. *Was habe ich dir gesagt*?, schien ihr Blick auszudrücken.

Stimmt, dachte Calliope eine Stunde später, als sie neben ihrem Mann im Bett lag, der trotz der räumlichen Nähe unendlich weit entfernt schien. Einerseits war sie glücklich, dass er wieder zu Hause war, andererseits war sie verzweifelt. Wie gerne hätte sie ihn in die Arme genommen, aber er lag da und schlief.

Oder besser gesagt, er tat so, als ob. Calliope konnte es an seinem Atem hören, der jedes Mal, wenn sie sich ihm näherte, schneller wurde, als würde er sich bedrängt fühlen.

Sein abweisendes Verhalten verletzte sie zutiefst. Wochenlang hatte sie an seinem Bett ausgeharrt, auf seine Heilung gehofft und für ihn gebetet. Sie wollte nur ein kleines bisschen Liebe, einen Funken Herzenswärme. Aber Ettores Körper war nur noch eine leere Hülle, unfähig, Gefühle zu zeigen.

Als sie sich umdrehte und zum Mond schaute, der zwischen den einen Spaltbreit geöffneten Vorhängen hindurchschien, fühlte sie sich ebenso.

8

Als Calliope am nächsten Morgen den Garten betrat, saßen ihre Mutter und ihre Schwester bereits am gedeckten Frühstückstisch inmitten der Palmen und Kübelpflanzen. Wütend knallte sie die Zeitung auf den Tisch.

»Oh, wir haben gute Laune«, meinte Diana, die eine riesige Sonnenbrille im Stil der Fünfzigerjahre trug und an einem Extrakt aus grünen Äpfeln nippte.

Azalea warf ihrer Tochter einen kurzen Blick zu und klopfte auf das Polster des Stuhls neben ihr. Eine leichte Brise wehte durch das Laub der Bäume, und den Feigenbaum bevölkerten Scharen von Vögeln, die mit den reifen Früchten ein Festmahl feierten.

»Setz dich und trink einen Kaffee mit uns.«

Calliope ignorierte die Aufforderung, sie war sichtlich verstimmt und ließ ihre Verbitterung heraus. »Ich habe Ettore extra die Zeitung gekauft, aber kein Wort des Dankes, keine Reaktion. Er ist stillschweigend mit Santiago im Therapieraum verschwunden.«

Diana nahm die Zeitung vom Tisch und begann sie durchzublättern. »Das heißt, Ettore kommt nicht zum Frühstück?«

»Na, was meinst du wohl?«

»Ich glaube, er geht uns aus dem Weg. Vielleicht gehst du ihm ja mit deiner ganzen besorgten Art auf die Nerven«, meinte sie und saugte an ihrem Strohhalm.

»Halt bitte den Mund!«, ermahnte Azalea sie und schob einen Teller voller Orangen über den Tisch, ein Zeichen der tiefen Verbundenheit zu ihrem toten Mann, das ihre Töchter nicht nachzuvollziehen vermochten. »Als ob deine Schwester schuld an dem wäre, was passiert ist.«

»Ach Mama, das habe ich doch nicht ernst gemeint«, verteidigte sich Diana und faltete die Zeitung zusammen.

Der Wind frischte auf und wirbelte die bunten Petunien- und Hortensienblätter durch die Luft. Calliopes Herz wurde schwer. Mutter und Schwester gelang es einfach nicht, wenigstens eine Stunde lang friedlich zusammenzusitzen. Dabei hatte sie weiß Gott genug eigene Sorgen. Allein der heutige Morgen! Schon vor der Sache mit der Zeitung hatte sie sich eine andere Abfuhr eingehandelt, als sie Ettore vorgeschlagen hatte, den Morgenkaffee gemeinsam unter dem uralten Olivenbaum zu trinken, den sie beide so sehr liebten.

»Du scheinst zu vergessen, dass ich nicht mehr so einfach hierhin und dorthin komme«, hatte er gezischt, wobei ihm ein Speichelfaden aus dem Mundwinkel gelaufen war. Seine giftigen Worte hatten Calliope so schmerzhaft getroffen wie Hagelkörner.

Sie atmete tief durch und konzentrierte sich auf die grüne Flüssigkeit in Dianas Glas. »Was ist das denn?«

»Ein Extrakt aus grünen Äpfeln, mit etwas Sellerie und Ingwer. Das entgiftet und entwässert den Körper.«

»Von was bitte soll er dich entgiften? Gestern hast du ausschließlich Orangensaft getrunken. Und keinen Tropfen Champagner.«

»Ich trinke eben im Augenblick keinen Alkohol, ist das verboten?«

»Keine Ahnung, verrat mir einfach den Grund. Sonst könnte man meinen, du wärst schwanger«, sagte Calliope in scherzhaftem Ton.

Diana ignorierte ihre Bemerkung und rückte die Sonnenbrille zurecht. »Ich mache eine Detox-Diät, zufrieden? Statt darauf zu achten, was ich trinke oder nicht, solltest du dich lieber um deinen Mann kümmern, vielleicht wäre er dann ja eher geneigt, uns mit seiner Anwesenheit zu beehren«, schoss sie zurück.

Die Diskussion wurde unterbrochen, als ein Auto die Einfahrt heraufkam. Als sie erkannte, wer es war, verfinsterte sich Azaleas Blick, und sie musste sich sehr zusammenreißen, den Ankömmling einigermaßen freundlich zu begrüßen.

»Wir sind im Garten, Domenico. Trink einen Kaffee mit uns, solange er noch heiß ist«, rief sie ihrem Schwager zu und winkte ihn an den Tisch.

Ihre Töchter dagegen grüßten so knapp wie möglich. Sie hatten den Bruder ihres Vaters noch nie gemocht.

Domenico Costa nahm den Hut ab, ließ sich auf einen der Stühle sinken und knöpfte sein Hemd ein Stück auf. Azalea goss ihm einen Kaffee ein und schob ihm einen Teller mit süßen Taralli zu.

»Ich wollte mal nach Ettore sehen, gestern schien es ihm ja nicht so gut zu gehen«, sagte er und trank einen Schluck von seinem Kaffee.

»Hast du die Abrechnung dabei?«, erkundigte sich Azalea und deutete auf seine Aktentasche.

»Nein, das sind erst mal die voraussichtlichen Zahlen, ich wollte sie Ettore zeigen«, erwiderte er rasch und begann unter Azaleas Blick zu schwitzen. »Und natürlich wollen alle in der Firma wissen, wann er zurückkommt. Falls er zurückkommt …«

»Da brauchst du dir keine Sorgen zu machen, das wird nicht mehr lange dauern«, erwiderte seine Schwägerin kühl und band ihren Schal neu, der perfekt zu ihren türkisfarbenen Augen passte.

Sie schaute zu Calliope hinüber, als würde sie auf Unterstützung von ihr hoffen, doch sie wartete vergeblich. Ihre Tochter starrte abwesend auf eine Laterne, die an einem langen, starken Ast hing.

»Schon gut, ich meinte ja bloß …«, stotterte Domenico. »Ich möchte Ettore so gut wie möglich vertreten – und natürlich solange es nötig ist«, fügte er hinzu und machte ein Gesicht, als würde er Übermenschliches leisten müssen.

»Klar, darauf hast du ja immer schon gewartet«, bemerkte Diana sarkastisch, die aus ihrer Abneigung ihm gegenüber nie einen Hehl gemacht hatte, und trank trotz der entsetzten Blicke ringsum ungerührt weiter ihren Saft.

»Calliope, bis Ettore wieder auf dem Damm ist, könntest du doch Domenico in der Firma zur Hand gehen«, packte Azalea den Stier bei den Hörnern.

»Ehrlich gesagt …«, begann Calliope.

»Das halte ich für keine gute Idee«, fiel Domenico seiner Nichte ins Wort. »Seit Ettores Unfall haben wir alle Hände voll zu tun, und selbst wenn ich wollte, hätte ich gar nicht die Zeit, mich um dich zu kümmern.«

»Was redest du da?«, fuhr Azalea ihn an. »Jeder weiß, dass Calliope niemanden braucht, der sich um sie kümmert oder sie einweist. Sie ist mit der Firma verwachsen wie kein anderer. Sie hat dort schon als kleines Kind gespielt.« Selbstbewusst reckte sie das Kinn, während Domenicos Löffel mit einem Klirren auf der handbemalten Untertasse landete. »Meine Tochter ist bestens vorbereitet, sie weiß, was zu tun ist und wie. Immerhin ist sie eine Costa, unser Handwerk liegt ihr im Blut.«

Domenico seufzte, wohl wissend, dass er gegen seine Schwägerin nicht ankam. Er trank seinen Kaffee und aß einen Tarallo, die entspannte Atmosphäre war wie weggeblasen.

»Ich nehme an, Widerspruch ist zwecklos.«

»Ganz genau. Wir sind uns also einig«, stellte Azalea voller Stolz auf ihren Sieg fest. »Ich bin sicher, dass Ettore es zu schätzen weiß, dass du die Firma unterstützt, bis er wieder zurück ist.«

Dabei tätschelte sie Calliopes Oberschenkel. Ihre Tochter starrte sie mit offenem Mund an.

9

Endlich, dachte Calliope, als ihr Onkel die Tür zur Fabrik öffnete. Sie fühlte sich, als ob sie nach einem langen Ferienaufenthalt heimkehrte. Nachdem ihr Vater an ihrer Stelle Ettore zu seinem Nachfolger bestimmt hatte, war sie zutiefst verletzt gewesen, hatte sich benachteiligt, ja sogar betrogen gefühlt und von da an ein demonstratives Desinteresse am Geschick des Familienunternehmens an den Tag gelegt. Zumal man ihr keine Mitarbeit angeboten hatte.

Sie hatte einen großen Bogen um die Gebäude gemacht, als hätte sie sich dort eine ansteckende Krankheit holen können. Nur wenn ihre Anwesenheit absolut erforderlich gewesen war, hatte sie die Schwelle überschritten. Und jedes Mal brach die Wunde, das Zeichen ihrer Niederlage, wieder auf und begann zu schmerzen. Zu tief war ihr Selbstbewusstsein erschüttert worden.

Doch nun hatte sie es dank der Hartnäckigkeit ihrer Mutter zurückgewonnen. Azalea hatte sie in die Pflicht genommen, ihr klargemacht, dass sie als eine Costa sich in dieser Situation nicht drücken durfte, und am Ende war sie bereit gewesen, die Herausforderung anzunehmen und sich zu beweisen.

Ihr Onkel hatte sie am frühen Morgen abgeholt, die Stimmung während der Fahrt war, wie nicht anders zu erwarten, angespannt gewesen. Sie hatte trotz der Klimaanlage das Fenster heruntergelassen und nach draußen geschaut, während ihr Visionen und Ideen im Kopf herumspukten, die sie irgendwann bei einem Glas Wein mit Ettore gesponnen hatte, als der zur Abwechslung mal nicht nur zum Schlafen nach Hause gekommen war.

Bald waren sie am Ziel angelangt. Der Wagen bog in die Straße ein, die nach Aristide Costa benannt war, dem Gründer der Fabrik, und rollte auf den für Ettore reservierten Parkplatz. Der Platz für den Stellvertreter blieb leer.

Offenbar fühlte Domenico sich inzwischen wirklich als Chef. Demut und Bescheidenheit schienen ihm fremd zu sein, sonst würde er in ihrer Gegenwart nicht so offen den Platz ihres Mannes für sich reklamieren. Ein weiterer Beweis für einen eklatanten Mangel an Taktgefühl.

Calliopes Blick wanderte die Fassade hinauf. Die Verwaltung nahm den mittleren Teil des weitläufigen Gebäudekomplexes ein, an den sich zu beiden Seiten Hallen mit geschwungenen weißen Dächern anschlossen, aus denen der Duft nach frischem Teig drang. Als sie eintraten, zitterten ihr ein wenig die Knie. Sie musste sich erst an ihre neue Rolle gewöhnen. Vielleicht fürchtete sie auch, ihrem eigenen Anspruch, ihrem Ehrgeiz nicht gerecht zu werden. Sie hatte viel zu gewinnen, aber ebenso viel zu verlieren.

Sie begrüßte die Dame am Empfang freundlich und wechselte ein paar Worte mit ihr, statt Domenico zu folgen, der sie als Erstes in sein Büro führen wollte. Sie hatte kein Verlangen danach, sich auf einen schwarzen Ledersessel zu setzen und über Zahlen und Tabellen zu diskutieren. Sie wollte ins Herz der Fabrik, dorthin, wo das Leben war, wo der Teig hergestellt wurde, wo sie die Düfte ihrer Kindheit wiederfinden konnte.

Als das Telefon ihres Onkels klingelte, nutzte sie die Gelegenheit und bog rasch in einen Seitenflügel ein. Ihr Herz klopfte vor Aufregung, als sie die Tür zur Produktionshalle aufschob, sich einen weißen Kittel und eine Haube überstreifte und nach einem letzten tiefen Durchatmen nach so vielen Jahren endlich wieder in die Welt ihrer Kindheit eintauchte.

Der Boden jenseits der Tür war von den Mehlresten rutschig. Als Kind war das ihre private Schlittschuhbahn gewesen. Das leise Raunen der Arbeiter wurde von der Musik der rhythmisch arbeitenden Maschinen begleitet. Der Hartweizengrieß rieselte direkt aus den Silos in eine endlose Reihe von Behältern und wurde dort mit dem Wasser aus der nahen Quelle vermischt. Die Maschinen übernahmen nun die Handgriffe und Gesten der manuellen Herstellung, die ihre Großmutter noch von ihren Großeltern gelernt hatte.

War der Teig ausreichend geknetet, wurde er von zwei riesigen Metallwalzen immer feiner und feiner ausgerollt, bis er nur noch wenige Millimeter dick war. Im nächsten Schritt wurde der hauchdünne Teig dann von Maschinen mit schweren Bronzeplatten in alle erdenklichen Formen gepresst und mit scharfen Messern aus dem Teig geschnitten. Wie ein Ventilator drehte sich die Schneidemaschine unaufhörlich, und die fertige Pasta fiel auf das mit Stoff bespannte Förderband und wurde in den Trockenraum gefahren.

Die Formplatten aus der Anfangszeit der Fabrik waren irgendwann ausgetauscht worden. Wann genau das gewesen war und warum, wusste Calliope nicht, sie hatte lediglich von ihrem Großvater mal gehört, dass die Bronzeformen, die man früher verwendete, andere Muster hatten als die heutigen und dass die alten Leute behaupteten, in ihrer Kindheit habe die Pasta viel besser geschmeckt. Calliope stellte sich vor, dass sie heute nach Vergangenheit schmecken würde und wünschte, sie wüsste, wo die alten Formen abgeblieben waren.

Waren die Teigwaren gepresst und geschnitten, kamen sie für etwa sechzig Stunden in den Trockenraum, wo es warm war wie an einem Augustnachmittag.

»Die Pasta muss schlafen, wenn sie gut werden soll«, hatte ihr Großvater, der wie der Firmengründer Aristide hieß und die wohl wichtigste Person ihrer Kindheit gewesen war, immer gesagt, wenn sie zusammen auf dem Fußboden des Trockenraums gesessen hatten.

Statt sonntags nach der Messe in den Katechismus-Unterricht zu gehen, wurde sie von ihrem Großvater heimlich vor der Kirche abgefangen, und dann zeigte er ihr die Fabrik. Von ihm lernte sie all das, was ihr Vater für sie völlig unwichtig fand. In seinen Augen lag die Zukunft eines Mädchens im Haushalt, in einer Ehe, in der Erziehung von Kindern, und nicht in der Leitung eines Familienunternehmens. Ganz anders ihr Großvater, der ihr Interesse und ihren Sachverstand erkannt und ihren Wissensdurst befriedigt hatte. Er hatte ihr ebenso das Funktionieren der Stanzmaschine erklärt wie die Herstellung des perfekten Pastateigs.

Als sie gedankenverloren die Klinke herunterdrückte und sie sogleich der typische Duft des warmen Getreides umfing, kehrten die alten Erinnerungen mit Macht zurück.

»Erzähl mir von früher«, war ihr Standardspruch gewesen, sobald sie die Fabrik betrat.

Daraufhin hatte der Großvater sie geduldig mit der Geschichte der Firma vertraut gemacht, deren Anfänge er selbst nur vom Hörensagen kannte. Er hatte ihr einen alten Holztisch gezeigt, auf dem seine Großeltern die Pasta teilweise noch von Hand hergestellt hatten. Jetzt stand er im Garten der Masseria und diente der Familie als Frühstückstisch.

Es tat ihr gut, in die Vergangenheit einzutauchen, die zumindest im Rückblick so einfach, so idyllisch schien. Selbst wenn sie sie glorifizierte, half es ihr, ihre gegenwärtige schmerzliche Situation für eine Weile zu vergessen.

Am schlimmsten waren Ettores unkontrollierte Wutausbrüche. Erst heute Morgen hatte er sie wieder aus dem Schlafzimmer geworfen, weil sie etwas falsch gemacht hatte, als sie ihm helfen wollte, oder weil sie seine Wünsche nicht richtig gedeutet hatte … Sie wusste es selbst nicht, er redete ja kaum mit ihr, sodass sie meistens nur raten konnte.

Ihr Hochzeitsessen vor sechs Jahren kam ihr wieder in den Sinn. Sie dachte an Ettores Küsse, an sein Lächeln und daran, wie sie erstarrt war, als ihr Vater plötzlich aufstand und sein Glas Champagner erhob, um seine verhängnisvolle Ankündigung zu machen.

Ich übergebe dir, Ettore, die Leitung meiner Firma. Ab heute bist du für meine Familie und vor dem Gesetz ein Costa. Du bist seit Langem wie ein Sohn für mich, und irgendwann wirst du meinen Platz als Familienoberhaupt einnehmen. Natürlich noch nicht gleich, damit wir uns da richtig verstehen!

Die Gäste hatten gelacht und geklatscht. Alle, bis auf sie. Sie hätte heulen können.

Nach wie vor haderte sie mit der Entscheidung ihres Vaters, nahm sie ihm immer noch übel. Doch nun überkam sie plötzlich das Gefühl einer späten Wiedergutmachung. Das Schicksal hatte anders entschieden und sie an den Platz gestellt, der ihr zustand, den sie verdiente.

»Sieh dir an, wer jetzt die Geschäfte führt«, murmelte sie, als stünde der Vater vor ihr. »Sieh dir an, wohin es geführt hat, dass du mich von allem ausgeschlossen hast, als Augusto die Firma ausschlug und du um jeden Preis einen männlichen Nachfolger wolltest und nicht mich, deine eigene Tochter. Sieh dir an, wie viel Leid du verursachst, wie du meine Ehe zerstört hast. Sieh dir von da oben genau an, mit wie viel Wut mein Mann mich anschaut, weil du ihn in eine Rolle gedrängt hast, für die er nicht geschaffen war, während ich darauf gebrannt habe, dir zu beweisen, was in mir steckt.«

Tränen standen ihr in den Augen, als Calliope sich vorsichtig eine frische Spaghetti auf die Handfläche legte und mit geschlossenen Augen daran roch. Sie war weich und rau zugleich, die Wunden, die die Maschinen ihr zugefügt hatten, waren noch nicht verheilt. Die dünne Teigschnur erinnerte sie an ihr Leben, abgeschnitten und dennoch lebendig, fähig, sich anzupassen und die unglaublichsten Formen anzunehmen. Fähig, durchzuhalten.

Sie biss ein Stück ab und schob es mit der Zunge gegen den Gaumen, wo es sich langsam auflöste. Es schmeckte nach dem Wasser aus der Quelle des Hirten, mit dem die Familie eine tiefe Freundschaft verband, und nach dem Getreide, das von den Feldern rund um die Masseria stammte. Die feine Schnur auf ihrer Hand bestand einzig aus diesen beiden einfachen Zutaten, schien die Säfte der Erde in sich aufgenommen zu haben, war gewärmt worden von der heißen Sonne, die den Bauern bei der Ernte die Haut verbrannte, und bald würde sie hart sein wie ihre von der Arbeit gezeichneten Gesichter.

Noch einmal ließ sie ein Stück auf der Zunge zergehen, wohl wissend, dass der Geschmack je nach Jahreszeit und Wetter variierte.

Wunderbar, irgendwie anders, dachte sie, und mit einem Mal fiel ihr etwas ein. War das vielleicht die neue, besonders hochwertige Sorte für den amerikanischen Markt? Sie hatten kurz darüber gesprochen, bevor Ettore zu dem Meeting mit den Interessenten aus Übersee aufgebrochen war. An jenem schicksalhaften Tag, an dem er wegen einer fehlenden Leitplanke von der Straße abgekommen und ins Koma gefallen war.

Erneut verspürte sie einen unsäglichen Schmerz, der alle anderen Gefühle betäubte.

»Lieber Gott, es muss einfach eine Möglichkeit geben, aus diesem Albtraum aufzuwachen«, flüsterte sie, suchte nach einer Antwort, nach einem Hinweis, an dem sie sich festhalten konnte.

Der Großvater kam ihr wieder in den Sinn. Sie erinnerte sich noch genau an ihn, an sein gütiges Gesicht. Im Konferenzraum der Firma hingen Fotos der bisherigen Besitzer, angefangen mit Aristide, dem Gründer, bis hin zu Eugenio, ihrem Vater. Ziemlich genau in der Mitte rangierte ihr Großvater, das Gesicht voller tiefer Falten, Zeichen eines harten Lebens, in den Händen hielt er eine feine Pasta, die wie Gold glänzte.

Calliope geriet ins Grübeln. Die Antwort lag in diesem Schwarz-Weiß-Foto, doch um sie zu entschlüsseln, musste sie zunächst die Frau werden, die sie immer hatte sein wollen. Und welcher Ort wäre besser dafür geeignet als diese Mauern, die gleichermaßen Zeugen ihrer naiven kindlichen Begeisterung wie ihres jugendlichen Wissensdursts gewesen waren. Da war es mehr als recht, wenn sie auch Zeugen ihrer Wiedergeburt wurden, ihres Erwachens nach einem langen Winterschlaf, der viel zu lange gedauert hatte.

10

Azalea ging die Treppe hinunter und stellte den Korb, der randvoll mit Feigen war, auf dem Gartentisch ab, um sich mit dem Handrücken den Schweiß von der Stirn zu wischen.

Der Tag war drückend heiß, eine fast afrikanische Hitze hatte Salina seit Tagen fest im Griff, sodass man sich beinahe vorkam wie in der Wüste.

»Dieser Schirokko nimmt einem den Atem«, klagte sie und goss Zitronenlimonade in zwei Gläser, eines für sich und eines für ihre ältere Tochter, die, den Computer auf dem Schoß, in einem Gartensessel saß, während auf dem Tisch vor ihr Zettel mit Zahlenkolonnen lagen. »Wie ich sehe, machst du Ernst und kümmerst dich so um die Firma, wie ich es mir vorgestellt habe. Sehr gut.«

Calliope zog die Augenbrauen hoch. Zwischen den Fingern hielt sie einen Rotstift, mit dem sie hier und da etwas anmerkte oder unterstrich.

»Ich gebe mein Bestes, solange der Chef sich im Krankenstand befindet und kein besserer Ersatz zur Verfügung steht als Domenico. Auf ihn kann man sich wirklich nicht verlassen. Um ein Haar hätte er die neue Linie für die Amerikaner gestoppt, von der wir uns einen beträchtlichen Gewinnzuwachs versprechen. Stattdessen wollte er allen Ernstes Kekse produzieren.«

»Wie bitte?«

»O ja, er hat sich in den Kopf gesetzt, unter die Zuckerbäcker zu gehen«, antwortete sie und griff nach ihrer Limonade. »Seiner Meinung nach hat die Nachfrage nach Pasta zu stark abgenommen, womit er nicht unrecht hat, aber statt neue Zielgruppen zu erschließen und die Produktpalette zu erweitern, hat er Kontakt zu Süßwarenherstellern aufgenommen, ohne den Verwaltungsrat vorher zu fragen. Der reinste Diktator.«

»Das darf wohl nicht wahr sein«, empörte sich Azalea, wobei ihre Augen sich dramatisch verdunkelten. »Wie lange geht das schon so?«

»Rate mal.«

»Sag nicht, er hat das alles schon geplant, als Ettore noch im Koma lag. Was für ein Albtraum!«, fügte sie hinzu. »Weiß Ettore davon?«

Ihre Tochter seufzte, ließ sich tiefer in den Sessel sinken und lauschte dem Wind, der durch die Oliven- und Orangenbäume fuhr.

Ja, ihr Mann wusste es, sie hatte es ihm gleich abends nach ihrer Rückkehr aus der Firma gesagt, aber er war nicht darauf eingegangen. Er hatte sich wieder mal völlig seinem Unglück hingegeben und entsprechend barsch reagiert.

»Soll er doch machen, was er will, mir egal. Von mir aus kann er an die Chinesen verkaufen oder die ganze Produktion auslagern. Das geht mich alles nichts mehr an.«

»Das stimmt doch gar nicht«, hatte sie entgegnet und dabei die Fäuste geballt, »wenn du erst wieder gesund bist …«

Sie war nicht mehr dazu gekommen weiterzusprechen, er hatte ihr das Glas Wasser, das sie ihm gerade reichen wollte, aus der Hand geschlagen.

»Ich bin behindert, ich bin ein Krüppel! Wann begreifst du das endlich?«, hatte er gebrüllt. »Leute wie ich bekommen eine Invalidenrente und haben nur noch ein Ziel: den Tag zu überstehen und am nächsten Morgen hoffentlich nicht mehr aufzuwachen. Sie leiten keine Fabriken. Das machst jetzt du. Und du bist ja so gut. Und so normal. Schlag dir ein für alle Mal aus dem Kopf, dass ich je wieder die Marionette deiner Familie spiele. Ich werde nie wieder einen Fuß in diese verfluchte Firma setzen. Du und die Firma, ihr habt mein Leben ruiniert – ich habe die Nase voll von Spaghetti, Tagliatelle, Ravioli und Tortellini. Lass mich also gefälligst in Ruhe!«

»Nun?«, fragte Azalea und holte sie in die Realität zurück.

»Ja, er weiß Bescheid.«

»Und?«

»Was soll er in seiner Lage schon sagen? Er muss sich auf sich selbst konzentrieren, und sonst nichts.«

Ihre Mutter schob den Korb mit den Feigen zur Seite und griff nach ihrer Hand. »Sag mir die Wahrheit. Wie läuft es mit Ettore?«

Die Tochter schaute auf den Limonadenrest in ihrem Glas. Am liebsten wäre sie weggelaufen, um Azaleas bohrendem Blick zu entgehen. Es war nahezu unmöglich, sie zu belügen, sie schaute einem tief in die Seele.

»Du weißt, dass du mit mir über alles reden kannst«, ermunterte Azalea ihre Tochter.

»Ich …«, stammelte Calliope, dann warf sie den Kopf in den Nacken und suchte nach einer glaubhaften Antwort.

Wie sollte sie ihr von den Nächten erzählen, in denen Ettore das Licht löschte, sobald sie das Zimmer betrat? Oder ihr gestehen, dass er lieber nach Santiago rief, wenn er nachts auf die Toilette musste oder eine Schlaftablette brauchte? Dass er den Namen seines Physiotherapeuten wesentlich häufiger aussprach als ihren, obwohl sie ihm auf jede erdenkliche Weise ihre Zuneigung zeigte, versuchte, ihm bei allem, was er nicht allein konnte, zu helfen.

Als die Sonne durch die Wolken brach, musste sie blinzeln. Das strahlende Licht färbte die Getreidefelder hinter dem Garten golden und traf selbst die dunkelsten Winkel ihrer Seele. Noch war sie nicht bereit, anderen Einblick in ihr Innerstes zu gewähren.

»Ich muss gehen, ich habe wichtige Unterlagen in der Firma vergessen«, log sie.

Azalea schaute ihr wissend nach, als sie sich in ihr rotes Mercedes Cabrio setzte – ein Geschenk von Ettore zu ihrem dritten Hochzeitstag.

Calliope fuhr nicht, wie sie behauptet hatte, in die Firma, sondern kurvte über die kleinen Landstraßen Salinas, neben denen rechts und links die Trauben reiften, wo am Abend die Sonne im Meer versank, ganz sanft, als würde sie in den Schlaf gesungen. Wo durstige Weinstöcke ihre Wurzeln in die weiße Erde gruben, wo der Wind den Wüstensand vom Himmel regnen ließ und wo die Farben immer hell und strahlend waren, ehrlich und authentisch wie die Wahrheit selbst. Nicht zuletzt deshalb mochte Calliope den Wein der Gegend, er war ebenso ehrlich und authentisch wie die Menschen, die ihn anbauten und kelterten. Er schmeckte nach Meer und Wind, hinterließ am Gaumen den leicht salzigen Geschmack nach Algen und zugleich die Süße der Kaktusfeigen, die am Straßenrand wuchsen. Statt des Industriegebiets steuerte sie das Zentrum von Salina an. Auf der Hauptstraße mit ihren Boutiquen und den kleinen Tischen der Bars entdeckte sie mit einem Mal Diana, die auf einer Bank saß und auf den Boden starrte. Ihre dunklen Haare hingen wie ein Vorhang vor ihrem Gesicht, in der Hand hielt sie ein Foto. Neben ihr lagen achtlos ein paar Bücher, ein rosa Ordner und ihre Chanel-Handtasche. Sie wirkte wie ein Kind, das die Eltern nicht von der Schule abgeholt hatten und das jetzt weinend auf sie wartete.

Calliope fuhr rechts ran und schaltete das Radio aus. »Ciao, was machst du denn hier? Du wirst ja wohl kaum für deine Abschlussarbeit recherchieren.«

Diana seufzte und schwieg.

»Oder wartest du auf jemanden? Soll ich lieber gehen?«

Als immer noch keine Antwort kam, verlor sie die Geduld. Bei aller Liebe, aber manchmal war ihre Schwester unausstehlich. Sie hatte selbst anstrengende Wochen, nein Monate hinter sich und war nicht gerade wild darauf, sich noch um die Probleme anderer Leute zu kümmern. Sie hatte weiß Gott genug eigene.

Sie wollte gerade den Gang einlegen und wieder losfahren, als sie sich besann. Es wäre nicht nett von ihr, Diana einfach hier sitzen zu lassen.

»Wenn du willst, bringe ich dich nach Hause. Dann kann ich vielleicht mal einen Blick auf das Foto werfen, das du die ganze Zeit anstarrst«, scherzte sie.

Auf die jetzt folgende heftige Reaktion war sie nicht vorbereitet. Ihre Schwester stopfte das Bild in die Handtasche, packte ihre Bücher und presste die Tasche so fest an die Brust, als wollte sie sie zerquetschen. Ihre Augen glänzten feucht.

Irgendetwas stimmte nicht. Calliope schaltete den Motor aus, stieg aus und lehnte sich gegen die Fahrertür.

»Erzählst du mir endlich, was los ist?«, fragte sie und legte der Schwester eine Hand auf die Schulter, woraufhin die das Gesicht in den Händen vergrub und zu weinen begann.

»Hey, Kleines, rede mit mir. Warum weinst du?«, drang sie auf Diana ein, doch die reagierte immer noch nicht.

Inzwischen wurden sie aus gebührender Entfernung von neugierigen Passanten beobachtet. Die Costa-Mädchen waren auf der Insel bekannt wie bunte Hunde. Eine weinte, die andere tröstete sie. Interessant, was wohl dahintersteckte? Calliope meinte die Fragen förmlich zu hören.

»Okay«, sagte sie, nahm ihre Schwester bei der Hand und führte sie zum Auto, um sie vor den aufdringlichen Blicken in Sicherheit zu bringen. Aus dem Radio klang die raue Stimme von Axl Rose, der *November Rain* sang, trotz der falschen Jahreszeit der perfekte Soundtrack.

Während sie die Küstenstraße entlangfuhren, schaute Calliope immer wieder zu Diana rüber, die untröstlich neben ihr auf dem Beifahrersitz kauerte. Sie wirkte völlig fertig. Irgendetwas musste sie vollkommen aus der Bahn geworfen haben. Irgendetwas bereitete ihr Kummer, doch Calliope hatte nicht die leiseste Ahnung, was es sein konnte.

Um sich selbst zu beruhigen, sog sie den Duft des Meeres, das zwischen den Serpentinen immer wieder aufblitzte, tief in sich ein. Ihre Gedanken verfingen sich zwischen den gelben Blüten des Götterbaums, der zu beiden Seiten der Straße wuchs, und ihr Blick schweifte zu den pinkfarbenen Blüten der Meeresfeige auf dem Randstreifen.

Den Wind in den Haaren, ein altes Lied aus dem Radio und das Meer, das all ihre Ängste in sich aufnahm – noch nie hatte Calliope so deutlich gespürt, wie wichtig ihr diese Auszeiten waren.

Sie parkte den Wagen auf einem Platz hoch über dem Meer, dicht am Abgrund, von dem sie lediglich eine rostige Leitplanke trennte. Unmittelbar dahinter ging es steil nach unten, ein dichtes Wäldchen zog sich bis hinunter zum Meer. Sie beugte sich nach vorne und streckte die Arme aus, als wollte sie nach den Schaumkronen der Wellen greifen.

»Komm schon, worauf wartest du? Das Meer ist wunderschön von hier oben«, drängte sie Diana, die nach wie vor zusammengesunken auf dem Beifahrersitz hockte. »Dann eben nicht«, meinte sie und zuckte mit den Schultern.

Statt sich weiter um ihre Schwester zu kümmern, schaute sie wieder auf das majestätische Blau des Meeres. Hier war sie frei. Keine Wände, kein Desinfektionsmittel, das ihr gleich beim Aufstehen in die Nase stieg, kein Atem, den sie kontrollieren musste, wenn sie nachts aus dem Schlaf schreckte und fürchtete, dass das Herz des Mannes neben ihr zu schlagen aufgehört hatte. Kein Blick, der sich abwandte, wenn sie die Liebe darin suchte.

Sie kickte einen Stein nach unten.

Nein, mit Ettore lief es gar nicht gut. Und mit Diana, die nicht preisgeben wollte, was sie derart belastete, auch nicht. Bis vor gar nicht langer Zeit war sie noch nie mit solchen Problemen konfrontiert worden. Zwar hatte Ettores ständige Abwesenheit sie belastet und die letzten Jahre waren eher holprig verlaufen, aber sie war sicher gewesen, dass alles wieder in Ordnung kommen würde. Bis zu jenem verhängnisvollen Unfall.

Sie streckte der untergehenden Sonne die Arme entgegen, hinter ihr zeichnete sich ihr langer, schmaler Schatten ab.

Vielleicht reiche ich ja bis ans Meer, dachte sie und machte sich noch länger. Sie fragte sich, ob sie Ettore je wieder erreichen würde, während sie aus dem Auto das Klingeln eines Handys hörte.

Diana rührte sich nicht, und das Telefon schien immer lauter und aufdringlicher zu schrillen.

Calliope wandte sich zum Wagen und zog aus ihrer Hosentasche eine kleine bronzene Scheibe hervor, in die eine stilisierte Blüte eingestanzt war. Sie hatte das winzige Förmchen in einer Blechdose mit allerlei Krimskrams im hintersten Winkel eines der alten Küchenschränke gefunden und es, einer spontanen Eingebung folgend, als eine Art Talisman mitgenommen.

Ihrer Einschätzung nach handelte es sich um eine der Matrizen, die man vor handbetriebene Pastamaschinen setzte, um den Teigwaren die gewünschte Form zu geben: von schlichten Spaghetti und Röhrennudeln über gedrehte Fusilli bis hin zu ausgefalleneren Formen und Teigtaschen. Pasta in Form einer Blüte hatte sie hingegen noch nie gesehen. Ob sie wohl zum Experimentieren mit neuen Pastasorten oder eher zum häuslichen Gebrauch gedient hatte? Aber dann müsste es eigentlich noch mehr davon mit anderen Mustern geben.

Wenngleich sie keine Ahnung hatte, wozu genau das winzige Förmchen gedient hatte, glaubte sie, dass es mit ihrem Großvater zu tun hatte und eine Verbindung zu ihm und zur Vergangenheit darstellte, und sie hoffte, dass es vielleicht ein wenig von seiner Kraft auf sie übertragen würde.

»Hilfst du mir, mein Glück wiederzufinden?«, fragte sie die kleine Blütenform leise und umschloss sie mit den Fingern.

11

»Das kann ja dauern«, murmelte Calliope und gähnte.

Auf dem Schreibtisch vor ihr lagen jede Menge Papiere, Merkzettel ebenso wie Statistiken. Sie trank noch einen Schluck Kaffee, der inzwischen eiskalt geworden war, legte die Unterlagen ordentlich zusammen, schob sie in eine Mappe, schaltete das Handy aus und verließ das Arbeitszimmer, das einst ihrem Vater und dann Ettore gehört hatte.

Zwischen diesen nach Büchern und Zigarren riechenden Wänden hatte sie die Nacht verbracht. Nach ihrem Ausflug ans Meer war sie so voller Energie gewesen, dass sie einfach nicht hatte schlafen können. Zudem empfand sie ihre Einsamkeit in dem Schlafzimmer, das sie mit Ettore teilte, noch stärker. Ihr fehlte seine Nähe, seine Zärtlichkeit. Seit seinem Unfall gab es keine Umarmung, keinen Kuss, keine Streicheleinheiten mehr. Zwischen ihnen herrschte gefühlsmäßig vollkommene Leere, selbst seine Worte waren kalt wie Eis.

Da fiel es nicht leicht, sich immer wieder zur Geduld zu mahnen.

Mittlerweile war es heller Morgen, und ihr Mann war bei seinen morgendlichen Übungen. Sie warf einen Blick in den Therapieraum. Er lag auf der Liege, Santiago hielt seinen linken Fuß und zwang das Bein, sich zu beugen. Jeden Morgen nach dem Waschen standen Ettore mindestens vierzig Minuten Gymnastik bevor, damit die Muskulatur stimuliert wurde und sie irgendwann wieder von alleine funktionierte. Bislang schien sie trotz Therapie eher abzubauen, Ettores Beine bestanden nur noch aus Knochen und Sehnen, waren kraftlos und schlaff, die Haut dünn wie Pergament.

Schnell zog Calliope sich wieder zurück. Ettore hatte sich verbeten, dass sie ihm bei seinen Übungen zusah. Dafür hätten sie ja einen gut bezahlten Physiotherapeuten engagiert, pflegte er zu argumentieren. Nach einer ersten Phase der Ablehnung war Santiago im Laufe der Zeit zu seiner wichtigsten Bezugsperson geworden. Er betreute ihn rund um die Uhr, kümmerte sich um seine Körperpflege, was Calliope untersagt war, unterhielt ihn, und manchmal lachten sie sogar miteinander. Was in der Masseria inzwischen immer seltener zu hören war. Normalerweise hielt sie sich diskret zurück, diesmal aber blieb sie stehen und lauschte, worüber die beiden so redeten.

»Immer, wenn ich daran denke, dass mein Leben völlig sinnlos geworden ist, rufe ich mir in Erinnerung, dass du mich vierundzwanzig Stunden am Tag waschen, mir die Haare schneiden, mich anziehen und mich ertragen musst. Dann geht es mir sofort besser«, sagte Ettore, wobei in seinem scherzhaften Ton unwillkürlich eine Spur von Bitterkeit mitschwang.

»In der Tat ist die Arbeit mit ehemaligen Komapatienten in meinem Job mit das Schwierigste«, gab Santiago betont sachlich zurück, um sich dann ebenfalls einen kleinen Scherz zu erlauben. »Am besten ist es, wenn sie schlafen, dann muss ich mir ihr Gejammer nicht anhören«, hatte er hinzugefügt und Ettore auf die Seite gekippt, um ihn weiter seiner anstrengenden Therapie zu unterziehen.

Beruhigt begann Calliope in ihrer Tasche nach den Autoschlüsseln zu kramen, doch kaum bekam sie sie zu fassen, fielen sie ihr aus der Hand.

Das metallische Klimpern ließ ihren Mann aufschrecken. Sofort schnellte sein Blick zur Tür, und er versuchte sich aus Santiagos Griff zu befreien, um sich abzustützen und den Oberkörper ein Stück anzuheben. Er schaffte es nicht, und vor lauter Scham über seine Hilflosigkeit wurde sein Gesicht hochrot. Schlimmer noch: Calliope spürte, dass er sie in diesem Moment hasste. Sie sollte ihn nicht so sehen, signalisierte ihr sein Blick, der mehr sagte als tausend Worte. Abrupt drehte er den Kopf weg und wandte sich an Santiago.

»Das nächste Mal schaust du bitte nach, ob die Tür abgeschlossen ist. Ich wünsche keine Unterbrechungen und ungebetenen Gäste. Dass mir das nicht noch mal vorkommt, ist das klar?«, herrschte er ihn an. »Sonst schicke ich dich dorthin zurück, wo du hergekommen bist.«

In diesem Augenblick war er wie seine Mutter, die anderen gegenüber gern gebieterisch auftrat. Und irgendwie wurde er ihr noch ein Stückchen fremder.

Die Erkenntnis schmerzte. Wann hatte es angefangen? Calliope vermochte es nicht genau zu sagen. Jedenfalls war es seit Ettores Rückkehr in die Masseria immer schlimmer geworden, und bisweilen fürchtete sie sich sogar vor ihm, wachte nachts manchmal schweißgebadet auf, weil sie geträumt hatte, dass seine Hände sich um ihren Hals legten und zudrückten. Natürlich bemühte sie sich, ihre Angst in Schach zu halten, rational zu bleiben, doch es gelang ihr nicht immer. Manchmal schnürte die Angst ihr die Kehle zu und drohte sie zu ersticken. Dann half es ihr am ehesten, sich das Meer und den blauen Himmel vorzustellen, Sinnbilder für Weite und Ewigkeit.

Schmerz und Freude lagen dicht beieinander, das erkannte sie mit jeden Tag mehr. Instinktiv glitten ihre Finger zu der kleinen bronzenen Form, ihrem Talisman, und sogleich tauchte wieder das runzlige Gesicht ihres Großvaters Aristide vor ihr auf, der sie anlächelte, wie immer mit seiner Pfeife im Mund. Sie umklammerte die Form mit beiden Händen und kehrte in Gedanken zu jener Zeit zurück, als sie auf seinem Schoß gesessen hatte und er geduldig auf all ihre Fragen antwortete und ihr das Leben erklärte.

»Das Leben ist ein Kampf. Du darfst nie aufhören, an dich zu glauben. Aber das eigentliche Geheimnis besteht darin, sich Zeit zu lassen. Was dir vorbestimmt ist, wird dich früher oder später finden. Das Leben ist wie eine Frau, launenhaft und unvorhersehbar, aber zugleich wie eine Mutter, es vergisst seine Kinder nicht. Du musst nur ein paar Dinge beherzigen: Sei niemals gierig, liebe und wirf dein Leben nicht weg.« Er hatte mit seinem Stock aus Wacholderholz so heftig auf den Boden geklopft, dass Mehlstaub aufgeflogen war. »Vergiss das nie, Calliope …«

»Ein Schritt nach dem anderen«, sagte sie nun laut, doch die lange zurückliegenden Ermahnungen ihres

Großvaters gingen ihr für den Rest des Tages nicht mehr aus dem Sinn. Sie waren wie ein Anker, der ihr Stärke und Selbstbewusstsein vermittelte und damit einen Gegenpol bildete zu Ettores bedrückender Gegenwart, die sie runterzog und ihr die Luft zum Atmen nahm.

Mit neuem Elan erreichte sie das Firmengebäude, parkte den Wagen – nicht auf dem für den Geschäftsführer reservierten Platz, den beanspruchte unverändert ihr Onkel –, griff nach den Papieren und ging rasch zum Eingang. In der Nacht hatte sie festgestellt, dass die Zahlen nicht stimmten, es gab doppelte Bestellungen und Getreidekäufe zu völlig überhöhten Preisen. Der selbst ernannte Chef der Firma schuldete ihr eine Erklärung. Und zwar sofort.

Da Carmen, die persönliche Assistentin ihres Onkels, eine gut aussehende junge Frau, die ihm alles Lästige vom Hals hielt, nicht an ihrem Platz im Vorzimmer war, ging sie gleich durch und hielt vor der angelehnten Tür zu seinem Büro inne, weil Domenico gerade telefonierte. Seine Stimme klang unterwürfig.

Wie das, wunderte sie sich, sonst tat er eher so, als wäre er der König der Welt. Sie spitzte hinter der Tür die Ohren.

»Ja, ja natürlich. Verstehe, aber ich brauche ein bisschen Zeit. Jetzt, wo der Tierarzt außer Gefecht ist, kannst du beruhigt sein. Momentan habe ich hier das Sagen, ich hab hier erst mal freie Bahn. Doch, doch, in seinem Zustand wird der Arme noch eine ganze Weile brauchen. Vielleicht Jahre, falls er überhaupt wieder arbeitsfähig wird.«

In Calliope stieg unbändige Wut hoch. Das durfte doch nicht wahr sein. Am liebsten hätte sie sich auf Domenico gestürzt und ihn geohrfeigt. In diesem Moment waren ihre persönlichen Probleme wie weggeblasen und hatten einem tiefen Abscheu gegenüber ihrem Onkel Platz gemacht. Was sie gerade gehört hatte, schlug wirklich dem Fass den Boden aus. Was zu viel war, war zu viel.

Zu viel für ihren Mann, für die Familie, für die Firma. Und zu viel für sie. Ihre Geduld war am Ende.

Sie atmete tief durch, in ihrem Kopf drehte sich alles. Sie musste etwas unternehmen.

»Kann ich Ihnen helfen, Signorina?« Hinter ihr war plötzlich auf ihren High Heels Carmen aufgetaucht, ihre gestylten Locken wippten.

»Signora«, korrigierte sie die Sekretärin, richtete sich gerade auf und reckte das Kinn angriffslustig vor, um ihre Position klarzumachen. »Ich bin die Frau des Firmenchefs, Ettore Benvenuti. Ich muss dringend einen Anruf erledigen. Wo kann ich das tun?«

Die Sekretärin errötete und deutete auf ihren Schreibtisch. »Bitte sehr«, sagte sie und beugte sich vor, um einige Papiere zusammenzuschieben, wobei sie ein großzügiges Dekolleté enthüllte.

Jetzt weiß ich auch, warum Domenico sie eingestellt hat, schoss es Calliope durch den Kopf, und sie konnte sich ein spöttisches Lächeln nicht verkneifen. *Was für ein Bild mussten Geschäftspartner von ihrer Familie und der Firma bekommen!*

»Es ist ein privates Gespräch. Wenn Sie mich bitte in einen Raum führen könnten, wo ich ungestört bin«, erwiderte sie hoheitsvoll. »Vielleicht im Büro von Signor Costa, der offenbar derzeit den Chefsessel vorzieht«, fügte sie spitz hinzu.

»Natürlich, dass ich da nicht gleich draufgekommen bin«, flötete Carmen ohne eine Spur von Verlegenheit und schlug sich mit der Hand gegen die Stirn.

Der Raum war offensichtlich seit einer Ewigkeit nicht mehr benutzt worden. Der Ficus ließ seine Blätter hängen, der Schreibtisch war leer geräumt bis auf ein Foto von Domenicos Familie. Warum er das wohl dagelassen hatte? Passten sie nicht mehr zu seinem neuen Selbstbild?

»Es tut mir leid, dass Sie sich mit diesem Büro begnügen müssen. Nachdem Signor Costa vom Unfall Ihres Mannes erfahren hatte, ist er in sein Büro umgezogen, weil es größer und repräsentativer ist. Wegen der Kunden, die er empfangen muss«, fühlte Carmen sich bemüßigt zu erklären und schlug dabei einen unterwürfigen Ton an, als fürchte sie eine sofortige Entlassung.

»Das habe ich mir gedacht«, erwiderte Calliope, der die Verunsicherung der jungen Frau nicht entging.

Offenbar fürchtete sie sich vor ihr, oder empfand zumindest großen Respekt. Sie machte nicht den Eindruck, als ob sie etwas mit den Machenschaften ihres Onkels zu tun hätte. Ein Punkt zu ihren Gunsten, vielleicht war Carmen ja, von ihrer geschmacklosen Aufmachung einmal abgesehen, am Ende gar keine so schlechte Mitarbeiterin.

Calliope wartete, bis die Sekretärin die Tür hinter sich geschlossen hatte, und wählte.

»Ja, bitte?«

»Mama, ich bin's.«

»Alles in Ordnung, mein Schatz?«

Sie ging zum Fenster und schaute hinaus auf die Landschaft: kleine Bauernhäuser, weiß gestrichene Gehöfte, die aus dem intensiven Grün der Olivenbäume hervorblitzten, lange Reihen von Weinstöcken, Eukalyptussträucher, die im Sommer intensiv dufteten, eine Windböe, die gerade den weißen Staub von den Straßen und Feldwegen aufwirbelte.

»Bist du noch da?«, holte die Stimme ihrer Mutter sie in die Realität zurück.

»Ja, entschuldige. Ich habe dich angerufen, weil ich die genauen Eigentumsanteile in der Firma wissen muss. Wie viel davon gehörte Papa?«

»Warum willst du das wissen?«

Sie umklammerte den Hörer. »Bitte antworte mir einfach und frag nicht weiter, okay?«

»Nun, soweit ich weiß, hat dein Großvater die Fabrik exakt zwischen beiden Brüdern aufgeteilt, um etwaige Streitigkeiten zu vermeiden.«

»Mist.«

Das hatte sie nicht erwartet. Das würde bedeuten, dass Domenico den gleichen Anteil bekommen hatte wie Eugenio, nur die Geschäftsführung hatte Großvater Aristide ihm vorenthalten. Er würde also nicht so einfach auszubooten sein.

Ihre Absätze klapperten über den Boden, als sie im

Büro auf und ab lief wie ein Raubtier, das seine Beute ins Visier genommen hatte: »Großvater hat nicht zufällig irgendetwas für sich behalten, zum Beispiel ein Prozent?«

»Keine Ahnung, warum fragst du?«

»Weil ich es eben wissen muss.«

»Lass uns darüber reden, wenn du wieder zu Hause bist. Santiago ist zur Apotheke gefahren, um ein Medikament für Ettore zu besorgen, und ich bin mit ihm allein. Ich kann jetzt nicht so lange mit dir sprechen.«

»Ich verstehe.« Was nichts daran änderte, dass sie schnell eine Lösung finden musste. Geduld gehörte nicht zu ihren Stärken. »Ist meine liebe Schwester vielleicht zu sprechen?«

»Tut mir leid, sie schläft noch. Ich frage mich, wann sie mal endlich an ihrer Abschlussarbeit weiterarbeitet, statt den ganzen Tag zu verschlafen oder in irgendwelchen albernen Zeitschriften zu blättern.«

»Sei nicht so hart zu ihr, ich glaube, sie macht gerade eine schwere Zeit durch.«

Calliope dachte an den Nachmittag zurück, als sie Diana mit leerem Blick auf der Bank hatte sitzen sehen, ein Foto in der Hand. Vielleicht ein Foto des Mannes, mit dem sie während ihrer Zeit in Rom zusammen gewesen war und von dem sie nie sprach. Nie zuvor hatte sie ihre Schwester so am Boden zerstört erlebt.

Azalea schien nichts davon mitbekommen zu haben. »Diana muss einfach nur erwachsen werden, das ist alles. Dein Vater hat sie zu sehr verhätschelt, und das ist das Resultat: eine verwöhnte junge Frau, die den ganzen Tag zu Hause herumhängt, statt sich um ihre Zukunft zu kümmern. Wenn sie sich wenigstens für die Firma interessieren würde! Aber nein, das ist der Prinzessin nicht fein genug. Dabei verlangt ja niemand von ihr, dass sie den Teig knetet.«

Es war hoffnungslos. So nachsichtig ihre Mutter mit ihr war, so streng war sie mit Diana. Sie hatte sie sogar für den Herzinfarkt ihres Mannes verantwortlich gemacht, weil sie kurz zuvor in einer Nacht-und-Nebel-Aktion ausgezogen war, um fortan in Rom zu studieren und nicht mehr im nahen Messina.

»Lassen wir das lieber. Ich rufe einfach unseren Anwalt an. Martelli sollte mir Auskunft geben können.«

»Was willst du überhaupt von Diana?«, hakte Azalea nach. »Gibt es ein Problem zwischen euch?«

»Nicht dass ich wüsste.«

»Das will ich auch hoffen, dazu gibt es nämlich keinen Grund. Jeder von euch bekommt zehn Prozent des Aktienpakets, das weiß ich genau. Augusto ebenso wie ihr Mädchen. Das habe ich gegen den Willen eures Vaters durchgesetzt. Er hat seinem Sohn nie verziehen, dass er nicht in die Firma eingestiegen ist.«

»Aha.«

»Wenn du erst mal selbst Mutter bist, wirst du mich verstehen.« Azalea klang leicht angesäuert, anscheinend hatte sie Calliopes einsilbigen Kommentar falsch gedeutet. So wie ihre Tochter jetzt die Anspielung auf die Mutterschaft missverstand.

»Fang du nicht auch noch damit an! Es reicht weiß Gott, dass meine Schwiegermutter mir ständig mit Kindern in den Ohren liegt«, ereiferte sie sich.

»Wie du meinst. Obwohl sie ja nicht ganz unrecht hat.«

»Mama, bitte!«

Azalea seufzte. Jedes Mal, wenn es um das Thema Kinder ging, blockte ihre sonst so vernünftige Tochter ab. Dabei hoffte sie inständig, dass wenigstens Calliope ihr ein Enkelkind schenken würde, das sie verwöhnen könnte.

»Was hast du vor?«

Calliope überlegte kurz und entschied: »Ich komme nach Hause. Ruf Martelli an und sag Diana, dass sie sich fertig machen soll. Und bitte räum die Zeitschriften weg, ich möchte nicht, dass sie sich von der neuen Herbstkollektion ablenken lässt.«

Sie verließ den tristen Raum und schaute noch einmal in dem ungleich schöneren Chefbüro vorbei, in dem Domenico sich eingenistet hatte und in Eugenios schwarzem Ledersessel saß wie ein kleiner Napoleon. Ein moderner Usurpator.

»Setz dich ruhig auf seinen Stuhl, aber mach es dir nicht allzu bequem«, rief sie ihm geringschätzig zu, eilte zum Parkplatz und verließ das Firmengelände.

Als sie die Masseria erreichte, saßen ihre Mutter und ihre Schwester bereits unter dem alten Olivenbaum und warteten auf sie.

»Martelli kann die nächsten Tage nicht kommen, er wird seiner Sekretärin Bescheid geben, damit sie uns bis morgen alle nötigen Informationen zukommen lässt«, ergriff Azalea sogleich das Wort und goss ihr ein Glas ihres berühmten kalten Kaffees ein, den sie wie zu Eugenios

Zeiten mit einem Stückchen Bitterschokolade garnierte. »Und jetzt erklär uns bitte mal, was los ist«, fügte sie hinzu und wedelte sich mit ihrem Fächer hektisch Luft zu.

Calliope warf einen besorgten Blick auf ihre apathisch wirkende Schwester, kam dann aber gleich zur Sache und berichtete von den Ungereimtheiten bei der Abrechnung sowie von Domenicos unangemessenem Chefgebaren und seinen Bemerkungen über Ettore am Telefon.

Diana verzog angewidert den Mund. »Dieses Schwein hat bestimmt seit dem Unfall nur auf seine Chance gewartet.«

»Du sprichst von deinem Onkel, vergiss das nicht«, ermahnte Azalea sie.

»Nach dem, was er über Ettore gesagt hat, habe ich auch das letzte bisschen Respekt verloren«, sprang Calliope ihrer Schwester bei. »Es wundert mich, dass du ihn immer noch verteidigst.«

»Er ist und bleibt nun mal der Bruder eures Vaters.«

»Na und? Er ist ein machtgeiles Arschloch und ein Profiteur«, ereiferte sich Diana.

»Gut«, schaltete sich Calliope schnell ein, um ihrer Schwester eine harsche Zurechtweisung zu ersparen. »Nachdem das also geklärt wäre, solltet ihr wissen, dass ich vorhabe, die Leitung der Firma zu übernehmen, bevor er das traditionsreiche Familienunternehmen komplett an die Wand fährt. Er hat Ettores Büro in Beschlag genommen und parkt auch sein Auto auf seinem Parkplatz. Er markiert den großen Boss, ohne dass er die Fähigkeiten besitzt, die er für die Position bräuchte. Und dass er nicht korrekt ist, kommt noch erschwerend hinzu.« Sie legte eine kurze Pause ein. »Meinen Recherchen zufolge unterhält er unsaubere Geschäftsbeziehungen zu einem Unbekannten, und die doppelte Rechnungsführung weist darauf hin, dass er bei diesen Transaktionen ganz schön in die eigene Tasche wirtschaftet.«

Jetzt war auch Azalea entsetzt. Bislang hatte sie Domenico aus Verbundenheit mit ihrem verstorbenen Mann halbherzig verteidigt, doch nach diesen Informationen hatte auch sie die Nase voll. Mit so viel Hinterhältigkeit hätte sie nicht gerechnet. Nicht der eigenen Familie gegenüber.

»Warum tut er uns das an?«, fragte auch Diana ungläubig.

»Keine Ahnung, ob mal was zwischen ihnen vorgefallen ist. Jedenfalls müssen wir das sofort unterbinden. Wir können nicht riskieren, dass die Firma in die roten Zahlen rutscht«, gab Calliope zurück. »Und um etwas unternehmen zu können, müssen wir genau wissen, wie die Firmenanteile verteilt sind und was Großvater Aristide in seinem Testament verfügt hat.«

Azalea setzte den Krug mit dem Kaffee geräuschvoll auf dem Gartentisch ab. »Was hast du vor? Eine feindliche Übernahme?«

Zum ersten Mal hatte Calliope das Gefühl, dass ihre Mutter sie wirklich ernst nahm. Obwohl sie immer die Tochter mit dem Sinn fürs Praktische gewesen war, hatte niemand sie je als eine Person mit Geschäftssinn gesehen. Weil man sie nicht so hatte sehen wollen.

»Das habe ich vor. Es geht hier immerhin um das Erbe unseres Vaters und unserer Vorväter, die diese Firma gegründet und zu dem gemacht haben, was sie heute ist. Und es ist unsere verdammte Pflicht, das zu erhalten und nicht tatenlos zuzusehen, wie ein inkompetenter und korrupter Verwandter alles zugrunde richtet.«

Diana klatschte zustimmend in die Hände. »Gut gesagt, du solltest Politikerin werden«, sagte sie. Dann presste sie sich die Hand auf den Bauch und tupfte sich den Schweiß von der Stirn.

Es war offensichtlich, dass es ihr nicht gut ging.

»Schwesterherz, was ist los mit dir?«

»Nichts. Liegt wahrscheinlich an der Hitze«, erwiderte sie kraftlos. »Auf jeden Fall kannst du auf mich zählen.«

Kaum hatte sie die Worte ausgesprochen, sprang sie auf und rannte ins Haus, gefolgt von den nun ernsthaft besorgten Blicken ihrer Schwester.

12

Seit über einer Stunde starrte sie schon auf das Telefon. Sie saß auf der Terrasse, der Sonnenuntergang spiegelte sich in der Wasserfläche des Pools und färbte sie blutrot. Noch immer fehlte ihr der Mut, ihren Bruder in New York anzurufen. Sie hatte sich bereits den ganzen Tag davor gedrückt und sich mit Azalea beraten, die dagegen war, ihren Sohn in die Sache hineinzuziehen. Lieber nahm sie ihre Tochter in die Pflicht, als dass sie Augusto das Leben vermasselte, das er sich aufgebaut hatte. Calliope hatte sogar kurz erwogen, Ettore um Unterstützung zu bitten, doch als sie vor dem Therapiezimmer stand, war die Tür verschlossen gewesen.

Seitdem saß sie allein vor sich hin grübelnd auf der Terrasse und versuchte, Ordnung in ihre Gedanken und Ruhe in ihre Seele zu bringen.

Sie musste sich gut überlegen, was sie ihrem Bruder sagen wollte. Anfangs war er als möglicher Ersatz für Ettore im Gespräch gewesen, aber jetzt wollte sie das im Grunde gar nicht mehr. Denn das hieße für sie, wieder mal zurückstecken zu müssen, weil sie eine Frau war.

Im Übrigen war Augusto für sie kaum mehr als ein Name. Ihr älterer Bruder hatte die Masseria verlassen, als er neun Jahre alt war, um in Genf auf ein Internat zu gehen. Da war sie noch ein Säugling gewesen. Und auch später, wenn er in den Schul- oder Semesterferien hin und wieder nach Hause gekommen war, hatte sie nie eine Verbindung zu ihm aufbauen können – der Altersunterschied war einfach zu groß, und die räumliche Distanz sowie der völlig andere Lebenskreis taten ein Übriges.

Sollte sie ihn unter diesen Voraussetzungen wirklich anrufen und ihm sagen, dass er sich seiner Verantwortung als Familienoberhaupt stellen und die Leitung der Firma übernehmen müsse? So hätte ihr Vater gedacht, so dachten die meisten Leute hier auf der Insel. Sie nicht, sie dachte anders. Schließlich war zum ersten Mal ihr Lebenstraum von einer eigenen Karriere, von einer Befreiung aus dem Korsett des traditionellen Frauenbilds, das in Salina noch das Maß aller Dinge war, in greifbare Nähe gerückt. Sollte sie sich das wirklich verderben, indem sie Augusto anrief?

Calliope seufzte. Auch wenn es ihr aus tiefstem Herzen widerstrebte, sie musste es tun. Aus Respekt vor dem Wunsch ihres Vaters. Sich darüber hinwegzusetzen, dazu waren ihre Emanzipationsbestrebungen noch nicht ausreichend gefestigt. Eigentlich absurd, dachte sie, zumal ihr Bruder – genauso wie seinerzeit ihr Mann – keine Lust zu verspüren schien, sich um die Firma zu kümmern. Ettore hatte sich überreden lassen. Würde Augusto sich ebenfalls beugen, wenn es hart auf hart kam?

Was war in einer Zeit des gesellschaftlichen Wandels überhaupt falsch daran, wie sie dachte?

Sie warf einen Blick auf die Uhr. Ihr Bruder dürfte in New York gerade Mittagspause haben. Vielleicht würde er sie aber auch gar nicht wahrnehmen und an seinem

Schreibtisch bleiben. Hieß es nicht, dass Finanzgenies allein von Kaffee und Zahlen lebten?

Angespannt drückte sie die Taste mit der eingespeicherten Nummer und hoffte inständig, dass der Bruder nicht zurückkommen, sie aber bei ihren Plänen unterstützen und nicht versuchen würde, ihr mit seinen zehn Prozent Steine in den Weg zu legen.

Calliope erwischte ihn bei einem schnellen Lunch an einem der zahlreichen Imbissstände im Finanzdistrikt.

»Wenn du glaubst, dass ich nach Salina zurückkomme und mich um die Firma kümmere, täuschst du dich gewaltig, Sweetheart«, erklärte er unumwunden und kaute genüsslich weiter.

»Na ja, es ist eben die Familientradition. Ob ich das gut finde, tut nichts zur Sache. Hier denkt man nun mal so, die Verantwortung liegt bei den Männern, so ist es immer schon gewesen und so wird es bleiben. Punkt.«

Augusto lachte und trank hörbar einen Schluck Wasser oder sonst was.

»Wenn ich mich recht erinnere, gibt es jemanden, für den es schon in seiner Kindheit das Größte war, zwischen all der klebrigen Pasta in der Fabrik herumzukriechen, als hätte er das Zeug mit der Muttermilch aufgesogen. Und das war nicht ich. Ob du es glaubst oder nicht – ich habe sogar eine Glutenunverträglichkeit.«

»Sehr witzig.«

»Habe ich nun recht oder nicht? Du warst von Anfang an die Einzige von uns dreien, die sich für das Metier der Pastaherstellung interessiert und in der Fabrik teilweise mehr Zeit verbracht hat als zu Hause.«

»Schon möglich, aber jetzt ist eine unvorhergesehene Situation eingetreten …«

»Na und«, unterbrach er sie. »Du kannst die Firma führen, das weißt du genauso gut wie ich. Auf meinen Anteil kannst du zählen. Ich werde dir noch heute Abend eine Vollmacht schicken und was du sonst noch brauchst. Alles, was du willst, solange du nicht von mir verlangst, dass ich mein Leben hier in New York aufgebe und auf eine Insel zurückkehre, die ich verlassen habe, als ich gerade mal lesen und schreiben konnte.«

»Hör zu …«

»Nein, ich will nichts mehr davon hören. Für mich würde der Job keinen Sinn machen. Du hingegen bist genau die Richtige dafür, du warst immer schon die Richtige und säßest längst auf dem Chefsessel, wenn du unserem Vater nicht wie ein treues Hündchen hinterhergelaufen wärst.«

»Treues Hündchen? Was redest du da?«

»Die Wahrheit, auch wenn du sie nicht hören willst. Du hättest dich auf die Hinterbeine stellen müssen, als die Nachfolgefrage aufs Tapet kam, und nicht tatenlos zusehen dürfen, wie unser Vater seinem Schwiegersohn, der nicht mal im Entferntesten vom Fach war, diesen Posten aufgedrängt hat. Und mach jetzt nicht noch mal den Fehler, jemand anders den Vortritt zu lassen, weil du glaubst, es deinem toten Papi schuldig zu sein.« Als sie schwieg, fügte er hinzu: »Ich werde den Verdacht nicht los, dass er in deinem Kopf noch immer weiterlebt und dir vorschreibt, wie du dein Leben zu leben hast.«

»Das stimmt nicht.«

»Doch, und das wissen wir beide. Du musst endlich begreifen, dass für dich der Moment gekommen ist, auf deinen eigenen Beinen zu stehen. Also such dir eine Mehrheit bei den Aktionären, übernimm die Kontrolle in der Firma und verpass unserem Onkel einen ordentlichen Arschtritt. Zeig allen, was du draufhast, wozu du imstande bist. Vor allem denen, die glauben, du wärst bloß die Frau von irgendwem. Präsentiere dich als Powerfrau, denk nicht zu lange darüber nach, sonst geht dir diese Chance am Ende genauso durch die Lappen wie die erste. Das Leben wartet nicht.«

Nachdem sie aufgelegt hatten, ließ sie das Gespräch noch einmal Revue passieren. Einerseits war es gut für sie gelaufen, sie hatte seine Unterstützung und wusste zugleich, dass er ihr den Job nicht streitig machen würde. Andererseits hatte er ihr ganz schön den Kopf gewaschen und sie ein bisschen von ihrem hohen Ross heruntergeholt, weil er ihr brutal die Versäumnisse der Vergangenheit vor Augen geführt hatte. Ihr war klar geworden, dass sie noch hart an sich arbeiten musste, um wirklich eine taffe Businessfrau zu werden.

Dennoch war sie ihm dankbar dafür. Ausgerechnet Augusto, mit dem sie sonst überwiegend belanglose Gespräche geführt hatte, hatte in wenigen Sätzen ihr bisheriges Leben analysiert. Und er hatte recht. Indem er ihr die Augen öffnete, verhielt er sich exakt so, wie man es sich von einem großen Bruder wünschte.

Noch immer hallten seine Worte in ihr nach und zwangen sie, über sich nachzudenken. Sie hätte damals nicht einfach schmollen und sich auf das Dasein einer Ehefrau reduzieren lassen dürfen, dann würde sie jetzt weniger unter den Auswirkungen von Ettores Unfall leiden, denn sie hätte einen Beruf, der sie erfüllen und ihrem Leben einen Inhalt geben würde. Dann gäbe es nicht nur diese schreckliche Leere und Kälte um sie herum.

Sie erhob sich und ging zum Swimmingpool hinüber, umklammerte das kalte Metall der Treppe, die ins Becken führte, und starrte ausdruckslos auf das klare Wasser, in dem sich die Lichter der Laternen spiegelten. Am Himmel war ein großer Mond aufgegangen, neben dem das Heer der Sterne noch winziger wirkte als sonst. Vom Orangenhain wehte der Duft der reifenden Früchte herüber, liebkoste ihre Sinne und ließ sie an unbeschwerte Sommertage denken. Auch die Zitronenbäume in ihren Terrakottatöpfen, die wie Wächter zu beiden Seiten des Pools standen, präsentierten stolz ihre leuchtend gelben Früchte.

Inzwischen hatten Generationen von Costas auf dem Landgut gelebt, bereits vor dem Firmengründer hatte es sich im Familienbesitz befunden, war vergrößert, ausgebaut und luxuriöser ausgestaltet worden. Jede Generation hatte der Masseria ihren Stempel aufgedrückt. Calliope kannte sie lediglich aus Erzählungen, abgesehen von Großvater Aristide und seiner Frau, die prägende Figuren ihrer Kindheit gewesen waren. Vor allem der Patriarch.

»Du fehlst mir so, Großvater«, flüsterte sie unwillkürlich und schrak zusammen, als sie hinter sich ein »Mir auch« vernahm.

Es war Diana, die nach wie vor einen unglücklichen Eindruck machte und in deren wunderschönen großen

Augen eine tiefe Melancholie stand, deren Ursache sie nicht kannte.

»Augusto wird nicht zurückkommen, um die Firma zu übernehmen«, erklärte Calliope und schaute in die Ferne. »So wie er geredet hat, ist mir klar geworden, dass er nicht an diesen Ort passt. Daran ändert selbst die Tatsache nichts, dass er ein Costa ist. Jedenfalls fühlt er sich nichts und niemandem verpflichtet.«

»Glaubst du wirklich, dass man sich so einfach darüber hinwegsetzen kann?«, fragte Diana in einem Tonfall, der zwischen verbittert und resigniert schwankte.

»Entschuldige, von wem sprechen wir jetzt? Von dir oder von Augusto?«

»Macht das einen großen Unterschied?«

»Allerdings.«

Die Schwester verzog das Gesicht zu einem schiefen Lächeln. »Papa hat Ettore zu seinem Nachfolger gemacht, weil er wusste, dass Augusto nie mehr hierher zurückkommen wird, oder?«

»Ja, ich denke, so könnte es gewesen sein.«

»Oder hat er insgeheim gehofft, dass er es sich anders überlegt, und hat deshalb jemanden zu seinem CEO bestimmt, der nicht seinen Nachnamen trägt, um Augusto den Platz freizuhalten?«

»Was soll ich sagen, er wird seine Gründe gehabt haben«, entgegnete Calliope.

»Als Kind dachte ich immer, Papa sei eine Art Superheld und könne gar keine falschen Entscheidungen treffen. Aber in diesem Fall hat er sich geirrt. Er hätte dich zu seinem Nachfolger machen sollen, nicht Ettore, und er hätte nicht insgeheim auf Augusto hoffen dürfen. Dein Mann war ein totaler Fehlgriff. So viel Mühe er sich gegeben hat, mit dem Herzen war er nie dabei. Meine Güte, der Mann war Tierarzt! Wie blöd aber auch von Papa, ihm einen so verantwortungsvollen Posten in einer ihm völlig fremden Branche zu übertragen.«

»Diana hat recht«, meldete sich Azalea zu Wort, die soeben herausgekommen war. »Die Frauen in dieser Familie wurden seit jeher unterschätzt und rangierten eine Stufe unter ihren Brüdern, Ehemännern und Vätern. Eugenio war da keine Ausnahme. Das liegt in ihrer Natur, in der Art, wie sie aufgewachsen sind. Heute haben sich die Bedingungen geändert. Es ist höchste Zeit, das Dornröschenschloss zu verlassen und auf das Schlachtfeld zu ziehen.«

Calliope schaute abwechselnd zu ihrer Schwester und zu ihrer Mutter. Der Augenblick der Wahrheit war da, sie konnte nicht mehr zurück, musste ihren Worten Taten folgen lassen.

»Glaubst du, dass unsere Firma zu diesem Schlachtfeld gehört, Mama?«, hakte sie nach.

»Wir sind Frauen, mein Schatz, unser Krieg ist noch lange nicht gewonnen.«

13

Calliope lag wieder mal allein in dem großen Bett, die Beine aufgestellt, die Laken zerwühlt. Die weißen, von der Morgensonne beschienenen Wände verstärkten ihr Gefühl der Einsamkeit noch. Und nichts schenkte ihr heute innere Ruhe und Frieden. Nicht der Blick hinaus auf die gewaltigen Olivenbäume mit ihren starken Ästen, nicht der romantische Orangenhain, der so betörend duftete, nicht die Stauden in den großen Töpfen, die ein einziges Blütenmeer bildeten, und nicht das Stillleben über dem Bett, das sich in seiner gepflegten Langeweile eigentlich beruhigend auf Körper und Geist auswirken sollte.

Wie so oft hatte sie schlecht geschlafen, sie war erst im Morgengrauen eingedämmert und aufgeschreckt, als die Sonne schon hoch am Himmel stand. Nun lag sie noch etwas benommen da, in einem alten T-Shirt von Ettore, das sie übergestreift hatte, um wenigstens auf diese Weise etwas von ihm auf ihrem Körper zu spüren. Erfüllt von Melancholie und Resignation, kam ihr der strahlende Sonnenschein wie blanker Hohn vor. Ihre euphorische Stimmung vom Abend zuvor war verflogen. Es fiel ihr schwer, einem neuen Lebensabschnitt positiv entgegenzugehen, wenn um sie herum noch die Scherben des alten lagen.

Als sie am Abend ins Bett gegangen war, war Ettore

noch wach gewesen. Er hatte schwer geatmet und war sichtlich angespannt gewesen.

»Calliope ...«

»Hallo, mein Liebling«, hatte sie geflüstert und ihn auf die Schulter geküsst, einen Arm um seine Hüfte gelegt und ihn an sich gezogen. Körperkontakt, Wärme, mehr wollte sie gar nicht. Zwar hatte sie einiges über die Sexualität von Querschnittsgelähmten gelesen, aber sie wollte nichts erzwingen. Natürlich hoffte sie, dass Ettore irgendwann bereit dazu sein würde. Mit ihm war Intimität immer mehr als rein körperlich gewesen, sie hatte ein tiefes Band zwischen ihnen geknüpft, eine Verbindung von Körper und Geist. Sie wollte sich endlich wieder als Frau fühlen, und sei es auch nur für eine Nacht, für ein paar Stunden.

»Nein, nicht.« Er hatte ihre Hände gelöst und sie von sich weggeschoben. »Ich brauche viel Ruhe, meine Physiotherapie ist extrem anstrengend. Gute Nacht.«

Seine Ablehnung war wie eine kalte Dusche gewesen oder wie Eiszapfen, die von der Decke fielen und sich in ihr Fleisch bohrten. Sie hatte die Knie an die Brust gezogen und sich selbst ein wenig Wärme zu geben versucht.

Als ihr das jetzt wieder in den Sinn kam und ihr Elend ihr einmal mehr klar vor Augen stand, beschloss sie, ihre Freundin Eva anzurufen, um ihr Leid mal jemandem zu klagen, der nicht selbst involviert war.

»Ich brauche ihn so sehr, doch statt mir eine Hand zu reichen, lässt er mich am ausgestreckten Arm verhungern«, beklagte sie sich, nachdem sie ihrer Freundin kurz ihre Lage erklärt hatte.

»Ettore macht eine schwierige Phase durch, du musst Geduld haben«, erwiderte Eva recht allgemein und gab nebenbei ihrer Zugehfrau Anweisungen. »Du kannst nicht verlangen, dass er seine Behinderung vergisst und sich wie der Mann verhält, der er vorher gewesen ist, mit den gleichen Bedürfnissen, den gleichen Interessen. Mein Gott, der Ärmste sitzt im Rollstuhl!«

»Es geht mir ja gar nicht darum, mit ihm zu schlafen. Ich will doch einfach nur neben ihm liegen und Kontakt zu ihm aufbauen. Und was macht er? Er kämpft gegen mich. Verlange ich denn wirklich zu viel?«

»Für ihn vielleicht ... Vorsicht, wo hast du nur deine Augen? Das ist chinesisches Porzellan aus dem siebzehnten Jahrhundert und keine billige Vase vom Trödler«, schimpfte Eva, woraufhin im Hintergrund entschuldigendes Gemurmel zu hören war.

»Ich rufe später noch mal an«, erklärte Calliope frustriert, »du scheinst im Moment zu beschäftigt zu sein.«

Damit legte sie auf. Gespräche wie dieses machten alles noch schlimmer.

Sie war fast froh, als Azalea den Kopf zur Tür hereinsteckte. »Darf ich?«, fragte sie, und als ihre Tochter nickte, stellte sie das Tablett mit dem Frühstück auf den alten Schrankkoffer am Ende des Bettes und setzte sich in den Sessel daneben.

»Ach, Mama«, seufzte Calliope.

»Du bist traurig, Kleines. Mit der Firma hat es diesmal nichts zu tun, oder?«

Calliope schüttelte den Kopf.

»Es ist wegen Ettore, nicht wahr?«

»Bingo. Aber ich möchte im Augenblick nicht darüber sprechen.«

»Das ist dein gutes Recht«, sagte ihre Mutter und reichte ihr den weißen Umschlag, der auf dem Tablett gelegen hatte. »Hier, vielleicht muntert dich das auf«, sagte sie und zwinkerte ihr zu. »Los, mach auf.«

Als Erstes schaute Calliope nach dem Absender. Der Brief kam von Martelli, dem Anwalt und Notar, der sowohl die Familie als auch die Firma in Rechtsfragen beriet.

»Das sind bestimmt die Unterlagen, die Auskunft über die Mehrheitsverhältnisse geben, oder?«, fragte sie und begann die einzelnen Paragrafen zu studieren.

»Ich würde sagen, das sind die Schlüssel zur Firma«, korrigierte Azalea sie.

Sie sollte recht behalten.

Aus den Dokumenten ging hervor, dass Domenico fünfundzwanzig Prozent der Anteile besaß, während Azalea und die Kinder zusammen fünfzig Prozent hielten.

Sogleich griff Calliope nach ihrem Handy, um den Anwalt anzurufen.

»Reicht es dir nicht, dass wir die Mehrheit haben? Wir können Domenico als Direktor absetzen. Warum rufst du Martelli an?«

»Ich will wissen, warum sich Domenicos Anteil plötzlich zugunsten von Ettore auf fünfundzwanzig Prozent reduziert hat. Natürlich freue ich mich, aber merkwürdig ist es trotzdem.«

»Dafür musst du nicht Martelli behelligen. Ich kann es dir auch sagen.«

Überrascht starrte Calliope ihre Mutter an, die seelenruhig die Finger in ihrem Schoß verschränkte und die salzige Meeresluft tief einsog, die der Wind von der Küste ins Landesinnere und zu ihrem Fenster hereintrug. Die alten Inselbewohner glaubten, dass er denen, die seine Sprache verstanden, Geschichten von Muscheln und Fischern zuflüsterte.

Azalea schloss die Augen, der salzige Geruch des Meeres mischte sich mit dem süßen Duft der Orangen, die sie an Eugenios Küsse erinnerten. Sie legte die Hand aufs Herz und lächelte ihre Tochter an.

»Das ist eine lange Geschichte, ich versuche mich kurz zu fassen: Als dein Vater und Domenico entschieden haben, die Firma in eine Aktiengesellschaft umzuwandeln, haben sie das Geschäftsvermögen auf vier Millionen Euro festgelegt. Beide hielten fünfzig Prozent, von seinen fünfzig hat dein Vater mir zwanzig überschrieben. Als es dann darum ging, den Vertrag für die neue Geschäftsform zu unterschreiben, konnte Domenico seinen Anteil nicht bezahlen, weil er sich verspekuliert und einen Großteil seiner Ersparnisse verloren hatte. Deshalb bat er Eugenio, ihm das Geld vorzustrecken. Dein Vater verlangte dafür, dass ihm bis zur Tilgung der Schulden die entsprechenden Anteile überschrieben wurden.«

»Und diese Tilgung ist nie erfolgt, nehme ich an«, warf Calliope ein.

»Dazu gab es keinen Grund, bis ich 2003 krank wurde. Meine Behandlung war sehr teuer, hinzu kamen die Klinikaufenthalte in den USA und die Untersuchungen durch die Spezialisten, wie du weißt. In dieser Situation verlangte dein Vater eine Rückzahlung der Schulden. Domenico weigerte sich anfangs völlig und tilgte am Ende die Hälfte, sodass ihm jetzt wieder fünfundzwanzig Prozent gehören. Um zu verhindern, dass er das restliche Viertel irgendwann zurückkaufen und es bei wichtigen Beschlüssen als Sperrminorität einsetzen konnte, überschrieb Eugenio davon vierundzwanzig Prozent auf Ettore, nachdem er ihn zu seinem Nachfolger ernannt hatte, und ich bekam ein zusätzliches Prozent.« Azalea zuckte mit den Schultern. »So, jetzt kennst du die ganze Geschichte.«

»Und wieso hat Domenico nicht alles zurückgezahlt? Es muss ihm doch klar gewesen sein, dass er seinen Einfluss auf die Firma praktisch verloren hat.«

»Er brachte damals zur Entschuldigung vor, dass er unverändert in finanziellen Schwierigkeiten stecke.«

»Mama, jetzt hör aber auf! Für seine Kreuzfahrten hatte er immer Geld!«

»Kind, reg dich nicht auf«, mahnte die Mutter sie. »Wo willst du überhaupt hin?«

Calliope griff nach dem erstbesten Kleidungsstück, einem engen schwarzen Kleid, und steckte ihre Haare zu einem Knoten hoch. Dann legte sie einen Hauch Rouge und etwas Mascara auf. Sie nahm Augustos Vollmacht vom Tisch, die am Vorabend angekommen war, und Dianas Dokument.

»Wohin wohl? Zu meinem Ehemann natürlich. Ich werde ihn bitten, meinen Plan zu unterstützen. Und dann fahre ich in die Firma und vertreibe diese Hyäne von Papas Sessel.«

»Dann brauchst du auch die hier«, sagte Azalea und überreichte ihr ihre Vollmacht. »Damit hast du einundfünfzig Prozent plus weitere vierundzwanzig, wenn Ettore dir seinen Anteil zusichert.«

Sie legte ihre Hand auf die Hand ihrer Tochter und drückte sie fest.

»Wie soll ich dir nur danken?«, murmelte Calliope gerührt und schaute ihr in die Augen, die so rätselhaft, tief und aufgewühlt waren wie das Meer, dessen Branden zu ihnen heraufdrang.

»Ich gebe dir meine Vollmacht, weil ich volles Vertrauen in deine Fähigkeiten habe. Du kannst für die Firma und für die Familie Großes erreichen, denn ich sehe in dir, was Eugenio nicht sehen konnte ...«

Ihre Stimme brach. Calliope wusste nur zu gut, wie schwer es ihr fiel, diese Sätze zu sagen. Ihr Leben lang hatte sie bedingungslos ihren Mann unterstützt, wenngleich sie seine Entscheidungen nicht immer nachzuvollziehen vermochte und nicht immer gutgeheißen hatte. Dieses Mal hingegen schlug sie sich kompromisslos auf die Seite ihrer Tochter.

Mit Tränen der Rührung in den Augen umarmte sie ihre Mutter und hauchte ihr einen zärtlichen Kuss auf die Stirn.

»Danke, Mama«, flüsterte sie.

»Danke«, sagte sie auch einige Minuten später, als sie zusah, wie die Tinte von Ettores Unterschrift trocknete. Er hatte ihr ganz selbstverständlich seine Anteile übertragen, sodass sie nunmehr über eine satte Mehrheit verfügte. »Ich hätte nicht gedacht, dass du sie an mich abtreten würdest.«

»Es ist das Einzige, was ich tun kann, damit wenigstens die Firma nicht den Bach runtergeht.« Er hielt einen Moment nachdenklich inne. »Außerdem wusste ich, dass es irgendwann dazu kommen würde, es war nur eine Frage der Zeit, bis du an der Spitze des Unternehmens stehen würdest«, fuhr er fort und trank einen kräftigen Schluck Aquavit, was, wie er wusste, seiner Frau als Morgengetränk mit Sicherheit missfiel.

Obwohl der Satz ihr einen Stich versetzte, tat sie, als hätte sie die darin enthaltene Spitze gar nicht bemerkt.

»Es ist nur eine Übergangslösung. Falls du das willst«, bot sie ihm an und strich sich den Pony aus dem Gesicht, der ihr immer wieder in die Augen fiel.

»Es ist keine Übergangslösung«, widersprach er und knallte das leere Glas auf den Tisch, stützte sich dann mühsam auf den Lehnen seines Rollstuhls ab, als versuche er sich zu erheben. Seine Stimme wurde hart, seine Worte schneidend. »Gratuliere, du kannst mit dir zufrieden sein. Mit diesem Manöver hast du mir das letzte bisschen Leben genommen.«

Was war jetzt los?

Calliope verstand die Welt nicht mehr. Anfangs war er eigentlich ganz umgänglich gewesen, doch auf einmal hatte sich das Blatt gewendet. Doch dann begriff sie. Während ihres Gesprächs hatte sie die Beine übereinandergeschlagen und dadurch viel nackte Haut gezeigt, die Ettore unverwandt anstarrte. Er begehrte sie noch, schoss es ihr durch den Kopf, trotz aller Provokationen und aller Wut.

»Ich habe dir gar nichts genommen«, konterte sie. »Du bist es, der das Leben ablehnt.«

»Ach wirklich? Dann bin ich wohl an allem schuld. Sprich es ruhig aus!« Er fuhr sich mit der Hand über den Bart, den er sich hatte stehen lassen.

»Rede keinen Unsinn, das habe ich niemals gedacht. Und das weißt du ganz genau.«

»Ach, das hast du nicht? Du denkst doch bestimmt, dass ich zu viel jammere, stimmt's? Dabei habe ich doch gar keinen Grund dazu. Du hast recht, ich habe ja auch alles, was jemand wie ich so braucht: einen Rollstuhl, einen Physiotherapeuten und …«

Sie zog es vor, sich nicht auf eine derart absurde Diskussion einzulassen, und schnitt ein anderes Thema an, in der Hoffnung, dass er ihr nicht auch das gleich wieder um die Ohren schlagen würde.

»Ettore, mal ganz im Ernst: Meinst du wirklich, dass deine Behinderung es dir verbietet, von zu Hause aus für die Firma zu arbeiten? Du könntest mal mit mir, mal allein arbeiten, wie es sich ergibt und es für dich passt. Könntest du dir das vorstellen?«

Er presste die Lippen fest aufeinander und lenkte den Rollstuhl hinter den Schreibtisch. »Du weißt überhaupt nicht, wovon du sprichst. Du hast nicht die geringste Vorstellung davon, wie es sich anfühlt, an den Rollstuhl gefesselt zu sein. Also nimm meine Anteile und verschwinde endlich.«

»Nein.«

Seine Hände umklammerten die Räder, sein Kopf fuhr herum. »Wie bitte?«

Calliope erhob sich und baute sich vor ihm auf, die Hände kämpferisch in die Hüften gestemmt.

»Du machst es dir zu einfach, wenn du mich für etwas verantwortlich machen willst, woran ich keine Schuld trage. Und ich lasse nicht zu, dass du deine Krankheit als Ausrede benutzt, um mir den Mund zu verbieten.«

»Lass mich vorbei.«

»Nein.«

»Calliope, bitte, du weißt nicht, wovon du redest …«

»Das weiß ich sehr wohl, also hör auf, mir die Schuld für etwas zu geben, für das ich nichts kann. Lass uns mal Klartext reden: Deiner Träume hast du dich selbst beraubt, als du auf das Angebot meines Vaters eingegangen bist, bei ihm einzusteigen. Du wolltest nie einen Managerposten, schon gar nicht in einer Pastafabrik. Also erzähl mir nicht, ich würde dir etwas wegnehmen, wenn du mir deine Anteile überlässt. Wenn du mal ehrlich zu dir bist, musst du dir eingestehen, dass dir die Firma noch nie etwas bedeutet hat.«

Ettore brach in bitteres Lachen aus. »Warum sagst du das? Willst du dein Gewissen beruhigen?«

»Wovon zum Teufel redest du?«

Die Muskeln in seinem Gesicht verkrampften sich noch mehr, seine Finger umklammerten die Räder so fest, dass die Knöchel weiß hervortraten.

»Ich spreche von der Tatsache, dass du und deine Familie mir all meine Träume und mein Leben genommen habt.«

»O nein, da irrst du dich. Es war deine freie Entscheidung. Ich wusste ja nicht einmal von eurem Deal.«

»Ich war Tierarzt, Calliope, und ich war gut in meinem Beruf. Ich habe hart dafür gekämpft, meinen eigenen Weg gehen zu können und nicht den meines Vaters. Am Ende habe ich mich durchgesetzt.«

Sie senkte den Blick. »Ja, ich weiß.«

»Ich habe davon geträumt, irgendwann einmal ein Zentrum für Kinder mit körperlicher oder geistiger Behinderung zu eröffnen, in dem ihnen durch Reiten und die Beschäftigung mit Therapieeseln geholfen wird. Und jetzt schau mich an: Ich bin ein Krüppel, gefangen in einem Leben, das ich mir nicht ausgesucht habe, und so stark behindert, dass ich nicht mal alleine duschen kann.«

»Ettore, sag so was nicht …«

»Warum soll ich es nicht sagen, es ist die Wahrheit«, schrie er, »die grausame, unumstößliche Wahrheit. Oder willst du das bestreiten?«

»Nein, das will ich nicht. Nur heißt das noch lange nicht, dass es das Ende ist und keine Hoffnung mehr besteht. Aber das willst du einfach nicht sehen.«

Calliope hatte die Worte herausgeschrien, und jetzt kippte ihre Stimme, ihre Hände zitterten, ihre Kehle brannte. Sie hatte das Gefühl, jeden Moment unter der Last der letzten Wochen zusammenzubrechen. Sie wandte den Blick zum Fenster, suchte Trost in der Natur. Ihr Blick blieb an dem majestätischen Olivenbaum hängen, dessen Stamm vor fast hundert Jahren durch einen Blitz gespalten worden war und der trotz dieser Verletzung den Costas jedes Jahr ein wunderbar duftendes Olivenöl schenkte.

»Du weißt nicht, wovon du sprichst.«

»O doch, Ettore. Du hast den Unfall überlebt, aber du benimmst dich, als wärst du tot. Seit du aus dem Krankenhaus entlassen worden bist, igelst du dich hier ein, stößt alle vor den Kopf, brichst sogar den Kontakt zu deiner Mutter ab. Und da wagst du es, mir und meiner Familie vorzuwerfen, wir hätten dir dein Leben genommen? Nein, den Schuh ziehe ich mir nicht an, tut mir leid. Und weißt du, warum?« Sie ging auf ihn zu und beugte sich zu ihm hinunter, um ihm Auge in Auge zu begegnen. »Wenn du auch nur ein bisschen Rückgrat hättest, würdest du aufhören, dich wie ein verwöhntes Kind zu benehmen, und wärst wieder der erfolgreiche Mann, der du gewesen bist. Der Mann, den ich vor sechs Jahren geheiratet habe.«

Calliopes anklagende Worte trafen ihn bis ins Mark. Er wandte den Blick ab und schaute nach draußen ins Nichts. »Du bist auf dem Holzweg«, erwiderte er knapp.

Die Julisonne brannte, die Schüler hatten Ferien, die älteren verbrachten die Tage am Strand und die Nächte in der Bar, die Mädchen und Frauen zeigten immer mehr Haut, und die Bewohner Salinas waren glücklich, sich nach einem arbeitsreichen Jahr ein wenig Ruhe zu gönnen. In der Masseria dagegen herrschte eine eisige Kälte, die nicht einmal die sommerliche Hitze zu vertreiben vermochte. Das Haus und seine Bewohner waren in ihrem Unglück wie eingefroren.

Ettore wandte sich ab vom Sommer, vom blauen Himmel, der so strahlend hell war, dass ihm die Augen schmerzten. Hier, im Halbdunkel des Arbeitszimmers, fühlte er sich wohler, es passte zu seiner Stimmung, genau wie die schwarze Kleidung seiner Frau, die sein Ableben vorwegzunehmen schien.

»Du sprichst von Rückgrat und von dem Mann, der ich war. Du willst einfach nicht verstehen, dass ich nie wieder der sein werde, der ich einmal war. Alles, was ich mir erträumt habe, hat dein Vater mir bei unserer Heirat genommen. Es war der schlimmste Tag meines Lebens«, fügte er in der festen Absicht hinzu, sie zu verletzen.

»Du hättest ja nicht zusagen müssen, dann wäre uns beiden viel erspart geblieben.«

Calliope verschränkte die Arme vor der Brust, sie weigerte sich, der Realität ins Auge zu sehen. Sie war noch nicht bereit, ihrer Liebe abzuschwören. Dabei war nicht zu übersehen, dass der Mann, dem sie lebenslange Treue geschworen hatte, nicht mehr der war, mit dem sie vor den Altar getreten war. Im Grunde hatte sie einen Fremden vor sich, sie fühlte sich verraten und verkauft. Ihr Mann war von einem Gespenst ersetzt worden, dessen Wut und Hass den Raum erfüllten und die Sonne verdunkelten.

»Wie auch immer. Jedenfalls hasse ich deinen Vater mehr als jeden sonst auf der Welt.«

Das war zu viel.

Als sie spürte, wie ihr Tränen in die Augen schossen, erhob sie sich abrupt, nahm ihre Unterlagen und riss die Tür auf. Er sollte sie nicht weinen sehen. Draußen lief sie Azalea in die Arme, die sie besorgt anschaute. Stumm lief sie an ihr vorbei, sie hatte keine Kraft mehr, mit ihr zu sprechen, es war schon zu viel gesagt worden. Ihre Kehle war wie zugeschnürt, und sie konnte die ihr zugefügte seelische Verletzung beinahe körperlich spüren.

Als sie im Auto saß, atmete sie auf. Endlich in Sicherheit. Dann raste sie davon, weit weg von Ettore, hin zu einer neuen Einsamkeit.

»Ettore.«

»Ich habe dich nicht klopfen hören.«

Azalea durchquerte das Arbeitszimmer, das im Halbdunkel lag, und ließ sich auf das Sofa sinken. Noch immer hatte sie das Gesicht ihrer Tochter vor Augen.

»Seit wann ist das zwischen uns nötig?«

»Die Dinge ändern sich. Manchmal schneller, als wir es uns wünschen.«

»Was ist zwischen dir und Calliope vorgefallen?«

Er fuhr den Rollstuhl ans Fenster, sah seine Schwiegermutter immer noch nicht an.

»Wir kommen nicht mehr miteinander zurecht.«

»Ich verstehe.«

»Tatsächlich? Dann erklär das bitte deiner Tochter, vielleicht hört sie dir ja zu.«

Azalea knetete ihre Hände, mit einem Mal wirkte sie müde und verhärmt.

»Was genau soll ich ihr erklären? Dass ihr Mann zu sehr damit beschäftigt ist, sich selbst zu bemitleiden, und nichts als seinen eigenen Kummer sieht? Dass er sich der Liebe und Zuneigung seiner Mitmenschen verweigert? Oder dass der Mann, den sie einmal geheiratet hat, nicht mehr lieben kann?«

Ettore schluckte. »Du hast wie immer ins Schwarze getroffen.«

»Als junge Frau war ich Meisterin im Bogenschießen.«

»Sehr witzig.«

»Leider ist die Realität meist nicht so witzig, wie man sieht«, erwiderte sie und nahm eine der Fachzeitschriften für Archäologie vom Stapel, die Eugenio abends bei einem Glas Cognac gelesen hatte und denen damals immer der Geruch nach Alkohol und Zigarren angehaftet hatte. Inzwischen war davon längst nichts mehr übrig, er war verflogen wie der Widerhall seiner Stimme, die sie noch so lange nach seinem Tod vernommen hatte.

Wie sehr wünschte sie sich, sie hin und wieder noch zu hören oder wenigstens sein warmes Lachen zu vernehmen.

Wehmütig legte sie die Zeitschrift zurück. Sie musste sich auf ihren Schwiegersohn konzentrieren, der so ganz anders war als ihr Ehemann. Während Eugenio ein ausgesprochener Familienmensch gewesen war, auf eine sehr traditionelle Weise natürlich, war Ettore mehr auf sich selbst fokussiert, was man allein daran sah, dass er seit dem Unfall kaum jemanden an sich heranließ.

Es war niederschmetternd, ihn so zu sehen. Die einst muskulösen Beine waren abgemagert, der ganze Mann nur noch ein Häufchen Elend. Trotzdem betrachtete Azalea es als ihre Aufgabe, ihm ins Gewissen zu reden.

»Wir waren immer ehrlich zueinander, und deshalb halte ich es für meine Pflicht, dir zu sagen, dass du einen Fehler machst, nicht zuletzt was Calliope betrifft. Da läuft gerade etwas vollkommen falsch.«

»Entschuldige bitte, ich bin momentan nicht in der Stimmung, mich um die Gefühle meiner Frau zu kümmern.«

»Hör auf mit den Spielchen, Ettore, du weißt genau, was ich meine. Und du weißt auch, dass meine Tochter dich liebt.«

»Ach ja?« Er wandte sich um und schaute ihr ins Gesicht. »So sehr, dass sie mich in der Firma abserviert?«

»Auf einmal tust du so, als würde dir etwas an dem Job liegen. Sonst beschwerst du dich doch ständig, er sei dir aufgezwungen worden. Mir scheint, es geht dir nur darum, dich über alles und jeden zu beklagen. Mal so, mal so, wie ein Fähnchen im Wind. Ich finde, dieses Benehmen ist eines gestandenen, intelligenten Mannes unwürdig. Eigentlich solltest du wissen, dass Calliope dir nichts wegnehmen, sondern einzig und allein Domenico Einhalt gebieten will, bevor er die Firma in den Ruin treibt. Ich finde es unerträglich, mit anzusehen, wie er das Erbe meiner Kinder aufs Spiel setzt. Und wenn du das nicht einsehen willst und unbedingt einen Sündenbock brauchst, bitte sehr: Hier bin ich. Ich habe meine Tochter dazu gedrängt, die Kontrolle in der Firma zu übernehmen. Deine Wut auf sie ist also völlig unberechtigt.«

»Du weißt ja gar nicht, was zwischen uns vorgefallen ist«, versuchte er sich zu verteidigen.

»Jedenfalls genug, um zu wissen, dass du nicht mehr der Mann bist, den ich vor dem Unfall kannte«, gab sie resolut zurück.

Azalea war fest entschlossen, sich von ihrem Schwiegersohn nicht unterkriegen zu lassen und den einmal eingeschlagenen Weg bis zum Ende zu gehen. Koste es, was es wolle. Sie trat auf ihn zu und beugte sich zu ihm hinunter, um ihm in die Augen zu sehen.

»Du wirst deinen Frieden nicht dadurch wiederfinden, dass du Calliope wegschickst. Du musst dich deinen Problemen mit ihr gemeinsam stellen. Du hast vor Gott geschworen, in guten wie in schlechten Tagen an ihrer Seite zu sein, und als Arzt sollte dir der Wert eines Schwurs bewusst sein.«

Von draußen drang das Donnern eines Sommergewitters herein, das sich im Landesinneren entlud. Ettore umklammerte Azaleas Hand, er wusste nicht, was er auf diese Flut von Anschuldigungen entgegnen sollte. Sein Blick fiel auf den goldenen Reif an seinem Finger, seinen Ehering, den Calliope ihm erst gestern zurückgegeben hatte, nachdem sie ihn die ganze Zeit neben ihrem eigenen getragen hatte. Jetzt streifte er ihn ab und reichte ihn seiner Schwiegermutter.

»Es tut mir leid für Calliope, dass ich nicht mehr derselbe bin wie früher. Lass mich bitte allein«, sagte er mit heiserer Stimme.

Sie schloss die Finger um den Ring, tief getroffen von dem, was gerade geschehen war.

»Ettore.«

»Bitte geh«, sagte er und drehte sich um.

14

Calliope legte den Ehering, den ihre Mutter ihr nach dem Abendessen zurückgegeben hatte, auf den Nachttisch, löschte das Licht und ließ sich aufs Bett fallen. Es war schwülwarm, im Garten sangen die Grillen, die Luft stand, nicht einmal der Wind brachte Abkühlung. Da die Fensterläden bloß angelehnt waren, konnte sie die schmale Sichel des Mondes sehen, der die Stille ihres Schlafzimmers erhellte.

Ettore hatte sich auf die Seite gedreht, der Wecker würde ihn um drei Uhr daran erinnern, sich umzudrehen. Zu Beginn der Nacht legte er sich immer mit dem Rücken zu ihr. Dabei hätte sie ihn gerne angeschaut, wie früher, wenn sie miteinander geschlafen hatten. Aber das war eine andere Zeit gewesen, eine andere Welt, in die es kein Zurück mehr zu geben schien. Damals waren sie sich selbst genug gewesen, nur sie beide, mehr hatten sie nicht gebraucht. Sie seufzte, als sie daran dachte. Inzwischen war das gefühlt ein ganzes Leben her.

Sie zog die Bettdecke bis zur Brust hoch und rückte vorsichtig an ihn heran, so nah, dass sie den Duft des Schaumbads auf seiner Haut roch. Während das Wasser einlief, war sie im Bad gewesen und hatte mit dem Finger *Du fehlst mir* auf den beschlagenen Spiegel geschrieben. Dann war es ihr zu albern vorgekommen, und mit einer entschlossenen Geste hatte sie die Worte wieder abgewischt. Stattdessen berührte sie jetzt mit den Fingerspitzen ganz sanft seine Haut, so behutsam, dass er es nicht merkte oder gar davon aufwachte.

»Weißt du noch, wie einfach alles war, wenn wir zusammen waren?«, flüsterte sie und dachte an ihre Hochzeitsreise und an die Zeit davor.

Damals hatten sie in den Tag hineingelebt, waren spontan gewesen. Sie hatten nie groß geplant. Wenn es ihnen in den Sinn kam, stiegen sie einfach in den Zug, um sich eine fremde Stadt anzusehen. Oder sie setzten sich ins Auto und fuhren ohne festes Ziel durch die Gegend, aßen im Kofferraum sitzend Pizza, teilten sich ein kaltes Bier und beobachteten dabei die anderen jungen Leuten am Imbissstand.

Manchmal hatten sie auf Straßenfesten die Nächte durchgetanzt, bis die ersten Bäcker ihre Waren auszufahren begannen und die Bars ihre Rollläden hochzogen, um anschließend auf der schmalen Mauer zwischen Straße und Strand zu balancieren, bis sie strauchelte und er sie auffangen musste. Er war immer an ihrer Seite gewesen, und sie war nie gefallen. Jetzt war alles anders.

Sie waren so glücklich gewesen, hatten Tränen gelacht und Kissenschlachten veranstaltet, bis die Daunen durch die Luft flogen und sie ihre Kleidung zu Boden gleiten ließen. Den ganzen Tag hatte sie an diese unwiederbringlichen Momente denken müssen, und urplötzlich war ihr eingefallen, was ihr Großvater einmal zu ihr gesagt hatte:

»Es sind die einfachen, die wahren Dinge, die von Dauer sind. Alles andere hält vielleicht ein, zwei Jahre, dann platzt die Seifenblase.«

Aristide hatte das in Bezug auf sein Metier gesagt, als er ihr, sie saßen auf dem Boden des Trockenraums, das Geheimnis eines guten Teigs erklärt hatte. *Aber galt das nicht genauso für die Liebe? Waren es nicht auch da die einfachen Dinge, die zählten?*, dachte sie und lehnte die Stirn an Ettores Schulter, atmete mit geschlossenen Augen seinen Duft ein. Vielleicht war er ja tief drinnen noch derselbe, nur dass sein eigentliches Wesen von den turbulenten Ereignissen der letzten Zeit verschüttet worden war. Und falls es so war, durfte sie nicht aufgeben. Auf keinen Fall.

»Weißt du noch, wie du um meine Hand angehalten hast?«, flüsterte sie. »Du hast gesagt, dass wir unbedingt heiraten müssten, weil wir unsterblich sind, und ich habe dir geglaubt. Ich glaube es heute noch, aber du musst es auch glauben. Ich brauche dich, mein Geliebter.«

Ihre zitternden Finger legten sich ganz vorsichtig auf seinen Rücken.

Ettore war wach, ließ es sich jedoch nicht anmerken. Er spürte die leichte Berührung, sie erinnerte ihn an den Duft nach Orangen, Zitronen und Jasmin und an ihre verrückten Geschichten, wegen denen er sich auf Anhieb in sie verliebt hatte, als er sie damals in Bologna kennenlernte. Manchmal kam ihm eine davon in den Sinn, und er musste lächeln.

Calliope war schön, genau wie damals, nur verzweifelter und trauriger. Ihr Leben war nicht so geworden, wie sie es sich vor ihrer Heirat ausgemalt hatten.

Alles war schiefgelaufen, beruflich wie privat. Ihre Träume waren an der Realität zerbrochen. Er hatte einen

Job aufgegeben, den er liebte, für einen, der nicht zu ihm passte – und der zu allem Übel der war, den sie immer hatte haben wollen. Sie hatten kaum mehr Zeit füreinander gehabt, es gab kein Kind, das ihrem Leben einen neuen Sinn hätte geben können, nicht einmal einen Hund, den man regelmäßig Gassi führen musste. Nichts, absolut nichts.

Ettore atmete tief durch, und die Hand vor seinem Gesicht ballte sich zur Faust. Sein Herz schrie laut heraus, was er nicht über die Lippen brachte. Er lag noch lange wach, während Calliope an seinen Rücken gekuschelt längst eingeschlafen war. Noch weit vor der Zeit drehte er sich zu ihr um, wie damals in ihrer kleinen Wohnung in der Stadt, als er sie im fahlen Licht der Straßenlaternen beim Schlafen beobachtet hatte.

15

Domenicos Rausschmiss gestaltete sich schwieriger als erwartet.

Calliope hatte ihn und seine Frau zum sonntäglichen Essen eingeladen, um ihm die Schmach zu ersparen, dass die ganze Firma es mitbekam. Die Mahlzeit war zunächst ganz normal verlaufen, mit unverbindlichen Plaudereien über die Familie und den Inselklatsch.

Erst nach dem Dessert hatte sie angedeutet, dass in der Firmenleitung Veränderungen notwendig seien. Seine Reaktion darauf war unsachlich, sie war schlicht verletzend, unwürdig und niederträchtig und zeigte einmal mehr, wes Geistes Kind dieser Costa war und wie sehr es ihm letztlich an Charakter und Integrität mangelte.

»Du bist eine undankbare falsche Schlange!«, schrie er seine Nichte an und donnerte die geballte Faust so kräftig auf den Tisch, dass die kostbaren böhmischen Gläser gefährlich klirrten.

Santiago schaute besorgt zu seinem Patienten, der jedoch als Einziger unbeteiligt wirkte und mit gleichgültiger Miene die Reste seines Tiramisus mit karamellisierten Feigen aß, das seine Schwiegermutter zubereitet hatte.

»Domenico, beruhige dich, es gibt keinen Grund, derart ausfällig zu werden«, schaltete sich Azalea ein und brachte mit einem eisigen Blick ihre Schwägerin zum Schweigen, die gerade ihren Ehemann verteidigen wollte.

»Ich soll mich beruhigen? Wie soll ich mich beruhigen, wenn ihr euch gegen mich verschworen habt und mich aus der Firma werfen wollt, die meine Familie gegründet hat?«

»Ich weiß gar nicht, warum du dich so aufregst«, mischte sich Calliope ein. »Deine derzeitige Position war doch von vornherein als Übergangslösung gedacht, und das wusstest du auch. Du bleibst weiterhin Gesellschafter, lediglich aus der Geschäftsführung bist du raus. Die Leitung der Firma geht von Ettore an mich über, und dagegen kannst du gar nichts tun, schließlich halte ich die Mehrheit der Aktien und Anteile«, stellte Calliope klar und zeigte ihm zum Beweis die Dokumente. »Martelli hat sich persönlich darum gekümmert und alles auf absolute Rechtmäßigkeit hin überprüft, du kannst es dir gern ansehen.«

Domenico ließ sich nicht zweimal bitten. Er begann die Papiere akribisch zu studieren. Es war unverkennbar, dass er nach Fehlern suchte oder nach unpräzisen Formulierungen, bei denen er ansetzen konnte.

»Meine Frau hat recht, es ist alles hieb- und stichfest, ich habe heute Morgen mit Martelli gesprochen«, brachte sich überraschend Ettore in das Gespräch ein und tupfte sich mit der Serviette den Mund ab.

Bis zu diesem Moment hatte er geschwiegen, die Reaktion seines Vertreters allerdings riss ihn aus seiner Lethargie, und er fühlte sich zum einen verpflichtet, Calliope unter die Arme zu greifen, und zum anderen, Domenico zu verstehen zu geben, dass er sich hüten sollte, ihn voreilig abzuschreiben.

»Glückwunsch, du bist also auch an diesem Komplott beteiligt.« Ätzend tropften die Worte aus Domenicos Mund. »Mein Bruder hat wirklich eine gute Wahl getroffen, als er dich zu seinem Nachfolger bestimmt hat.«

»Das hat er in der Tat«, erwiderte Azalea daraufhin betont ruhig und würdevoll und demonstrierte damit eindrucksvoll, dass die Familie, ihre Familie, zusammenrückte und dass jeder für den anderen einstand.

»Dabei vergisst du leider, werte Schwägerin«, setzte Domenico hasserfüllt nach, »dass er nur zweite Wahl war. Sein Sohn wäre ihm lieber gewesen. Und die zweite Wahl ist nie die beste Lösung. Sieh dir diesen Tierarzt doch an, er war nie ein vollwertiger Nachfolger.«

Erneut griff Ettore ein, um Domenico klarzumachen, dass er genau wusste, was er in der Firma über ihn sagte, und dass er nicht bereit war, ihm das ungestraft durchgehen zu lassen. Er tat es auf die ironisch-süffisante Tour und hoffte, dass der nicht allzu geistreiche Mann sie wenigstens ansatzweise verstand.

»Tja, mein Lieber, was soll man machen«, seufzte er dramatisch. »Der gute Eugenio konnte ja nicht ahnen, dass sich der erfolglose Tierarzt nach wenigen Jahren zu allem Überfluss in einen Haufen schlaffes Fleisch verwandelt. Und du konntest nicht wissen, dass Behinderte ziemlich rachsüchtig sind. Und das Schöne daran ist, dass niemand im Traum daran denken würde, ihnen deswegen Vorwürfe zu machen. Wer legt sich schon mit einem armen Mann im Rollstuhl an?«, schloss er und hob seinem Widersacher spöttisch sein Glas entgegen.

»Und um dich zu rächen, hast du deinen Anteil an

deine Frau übergeben?«, erkundigte sich Domenico, der sichtlich irritiert war.

Er bekam keine Antwort. Ettore war es leid, sich das alles noch länger anzuhören, schnappte sich die Weinflasche und gab Santiago ein Zeichen, ihn zu seinen Räumen zu bringen.

»Entschuldigt, ich bin sehr beschäftigt«, war das Letzte, was sie von ihm hörten.

Sobald er ihren Blicken entschwunden war, fasste Domenico sich wieder und läutete die nächste Runde ein, denn noch war er nicht bereit aufzugeben.

»Hör mal, Calliope, ich verstehe ja, dass du Probleme hast, weil dein Mann geschäftlich gesehen weg ist vom Fenster und du glaubst, eingreifen zu müssen, damit die Firma nicht darunter leidet. Es ist vollkommen verständlich, dass du dir Sorgen machst. Dennoch darfst du jetzt keine Kurzschlusshandlung begehen – und sich gegen ein Familienmitglied zu stellen, ist ein schwerer Fehler, glaub mir. In einer solchen Situation müssen wir Costas zusammenhalten.«

»Wir Costas? Bei Papas Begräbnis warst du nicht mal auf dem Friedhof, sondern hast dich mitten in der Trauerfeier davongeschlichen«, warf Diana ein, die nicht wusste, ob sie lachen oder weinen sollte. »Du scheinst ernsthaft zu glauben, du könntest dich als Familienoberhaupt aufspielen.«

Eine Weile herrschte Schweigen, Calliope sammelte die Papiere ein zum Zeichen, dass für sie die Sache erledigt und alles gesagt war. Doch ihr Onkel ließ einfach nicht locker.

»Dann lass uns jetzt ernsthaft über die Firma sprechen«, begann er in einem etwas weniger aggressiven Ton. »Wenn ich recht darüber nachdenke, ist es bestimmt besser, dass du die Firma leitest und nicht Ettore. Nach allem, was passiert ist, sollte er sich ganz auf sich selbst konzentrieren und erst mal nicht an die Firma denken.«

»Ach, jetzt versuchst du dich wieder einzuschmeicheln?«, spottete Diana.

»Mein Fräulein, noch ein Wort und …«

»Und was? Du hast vielleicht den gleichen Nachnamen, aber neben meinem Vater bist du ein Nichts.«

Bebend vor Zorn erhob sie sich und verließ den Raum. Als Lieblingskind ihres Vaters traf es sie besonders, dass ein so jämmerlicher Mensch sich anmaßen wollte, die Rolle des Familienoberhaupts zu übernehmen. Azalea war zur Abwechslung mal mit ihrer jüngeren Tochter einer Meinung, während Calliope begriff, dass es Zeit war, die Katze aus dem Sack zu lassen.

»Das Problem ist nicht Ettores körperliche Verfassung, das Problem bist du und deine Mauscheleien.«

»Was soll das jetzt? Bist du verrückt geworden?«

»Manchmal wäre das vielleicht sogar besser. Jedenfalls besser, als herausfinden zu müssen, dass ein Familienmitglied, von dem ich immer angenommen hatte, es würde für das Wohl der Firma und im Sinne meines Vater arbeiten, in Wahrheit ein Dieb ist«, antwortete sie eisig. Sie war fest entschlossen, sich von Domenico das Heft nicht aus der Hand nehmen zu lassen. »Ich weiß alles, bemüh dich nicht, es abzustreiten: Ich weiß von dem Getreide zum doppelten, manchmal sogar zum dreifachen Marktpreis, von den Überweisungen vom Geschäftskonto auf dein eigenes. Ich habe die gefälschten Rechnungen gesehen und kenne deine Pläne, Kekse zu produzieren und dafür die Verhandlungen mit den Amerikanern aufzugeben, obwohl bereits ein gutes Angebot vorliegt.«

»Gebäck ist im Kommen, Pasta ist rückläufig. Damit kann man nicht mehr reich werden, sieh das doch ein.«

»Reich werden? Die Costas haben dieses Unternehmen vor mehr als hundert Jahren nicht gegründet, um reich zu werden, sondern weil sie Qualitätsprodukte herstellen wollten. Und genau diesen Anspruch werde ich weiterverfolgen. Billigprodukte überlasse ich gern anderen. Ich werde die Firma nicht in ein Unternehmen verwandeln, in dem heute dies und morgen das hergestellt wird, Produkte, an die sich später keiner erinnert. Ich möchte eine Pasta machen, die dafür sorgt, dass der Kunde unseren Namen mit Qualität verknüpft.«

»Hör zu, Calliope …«

»Nein, jetzt rede ich. Die Firma bleibt das, was sie ist. Du kannst daran mitwirken oder es lassen. Punkt. Es ist deine Entscheidung.«

Domenico lehnte sich ein letztes Mal auf. »Du wirst es noch bereuen, deinen Onkel so behandelt zu haben, das garantiere ich dir. Diese Arroganz der Familie deiner Mutter hat noch nie zu etwas Gutem geführt. Noch nie, hörst du?«

Calliope erhob sich. »Ich habe genug gehört. Morgen lasse ich dir die Kopien der Dokumente zukommen.«

»Ich habe mein Vermögen in die Aktiengesellschaft eingebracht«, wehrte er sich.

»Das nimmt dir ja keiner, schließlich bleibst du Gesellschafter. Vergiss nicht, dass du nie die komplette Summe zurückgezahlt hast, die dir deine fünfzig Prozent gesichert hätte. Insofern wirst du keine Mehrheit mehr zusammenbekommen. Nebenbei bemerkt war es äußerst schäbig von dir, dass du meinen Vater hast hängen lassen, als er das Geld, das er dir geliehen hat, für Mamas Arztkosten dringend gebraucht hätte und er stattdessen einen Bankkredit aufnehmen musste.«

»Deine Vorwürfe sind unerhört. Du setzt mich nicht vor die Tür wie einen Laufburschen, das erlaube ich dir nicht. Immerhin bin ich ein Costa!«, schrie er und hieb mit der Faust auf den Esstisch.

»Möchtest du lieber mit dem Verwaltungsrat über dein Vorgehen sprechen? Die Herren sind bestimmt sehr interessiert. Ich finde genügend Beweise für mindestens ein Dutzend Verstöße deinerseits, mal ganz davon abgesehen, dass wir dich wegen Unterschlagung von Firmengeldern anzeigen könnten. Du solltest lieber still sein.«

»Du Flitt…«

»Stopp! Verscherz es dir besser nicht völlig mit mir, damit schadest du dir bloß selbst. Nicht einmal Manager sind heutzutage vor Gefängnisstrafen sicher. Und jetzt geh bitte. Ich will dich weder hier noch in der Firma je wieder sehen.«

Domenico sprang auf, dass sein Stuhl umkippte, er griff nach seiner Jacke und marschierte, gefolgt von seiner Frau, zur Tür.

»Das wirst du bereuen«, zischte er ihr als letzten Gruß zu.

Draußen waren passend zur Stimmung dieses denkwürdigen Familientreffens dunkle Wolken aufgezogen, und der Wind heulte in den Bäumen. Calliope hoffte, dass damit die Sache ein für alle Mal vom Tisch war.

»Verschwinde und komm nie wieder«, murmelte sie, während sie den Wagen ihres Onkels davonfahren sah. Vom Flur her vernahm sie das Geräusch von Ettores Rollstuhl. Er hatte jedes Wort gehört. Alles, was sie zu seiner und zur Verteidigung ihrer Familie gesagt hatte.

16

Als Calliope frühmorgens um halb fünf hungrig und schlecht gelaunt, weil sie noch kein Auge zugetan hatte, in der Küche auftauchte, traf sie auf Diana, die vor zwei dick mit Zucker bestreuten Butterbroten am Küchentisch saß.

»Endlich dürfen deine Arterien sich über ein bisschen Cholesterin freuen«, lästerte sie gutmütig, worauf ihre Schwester vor Schreck den Löffel fallen ließ, mit dem sie gerade weiteren Zucker auf die Brote streuen wollte.

»Schau, was du angerichtet hast«, beschwerte sie sich und tappte auf Zehenspitzen durch die weißen Kristalle zur Tür, um einen Besen zu holen.

»Du hättest dein Gesicht sehen sollen. Wie ein Dieb, den man in flagranti erwischt hat«, grinste Calliope.

»Haha, sehr witzig.«

»Ich wollte dich nicht erschrecken.« Sie nahm ihr den Besen ab. »Lass mal, ich mache das. Iss du ruhig weiter, du hast es dir verdient.«

Diana schlang ihre Arme um den Oberkörper. Selbst für Modelstandards war sie zu dünn, geradezu dürr. Fast schon magersüchtig.

»Wenn du nicht alles isst, nehme ich mir was. Brot mit Butter und Zucker, köstlich. Habe ich schon als Kind geliebt. Aber was ist los mit dir? Normalerweise meidest du solche Kalorienbomben.«

»Tja, im Moment eben nicht«, sagte Diana und strich

sich über den Bauch, auf den Lippen den Hauch eines Lächelns. Sie sank auf ihren Stuhl zurück und nahm einen Bissen. »Teilen wir uns das schlechte Gewissen?«, schlug sie vor und schob ihrer Schwester den Teller hin, die sich nicht zweimal bitten ließ.

Calliope konnte den süßen Trost gut gebrauchen. Ihre Hoffnung, dass die Dinge zwischen ihr und Ettore nach dem klärenden Gewitter mit Domenico besser laufen würden, hatte sich zerschlagen, alles war beim Alten geblieben. Nachts hatte er ihr den Rücken zugedreht und sich schlafend gestellt, und sie hatte da gelegen, den Kopf voller Sorgen und Zweifel, über die sie schrecklich gerne mit ihm gesprochen hätte.

Diana spürte es. »Du bist angespannt, weil du ab heute in der Firma der Chef bist, oder?«

Kauend nickte Calliope und wischte sich den Zucker aus den Mundwinkeln. »Stimmt.«

»Du wirst sehen, alles wird gut. Bestimmt geht das allen so, die vor einer neuen Herausforderung stehen. Man denkt, man schafft es nicht, man braucht noch mehr Zeit, um sich vorzubereiten – dabei liegt das Geheimnis darin, dass man einfach den ersten Schritt tun muss. Der Rest kommt von allein. Das habe ich selbst gelegentlich erlebt.«

»In der Uni, meinst du?«

»Auch«, gab Diana vage zurück.

»Wer hätte das gedacht.«

»Was denn?«

Calliope stützte die Ellbogen auf den Tisch und vergrub das Gesicht in den Händen. »Dass meine kleine

Schwester, der ich eben noch Zöpfe geflochten habe, eine erwachsene Frau geworden ist.«

Diana senkte den Blick und fuhr mit dem Zeigefinger über den Tellerrand. »Das bleibt wohl nicht aus.«

»Natürlich. Mir gefällt diese junge Frau, die du geworden bist, sehr. Und da bin ich nicht die Einzige. Manch einer führt diese Veränderung auf eine Wiederentdeckung des Glaubens zurück«, orakelte Calliope grinsend.

»Was soll das denn jetzt wieder heißen?«

»Na ja, man hat dich des Öfteren in Gesellschaft unseres Pfarrers gesehen, und da munkelt man, die verlorene Tochter der Familie Costa habe auf den rechten Weg des Glaubens zurückgefunden.«

»Haben die Leute nichts Besseres zu tun?«, murmelte Diana mit feuerroten Wangen. »Kann man nicht einmal mehr mit einem Pfarrer sprechen, ohne dass die Leute reden?«

»Reg dich nicht auf, ich hab doch nur einen Spaß gemacht.«

»Don Raffaele ist ein guter Freund, er hat mir angeboten, dass ich mich im Gemeindehaus auf die Prüfungen vorbereiten kann, in einem Raum, in dem ich ungestört arbeiten kann. Hier ist ja immer was los, immer gibt es irgendwelche Katastrophen.«

Sie griff nach dem Teller, stellte ihn in die Spüle und drehte den Wasserhahn auf.

Nachdenklich beobachtete Calliope ihre Schwester. Irgendetwas stimmte nicht mit ihr – und das hatte nichts damit zu tun, dass sie zu dünn war. Ihre Stimmungsschwankungen machten ihr Sorgen.

Sie erhob sich seufzend. Vorerst musste sie die Sache auf sich beruhen lassen, denn die Zeiger der Küchenuhr und das Läuten der Kirchenglocken von Salina erinnerten sie daran, dass es langsam Zeit wurde, sich für ihren ersten Tag als Firmenchefin zu rüsten.

»Tut mir leid, wenn dich die Spannungen in der Familie so sehr aus der Bahn werfen.« Als sie aufsah, entdeckte sie Tränen in Dianas Augen und strich ihr liebevoll übers Haar. »Wir reden ein andermal darüber, ich muss jetzt los, sonst komme ich an meinem ersten Arbeitstag wirklich zu spät.«

Ihre Schwester nickte traurig. »Ich wünsche dir einen schönen Tag.«

17

Calliope schloss die Augen und ließ den Kopf in das weiche Leder des Sessels sinken, der ihrem Mann und vorher ihrem Vater gehört hatte.

Sie war am Ziel. Vor ein paar Stunden hatte sie die ganze Belegschaft versammelt und ihre erste Rede als Firmenchefin gehalten. Angesichts der vielen Menschen war ihr ganz anders geworden, brachten sie ihr doch zum Bewusstsein, welch große Verantwortung sie ab heute trug. Wie zur Beschwörung hatte sie die kleine Pastaform umklammert, die sie als Verbindung zu ihrem Großvater betrachtete, und tatsächlich waren die dunklen Gedanken verschwunden, und ihre Zunge hatte sich gelöst.

Sogar Ettore war gekommen. Er hatte sie die ganze Zeit angesehen und mit seinem Blick um Vergebung gebeten. Azalea saß strahlend neben ihm in der ersten Reihe. Zur Feier des Tages trug sie das gleiche Kleid wie bei der Hochzeit ihrer Tochter. Damit, sagte sie, wolle sie zum Ausdruck bringen, dass dieser Festakt für alle ein Neuanfang sei.

»Von heute an wird alles besser, du wirst sehen«, hatte sie ihr zugeflüstert, bevor sie mit Ettore und Santiago in die Masseria zurückgefahren war.

»Störe ich?«

Calliope zuckte zusammen, als plötzlich Carmen vor ihr stand.

»Signor Costa hat mich gebeten, Ihnen das hier zu geben«, sagte diese und reichte ihr einen weißen Umschlag.

Seine Kündigung, vermutete Calliope, während sie den Umschlag öffnete. Und das war es in gewisser Weise auch, allerdings verbunden mit einer Drohung. In wenigen Zeilen teilte Domenico ihr mit, dass er die Firma nicht mehr betreten, indes alle legalen Mittel ausschöpfen werde, falls ihm seine Dividenden jemals zu spät ausgezahlt würden.

»Danke, Carmen, Sie können gehen.«

Die junge Frau lächelte und drehte sich an der Tür noch einmal um. »Signora? Ich weiß, dass das Ihr erster Tag ist und ich eigentlich nicht …«

»Sagen Sie, was Sie zu sagen haben.«

»Dürfte ich vielleicht für eine Weile mittags meinen Sohn mitbringen?«, fragte sie zögernd. »Nur für zwei Stunden oder so. Meine Mutter kann ihn um diese Zeit nicht nehmen, sie muss momentan täglich zur Physiotherapie.«

»Natürlich, wenn er einigermaßen leise ist.«

Carmen lächelte erleichtert. »Er ist ein Engel, Sie werden sehen.«

Nachdem Domenicos Sekretärin gegangen war, nahm Calliope das silbergerahmte Foto ihres Großvaters in die Hand, das seit Eugenios Zeiten auf dem Schreibtisch stand, und legte die kleine Pastaform daneben.

»Ich hoffe, dass du stolz auf mich sein wirst«, flüsterte sie und machte sich an die Arbeit.

Sie brauchte eine ganze Woche, um sämtliche Unterlagen des vergangenen Jahres durchzusehen und die Bilanzen, Verkaufszahlen und Abrechnungen zu überprüfen. Zudem standen Treffen mit den verschiedenen Abteilungsleitern an, bei denen es um konkrete Fragen der Produktion ging, wie etwa darum, welche Mengen von welcher Pastasorte hergestellt werden sollten. Meist verließ sie ihr Büro erst, wenn die Sonne untergegangen war. Eines Tages überraschte ihre Freundin Eva sie mit ihrem Besuch.

»Endlich ein vertrautes Gesicht, du bist meine Rettung«, seufzte Calliope und klappte den Ordner zu.

»Hier sieht es ja aus wie auf einem Schlachtfeld. Die erste Woche war wohl nicht leicht«, meinte Eva nach einem Blick auf den Schreibtisch.

Calliope streckte sich. »In meinem Kopf sieht es genauso aus, das kannst du mir glauben. Zeit für mich selbst habe ich praktisch überhaupt nicht mehr.«

Die Freundin warf sich in den Besuchersessel und stellte ihre Louis-Vuitton-Tasche auf den Schreibtisch. Nach der Schwangerschaft hatte sie dank einer radikalen Diät wieder die Figur einer Filmdiva aus den Fünfzigern, was durch ihr eng anliegendes Kleid noch betont wurde.

»Und wie läuft es mit Ettore?«

»Wie soll es schon laufen?« Calliope schaute aus dem Fenster. »Irgendwie habe ich das Gefühl, dass ich zwei parallele Leben führe. Auf der einen Seite die Firma, in der ich dauernd beschäftigt bin mit Telefonaten und Sitzungen, mit Lieferanten und Kunden oder mit Mitarbeitern, die mir etwas mitteilen oder sich beschweren wollen. Auf der anderen Seite das Leben in der Masseria mit Ettore, der sich hinter eine Mauer des Schweigens zurückgezogen hat. In beiden Leben stehe ich im Zentrum, wobei es mir manchmal so vorkommt, als wären es zwei völlig verschiedene Personen, die da agieren.«

»Verstehe. Das ist sicher nicht leicht.«

»Das kannst du laut sagen.«

»Bringt die Physiotherapie überhaupt etwas?«

Calliope dachte einen Moment nach und musste sich eingestehen, dass sie es nicht wirklich wusste. Was während der Therapie passierte, entzog sich weitgehend ihren Kenntnissen.

»Ehrlich gesagt, weiß ich es nicht so genau. Ich sehe Ettore kaum. Hinzu kommt, dass er sich komplett verschließt und mir nicht sagt, ob er Fortschritte macht. Seit er aus dem Koma erwacht ist, hat er mich völlig aus seinem Leben ausgesperrt … Nach meinem Eindruck würde ich sagen, dass es keine großartige Verbesserung gibt.«

»Das tut mir aufrichtig leid.« Eva fuhr mit der Fingerspitze über die Schreibtischplatte. »Ich weiß genau, wie es sich anfühlt, wenn man aus dem Leben desjenigen, den man liebt, ausgeschlossen wird.«

»Sprichst du von Mario?«, fragte Calliope mit dem Anflug eines Schuldgefühls, als sie sah, wie sich das sonst so strahlende Gesicht ihrer Freundin verdüsterte. Als Eva nickte, fügte sie hinzu: »Tut mir leid, ich war so was von egoistisch. Ich habe nur an mich gedacht und dich nicht einmal angerufen, um mich zu erkundigen, wie es euch so geht.«

»Ach was, mach dir keine Gedanken, wir haben alle unser Päckchen zu tragen. Ich bin drüber hinweg. Außerdem habe ich angefangen, mich in einer Organisation zu engagieren, die sich um Benachteiligte kümmert. Vor vier Monaten haben wir die alte Molkerei gekauft, wir wollen sie in Werkstätten für missbrauchte Frauen und Mädchen umwandeln, mit angeschlossenen Wohnungen und psychologischer Betreuung. Leider hat die Gemeinde alles wegen irgendwelcher Haarspaltereien auf Eis gelegt.«

»Hast du mal mit einem Anwalt gesprochen?«

»Ja, Mario hat diverse Kontakte. Aber es sieht nicht gut aus. Bei solchen Dingen sitzen die Behörden am längeren Hebel und finden immer irgendwelche Auflagen, die für uns gar nicht zu erfüllen sind. Schade, Ettore hatte mir vor seinem Unfall einen alten Freund genannt, der vielleicht bereit wäre, für unsere Schützlinge hin und wieder kostenlos Reittherapien anzubieten.«

Eva zuckte mit den Schultern. Obwohl sie eine wohlhabende Frau war und von ihrem Mann mit Schmuck und anderen Geschenken überhäuft wurde, war sie immer auf dem Boden geblieben, hatte sich ihren gesunden Menschenverstand und ihre karitative Ader bewahrt, die sie veranlasste, bedürftigen oder benachteiligten Menschen nach Möglichkeit zu helfen.

Von ihr konnte sie eine Menge lernen, dachte Calliope eine Stunde später, als die beiden Freundinnen auf der Terrasse eines kleinen Restaurants am Meer saßen, das auf sie eher wie ein Treffpunkt für Liebespaare wirkte. Sie lag richtig mit ihrer Vermutung, denn Eva erzählte ihr, dass Mario ihr hier einen Antrag gemacht hatte.

Es war wirklich ein verzauberter Ort. Auf der Terrasse hörte man das Rauschen der Wellen, und aus dem Inneren des Lokals ertönte leise Jazzmusik, die auf einem alten Grammofon aus den Zwanzigerjahren abgespielt wurde.

»Gefällt es dir?« In diesem Augenblick klingelte Evas Handy. »Entschuldige. Zwei Männer allein zu Hause, da muss ich rangehen. Stört dich doch nicht?«

»Nein, keine Sorge«, antwortete Calliope, die die Gelegenheit nutzte, sich weiter umzusehen.

Die Atmosphäre erinnerte sie an ein kleines Restaurant an der Amalfiküste, das sie mit Ettore häufiger besucht hatte. Alles hier war wie dort: der salzige Duft des Meeres, die dezente Musik, die Lichter der in der Ferne vorbeifahrenden Kreuzfahrtschiffe, verliebte Pärchen, das gute Essen. Unwillkürlich hatte sie sogar das gleiche Gericht bestellt wie damals.

Wann hatte es eigentlich angefangen, dass sie nicht mehr glücklich waren, überlegte sie, während Eva ihrem Mann erklärte, welche Gutenachtgeschichte er dem kleinen Davide vorlesen sollte. Im Grunde war es seit Langem nicht mehr gut gelaufen, und der Unfall hatte ihnen den Rest gegeben.

Calliopes Blick fiel auf ein amerikanisches Pärchen. Er hatte ihr gerade einen Heiratsantrag gemacht: mit dem Serviettenring. Die junge Frau weinte und lachte zugleich vor Rührung.

Früher waren Ettore und sie genauso gewesen, dachte sie wehmütig und betrachtete nun zwei ältere Gäste, die gerade ihre Fischsuppe aßen und sich dabei an der Hand hielten. Sie hatten sich ihre Liebe bewahrt. Sollte ihr das nicht genauso möglich sein? Der Wille konnte Berge versetzen, sagte man. Daran wollte sie glauben und sich die Zeit nehmen, um alle Hindernisse zu überwinden. Zur Not würde sie so lange darum kämpfen, bis sie alt und grau war. Wenn sie nur wüsste, wie.

Kaum hatte Eva aufgelegt, da klingelte das Telefon ein weiteres Mal.

»Das glaube ich nicht: Das ist er! Um diese Uhrzeit!«

»Wer, er?«

»Gianluca Ceppi, der Pferdeflüsterer, der Spezialist, den mir dein Mann empfohlen hat«, sagte Eva und wollte den Anruf gerade ablehnen, doch Calliope kam ihr zuvor und griff nach dem Telefon.

Vielleicht war es keine gute Idee und etwas voreilig, aber sie musste es zumindest versuchen. Das war sie dem Versprechen, das sie Gott und sich selbst vor dem Altar gegeben hatte, schuldig.

»Kann ich kurz mit ihm sprechen?«

»Willst du etwa Pferde zähmen?«

»Nein, ich muss meine Ehe retten. Und dazu brauche ich zwei Esel«, erklärte sie und hielt sich das Telefon ans Ohr.

»Esel?«

»Ganz genau«, antwortete sie, dann hörte sie eine Männerstimme den Namen ihrer Freundin sagen. »Ja, hallo? Nein, hier ist Calliope Costa, die Ehefrau von Ettore Benvenuti«, sagte sie, während der Kellner den ersten Gang servierte.

18

Es war mehr als eine Stunde vergangen, seit der letzte Mitarbeiter den Raum verlassen hatte, doch Calliope starrte immer noch auf die unzähligen Entwürfe auf dem langen Konferenztisch. Die erste Herausforderung für sie an der Spitze der Firma war es, die Pasta moderner, zeitgemäßer zu präsentieren. Ihrer Meinung nach war die alte Verpackung der Hauptgrund, warum der Absatz stark zurückgegangen war. Leider hatte sie kein einziger Vorschlag der Grafiker, die sie beauftragt hatte, etwas Neues zu entwickeln, überzeugt.

»Es fehlt die Seele, die Wärme der Familie und die Werte, die wir und unsere Kunden mit der Pasta verbinden«, hatte sie ihre Ablehnung begründet. »Lassen Sie mich noch einmal versuchen, Ihnen zu erklären, was ich meine.« Sie hatte zwei Entwürfe hochgehoben. »Hier sehen wir Verpackungen, sehr schöne sogar, aber mehr auch nicht. Sie könnten ebenso gut Knöpfe, Nägel oder sonst was enthalten. Nur keine Pasta aus dem Hause Costa. In diesem Fall zum Beispiel«, sie hatte nach einem anderen Entwurf gegriffen, auf dem eine grüne Wiese, eine Mühle und zwei gekreuzte Ähren und darüber goldgelb der Name Costa zu sehen waren, »ist das Motiv altbacken, und die Schrift ebenso. Das hat mit Vintage nichts zu tun, das ist einfach nur völlig verstaubt!« Sie sah sich im Raum um, musterte jeden Einzelnen der Anwesenden. »Worum ich gebeten habe, ist ein Bild, das eine Geschichte erzählt. Die Geschichte der Pastafabrik Costa. Ich möchte mehr Fantasie, etwas, das Verlässlichkeit, Qualität und Tradition symbolisiert. Die Marke Costa muss Wiedererkennungswert haben und geschätzt werden, wenn sie sich auf dem Markt behaupten soll. Zugegeben, für ein Nischenpublikum. Es geht um kleine Mengen von höchster Qualität. Habe ich mich deutlich genug ausgedrückt?«

Calliope stützte den Kopf in ihre Hände. Das war alles so viel schwerer, als sie gedacht hatte. Ratlos sah sie ein weiteres Mal die Entwürfe durch und fragte sich, ob sie nicht zu viel verlangte. Vielleicht waren ihre Ansprüche ja zu hoch, und sie würde nie zufrieden sein. Wie sollte man den goldenen Mittelweg zwischen Tradition und Moderne finden und es bildlich zum Ausdruck bringen?

»Damit willst du die Marke neu aufstellen?«, vernahm sie plötzlich eine Stimme hinter sich.

Sie war so versunken gewesen, dass sie Diana gar nicht hatte hereinkommen hören. Jetzt stand sie am Tisch und studierte aufmerksam die Skizzen.

Seit ihrem letzten Gespräch am frühen Morgen in der Küche hatten sie sich kaum gesehen. Ihre Schwester zog sich zum Lernen in die Bibliothek der Pfarrei zurück, und sie selbst saß im Büro ihres Vaters und versuchte neue Lösungen für die Firma zu finden.

»Theoretisch schon«, beantwortete sie nach längerem Zögern die Frage. »Aber ich bin noch mit keinem Entwurf wirklich glücklich.«

»Mhm.« Diana stellte ihre weinrote Michael-Kors-

Tasche auf den Boden und setzte sich neben ihre Schwester. »Was genau stellst du dir vor?«

»Eine Revolution.«

»Die brauchen meistens länger«, gab Diana sarkastisch zurück.

»Schon klar, aber die Firma hat sich viel zu lange auf der ehrwürdigen Tradition und der glorreichen Vergangenheit ausgeruht, und das haben die Kunden irgendwann nicht mehr honoriert, wie die Zahlen ganz deutlich zeigen. Warum sich die Situation nach Ettores Unfall so zugespitzt hat, kann ich nur vermuten. Möglicherweise haben Domenicos ungeschickte Aktionen zu einem weiteren Umsatzrückgang geführt, aber mit dem grundsätzlichen Problem hat das nichts zu tun. Wir müssen dringend etwas unternehmen, bevor es zu spät ist. Wenn das so weitergeht, würde ich uns noch ein, zwei Jahre geben, nicht mehr.«

Die nüchterne Analyse schien ihre Schwester bis ins Mark zu treffen. Ihr Blick war leer. Dass es die Firma Costa, die ihrem naiven Verständnis nach für die Ewigkeit geschaffen war, einmal nicht mehr geben könnte, war bislang in ihrer Gedankenwelt nicht vorgekommen. Immerhin fasste sie sich schnell wieder.

»Okay, was genau hast du vor?«

»Ich möchte die Produktion stärker als bisher auf einen Nischenmarkt konzentrieren, indem wir mit besonderen Zutaten arbeiten, mit alten, hochwertigen Getreidesorten, die wenig angebaut werden, weil sie teuer sind. Ettore ist bereits monatelang durchs Land gereist und hat nach möglichen Produzenten gesucht, nach kleinen Höfen mit wenig Anbaufläche. So viel habe ich immerhin aus ihm rausbekommen. Tatsächlich war die Sache so weit gediehen, dass die neue Pasta versuchsweise produziert wurde. Einzelheiten kenne ich nicht, du weißt ja, wie selten ich Ettore in letzter Zeit gesehen habe. Jedenfalls hatte er am Abend seines Unfalls ein Meeting mit interessierten Amerikanern. Deshalb war er an Mutters Geburtstag nicht da.«

»Das wusste ich gar nicht«, sagte Diana.

»Kaum jemand wusste davon. Ettore wollte keine falschen Hoffnungen wecken und vor allem keine unliebsamen Konkurrenten auf den Plan rufen.«

»Echt ein Jammer, dass unter Domenico dann alles den Bach runterging. Statt hochwertiger Pasta stinknormale Kekse produzieren zu wollen, welch ein Schwachsinn«, meinte Diana kopfschüttelnd und schenkte sich einen Orangensaft ein, den sie gleich wieder zur Seite stellte, nachdem sie daran gerochen hatte. »Und du fängst jetzt noch mal ganz von vorne an?«

»Mehr oder weniger. Ich hoffe, es gelingt mir, die Kontakte zu den Getreidelieferanten wiederherzustellen. Domenicos Verhalten hat sie ziemlich vor den Kopf gestoßen. Ebenso wie die Kunden, die Ettore bereits mehr oder weniger unter Vertrag hatte.« Sie schaute erneut auf die Illustrationen. »Deshalb brauche ich dringend eine Verpackung, die die Besonderheit des Produkts zum Ausdruck bringt. Was leider keiner der Entwürfe tut. Sie sind alle so banal, so austauschbar.«

Unschlüssig starrte sie vor sich hin, als ihr Handy summte und auf dem Display eine Erinnerung an ihr

Treffen mit dem Tierarzt und Reittherapeuten aufleuchtete, mit dem sie an dem Abend mit Eva in dem kleinen Restaurant am Meer zum ersten Mal gesprochen hatte.

Seufzend räumte sie den Tisch auf und verließ mit ihrer Schwester das Firmengebäude. Über die Entwürfe musste sie ein andermal nachdenken.

Eine Stunde später stand sie dem Therapeuten in seinem Reitstall gegenüber, der etwa zwanzig Kilometer von Salina entfernt lag. Eva war zu ihrer Unterstützung mitgekommen.

»Gianluca Ceppi, sehr erfreut, Sie kennenzulernen.«

»Calliope Costa.«

»Ettores Ehefrau, wenn ich mich recht erinnere.«

»Genau die. Können wir uns duzen? Damit fühle ich mich wohler«, schlug sie vor und erwiderte Gianlucas festen Händedruck.

Er war etwa vierzig, fast zwei Meter groß und kräftig, und in seinen Augen lag die gleiche tiefe Ruhe, die auch die Umgebung ausstrahlte.

Sobald sie das große Tor durchschritten hatten, fühlte Calliope sich wie in einer anderen Welt. Zu beiden Seiten der Zufahrt, die zum Hauptgebäude, einem Backsteinbau führte, erstreckten sich von weißen Zäunen eingegrenzte grüne Wiesen mit Hindernisparcours und kleinen künstlichen Seen, an denen Ponys grasten. Einfach paradiesisch. Am meisten aber beeindruckte sie die tiefe Stille, die so wohltuend und beruhigend war, wie sie sie seit einer Ewigkeit nicht mehr erlebt hatte.

»Du bist wirklich zu beneiden«, sagte sie.

»Das sagt jeder, und ja, stimmt, ich kann mich wirklich glücklich schätzen«, entgegnete Gianluca und schlug eine Führung vor.

Er stellte ihnen die Tierpfleger vor, das Team aus Ärzten und Pädagogen, die die Kinder beobachteten, und brachte sie schließlich in die Reithalle. Auf einem Haflingerpärchen mit blonder Mähne ritten gerade zwei Kinder mit Downsyndrom, die unter ihren schwarzen Helmen vergnügt lachten.

Calliope ging dieses Bild durch und durch, und sie vermochte ihre Tränen kaum zurückzuhalten.

»Ist alles in Ordnung?« Eva legte ihr die Hand auf die Schulter.

»Ja, ich bin nur so gerührt. Das hier ist genau das, wovon Ettore zeitlebens geträumt hat. Gleich bei unserem allerersten Treffen hat er mir von seinen Plänen erzählt, und hier sind sie Wirklichkeit geworden. Ich hätte nicht gedacht, dass es so bewegend ist.«

Gianluca führte sie zu einer Koppel, auf der eine Stute mit ihrem Fohlen stand.

»Ich arbeite seit mehr als zehn Jahren mit Pferden und behinderten Kindern und entdecke jeden Tag etwas Neues. Wenngleich es kitschig klingen mag: Die enge Verbindung, der Gleichklang, der zwischen ihnen entsteht, ist unglaublich berührend. Wenn man es nicht mit eigenen Augen gesehen hat, ist es schwer zu erklären.«

Er wedelte mit den Händen, als wollte er seine Gefühle verscheuchen, nahm aus einem Sack am Zaun ein paar Karotten und drückte sie den beiden Frauen in die Hand, die sofort den Arm nach dem Fohlen ausstreckten.

»Ist so etwas auch mit Eseln möglich?«, erkundigte sich Eva. »Meine Freundin möchte den Traum ihres Mannes realisieren, der ursprünglich mal ein ähnliches Therapiezentrum mit Eseln im Sinn hatte.«

»Und warum hat er es nicht getan?«

»Nun, wie das Leben eben manchmal so spielt, ist einfach alles anders gekommen. Er hat gezwungenermaßen einen anderen Beruf ergriffen. Und vor ein paar Monaten hatte er einen schweren Unfall und sitzt seitdem im Rollstuhl.«

»Das tut mir leid, das habe ich gar nicht mitgekriegt. Gibt es denn Hoffnung?«

Calliope seufzte. »Schwer zu sagen. Er ist in einem besonderen Therapieprogramm, das sich allerdings noch in der Probephase befindet. Man wird abwarten müssen. Aus dem Koma zu erwachen und keine Kontrolle mehr über seinen Körper zu haben, hat ihn schwer traumatisiert. Derzeit macht er gerade eine depressive Phase durch, ihm fehlt jede Motivation, und er ist voller Wut. Deshalb möchte ich ihm gerne helfen, einen Ausweg zu finden, ihm ein Ziel geben, für das es sich jeden Morgen aufzustehen lohnt.«

»Und das soll ein Zentrum mit Therapieeseln sein?«

Calliope streichelte das Fohlen, das sie mit seinen riesigen Augen ansah, die noch rein und unschuldig waren.

»Vielleicht. Irgendetwas jedenfalls, das ihn daran erinnert, wer er vor dem Unfall war, und ihm hilft, wieder zu diesem wunderbaren Menschen zu werden«, antwortete sie, während das Fohlen zurück zu seiner Mutter galoppierte. »Diese Kinder hier haben auch ein schweres

Schicksal und wirken trotzdem glücklich. Warum sollte es nicht auch Ettore gelingen? Außerdem hat er anderen immer gerne geholfen, egal ob Mensch oder Tier. Ein solches Zentrum könnte ihm zeigen, dass das Leben weitergeht und dass wir weitermachen müssen, trotz schwerer Rückschläge.«

Gianluca sah sie an, betrachtete ihr Gesicht mit den großen braunen Augen und lauschte ihrer warmen Stimme. Schließlich zog er sich den Hut tiefer in die Stirn und wandte den Blick ab.

»Wie es aussieht, hat Ettore immerhin das große Glück, eine Frau an seiner Seite zu haben, die bereit ist, sich einer großen Herausforderung zu stellen und bürokratische Hürden zu nehmen. Und das alles nur, damit er wieder lächeln kann. Ich würde dir gerne sagen, dass alles ganz einfach ist, aber das ist es leider nicht. Die Arbeit hier ist anstrengend, du brauchst Dutzende von Genehmigungen von zehn verschiedenen Stellen, tierärztliche Kontrollen, Vereinbarungen mit dem Gesundheitsamt und den Krankenkassen. Und du brauchst qualifiziertes Personal, das für seine Leistungen letztlich zu schlecht bezahlt wird. In diesem Job wird man nicht reich, und ich denke, das ist bei Eseln nicht anders als bei Pferden.«

»Danke, dass du so ehrlich bist.« Calliope lehnte sich an den Zaun. »Allerdings hast du eine Kleinigkeit übersehen.«

»Und welche?«

Sie schaute ihm in die Augen, die tiefblau waren wie der Himmel über ihnen, und dachte an einen Abend in Bologna zurück, als sie vor der Wohnung ihrer Cousine auf den Stufen gesessen und mit einem jungen Tierarzt gesprochen hatte, der voller Leidenschaft über Kinder und Esel sprach.

»Mir geht es nicht um Geld. Ich will den Traum meines Mannes verwirklichen und in seinen Augen die gleiche Leidenschaft sehen, die ich gerade in deinen sehe. Ich will den Mann, den ich liebe, wieder lachen sehen, und dafür bin ich zu fast allem bereit. Bloß schaffe ich das nicht allein. Hilfst du mir?«

Gianluca legte ihr eine Hand auf die Schulter. »Meine Frau hat mich aus genau diesem Grund verlassen, sie hat mir vorgeworfen, dass ich sie nicht mehr glücklich mache. Das werde ich mir nie verzeihen. Schon deshalb helfe ich dir sehr gerne.«

»Danke«, flüsterte sie mit leuchtenden Augen.

»Die Formalitäten heben wir uns für später auf. Wir gehen erst einmal in mein Büro, und ich erkläre dir das Wesentliche.«

»Soll ich lauter machen?«

Eva schüttelte den Kopf und tippte auf den Lautstärkeregler am Lenkrad. »Schon passiert, jetzt kannst du dir *Fields of Gold* so richtig reinziehen.«

Calliope nickte abwesend, betrachtete die untergehende Sonne, deren Schein die Landschaft in rotes Licht tauchte. Sie hatte immer noch Gianlucas Worte im Ohr und musste daran denken, was sie empfunden hatte, als sie den Kindern beim Reiten zugesehen hatte. Sie ließ sich tiefer in den Sitz sinken und blickte auf ihre lackierten Fingernägel, unter denen sie noch Spuren von Erde entdeckte.

»Meinst du, dass Ettore sich über dieses Wahnsinnsgeschenk freuen wird? Ein Zentrum mit Therapieeseln?«, fragte Eva und schaltete den Motor ab.

Erst jetzt merkte Calliope, dass sie auf dem Parkplatz eines Supermarkts standen. Grelles Licht, laute Stimmen aus den Lautsprechern, die die Sonderangebote des Tages anpriesen, die quietschenden Räder der Einkaufswagen. Sie fühlte sich mit einem Schlag in ihre persönliche Alltagshölle zurückkatapultiert, und damit kehrte die Angst zurück.

Als sie keine Antwort bekam, fügte ihre Freundin pessimistisch hinzu: »Ich glaube, dass er deine Bemühungen nicht gebührend wertschätzen wird, weil er von der Frau, die er geheiratet hat, rein gar nichts verstanden hat. Und ehrlich gesagt, wüsste ich genau, was ich an deiner Stelle tun würde: zum Anwalt gehen und Schluss.«

Selbst auf diese Provokation reagierte Calliope nicht. »Was machen wir hier?«, fragte sie stattdessen.

»Das ist der einzige Supermarkt im Umkreis von fünfzig Kilometern, in dem ich glutenfreie Pasta bekomme. Davide hat eine Unverträglichkeit entwickelt, und der Arzt hat mir geraten, ich soll seine Ernährung umstellen.«

Eva ging in den Supermarkt und legte glutenfreie Nudeln in allen Größen und Formen in den Wagen. Calliope, zunächst eher desinteressiert, fischte einen Karton heraus und studierte die Zutatenliste, woraufhin sie die Freundin aufgeregt am Arm packte und zum Auto zurückzog.

»Hey, was soll das? Was ist mit meinen Einkäufen?«

»Die brauchst du nicht mehr, und dein Sohn auch nicht.«

»Würdest du mir bitte verraten, was du vorhast?«

Calliope schwang sich auf den Beifahrersitz und bedachte Eva mit einem kurzen Seitenblick. Beim Lesen der Zutaten auf der Verpackung und dem Anblick der Mütter, die ihre Wagen mit glutenfreien Teigwaren füllten, hatte es in ihrem Kopf Klick gemacht, und ihr war eine Idee gekommen, die für ihre Firma die Wende bringen konnte.

»Leidet Davide unter Zöliakie?«

Eva runzelte die Stirn, sie begriff nicht, worauf Calliope hinauswollte. »Nein, eine Allergie hat er nicht, es ist nur eine Unverträglichkeit gegen Brot und normale Pasta. Warum?«

»Es gibt zahlreiche Untersuchungen, in denen man festgestellt hat, dass Menschen mit einer Glutenunverträglichkeit die alten Getreidesorten besser vertragen, weil sie nicht genetisch verändert wurden und nicht in der intensiven Landwirtschaft eingesetzt werden. Und wenn mir mein Großvater eines beigebracht hat, dann dass ein Produkt umso gesünder ist, desto kürzer sich seine Zutatenliste liest. Und viel Gesundes habe ich auf der Packung aus deinem Wagen nicht gesehen. Glaub mir, in diesen Sorten sind mehr Zutaten drin als in meinem Waschmittel. Davide hat Besseres verdient. Ich zeig es dir, fahr zu unserer Fabrik.«

»Okay, und was hat das mit den Costas zu tun?«

Calliope lächelte. »Ich werde die Pastaherstellung revolutionieren und fortführen, was Ettore begonnen hat.

Er hat vor seinem Unfall eine Produktlinie aus alten Getreidesorten entwickelt und getestet. Einige davon sind für Menschen mit Allergien und Unverträglichkeiten optimal.«

Calliope nickte dem Wachmann am Eingang zu und führte Eva in die Versuchsküche. Dort setzte sie Wasser auf, nahm eine Packung Tagliatelle aus einem Hängeregal und warf eine Handvoll davon ins kochende Wasser, wartete, goss sie ab und verteilte sie auf zwei Teller.

»Ohne alles?«

»Probier sie so, wie sie sind, und sag mir, wie du sie findest.«

»Okay.« Eva schob eine Gabel der gerade noch bissfesten honiggelben Pasta in den Mund und wartete, bis sich der intensive Geschmack ausbreitete, der etwas von Erde und Nüssen hatte. Sie reckte ihrer Freundin den Daumen entgegen. »Großartig, sehr lecker, die Pasta hat einen starken Eigengeschmack. Was ist das Besondere daran?«

Calliope zuckte mit den Schultern. »Sie wurde aus einem Getreide hergestellt, das man Einkorn oder kleines Spelz nennt. Es handelt sich um die älteste Sorte der Welt. Es ist sehr viel empfindlicher als normaler Weizen, weshalb es kaum noch angebaut wird. Neuerdings haben Studien nun bewiesen, dass es für Menschen geeignet ist, die empfindlich auf Gluten reagieren. Aus diesem Grund hat Ettore die Produktion zum Teil auf dieses Getreide umstellen wollen.«

»Und du meinst, Davide kann das essen?«

Um ganz sicher zu sein, nichts Falsches zu sagen, schloss

sie die Finger um die kleine Matrize in ihrer Tasche, die ihr immer half, ihren Großvater heraufzubeschwören. Und tatsächlich hörte sie Aristides Stimme wieder durch die Gänge hallen, sah vor ihrem inneren Auge, wie er durch die Produktionshallen ging und ihr im Trockenraum alte Geschichten erzählte.

Für sie war er der Zauberer, dem sie so unendlich viel verdankte.

Lächelnd sah sie Eva an. »Ja, Davide kann sie unbesorgt essen, ohne dass er irgendwelche Probleme bekommt, das versichere ich dir.«

Eva wunderte sich über den missionarischen Eifer der Freundin. Es war, als hätte sie mit einem Mal ihre Bestimmung gefunden.

»Was die Eseltherapie für Ettore ist, scheint die Nudeltherapie für dich zu sein«, meinte sie und konnte sich ein Grinsen nicht verkneifen. »So hat eben jeder sein Steckenpferd, der eine einen Reitstall, der andere steinzeitliche Pasta.«

Calliope versetzte ihr einen liebevollen Klaps.

»Nein, ich meine es ernst«, sagte Eva und griff nach ihren Händen. »Ich glaube, deine Mutter hatte recht, als sie sagte, du bestündest aus Wasser und Mehl. Calliope Costa, du hast echt Pasta im Blut.«

19

»Du hast Pasta im Blut«, wiederholte Calliope immer wieder. Der Tag war anstrengend gewesen, sie hatte sich mit Lieferanten und mit Kunden getroffen, die bereits zu Ettores Zeiten an der aus alten Getreidesorten hergestellten Pasta interessiert gewesen waren, und sich mit den Analysen der Lebensmittelchemiker beschäftigt.

Außerdem hatte sie sich entschlossen, die alten Bronzeformen aus der Frühzeit der Firma wieder aufleben und neu herstellen zu lassen. Damit hoffte sie, der Pasta Exklusivität zu verleihen, um sie in größerem Umfang auch international vermarkten zu können und die Marke Costa aus der Talsohle zu holen.

An ihrem Schreibtisch sitzend, blätterte sie in einem in Leder gebundenen Terminkalender, der eine Weltkarte mit den Zeitzonen enthielt, die sie schon als Kind fasziniert hatten. Stundenlang hatte sie sich Reisen durch die ganze Welt und Kreuzfahrten auf allen sieben Weltmeeren vorgestellt, und nun würden sie bald wahr werden. Fürs Frühjahr stand eine Reise nach Moskau mit einem Abstecher nach China auf dem Plan, darüber hinaus war ein neuerliches Treffen mit den Amerikanern vereinbart.

In der kurzen Zeit, seit sie die Leitung der Firma übernommen hatte, war also viel geschehen, und Calliope hätte rundum zufrieden sein können, wäre da nicht ein Wermutstropfen geblieben: Sie sah Ettore immer seltener. Oft kam sie erst nachts nach Hause, wenn er längst schlief, und in der Früh war Santiago mit ihm beschäftigt. Doch während sie unter der zunehmenden Entfremdung litt, schien es ihrem Mann nichts auszumachen. Ungerührt fuhr er fort, sein eigenes Leben zu leben – ohne sie.

Morgen allerdings würde sie mit ihm ins Therapiezentrum seines alten Freundes fahren. Sie hatte Santiago davon erzählt, woraufhin der Physiotherapeut eine Kontrolluntersuchung erfand, um Ettore aus dem Haus zu kriegen. Vermutlich hätte er den Vorschlag sonst von vorneherein abgelehnt. Unverdrossen setzte Calliope darauf, dass dieser Besuch ihm guttun und ihm neuen Mut geben würde.

Den nämlich konnte er gebrauchen, denn die Ergebnisse seiner letzten Untersuchung ließen zu wünschen übrig. Ettore sprach nicht wie erhofft auf die Therapie an. Laut ärztlichem Befund war daran nicht zuletzt seine schlechte psychische Verfassung schuld. Er lasse sich gehen, strenge sich nicht an, hatte Professor Valdi bemängelt.

Für Calliope ein Grund mehr, darüber nachzudenken, ob sie nicht mehr Zeit bei ihm zu Hause verbringen und ihm bei der Physiotherapie helfen müsste. Aber wie sollte das gehen, jetzt, wo sie in der Firma so eingespannt war?

Die Worte ihrer Mutter fielen ihr ein, die sie früher, wenn sie über Langeweile geklagt hatte, stets zu ermahnen pflegte, das Leben einer berufstätigen Frau sei auch nicht einfach, sondern erfordere ständige Kompromisse, um die verschiedenen Rollen unter einen Hut zu bringen.

Und das mit einem Lächeln auf den Lippen. Raum für persönliche Freiheit bleibe da so gut wie keine.

Calliope seufzte, dachte an ihre Freundin Eva, die immer sagte, dass man eben nicht nach den Sternen greifen dürfe, sondern sich mit den kleinen Dingen zufriedengeben müsse. Ihr selbst widerstrebte das. Was bitte war schon dabei, wenn eine Frau mehr wollte als einen Mann, zwei Kinder und einen Apfelkuchen im Ofen? Nichts, solange man akzeptierte, dass die Doppelrolle einen ständigen Spagat zwischen Beruf und Familie verlangte und das Familienleben dabei nicht selten zu kurz kam.

Sie würde sehen, was der morgige Tag brachte, wenn sie mit Ettore zu Gianluca und seinem Zentrum für Reittherapie fuhr.

Sie hatte gerade die Post erledigt und ein paar Telefongespräche geführt, als Carmen ihr Büro betrat. Die Miniröcke und tief ausgeschnittenen Blusen waren Kostümen oder anderen dezenten Kleidungsstücken gewichen. Das war die Bedingung gewesen, wenn sie weiterhin die Sekretärin der Geschäftsleitung bleiben wollte.

»Signor Benvenuti und sein Physiotherapeut sind unten, soll ich sie hochschicken?«

Calliope sprang auf. »Nein, nicht nötig, ich gehe gleich runter.«

Sie griff Jacke, Aktenmappe und Handtasche und ärgerte sich, dass sie sich an diesem Morgen ausgerechnet High Heels ihrer Schwester ausgeliehen hatte, in denen sie nicht wirklich gut laufen konnte.

Im Foyer erwartete sie ihr Mann, der, Santiago im

Hawaiihemd an seiner Seite, völlig desinteressiert in seinem Rollstuhl saß und vor sich hin starrte. Er hob nicht einmal den Blick, als sie auf ihn zustöckelte.

»Ich freue mich, dass du da bist«, begrüßte sie ihn.

Er gab ein unwirsches Schnauben von sich. »Ich hatte keine große Wahl, oder?«

»Deine Freundlichkeit ist überwältigend«, gab sie sarkastisch zurück und fragte sich mal wieder, wann er endlich aufhören würde mit den vorsätzlichen Kränkungen und Beleidigungen.

Dabei sah er heute trotz seiner verkniffenen Miene eigentlich ganz gut aus. Er war weniger blass als sonst und duftete nach einem Eau de Toilette, das sie noch nicht kannte. Selbst um solche Dinge kümmerte sich mittlerweile Santiago, sie war sich nicht einmal sicher, ob er einen von ihr gekauften Duft nicht zurückweisen würde.

Obwohl inzwischen an Kummer gewöhnt, schmerzte sie seine brüske Art immer wieder. Um ihre Enttäuschung zu verbergen, kramte sie länger als nötig in ihrer Handtasche nach den Autoschlüsseln.

»Gehen wir?«

Santiago nickte und schob den Rollstuhl zu Calliopes Wagen. Diesmal werde er ohne seinen Physiotherapeuten zur Untersuchung fahren müssen, da dieser unbedingt ein paar Stunden zur Erledigung persönlicher Dinge brauche, hatten sie ihm erklärt, und nach langem Hin und Her hatte er zähneknirschend eingewilligt.

In sich zusammengesunken, die Arme vor der Brust verschränkt und mit angespanntem Gesichtsausdruck saß er jetzt neben ihr auf dem Beifahrersitz, starrte vor sich hin und schwieg beharrlich. Selbst als sie am Krankenhaus vorbeifuhren, gab er keinen Ton von sich. Hatte er es vielleicht gar nicht bemerkt? Umso besser, dachte Calliope und pfiff einen schmalzigen Schlager mit, der gerade im Radio gespielt wurde. Doch sie hatte sich zu früh gefreut.

»Wo fahren wir eigentlich hin?«, herrschte er sie plötzlich aus heiterem Himmel an. »Du bist vor dreihundert Metern an der Abfahrt zum Krankenhaus vorbeigefahren und hast noch nicht umgedreht.«

Calliope trat aufs Gas und grinste in sich hinein. »Wir sind auf dem richtigen Weg, entspann dich«, sagte sie leichthin, als würde sie mit einem ungeduldigen Kind sprechen.

Er räusperte sich, was er immer tat, wenn er verärgert war, und warf ihr einen giftigen Blick zu.

»Das würde ich gerne, aber erst will ich wissen, wo wir hinfahren. Haben wir nicht einen Termin beim Neurochirurgen? Aber wie's aussieht, sind wir nicht auf dem Weg zum Krankenhaus.«

»Stimmt.«

»Na großartig. Jetzt fängt sogar mein Physiotherapeut an, mich zu belügen.«

Calliope biss die Zähne zusammen. So kurz vor dem Ziel würde sie sich nicht provozieren lassen und damit das ganze Unternehmen bereits im Vorfeld gefährden. Nach wie vor glaubte sie daran, dass dieser Besuch bei Gianluca Wunder bewirken könnte.

»Ich habe Santiago darum gebeten, weil ich diese Fahrt gerne mit dir allein unternehmen wollte«, erklärte sie ihm ruhig. »Ärgere dich nicht über eine Notlüge, sondern sei gespannt auf das, was ich dir zeigen will, und genieß die Landschaft und das schöne Wetter.«

Zum Glück musste sie ihn nicht mehr lange hinhalten, denn sie hatten die Zufahrt zum Therapiezentrum erreicht, und kurz darauf tauchten die ersten Koppeln auf. Sie blickte versonnen nach draußen, wo prächtige Pferde über die Wiese galoppierten. Unter dem glänzenden Fell zeichnete sich das Spiel der Muskeln ab. »Das Leben ist immer noch schön, Ettore.«

»Wenn du meinst«, sagte er nur, wandte sich ab und schaute zu den weißen Wolken am Himmel hoch.

Schweigend fuhren sie vorbei an abgemähten Wiesen, auf denen das Heu zum Trocknen auf Stangen hing, an Olivenhainen und von der Sonne ausgebleichten niedrigen Steinmauern, bis sie das Gut erreichten und Calliope den Wagen direkt vor dem Eingang zum Büro parkte.

»Wir sind da.«

Calliope schaltete den Motor aus und schaute sich um. Heute war ziemlich viel Betrieb. Eltern standen in Gruppen herum und unterhielten sich, Kinder wurden auf ihre Pferde gesetzt oder ritten schon unter Anleitung eines Betreuers im Kreis.

Gianluca kam zu ihnen und öffnete die Beifahrertür. »Ettore! Wie lange ist es her, dass wir uns zuletzt gesehen haben«, rief er und breitete die Arme aus, sichtlich bemüht, beim Anblick seines Freundes aus Studienzeiten nicht zu erschrecken.

»Seitdem ist einiges passiert, wie du siehst«, erwiderte Ettore und deutete auf seine bewegungslosen Beine, während Calliope um den Wagen herumkam, um ihm in den Rollstuhl zu helfen. »Nicht nötig, das schaffe ich allein«, wies er sie zurück und hob abwehrend die Hand, damit sie ihm nicht zu nahe kam. »Gibst du mir deinen Arm?«, wandte er sich an Gianluca.

Doch sosehr er sich auch abmühte, um sich hochzustemmen, es gelang ihm nicht. Offensichtlich waren die Muskeln durch seine anstrengenden morgendlichen Übungen zu erschöpft.

»Okay, du hast es probiert, jetzt lass dir endlich helfen«, griff Calliope ein. »Das geht schneller, und du verausgabst dich nicht völlig.«

»Ich habe Nein gesagt«, schrie er und schüttelte ihre Hand ab.

Seine Stimme war so schrill, dass sie auf dem ganzen weiten Gelände zu hören war. Die Eltern spitzten die Ohren, einige der Therapiepferde wurden unruhig, zwei Raben flogen krächzend auf. Für Calliope aber war sein Geschrei wie eine Ohrfeige.

Erschrocken wich sie zurück, als Ettore voller Wut noch einmal alle Kräfte mobilisierte und sich mit einer letzten, beinah unmenschlichen Anstrengung in den Rollstuhl schwang. Gianluca sah seinem Treiben hilflos und zutiefst verwirrt zu.

»Calliope, ich …«, sagte er leise und legte ihr die Hand auf die zitternden Schultern.

»Bitte, sag nichts«, unterbrach sie ihn und beobachtete düster ihren Mann, der seinen Rollstuhl mühsam über das holprige Pflaster vorwärtsbewegte. Gianluca ging hinter Ettore her und legte ihm die Hand auf die Schulter.

»Ich würde dir gerne die Anlage zeigen, was meinst du?«, sagte er. »Und zwar vom Pferd aus, wenn es dir recht ist. Dann brauchst du dieses Ding hier nicht. Vielleicht kannst du mir ein paar Tipps geben. Vor einiger Zeit wollte ich ein paar Esel anschaffen, weil sie ideal für die Therapie mit jüngeren Kindern sind, doch dann lief etwas schief, und ich habe das Projekt aufgegeben.«

»Warum, was ist passiert?«

Was Gianluca antwortete, verstand Calliope nicht mehr, doch sie sah, wie Ettore ihm die Hand auf den Arm legte. Das hatte er lange nicht mehr getan, bei niemandem. Liebevolle Gesten waren seit dem Unfall aus seinem Repertoire gestrichen.

»Ich bitte dich, lass alles gut gehen«, schickte Calliope ein inständiges Gebet zum Himmel und sah den beiden Männern hinterher, die langsam aus ihrem Blickfeld verschwanden.

Was sie während ihres Ausritts besprachen, das erfuhr sie erst mal nicht, denn nachdem sie sich verabschiedet hatten, war Ettore wieder wie vorher, abweisend und gereizt, und so verlief die Rückfahrt in angespanntem Schweigen.

Diana, die mit einer Schale Knabberzeug auf dem Bauch auf dem Sofa lag, verzog sich gleich, als sie zu Hause ankamen. Sie spürte, dass zwischen den beiden dicke Luft herrschte. Passend dazu war draußen eine fast gespenstische Atmosphäre, wie oft vor einem Unwetter.

Ein kräftiger Wind rüttelte an den Fenstern, ließ die Scheiben klirren, die Angeln quietschen und schlug die

Läden hin und her. Heftige Böen fegten durch den Garten und rissen die silbernen Blätter der Oliven und die späten Orangenblüten von den Zweigen. Und über allem wölbte sich ein Himmel, an dem sich drohend dunkle Wolken türmten.

Die Stimmung im Haus fand ihren Widerhall im Wüten der Elemente.

»Hör endlich auf, dich in mein Leben einzumischen und mich kontrollieren zu wollen«, musste Calliope sich anhören, als sie ihn nach seinem Eindruck vom Therapiezentrum fragte. »Mein Leben ist die reinste Katastrophe, und ich ertrage deine Schönrederei nicht mehr.«

Draußen fielen die ersten Tropfen, der Regen wurde schnell dichter und trommelte gegen die Scheiben. Calliope erschienen die Tropfen wie Tränen. Tränen, die sie in der Küche der Masseria mühsam zurückhielt.

»Du bist grausam, Ettore«, flüsterte sie mit erstickter Stimme.

»Ach, ich bin grausam? Und was bist du? Was glaubst du, wie ich mich fühle, wenn du mich vor einem alten Bekannten lächerlich machst? Du hast mich behandelt wie ein unmündiges Kind. Du traust mir nicht mal zu, dass ich es alleine in den Rollstuhl schaffe.«

Calliope hielt sich die Stirn. »Ich wollte dich nicht vor Gianluca lächerlich machen. Ich wollte dir nur helfen.«

»Helfen?«, höhnte er.

»Ja, verdammt, helfen.« Auch sie erhob jetzt die Stimme. »Du hattest Schwierigkeiten, und ich wollte nicht, dass er dich so sieht und du dich schämst.«

Die Gummireifen des Rollstuhls quietschten über den

Küchenboden. »Das ist dir ja großartig gelungen, Glückwunsch. Nur erklärt deine barmherzige Geste noch lange nicht, warum du mich überhaupt dort hingebracht hast. Wolltest du mir ein Leben vorführen, das ich nicht mehr haben kann? Oder wolltest du allen zeigen, wie hingebungsvoll du dich um den hilfsbedürftigen Krüppel von Ehemann kümmerst?«

Calliopes braune Augen blitzten, ihr Atem ging schneller. »Für mich bist du kein Krüppel, Ettore. So habe ich dich nie gesehen«, sagte sie mit fester Stimme.

»Genau das bin ich aber, warum willst du das nicht einsehen?«

»Schluss jetzt, hör auf damit!«, schrie sie. »Ich habe genug von deiner schlechten Laune und davon, wie du mich behandelst. Was glaubst du eigentlich, wer du bist? Meinst du wirklich, nur weil du im Rollstuhl sitzt, hast du das Recht, jeden schlecht zu behandeln, der in deine Schusslinie gerät?«

Verblüfft starrte Ettore sie an.

»Jetzt sagst du nichts mehr«, fuhr sie fort und begann, vor ihm auf und ab zu gehen. »Und das ist auch gut so. Du kannst nichts anderes, als dein Gift zu verspritzen, vor allem denen gegenüber, die dir helfen und dein erbärmliches Leben«, bei diesen Worten malte sie mit den Zeigefingern Anführungszeichen in die Luft, »lebenswerter machen wollen. Du beantwortest Liebe und Anteilnahme mit Hass und Häme. Verstehst du wirklich nicht, dass ich mir nur eines wünsche: dass du endlich deinen Widerstand gegen alles und jeden aufgibst? Das Leben hört nicht auf, weil man in einem verdammten Rollstuhl sitzt. Du kannst immer noch ein Zentrum mit Therapieeseln eröffnen und deinen Traum verwirklichen. Klar, das verlangt Energie und Durchsetzungsvermögen. Das verlangt es von jedem. Aber nein, es ist ja viel einfacher, sich einen Sündenbock zu suchen, an dem man seinen Frust auslassen kann, und ihn für sein Scheitern verantwortlich zu machen. Und, fühlst du dich so wirklich besser?« Sie hatte sich wütend zu ihm hinuntergebeugt und wartete auf eine Antwort, doch Ettore starrte sie weiterhin unverwandt an, und so setzte sie nach: »Warum verstehst du nicht, dass du noch am Leben bist? Du tust ja so, als wärst du bei diesem verdammten Unfall gestorben«, schrie sie und schlug mit den Fäusten auf den Küchentisch.

Endlich reagierte Ettore. Ruhiger als zuvor, das Gesicht entspannter, richtete er seinen Oberkörper auf und bewegte den Rollstuhl auf sie zu.

»Und was hat das jetzt alles mit der Eseltherapie zu tun?«

Calliope löste die Hände vom Tisch, wandte sich zum Fenster und schaute hinaus in den Regen. Am Himmel zuckten Blitze, die die Silhouetten der Oliven- und Orangenbäume beleuchteten und für einen kurzen Moment sehen ließen, wie der Sturm ihre Äste peitschte und die Blätter hinwegfegte. Bald würde es Herbst werden und die Zeit der Wärme und des strahlenden Sonnenscheins sich dem Ende zuneigen, dachte sie und spürte, wie sich in ihrem Inneren Kälte breitmachte.

Sie betrachtete ihr Spiegelbild in der Scheibe. »Erinnerst du dich noch an die Träume, die du hattest?«, fragte sie ihren Mann.

»Was meinst du damit?«, tat er verständnislos, aber es war offensichtlich, dass er nicht darüber reden wollte.

»Nichts, vergiss es.«

Als sie die Küche verließ, traf sie in der Diele auf Santiago, der gerade völlig durchnässt und außer Atem vom Joggen zurückkam.

»Alles okay?«, fragte er, als er ihren traurigen Blick bemerkte, und begleitete sie ins Wohnzimmer, wo sie Diana vorfanden. Santiago sah sich suchend um. »Wo ist Azalea?«

»Mama ist zu einer alten Freundin gefahren, die im Sterben liegt. Sie wird wohl heute Nacht nicht wiederkommen«, sagte Diana. »Und was den da betrifft«, sie deutete in Richtung Flur, »der macht nichts als Ärger, seit er im Rollstuhl sitzt. Lange lässt sich meine Schwester das nicht mehr gefallen, ich kenne sie. Selbst die größte Liebe stirbt, wenn man sie nach und nach vergiftet«, fügte sie hinzu, und es klang, als spräche sie nicht nur von Ettore und Calliope.

Während Diana und Santiago im Wohnzimmer blieben, zog das zerstrittene Paar sich zurück. In das gemeinsame Schlafzimmer, in dem es keine Gemeinsamkeit mehr gab. Ihre Schatten malten sich dunkel an der weißen Wand ab. Das Zimmer, das Bett, alles kam Calliope wie ein Gefängnis vor. Hier hatte sie keinerlei Freiheit mehr, auch wenn keine Gitter vor den Fenstern waren. Ihr Wärter strafte sie mit Schweigen. In ihr war etwas zerbrochen, sie kam sich vor wie eine Vase, die man aus dem Fenster geworfen hatte und die am Boden zerschellt war.

Dann, zu ihrem Erstaunen, ergriff Ettore plötzlich das Wort. »Calliope, erklärst du mir, was genau du vorhast?«

Sie drehte sich um und kniete sich vor ihn hin, wagte jedoch nicht, ihn zu berühren. Sie wollte es noch einmal versuchen, ein allerletztes Mal, obwohl sie sich wieder und wieder ein Ultimatum gestellt und dann nicht eingehalten hatte.

»Weißt du noch, was du vorhattest, bevor dir mein Vater die Firma aufs Auge gedrückt hat?«, fragte sie und beugte sich vor, bis sie den Duft seiner warmen Haut riechen konnte. »Vielleicht hast du ja sämtliche Erinnerungen beiseitegeschoben, aber ich weiß alles noch ganz genau. Immerhin waren deine Pläne und Träume mit der Grund dafür, dass ich mich in dich verliebt habe«, gestand sie mit verlegenem Lächeln. »Du hast so fest daran geglaubt, hattest so viele Ideen, und ich zweifelte nicht daran, dass du sie umsetzen würdest. Ich habe immer an dich geglaubt und habe dich von jenem Moment an geliebt. Und das tue ich auch heute noch, auch wenn du alles daransetzt, damit ich dich hasse. Aber ich hasse dich nicht, vergiss es, Ettore Benvenuti. Ich habe dir vor dem Altar versprochen, dass ich in guten wie in schlechten Zeiten an deiner Seite bleiben werde.«

Es wurde still, die ersten Sterne tauchten zwischen den Wolken auf. Ettore senkte den Blick, seine Hände umklammerten die Armlehnen des Rollstuhls, sein Hals war wie zugeschnürt, er bekam kaum Luft. Er dachte an den Nachmittag im Krankenhaus, als der Neurochirurg den Kopf geschüttelt hatte, an die Therapie, an die Schlaftabletten im Nachttisch, deren Dosis immer höher wurde, an das schreckliche Wort, das wie ein Damoklesschwert über ihm schwebte – *Operation* –, an Santiagos Stimme, die ihn jeden Morgen dazu aufforderte, den Fuß fest gegen seine Hand zu stemmen.

Und er dachte an Calliopes Beschwörungen, an ihre Hände, ihren Mund, der sich ihm manchmal nachts näherte und sanft seine Haut küsste, wenn sie weinend neben ihm lag und er so tat, als ob er schlief.

»Du weißt nicht, was du sagst. Du hast nicht die leiseste Ahnung, was du mit deinen Worten in mir auslöst und wie es sich anfühlt, ständig an etwas erinnert zu werden, das man nicht mehr ist. Und das man nicht mehr haben kann«, sagte er leise und schaute auf seine Beine. »Ich werde nie wieder aus diesem Stuhl herauskommen, Calliope, du musst dich damit abfinden. Mit deinem Drängen und deinem Mitleid verletzt du mich. Damit sorgst du nur dafür, dass ich mich noch elender fühle, als ich es ohnehin schon tue.«

Sie zuckte zusammen, als wäre sie geohrfeigt worden. »Ach ja? Und willst du wissen, wie ich mich fühle?«

»Calliope, ich glaube nicht …«

»Nein!« Sie schaute ihn mit flammendem Blick an. »Jetzt bin ich dran, unterbrich mich nicht. Ich fühle mich ebenso ohnmächtig wie du. Das ist das, was du in mir auslöst.« In ihrer Stimme lag all die Wut, die sie so lange unterdrückt hatte und die sie endlich herausließ. »Ich liebe dich, Ettore, und ich tue alles für uns, damit unsere Beziehung nicht ganz zerstört wird. Und was tust du? Du hast nichts anderes im Sinn, als mir deine Frustration ins Gesicht zu schleudern. Als wolltest du mich für dein Unglück bestrafen. Trotzdem liebe ich dich, auch wenn dir das anscheinend egal ist. Ich gehe jetzt. Santiago wird dir ins Bett helfen.«

Sie schlug die Tür hinter sich zu und ließ ihn allein zurück. Im Flur stieß sie auf ihre Mutter und fiel ihr in die Arme.

»Mama«, schluchzte sie und drückte sich trotz der regennassen Kleidung an sie. »Er liebt mich nicht mehr, es ist vorbei. Alles ist vorbei, ich kann nicht länger kämpfen, ich schaffe es einfach nicht mehr.«

Azalea strich ihr die Haare aus der Stirn, nahm ihr rot geweintes Gesicht zwischen die Hände und schaute sie mit ihren türkisblauen Augen an.

»Nein, es ist nicht vorbei, Liebes. Gib nicht auf. Dein Mann ist verrückt vor Schmerz, er weiß nicht, was er tut. Aber er kommt zu dir zurück, du wirst sehen. Ettore kommt zurück.«

20

Ein Klingeln durchbrach die sonntägliche Stille. Nach dem nächtlichen Gewitter lag die Landschaft wieder in strahlendem Sonnenschein da, obwohl die Erde noch feucht war und in den Bäumen die letzten Regentropfen hingen. Die Bauern waren bereits auf den Feldern, und rund um die Masseria grasten ihre Rinder, Schafe und Ziegen auf saftig grünen Weiden. In der Ferne riefen die Glocken zum Gottesdienst.

Calliope rollte sich zur Seite und zog sich die Decke über die Ohren, um das Klingeln des Telefons nicht zu hören. Als der Anrufer hartnäckig blieb, setzte sie sich verärgert auf und sah sich verwundert um, weil sie sich nicht in ihrem Schlafzimmer befand.

Erst nach und nach kehrte die Erinnerung an den Vortag zurück, an den Besuch im Therapiezentrum, den Streit mit Ettore, an Azalea, die sie schließlich auf das Sofa verfrachtet und ihr heiße Milch mit Honig und Kekse gebracht hatte. Tasse und Teller standen noch neben ihr auf dem Tisch, und sie trug noch die Sachen, mit denen sie ins Therapiezentrum gefahren war.

Endlich nahm sie den Anruf entgegen und hauchte ein müdes Hallo.

»Guten Morgen. Ich bin's, deine Schwiegermutter, mit der dein Mann nicht mehr sprechen will.«

»Ich wünsche dir auch einen schönen Sonntag, Lucia«,

sagte sie und unterdrückte ein Gähnen. »Was kann ich für dich tun?«

»Lieber ein Negroamaro oder ein Chardonnay?«

»Weshalb willst du das wissen?«

Lucia gab einen indignierten Laut von sich. »Weil ich heute bei euch zum Mittagessen bin, zusammen mit Rosa, ihrem Mann und den Kindern. Hat Azalea dir das nicht gesagt?«

»Nein«, gestand Calliope und sah sich suchend nach ihrer Mutter um. »Ich sehe sie gerade nicht. Vielleicht ist sie im Garten, oder sie ist nach Salina gefahren, keine Ahnung.«

Sie konnte nicht weit sein, denn aus der Küche duftete es bereits nach Essen. Nach mariniertem Fleisch, karamellisierten Zwiebeln und Gemüse, das im Ofen garte.

»Gut, dann spreche ich später mit Azalea wegen des Weins, aber bevor ich auflege, verrat mir bitte noch eines.«

»Und was?«

»Wie geht es Ettore, und warum will er mich nicht sehen?«

Calliope seufzte. Ähnlich wie sie verstand Lucia nicht, wieso der Sohn, den sie abgöttisch liebte, sie ohne eine Erklärung von sich wies. Wie schmerzlich das war, hatte sie erst gestern wieder am eigenen Leib erfahren müssen.

»Ich wünschte, ich könnte es dir sagen. Ich verstehe selbst nicht, warum er sich so verhält. Ich weiß nur, dass er deprimiert ist und wütend auf die ganze Welt.«

»Hat er psychologische Betreuung?«

»Sein Arzt hat es ihm ans Herz gelegt, aber leider weigert er sich vehement.«

Lucia räusperte sich. »Gut, ich verstehe. Ich werde versuchen, ihn zur Vernunft zu bringen. Bis später«, verabschiedete sie sich.

Calliope kam nicht mehr dazu, ihr zu sagen, dass sie das für keine gute Idee hielt und sie vermutlich gegen eine Wand rennen würde.

»Mach, was du willst«, murmelte sie und legte das Telefon auf den Wohnzimmertisch. Plötzlich tauchte Diana auf. Trotz der frühen Stunde war sie stark geschminkt, wobei das Make-up weder ihre Blässe noch ihren gequälten Gesichtsausdruck verbarg.

»Ich habe von Mama gehört, dass deine Schwiegermutter samt Tochter und Familie zum Mittagessen anrückt.«

»Hast du ein Problem damit?«

Diana ließ sich auf das Sofa fallen. »Mein Problem ist dein Schwager«, antwortete sie und spielte mit ihren Haaren. »Und deshalb werde ich vorher verschwinden. Mit diesem Typen setze ich mich nicht mehr an einen Tisch.«

»Okay, ich bin selbst nicht gerade ein Freund von Carlo, aber deshalb nicht am Essen teilzunehmen … Ist das nicht leicht übertrieben?«

Diana starrte auf den Perserteppich. »Auf dem missglückten Fest zur Feier von Ettores Rückkehr aus dem Krankenhaus hat er mich auf die widerlichste Art angegraben und mich begrapscht. Er kam beim Reden immer näher und hat mir seine Hand auf den Rücken gelegt und sie immer weiter nach unten wandern lassen, und dabei hat er mir seinen stinkenden Atem ins Gesicht geblasen. Und dann hat er auch noch versucht, sich an mich zu drücken …«, sagte sie und schüttelte sich, das Gesicht zu einer angewiderten Grimasse verzogen.

Calliope hob abwehrend die Hand. »Du musst nicht mehr sagen, ich habe verstanden.«

Es lief ihr eiskalt den Rücken runter, und Wut stieg in ihr hoch. Am liebsten würde sie Carlo öffentlich bloßstellen, aber das würde Lucia nicht zulassen. Auf Salina ging die Familie über alles, und man wahrte stets den Schein. Ihre Schwiegermutter würde ihr nie verzeihen, wenn sie Carlo in den Dreck zog. So würde sie das nämlich sehen, ungeachtet der Tatsache, dass sie selbst nicht viel vom Mann ihrer Tochter hielt.

»Mach dir keine Gedanken«, beruhigte sie Diana schließlich, »du musst nicht dabei sein, wenn du …«

Sie brachte ihren Satz nicht zu Ende, denn plötzlich zerriss ein gellender Schrei die Stille. Vor Schreck ließ Azalea, die gerade, den Arm voller Pfingstrosen, den Raum betrat, alles zu Boden fallen. Gemeinsam eilten sie zum Schlafzimmer, aus dem der Schrei gekommen war. Ettore.

Calliope war als Erste bei ihm. Die Ärmel des Pyjamas nach oben geschoben, lag er im Bett und kratzte sich wie von Sinnen. Seine Haut war, wo sie zum Vorschein kam, mit Quaddeln und Pusteln bedeckt.

»Verdammt!«, fluchte er.

»Gütiger Gott, was ist das?«, fragte ihn Calliope, erhielt jedoch keine Antwort. Sie griff nach seinen Händen. »Hör auf, du machst es sonst noch schlimmer. Was ist überhaupt passiert?«

»Wenn ich es wüsste, würde ich es dir gerne sagen«, fuhr er sie wütend an und schüttelte ihre Hände ab. »Ruf einfach den Arzt an und sag ihm, dass meine Arme und vielleicht auch noch andere Stellen mit Pusteln übersät sind, die wie Feuer brennen. Wahrscheinlich eine allergische Reaktion. Jedenfalls werde ich wahnsinnig, wenn das nicht bald aufhört.«

Während Azalea zum Telefon lief, um den Arzt anzurufen, legte Calliope in kaltem Wasser getränkte Tücher auf die betroffenen Stellen, um den heftigen Juckreiz wenigstens ein bisschen zu lindern.

Eine Stunde später hatten sie die Diagnose: Der Arzt erklärte ihnen, dass es sich um eine photoallergische Dermatitis handelte, hervorgerufen durch eine Wechselwirkung zwischen Medikamenten und starker Sonneneinstrahlung. Um ganz sicherzugehen, müsse er ein paar Tests machen. Er hatte Ettore eine Spritze gegeben und juckreizlindernde Cremes und Allergietabletten verordnet.

»Waren Sie gestern länger in der Sonne?«, hatte der Arzt gefragt.

»O ja«, war Ettores Antwort gewesen, und er hatte Calliope dabei mit seinem Blick fast durchbohrt. »Gestern habe ich den halben Tag in der prallen Sonne verbracht, weil meine Frau mich in ein Reittherapiezentrum geschleppt hat. Und das in meinem Zustand.«

Im Nachhinein also ein Rückschlag. Nachdem der Arzt gegangen war, blieb sie bei ihm sitzen und rieb ihm Arme, Brust und Rücken mit einer Salbe ein, die der Doktor dagelassen hatte und die nach Aloe Vera und Honig roch.

Santiago war nach Salina gefahren, um in der Apotheke die anderen verordneten Arzneien zu holen. Calliope fürchtete, dass sie es sich mit Ettore endgültig verdorben hatte. Er hatte sein Urteil gesprochen, ohne ihr, der Angeklagten, Gelegenheit zu geben, sich zu verteidigen. Sie erhob sich und wandte sich zur Tür.

»Ich rufe deine Mutter an. In deinem Zustand sollten wir das Essen lieber verschieben.«

21

Calliope setzte ihre Unterschrift unter das Dokument, das Carmen ihr gerade vorgelegt hatte. Auf sie wartete mal wieder ein Haufen Arbeit, die Einführung der neuen Produktlinie hielt sie ganz schön auf Trab. Unter anderem stand eine Telefonkonferenz mit Kontakten in Rom an, die sie leicht eine Stunde kosten konnte, vermutlich mehr. Außerdem war sie in ständigem Austausch mit ihren Mitarbeitern im Labor, die noch mit der optimalen Mischung von Mehl und Wasser für die zu erprobenden Getreidesorten experimentierten.

Und nicht zuletzt, was mindestens genauso wichtig war, musste sie sich um die Reproduktion der alten Bronzeplatten kümmern, aber dazu musste sie sie erst mal finden. Selbst die älteren Angestellten wussten nicht, wo sie sein konnten, keiner von ihnen hatte sie je zu Gesicht bekommen.

Sie musste sie unbedingt auftreiben, sonst platzte ihre großartige Idee, gesunde, selbst für Allergiker geeignete Pasta aus alten Getreidesorten in Formen aus der Anfangszeit des Unternehmens zu produzieren und sie zeitgemäß zu präsentieren. Diese ungewöhnliche Kombination, davon war Calliope überzeugt, würde die Firma aus dem Konjunkturtal zu neuen Höhen führen können.

Du hast immer gesagt, dass nur der Inhalt zählt, doch die Zeiten haben sich geändert, und heute zählt auch das

Äußere, also hilf mir bitte, die richtigen Formen zu finden, hatte sie stumme Zwiesprache mit ihrem Großvater im Trockenraum gehalten, wo sie sich ihm am nächsten fühlte.

Nachdem der Arzt gegangen war, hatte sie den gesamten Sonntag im Büro verbracht. Sie mochte sich weder Ettores Anfeindungen und Demütigungen aussetzen, noch konnte sie den mitleidigen Blick ihrer Mutter ertragen.

Nein, zu Hause hatte sie nicht bleiben können, sie musste sich erden, den Kontakt zu sich selbst wiederherstellen. Sie war ins Auto gestiegen und in die Firma gerast, um sich an ihrem magischen Ort, dem Trockenraum, zu verkriechen.

Erst als sie dort wie früher auf dem Boden lag, hatte sich ihr Atem langsam beruhigt. Die Arme unter dem Kopf verschränkt, den Blick zur Decke gerichtet, waren ihre Gedanken in die Vergangenheit geschweift, und sie hatte die Stimme ihres Großvaters vernommen, der wie in ihrem seit Neuestem regelmäßig wiederkehrenden Traum den Finger in Richtung Himmel hob und ihr sagte, dass dort oben nicht allein der Mond, sondern Tausende von Sternen stünden.

Lange hatte sie über die Bedeutung dieser Worte nachgedacht, aber erst als sie die kleine Bronzeblume umklammert hatte, war ihr der Sinn klar geworden: Sie musste den alten Formen, die sie lediglich vom Hörensagen kannte, neues Leben einhauchen. Früher hatte der Großvater sie nie erwähnt, nun machte er sie in Rätseln auf sie aufmerksam.

Vom Trockenraum begab sie sich in ihr Büro, strich mit den Fingerspitzen über Aristides Foto, das auf ihrem Schreibtisch neben einem Familienbild und ihrem Hochzeitsfoto stand. Sie und Ettore lachten glücklich in die Kamera, sie in ihrem weißen Kleid, er im Frack mit einer zu ihrem Brautstrauß passenden Blume im Knopfloch. Wenn sie jetzt ihr Gesicht im Spiegel betrachtete, war sie nur noch ein Schatten der lebensprühenden jungen Frau von damals.

Besser nicht daran denken, sagte sie zu sich selbst und überlegte, was sie tun sollte. Ein paar Unterlagen abarbeiten oder wieder nach Hause fahren? Sie fürchtete sich ein wenig davor, in die Masseria zurückzukehren, in der sie eine trübselige Stimmung erwartete. Andererseits wäre es feige, sich davor zu drücken, sie würde sich nur ihrer Verantwortung entziehen.

Seufzend räumte sie ihren Schreibtisch auf und verließ das Firmengebäude. Sie musste unbedingt weitermachen, egal wie.

Als sie in ihrem Mercedes Cabrio saß, fuhr sie das Dach herunter und ließ sich den Wind durchs Haar wehen, auf den Feldern zirpten die Grillen. Während sie an einer Ampel stand, fiel ihr Blick unwillkürlich auf den Ehering, der sie stets an ihr Versprechen bei der Hochzeit erinnert hatte. Inzwischen sah sie diese Verbindung nicht mehr, zu viel war geschehen, um den Glauben an die Unauflöslichkeit der Ehe und an eine ewige Liebe aufrechtzuerhalten. Immer öfter regten sich Zweifel und sabotierten die guten Vorsätze, die sie trotz allem noch hatte. Nach wie vor redete sie sich ein, dass nicht einfach alles zu Ende sein konnte. Ettore war schließlich ihre große Liebe gewesen, der Mann ihrer Träume.

»Und so ist es immer noch – es muss so sein«, murmelte sie trotzig, als die Einfahrt zur Masseria in Sicht kam. »Ich kann dich nicht verlieren, das will ich einfach nicht.«

Wann immer sie ihre widersprüchlichen und wechselhaften Gefühle einer nüchternen Prüfung unterzog, kam sie fast zwangsläufig darauf, dass sie bereits als Kind unter Verlustängsten gelitten hatte, und die begleiteten sie offenbar bis heute. Ihre Familie war nicht groß, umso stärker war ihre Verbundenheit, und der Gedanke, einen von ihnen zu verlieren, löste in ihr Panik aus. Und seit Ettores Unfall konzentrierten sich ihre Ängste naturgemäß vor allem auf ihn, was sogar zunahm, je öfter sie das Gefühl beschlich, dass er sich immer mehr von ihr entfernte.

Sie legte die Autoschlüssel in das Körbchen neben der Tür und ging langsam durch das dunkle Wohnzimmer ins Schlafzimmer. Dort war Santiago gerade dabei, im Schein einer schwachen Lampe Creme auf die betroffenen Hautstellen zu verteilen.

»Geh ruhig, ich mache weiter«, flüsterte sie beinahe lautlos, um Ettore nicht zu wecken.

Santiago nickte gähnend und verschwand, während sie sich auf die Bettkante setzte und ganz vorsichtig, damit er nicht aufwachte, weitermachte. Liebevoll betrachtete sie ihren schlafenden Ehemann, seinen nackten Oberkörper, das Auf und Ab seines Brustkorbs. Azalea hatte recht: Frauen liebten bloß einmal im Leben ohne Wenn und Aber, und dieser Mensch konnte ihr Leben in ein Paradies oder in die Hölle verwandeln. Für sie war es eben dieser Mann mit dem wirren Haarschopf. Wenn sie ihn so ansah, wie er friedlich dalag, wichen die Zweifel, und sie empfand wieder diese umfassende Liebe für ihn wie einst. Sie hasste die Lähmung, die ihn an den Rollstuhl fesselte, sie hasste das Geräusch der Räder auf dem Fußboden. Sie hasste alles, was ihn von ihr entfernte, doch in diesem Moment vergaß sie das alles und strich ihm sanft über Arme und Schultern. Mehr durfte sie nicht erwarten. Zumindest vorerst nicht.

»Was zum Teufel machst du da?«

Ettore verkrampfte sich mit einem Mal, und seine Ellbogen bohrten sich in das Laken, auf seiner Stirn stand eine tiefe Falte.

Calliope ließ sich nicht irritieren und fuhr ruhig und konzentriert fort, die Creme einzumassieren. Dieses Mal würde sie ihm nicht in die Falle gehen.

»Ich trage die Salbe auf, die der Arzt dir verschrieben hat.«

»Das merke ich auch.«

»Und wenn du schon mal wach bist, dreh dich mal auf die Seite, damit ich auch deinen Rücken einreiben kann. Wehr dich nicht immer, lass dir von mir helfen. Ich bin schließlich deine Frau und habe die verdammte Pflicht, das zu tun.«

Für eine Weile war nichts zu hören außer dem Zirpen der Grillen in den Orangenbäumen vor dem Fenster, und der süßliche Geruch der Früchte drang zu ihnen herein. Ettore schien sich etwas zu entspannen, doch sein Atem ging nach wie vor zu schnell. Sie konnte die schwarzen

Wolken über seinem Kopf förmlich sehen und fürchtete einmal mehr, dass sie diesen Kampf gegen seine innere Abwehr wieder verlieren würde.

»Ich verstehe es einfach nicht – ich verstehe nicht, wie du solche Dinge sagen kannst, nach allem, was passiert ist.«

»Was soll ich denn sonst sagen?«, gab sie sarkastisch zurück. »Du bist mein Mann, du machst eine schwere Zeit durch, da ist es doch ganz normal, dass ich an deiner Seite sein möchte.«

»Ich will es aber nicht, ich will nicht, dass du das tust. Ich weiß nicht mehr, wie ich es dir noch klarmachen soll, und das zermürbt mich.«

»Was redest du denn da?«

Schweigen, lediglich ihr Atmen war zu hören.

»Das ist alles deine Schuld, Calliope«, begann er erneut und schaltete die Lampe auf seinem Nachttisch an, damit er ihr besser ins Gesicht sehen konnte.

»Wie bitte?«

Ihr Mann hatte Narben davongetragen, die nie wieder verschwinden würden. Von dem Unfall selbst, und von der Operation. Zudem hatte sein Körper sich verändert. Seine gelähmten Beine wurden immer schwächer, seine Arme immer kräftiger, die Proportionen hatten sich verschoben, die Harmonie, die sein Körper früher besessen hatte, war verschwunden. Doch schlimmer als das waren die seelischen Narben, die ihn unduldsam und ungerecht machten. Wie gerade jetzt.

Das ist deine Schuld, dieser Satz traf Calliope wie ein Peitschenhieb. Sie hatte das Gefühl, als würden sich bei jedem Wort neue Wunden öffnen. Vor ihren Augen verschwamm alles, die Farben im Raum wurden undefinierbar, sie brachte kein Wort heraus.

Die Cremedose glitt ihr aus der Hand und fiel zu Boden, ihr schien, als würden ihre Glieder eines nach dem anderen den Dienst versagen, als hätte man sie ausgeschaltet wie eine Maschine am Ende eines langen Arbeitstags. Die einfachsten Bewegungen fielen ihr schwer. Mühsam bückte sie sich, um die Creme aufzuheben und auf den Nachttisch zu stellen, neben den Thriller, den Ettore abends immer las, bis sie die Tür zum Schlafzimmer öffnete und er schnell so tat, als schliefe er längst.

Aber all das war nicht mehr wichtig, nichts war mehr wichtig.

»Du hast alles vergessen«, sagte sie eisig. Ihre Stimme schien nicht mehr zu ihr zu gehören. In dem Orangenbaum unmittelbar vor dem Fenster saß ein Käuzchen und schickte seine klagenden Rufe in die Nacht. Sie verkündeten Unheil, hieß es im Volksmund. Calliope hob ihre Hände und betrachtete ihre Lebenslinie, Zeichen ihres unbekannten Schicksals, dann ballte sie die Fäuste und zwang sich, sich zu ihrem Mann umzudrehen. »Es war offenbar naiv und sentimental von mir zu glauben, dass meine Hände, meine Gesten dich vielleicht daran erinnern würden, wie es einmal zwischen uns war – wie es gewesen ist, mit mir zu schlafen. Wie wir waren. Aber …«

Sie ließ den Satz unvollendet. Draußen war endgültig die Nacht hereingebrochen, der Himmel war pechschwarz, das schwache Licht des Mondes erhellte ihn kaum. Es war, als ob er ihnen ersparen wollte zu sehen, dass es außerhalb ihrer eigenen beklemmenden vier Wände sehr wohl Schönheit und Glück gab.

Ettore seufzte, sein Blick wanderte durch den Raum. »Ich musste das alles vergessen, Calliope, musste es einfach«, murmelte er und schaute zu seiner Frau, auf ihre anmutig gerundeten Hüften und die langen Beine, die sich früher des Nachts um seine geschlungen hatten. Schmerzliche Erinnerungen stiegen in ihm hoch, wie es gewesen war, wenn sie sich geliebt hatten. Er schloss die Augen und zwang sich, nicht mehr an jene weit zurückliegenden Nächte zu denken, die zu einem anderen Leben gehörten. »Es ist alles tot, in mir und um mich herum. Wir schlafen im Grunde nur noch in einem Bett, um den Schein zu wahren. Das wissen wir beide. Und wir wissen auch, dass ich seit jener Nacht nicht mehr der Mann bin, der ich einmal war. Und es nie mehr sein werde«, fügte er hinzu, während ihm die ernüchternden Ergebnisse der letzten neurologischen Tests in den Sinn kamen. »Ich kann nicht, Calliope, ich kann einfach nicht.«

Noch bevor er den Satz zu Ende gesprochen hatte, war seine Frau neben ihm auf die Knie gegangen. »Es ist nicht zu spät. Wir können immer noch glücklich sein und zumindest einen Teil des Lebens verwirklichen, von dem wir geträumt haben. Du musst nur Ja sagen, wenn du es ebenfalls willst«, drängte sie ihn und wollte sein Gesicht zwischen ihre Hände nehmen, doch Ettore war schneller, packte ihre Handgelenke und schob sie von sich weg.

»Nein, das können wir nicht. Wir können nicht mehr zurückholen, was wir einmal hatten. Wie oft soll ich dir das noch sagen?«

»Du irrst dich, wenn wir es beide wollen, dann …«

»Bitte, lass es.«

»Warum?«

»Calliope …«

»Warum? Ich habe verdammt noch mal ein Recht darauf, zu erfahren, warum.«

Die Worte kamen wie ein Schrei tief aus ihrer Brust.

»Bitte, beruhige dich«, bat Ettore sie, aber sie hörte nicht auf ihn. Nicht mehr.

Sie wandte sich zu der Mauernische, in der eine große alte Korbflasche stand, die als Vase diente, griff mit beiden Händen danach und schleuderte sie mit aller Kraft zu Boden. Eine riesige Wasserpfütze bildete sich und grüne Glasscherben glitzerten rund um ihre Füße.

»Hast du jetzt völlig den Verstand verloren?« Ettore ballte die Fäuste und drückte seinen Oberkörper hoch, das Gesicht feuerrot vor Anstrengung. Die Reaktion seiner Frau hatte ihn völlig aus dem Konzept gebracht.

»Warum tust du mir das an?«, schrie sie. Sie zitterte am ganzen Körper, und lang unterdrückte Tränen brachen sich Bahn. Doch sie wollte sich nicht auch noch ihr letztes bisschen Stolz nehmen lassen. Sie richtete sich auf, doch dann sank sie zurück auf die Knie. »Warum liebst du mich nicht?«, flüsterte sie und vergrub ihr Gesicht in den Händen, als ob sie ganz allein im Zimmer wäre.

»Calliope …«, setzte Ettore zu einem neuen Versuch an, sie zu beruhigen, dann brach seine Stimme. Was hätte er auch sagen sollen? Er konnte ihr keine Hoffnung auf etwas machen, das mit seinem Unfall in ihm erloschen war, doch genau das erwartete sie. »Tut mir leid, ich habe keine andere Wahl. Du hingegen schon.«

Calliope zuckte zusammen. Was meinte er damit? Ihr schien, als würde er nicht mehr nur von ihrer Ehe reden.

»Wovon redest du? Ist es wegen der Firma? Nimmst du mir übel, dass ich die Leitung übernommen habe?«

»Nein, das ist es nicht.«

»Was dann? Verrate mir endlich, was los ist!«, schrie sie.

»Es ist alles zusammen. Ich habe nie die Entscheidungen getroffen. Ich habe nicht entschieden, die Leitung der Firma zu übernehmen, und ich habe auch nicht entschieden, an diesem verfluchten Abend die Investoren zu treffen. Ebenso wenig habe ich entschieden, dass wir in dieser veränderten Situation zusammenbleiben und dass Santiago als Dauerbetreuung ins Haus kommt. Du bist diejenige, die entscheidet. Du hast immer alle Entscheidungen getroffen.«

»Das ist nicht wahr, und das weißt du ganz genau«, widersprach sie vehement. »Im Gegenteil, mein Vater hat mir jede Möglichkeit genommen, selbst zu entscheiden. Und zwar genau an dem Tag, an dem wir geheiratet haben.«

»Und das ist jetzt deine Rache?«

»Natürlich nicht, was denkst du? Wie kommst du auf die Idee, dass ausgerechnet ich mich an dir für etwas rächen sollte, an dem mein Vater schuld ist? Und dann noch deine Krankheit ausnutze?«

Er betrachtete die Linien in seinen Handflächen.

»Na ja, immerhin habe ich mich damals ohne zu widersprechen dem Wunsch deines Vaters gebeugt, obwohl ich wusste, wie sehr dir an dem Posten lag. Damals hatte ich kein Mitleid mit dir, und jetzt kann ich keines mehr empfinden, weil in mir nichts ist als eine unendliche Leere.«

Sie wich vor ihm zurück, noch bevor seine Worte sie wirklich erreichten. Seine Stimme war so kalt wie das Wasser an ihren Füßen und schien von weit her zu kommen. Sie konnte nicht länger hierbleiben.

»Calliope, geh nicht, lass uns vernünftig miteinander reden«, rief er und streckte den Arm nach ihr aus.

Sie schüttelte den Kopf, die Arme vor der Brust verschränkt. »Ich muss hier raus«, sagte sie, rannte aus dem Zimmer, hinaus in den Garten und hielt ihr Gesicht in den Wind, der inzwischen kräftig aufgefrischt war.

Sie sah zu, wie die Böen den Jasmin zerzausten, der die Balkongeländer hochkletterte, und die Bougainvilleen in den großen Kübeln beim Schwimmbecken. Calliope hatte das Bedürfnis, die Erde zu spüren, auf der sie laufen gelernt hatte. Sie brauchte die Natur ringsum, die üppige Pflanzen- und Blumenpracht, die Bäume, die einen betörenden Duft verbreiteten, erst durch ihre Blüten, dann mit ihren Früchten. Selbst Orangen dufteten unterschiedlich, die hellen Sorten süßlich, die Blutorangen eher herb. Das alles war ihr vertraut, hier war sie zu Hause, hier waren ihre Wurzeln. Ihre Kraft.

Sie begann in ihrem dünnen Kleid zu frösteln und schlang die Arme um den Oberkörper. Sie atmete tief durch, um ihre Lungen mit frischer Luft zu füllen. In der Ferne leuchteten die Lichter der Stadt, vor ihr die Laternen beim Swimmingpool.

Dorthin zog es sie. Sie setzte sich auf den Rand, tauchte die Füße ins Wasser, das lauwarm war, noch aufgeheizt von der Sonne am Tag, und betrachtete nachdenklich das Mosaik am Beckenboden. Es stellte eine Windrose dar, mit dem Stern in der Mitte, an dessen Spitzen die lateinischen Namen der vier Himmelsrichtungen standen. Seit der Antike hatte sie Seefahrern bei der Orientierung auf dem Meer gedient und ihnen die Richtung gewiesen.

Einen solchen Kompass bräuchte sie auch, im Sturm ihres Lebens. Ihre Ehe stand auf Messers Schneide, Ettore war in einer Wut gefangen, die jeden Schritt nach vorn unmöglich machte, die Firma verlangte ihr ihre ganze Kraft ab … Das alles überforderte sie, sie war müde, unendlich müde, und sie sehnte sich nach Unterstützung. Vor allem von einem: Ettore. Erschöpft bettete sie den Kopf auf eines der großen Kissen, die überall herumlagen, und schaute in den Himmel, an dem zwischen den dahinjagenden Wolken vereinzelt Sterne leuchteten.

»Nichts und niemand kann mir meinen Mann zurückbringen«, murmelte sie.

Noch nie hatte sie sich so alleingelassen gefühlt. Noch nie war ihr Ettore so fremd, so distanziert vorgekommen, wenngleich es schon vorher schwierig gewesen war. Doch nun schien nichts mehr zu retten. Fröstelnd zog sie die Beine aus dem Wasser, presste die Knie an die Brust und vertraute der Nacht ihren Herzschlag an, überließ sich ihr ganz, wie die Natur ringsum.

22

Sie wurde vom intensiven Geruch nach Pflanzen und Feuchtigkeit und dem Klirren von Tassen geweckt. Eine Hintergrundmusik wie in der Bar, wenn die Baristi die Tassen der Kunden auf den Tresen stellten, um ihnen die kochend heiße braune Flüssigkeit zu servieren. Aber als sie allmählich aus ihrem Schlaf auftauchte, spürte sie nichts als ihren ausgekühlten und schmerzenden Körper, der noch immer auf den harten Fliesen am Beckenrand lag.

»Guten Morgen, du Rumtreiberin.« Diana hielt ein Tablett in der Hand, auf dem eine Tasse mit duftendem Kaffee und eine mit gesund riechendem Tee standen. Sie kniete sich lächelnd neben ihre Schwester. »Du überschätzt dich, in deinem Alter sollte man nicht mehr draußen schlafen. Immerhin bist du nicht mehr so jung wie ich«, scherzte sie.

»Sehr witzig«, antwortete Calliope und fuhr sich zer streut über das Gesicht. Ihre Haut war kalt und feucht vom Morgentau, und sie brauchte ein paar Minuten, um richtig zu sich zu kommen. »Komisch, dass du um diese Zeit schon wach bist, das passt gar nicht zu dir. Oder gehst du vielleicht gerade erst ins Bett?«, fragte sie nach einem Blick auf ihre Armbanduhr und trank einen Schluck Kaffee, der für ihren verwirrten Geist wie eine zärtliche Umarmung war.

»Du solltest mir lieber dankbar sein. Wenn unsere Mutter herausfindet, dass du die Nacht im Garten verbracht hast, kannst du dich auf was gefasst machen.«

»Na ja, wirklich geschlafen habe ich nicht.«

»Kein Wunder«, erwiderte ihre Schwester lakonisch. »Ich habe euch gehört, gestern Nacht, ihr habt ja wie verrückt gestritten.«

Calliope hustete verlegen. »Tut mir leid, wenn wir dich gestört haben.«

Dianas Lippen, auf denen ein Hauch Lipgloss lag, verzogen sich zu einer Grimasse. »Kein Problem.«

»Es wird nicht wieder vorkommen. Hoffe ich jedenfalls.«

»Geht es um die Firma? Ist Ettore etwa sauer, weil du die Geschäftsführung übernommen hast?«

Ihre Frage entlockte Calliope ein Lächeln. Wenn Diana sie mit ihren großen runden Augen ansah, wurde sie wieder das kleine Mädchen, das gepunktete Röcke trug, die Prinzessin der Masseria, das Püppchen ihres Vaters.

»Die Sache ist komplizierter. Aber klar, dass ich seinen Posten übernommen habe, macht es sicher nicht leichter.«

»Na ja, viele Alternativen gab es ja nicht: Ettore ist physisch und psychisch derzeit nicht in der Lage, sich um die Firma zu kümmern, unser Onkel hat die Firmenkonten geplündert, und unser Bruder überlässt die Verantwortung für die Firma lieber anderen. Ohne dich wäre die Firma wahrscheinlich schon pleite, oder wir würden längst Kekse für Supermarktketten backen.«

»Was für ein Abstieg.«

»Von Qualitätspasta zur Massenware«, witzelte Diana und ließ sich lachend in die Kissen sinken.

So blieben sie einfach liegen und sahen zu, wie die Sonnenstrahlen langsam die Landschaft erhellten, während der Morgennebel sich mehr und mehr verzog.

Diana strich ihrer Schwester über die Hand. »Ich bin froh, dass du den Job machst.«

»Wirklich?«

»Ja, ganz ehrlich.« Sie schaute gedankenverloren in den Himmel, der einen wunderschönen Tag versprach. »Du bist die erste Wahl. Und die einzige. Domenico ist raus. Und Augusto? Im Grunde wissen wir gar nichts über unseren großen Bruder. Er war nie da, es ist fast, als gäbe es ihn gar nicht. Mit dir ist es was anderes: Wir sind zusammen aufgewachsen, ich weiß, wer du bist. Außerdem gehe ich davon aus, dass Augusto als Banker keine Ahnung von Pasta hat.«

Das war die echte Diana, dachte Calliope, die ihr wahres Wesen immer unter einer dicken Schicht Schminke versteckte. In Wahrheit war sie einfühlsam, sensibel und tiefgründig. Ein schöner Schmetterling, der sich nie getraut hatte, sich in seiner ganzen Pracht zu entfalten.

Calliope zuckte die Schultern. »Augusto hat die Insel so früh verlassen, da ist es doch ganz normal, dass er für uns fast ein Fremder ist. Er hat ausschließlich in Großstädten gelebt, eine Kleinstadt wie Salina würde ihn umbringen – und ehrlich gesagt, wäre ich an seiner Stelle auch nicht zurückgekommen. Was weiß er schon von dem Leben hier?«

»Im Gegensatz zu dir ... Du hast hier bittere Erfahrungen machen müssen, du musstest dich anpassen. Dabei hättest du mit Sicherheit auch ein anderes Leben vorgezogen. Aber im Gegensatz zu Augusto durftest du dich nicht verwirklichen. Bei mir war Papa zum Glück nicht mehr so streng.« Diana erinnerte sich gut daran, wie oft sie, wenn sie nach Hause gekommen war, Szenen zwischen Vater und Tochter mitbekommen hatte. Die Mutter war dann abends an Calliopes Bett gegangen, um ihre Tränen zu trocknen.

»Warum müssen eigentlich immer die Frauen für alles bezahlen, und zwar doppelt und dreifach?«, überlegte Diana.

»Weil sie uns anders haben wollen, als wir sind. Und als wir sein wollen. Deshalb töten sie unsere Träume ab, und wir dürfen uns nicht mal dagegen wehren.«

»War es bei dir auch so?«

»Ja, das war es. Vor allem mit Papa, aber nach unserer Hochzeit auch mit Ettore. Und ich bin stolz darauf, dass ich dennoch heute genau dort bin, wo ich immer sein wollte«, erklärte sie mit fester Stimme, das Kinn auf die Knie gestützt. »Jahrelang habe ich um die Anerkennung unseres Vaters gekämpft. Um ihn für Augustos Abwesenheit zu entschädigen, wollte ich sein perfekter Ersatzsohn sein, ich habe seinetwegen Agrarwissenschaften studiert und dachte, dass ich mit dieser Qualifikation die Eintrittskarte für die Chefetage in den Händen hielt. Leider hatte ich vergessen, dass ich als Frau zur Welt gekommen bin und er mich nie als gleichwertig mit seinem Sohn betrachten würde. In seinen Augen bestand meine

Aufgabe darin, ihm Enkelkinder zu schenken und so den Fortbestand der Familie Costa zu sichern. Ein Leben, das ich mir nicht ausgesucht hatte, und das wusste er genau. Ebenso wie er wusste, dass ich die Fabrik liebte und mich für das Metier interessierte.«

»Es muss hart für dich gewesen sein, trotz all deiner Voraussetzungen ausgebremst zu werden.«

»In der Tat. Zum Glück muss ich mich künftig nicht mehr verleugnen und mein Licht nicht länger unter den Scheffel stellen. Endlich muss ich nicht mehr so tun, als ob ich jemand anders wäre.«

Diana atmete tief durch. »Ich weiß«, sagte sie und legte eine Hand auf ihren Bauch.

Ein Schwarm Vögel flog auf, der sich im Feigenbaum neben dem Schwimmbecken niedergelassen hatte, und ein Windhauch trug den Geruch der überreifen Früchte zu ihnen herüber.

»Geht es dir nicht gut?«, erkundigte sich Calliope, aber kaum waren die Worte heraus, sprang ihre Schwester auf und übergab sich in einen leeren Blumentopf.

»Alles wieder in Ordnung«, spielte Diana, die leichenblass war, den Vorfall herunter.

Calliope musterte sie skeptisch und richtete sich auf ihrem Kissen auf. »Ist es das, was ich denke?«

»Was denkst du denn?«

»Seit du hier bist, verhältst du dich merkwürdig. Du gehst nicht aus, dir ist immer übel, du blätterst den ganzen Tag in irgendwelchen Zeitschriften, du isst kaum etwas, und ich habe dich sogar Tabletten nehmen sehen.«

»Ja, und?«

»Diana, halt mich bitte nicht für blöd und sag mir endlich, was los ist.«

»Gut.« Obwohl sie nickte, verrieten ihre Augen, dass sie Angst hatte. Nervös fuhr sie sich mit der Zunge über die Lippen und hielt ihre Hände verschränkt, um das Zittern zu unterdrücken. Unschlüssig sah sie sich um. Hier war alles so anders als in Rom, als das Studentenleben dort. »Ich habe mein Jurastudium nach dem zweiten Semester abgebrochen und keine einzige Prüfung gemacht«, presste sie endlich leise hervor.

»Du hast was?«

»Das war nichts für mich. Du weißt ja selbst, was es heißt, etwas tun zu müssen, das man nicht machen möchte. Du weißt, wie es ist, wenn man sich selbst verleugnet.«

»Das musst du mir jetzt mal genauer erklären. Was genau tust du dann in Rom, wenn du nicht mehr studierst?«

»Ich mache eine Ausbildung.«

»Und was für eine?«

»Ich besuche eine Schauspielschule«, sagte sie und wartete darauf, dass ihre Schwester die Nachricht verdaute.

Calliope schaute sie an, ohne sie richtig zu sehen. All die Anrufe, all die Male, in denen Diana sie belogen hatte, gingen ihr durch den Kopf.

»Und warum benimmst du dich so komisch? Das eine muss ja nicht unbedingt mit dem anderen zu tun haben.«

Es dauerte eine Weile, bis Diana sich zu einer Antwort durchrang. »Ich glaube nicht, dass du das wirklich wissen willst.«

»Da irrst du dich gewaltig. Ich möchte die Wahrheit

wissen, und zwar sofort. Raus mit der Sprache.« So leicht ließ Calliope sich nicht abwimmeln.

Die Glocken läuteten zur vollen Stunde, bald würde Azalea aufstehen, um Kaffee zu kochen, und bemerken, dass ihre Töchter nicht im Haus waren.

»Okay, früher oder später wirst du es ohnehin erfahren«, gab Diana schließlich nach, hob ihren Oversizepullover an und enthüllte ihren nicht mehr ganz so flachen Bauch.

Ihre Schwester erbleichte. »O Gott, du bist …«

»Ja, bin ich. Ich erwarte ein Kind«, bestätigte sie und legte die Hand zärtlich auf die kaum sichtbare Wölbung. »Eine Woche vor meiner Rückkehr nach Salina habe ich es gemerkt. Eigentlich wollte ich gar nicht herkommen, aber das hätte nur lästige Fragen aufgeworfen.«

»Und was ist mit dem Vater des Kindes?«

Calliope konnte nur vermuten, wie Diana sich fühlte. Ein Kind hatte sicher nie auf ihrem Plan gestanden. Bestimmt hatte sie sich schon als gefragte Schauspielerin gesehen, die Drehbücher studierte, Anrufe aus Hollywood bekam und in Cannes auf Pressekonferenzen saß. Und nun musste sie schlagartig erkennen, dass dieser Traum wohl ausgetraumt war. Ihr Luftschloss war zusammengefallen.

Diana begann zu weinen, ihre Schluchzer nahmen ihr fast den Atem. »Der Vater weiß es noch nicht. Ich kann es ihm nicht sagen. Das geht einfach nicht. Seine ganze Welt würde in die Brüche gehen, verstehst du?«

Sie hob den Kopf, flehte ihre Schwester stumm um Hilfe an.

Calliope umarmte sie und zog sie an sich. »Hör zu, du musst aufhören, den Vater des Kindes zu schützen. Wer immer es sein mag, er sollte sich eigentlich über die möglichen Konsequenzen im Klaren gewesen sein, außer …«

»Es ist der Pfarrer«, unterbrach Diana sie, woraufhin ihre Schwester sie fassungslos anstarrte.

»Bitte, wer?«

»Don Raffaele.«

»Das gibt's nicht.« Calliope konnte es nicht glauben, das war zu absurd. Ein Kind der Sünde, gezeugt von einem Priester aus dem frommen Salina. »Mädchen, wie konnte denn das passieren?«

»Ich liebe ihn. Mehr gibt es dazu nicht zu sagen. Ich liebe Raffaele, auch wenn es falsch ist und wir unsere Beziehung nie öffentlich machen können. Ich liebe ihn trotz aller Hindernisse. Ich kann es nicht ändern, tut mir leid.«

Calliope fasste sich an den Kopf. Ihrer Schwester schien überhaupt nicht klar zu sein, in welcher Situation sie sich befand, wie zerstörerisch das Ganze für sie selbst, die Familie und nicht zuletzt für den Mann sein konnte, den sie liebte.

»Don Raffaele ist nicht irgendein verheirateter Mann, der sich zur Not scheiden lassen kann. Er ist mit der Kirche verheiratet, und wenn dieser Fehltritt irgendwie rauskommt, wird er geschasst, von den Sakramenten ausgeschlossen und weiß der Himmel was noch.«

»Das ändert nichts an meinen Gefühlen für ihn.«

»Mag ja sein, aber es ist falsch. Du musst sofort die Notbremse ziehen und das Verhältnis auf der Stelle beenden.«

»Glaubst du etwa, ich hätte es nicht versucht? Mehr als nur einmal.«

»Und wie lange geht das schon so?«

»Seit dem Sommer, in dem ich achtzehn geworden bin. Er war gerade erst nach Salina gekommen und studierte noch am Seminar. Es war Liebe auf den ersten Blick. In all den Jahren haben wir uns oft getrennt, es war nie für lange. Das letzte Mal bevor ich …«

»Bevor du schwanger geworden bist«, beendete Calliope den Satz.

Diese Nachricht war für Calliope wie ein Erdbeben, dessen zerstörerische Auswirkungen man noch nicht absehen konnte. Was sie vor allem schockierte, war, dass es innerhalb der Masseria, innerhalb der Familie die ganze Zeit eine Parallelwelt gegeben hatte. Mit einem Mal war Diana keine angehende Anwältin mehr, war es nie gewesen, sondern eine Schauspielschülerin, die ein Kind von einem Pfarrer erwartete. Ging es noch verrückter? Die beiden wussten offenbar nicht, was sie da taten, dachte sie und schaute ihre Schwester mitleidig an.

Und dennoch ging das Leben ringsum weiter, als wäre nichts geschehen. Als hätte nicht die eine Schwester Probleme mit ihrem behinderten Mann und die andere mit ihrem abtrünnigen Priester. Langsam erwachte der Garten zum Leben. Eine Hornisse landete auf dem Wasser des Pools und malte konzentrische Kreise auf die Oberfläche, der Himmel war strahlend blau, die Schwalben flogen hoch durch die Luft und kündigten gutes Wetter an.

»Wirst du das Kind bekommen?«

»Ich weiß nicht. Mir läuft die Zeit davon. Ich habe nur noch zwei Wochen, um mich für einen Eingriff zu entscheiden.«

Das nennt man Abtreibung, dachte Calliope. Wenn Diana das Wort nicht einmal aussprechen konnte, wie wollte sie dann die ganze Prozedur eines Schwangerschaftsabbruchs ertragen?

Die ganze Welt stand kopf. Von ihr hatte die Familie ein Kind verlangt, das sie nicht wollte, und Diana bekam ein Kind, das die anderen nicht wollten.

Es war eine verkehrte Welt, und sie machte sich Sorgen um ihre kleine Schwester, fürchtete, dass sie nicht stark genug sein würde, das alles durchzustehen. Bisher hatte man ihr nie etwas abverlangt. Sie war ein verwöhntes Kind gewesen, das zu einer leichtsinnigen jungen Frau heranwuchs. Zu einer Erwachsenen, die im Herzen ein Kind blieb und in Schuhen unterwegs war, die viel zu groß für sie waren.

»Wie es aussieht, hast du dich bereits informiert«, stellte sie fest.

»Die Ärztin, bei der ich den Ultraschall gemacht habe, hat mit mir darüber gesprochen.«

Calliope fiel es wie Schuppen von den Augen. Das war das Foto gewesen, das Diana in der Hand gehalten hatte, als sie sie verweint auf der Bank hatte sitzen sehen. Statt einer gescheiterten Liebe, wie sie gedacht hatte, war es die Keimzelle eines heranwachsenden Lebens gewesen, die auf ein Foto gebannt worden war.

»Als wir uns in Salina getroffen haben, kamst du gerade von der Ärztin, nicht wahr?«

»Ja, deshalb war ich so durcheinander«, sagte sie, verstummte aber, als Santiago in Joggingshorts an ihnen vorbei zum Tor trabte. »Wir müssen reingehen, Azalea wartet sicher schon mit dem Frühstück auf uns.«

»Du schaffst es nicht, sie Mama zu nennen, oder?«

»Bitte lass es.« Immer wenn die Ältere mit ihr über die Beziehung zu ihrer Mutter sprechen wollte, wich sie aus. Und wie immer in solchen Situationen zog sie eine Packung Zigaretten aus der Tasche. »Apropos Azalea: Du musst mir versprechen, ihr kein Wort zu sagen. Schwör es mir. Zumindest, bis ich mit Raffaele gesprochen habe und mir darüber im Klaren bin, was ich tun will. Falls mir das jemals gelingen sollte.«

Calliope nahm eine Zigarette aus der Packung und zerbröselte sie zwischen ihren Fingern. »Du hast mein Wort. Aber nur, wenn mit dem Rauchen ab heute Schluss ist.«

23

»In Ordnung, meine Sekretärin macht mit Ihnen für nächste Woche einen Termin aus. Bis bald, danke.«

Calliope legte auf und hakte den ersten Punkt auf ihrer To-do-Liste ab. Seit ihrem Streit mit Ettore stand sie immer früher auf und ging immer früher in die Firma. Sie brauchte nicht mal mehr einen Wecker, trotz ihrer latenten Müdigkeit und Erschöpfung.

Sie goss sich ein Glas Wasser ein und trank die Hälfte, während sie die Termine für den Nachmittag checkte. Eine zweite Runde mit den Grafikern wegen der Verpackung für die neue Pastalinie stand auf dem Programm, ferner ein Treffen mit den Technikern, die die Mahlergebnisse des neuen Getreides präsentieren sollten, eine Verhandlung mit einem sizilianischen Getreidelieferanten und die Suche nach den alten Pastaformen. Sie wollte nicht hinnehmen, dass sie für immer verschwunden sein sollten, das konnte einfach nicht sein.

Alles war besser, als an den nächtlichen Streit mit Ettore denken zu müssen. Seitdem war es ihr unmöglich, ihn mit liebenden Augen zu sehen, er hatte sie zu tief verletzt. Dabei wollte sie nur lieben und geliebt werden.

Wie lange war es her, dass er ihr übers Gesicht gestrichen und ihr gesagt hatte, wie schön sie sei? Wie lange hatte er sie nicht mehr in den Arm genommen? Dennoch versuchte sie sich nicht von ihrer Melancholie und ihren

Erinnerungen übermannen zu lassen, die nachts an die Tür ihrer Seele klopften. Was sie indes nicht daran hinderte, sich zu wünschen, wieder für jemanden wichtig zu sein, zu jemandem zu gehören.

Besser nicht daran denken, es nutzte ja nichts, sagte sie sich und klappte den Terminkalender zu, griff nach dem Tablett mit dem Mittagessen, einem Teller Pasta und einer Schale Obstsalat. Sie wollte sich gerade dem Essen widmen, als das Telefon piepte.

Wenn das wieder ihre Schwiegermutter war, die sich ein weiteres Mal darüber beschwerte, dass Ettore sich nicht meldete, dann würde sie ihr den Kopf waschen. Schließlich war Ettore ihr Sohn, sollte sie das doch gefälligst selbst mit ihm ausmachen.

Erleichtert stellte sie fest, dass es Eva war, die ihr eine SMS geschrieben hatte.

Heute Abend findet im Rahmen des Musikfestivals auf der Piazza in Balivo ein Konzert statt. Ich gehe hin und du kommst mit. Ich hole dich gegen acht in der Masseria ab. Nein sagen ist keine Option. Eva

Calliope war drauf und dran, die Nachricht zu löschen, da sie keinerlei Lust verspürte, sich extra aufzustylen, selbst für einen netten Abend mit Musik nicht.

Carmen unterbrach ihre Überlegungen und teilte ihr mit, dass man im Konferenzraum auf sie wartete.

»In Ordnung, ich komme sofort«, sagte sie und stand auf.

Schnell raffte sie die Dokumente zusammen, warf einen bedauernden Blick auf das Mittagessen und antwortete auf Evas SMS: *Ich beuge mich der Erpressung, wir sehen uns später.*

Als sie nach einem ermüdenden Meeting, das sie viel zu viel Zeit gekostet hatte, am Veranstaltungsort ankamen, fiel die Anspannung des Tages von ihr ab. Balivo war eine kleine Stadt am Meer, die überwiegend vom Fischfang lebte und von einem findigen Unternehmer als Location für ein Musikfestival entdeckt worden war, wo man gleichzeitig frischen Fisch servieren konnte.

»Es ist atemberaubend schön hier«, sagte Calliope leise.

Sie saß mit ihrer Freundin an einem der Tische, die in einem Halbkreis um den Flügel auf der Piazza aufgestellt worden waren. Ein kostbares Instrument, ein glänzender schwarzer Bösendorfer aus dem Jahr 1940.

»Deshalb habe ich ja darauf bestanden, dass du mitkommst. Du brauchst mal Abwechslung und ein paar Stunden ohne Grübelei«, meinte Eva lächelnd und zeigte dabei eine schmale Zahnlücke, die sie gegen den Willen ihrer Mutter behalten hatte.

Calliope nickte und betrachtete den perlenden Prosecco in ihrem Glas, Symbol eines leichten, heiteren Lebens, das ihr abhandengekommen war. Erst heute hatte sie im Spiegel gesehen, dass ihr Gesicht nicht mehr so glatt und makellos war wie vor Ettores Unfall. Die nervliche Belastung, der ständige Kummer und Streit hatten ihre Spuren hinterlassen. Allerdings war auch an Eva die Zeit nicht spurlos vorbeigegangen, fiel ihr mit einem Mal auf. Sie sah aus, als ob sie Sorgen hätte.

Wie war das möglich? Evas Leben war ihr immer wie

das Paradies auf Erden erschienen: Sie hatte einen gut aussehenden, reichen Ehemann, einen niedlichen Sohn, lebte in einem riesigen, eleganten Haus, machte Urlaub an exotischen Orten und hatte eine Superfigur. Alles schien perfekt. Warum also wirkte sie so nervös, so seltsam fahrig?

»Wie geht es Mario?«, erkundigte sich Calliope, als der Bürgermeister von Balivo den Platz betrat, um den Abend zu eröffnen und sich bei den Gästen und Sponsoren des Festivals zu bedanken.

Eva trug ein enges schwarzes Kleid mit Puffärmeln und einem Blumenmuster. Ihre honigblonden Locken fielen ihr gefällig auf die Schultern, das Lächeln auf ihren Lippen jedoch war erstorben.

»Ach, weißt du: Meine Situation ist natürlich nicht mit deiner zu vergleichen. Zwischen Mario und mir herrscht keine offene Feindschaft, dafür aber eine schreckliche Gleichgültigkeit. Im Grunde können wir genau wie Ettore und du nicht mehr vernünftig miteinander reden.«

Calliope dachte an frühere Gespräche mit ihrer Freundin, in denen sie bereits Andeutungen gemacht hatte. Nur war sie immer zu sehr mit ihren eigenen Problemen beschäftigt gewesen, um die Zwischentöne wahrzunehmen.

»Ist es noch nicht besser geworden?«

»Die Dinge bessern sich nur, wenn beide es wollen. Und er will nicht. Mein Mann schläft öfter im Büro als im Ehebett.«

»Das tut mir leid.«

»Es geht hoffentlich irgendwann vorbei.« Eva zuckte die Schultern und fuhr mit den Fingerspitzen über den

Stiel des Glases. »Egal, lass uns heute nicht über Probleme sprechen. Genießen wir lieber den schönen Abend«, sagte sie und stimmte in den Applaus der Anwesenden ein.

Calliope nickte und sah sich um. »Schau mal, alle scheinen darauf zu warten, dass etwas Magisches passiert.«

Als der Pianist erschien, verschlug es ihr die Sprache, sie fühlte sich, als hätte sie ein Déjà-vu. Da saß er am Flügel wie vor vielen Jahren in der Musikhochschule, nur dass er damals Jeans und keinen Smoking getragen hatte. Amos Ansanti, die erste Liebe ihres Lebens und Evas Bruder.

»Mein Gott«, flüsterte sie, und mit den Erinnerungen stieg ein warmes Gefühl in ihr auf.

Ihre große Jugendliebe. Der Junge mit den weizenblonden Haaren und den Augen, deren Farbe man nicht benennen konnte, die jedoch tief waren wie der Fluss, der sich durch die Landschaft rund um Salina schlängelte. Ihm verdankte sie den ersten Kuss und die ersten Schmetterlinge im Bauch.

Nicht lange, und die ersten Töne von Beethovens *Mondscheinsonate* klangen über den Platz. Sehnsucht und Melancholie überliefen sie im Gleichklang mit den Wellen, die wieder und wieder über den Strand leckten, und im süßen Duft der Blüten des Jakarandabaums tauchte die Erinnerung auf an sanfte Küsse unter der Sommersonne und in Vollmondnächten. All das war in ihrer vertrockneten Seele verschüttet gewesen und drängte nun mit Macht an die Oberfläche.

Ihre Hände legten sich schützend auf ihr Herz, das ihr aus der Brust zu springen drohte, niemand sollte sein Pochen hören, und eine einzelne Träne rann ihre Wange hinunter. Mit geschlossenen Augen lauschte sie versunken den verführerischen Klängen, bis der Vortrag endete und anhaltender Beifall aufbrandete.

Erneut betrachtete sie ihn eingehend, wie er da saß, vor dem dunklen Meer, beschienen vom silbernen Mondlicht. Verloren geglaubte Gefühle drohten sie mit einem Mal zu übermannen.

»Komm, lass uns zu ihm gehen.« Eva griff nach ihrer Hand, dann bahnten sie sich den Weg zum Flügel. »Mein Bruder wird sich freuen, dich zu sehen.«

»Er hat keine Ahnung, dass ich hier bin?«

»Nein, er ist heute erst aus New York gekommen und hat den ganzen Nachmittag geprobt. Ich hatte noch keine Gelegenheit, es ihm zu sagen. Aber ich hätte ihm sowieso nichts gesagt – ich wollte euch beiden die Überraschung nicht verderben.«

Calliope dachte zurück. Seinen letzten Blick hatte sie nie vergessen. Den Blick, als sie ihm erklärte, dass es vorbei sei, weil ihre Lebenswege zu verschieden seien. Lange hatten sie versucht, es zu ignorieren, vergeblich. Die räumliche Trennung hatte ein Übriges getan. Zudem hatte sie damals seiner Karriere nicht im Wege stehen wollen, und heute Abend wurde ihr klar, dass sie die richtige Entscheidung getroffen hatte.

Sie waren fast bei ihm, als der Bürgermeister sich erneut an die Zuhörer wandte.

»Einen Augenblick, ich bitte Sie noch einmal Platz zu

nehmen. Unser Gast hat eine Überraschung für uns, ein kleines Geschenk.«

»Es ist eher ein Experiment«, warf Amos lächelnd ein und räusperte sich. »Seit vielen Jahren beschäftige ich mich mit Musik, ich habe diese Leidenschaft zu meinem Beruf gemacht und bin in der ganzen Welt unterwegs. Ich habe in vielen Ländern gespielt, und egal wo ich war und für wen ich gespielt habe, ich habe gelernt, dass Musik die einzig wahre Sprache ist. Musik kann den Rhythmus des argentinischen Tangos haben, die Wehmut des portugiesischen Fado, den Klang einer indischen Sitar oder eines texanischen Banjos. Sie ist universell. Und wir alle verstehen diese Sprache. Selbst wenn wir einen Löffel gegen den Tisch schlagen, ist es Musik. Ich möchte Ihnen meine Theorie gerne näherbringen und jemanden aus Ihren Reihen zu mir an den Flügel einladen. Wir werden gemeinsam etwas spielen, und wir alle werden uns für immer an diesen Moment erinnern«, sagte er und ließ den Blick über die Zuhörer schweifen auf der Suche nach einem Gesicht, das ihn inspirierte.

»Die Dame mit der roten Stola dort drüben. Wenn Sie bitte zu mir kommen wollen?«, sagte er nach einer Weile und deutete auf sie.

Calliope spürte, wie ihr die Hitze in die Wangen stieg, reichte Eva die Stola und ging wie ferngesteuert auf ihn zu. In ihrem Kopf wirbelten die Erinnerungen durcheinander, ihr Blick war fest nach innen auf die Vergangenheit gerichtet, die verkörpert wurde von dem Mann, der dort am Flügel saß. Bilder von Küssen und Zärtlichkeiten drängten sich ihr auf. In seinen Armen hatte sie sich zum ersten Mal als Frau gefühlt, er hatte für sie die süßeste aller Melodien gespielt.

Amos schien sie nicht zu erkennen, was ihrem Ego einen leichten Stich versetzte. Andererseits war sie froh, dass sie nicht mehr der jungen Frau ähnelte, die sich aus Protest gegen das politische und gesellschaftliche System immer schwarz gekleidet hatte. Er forderte sie auf, sich neben ihn zu setzen, nahm ihre Hände und legte sie auf die Tasten. Sie spielte ein paar Akkorde, die sie so oft gehört hatte, wenn Amos übte, um sich auf die Prüfung am Konservatorium vorzubereiten, und die sie wie im Schlaf beherrschte. Und genau in diesem Moment fiel bei ihm der Groschen.

»Bist du es wirklich?«, fragte er leise und löste seine Hand von der ihren.

Die Musik verstummte, und nur noch das Geräusch der Brandung, die an die Felsen donnerte, war zu vernehmen.

Der kleine dicke Bürgermeister sah verwirrt zu dem Pianisten hinüber. Was zum Teufel war mit diesem Musiker los? Warum machte er nicht weiter? Er tupfte sich die Stirn ab, rückte seine Schärpe zurecht, die ihn als Stadtoberhaupt auswies, und griff nach dem Mikrofon.

»Wie mir scheint, ist das Experiment vortrefflich gelungen«, sagte er und lächelte verkrampft ins Publikum.

»Verabschieden wir uns mit einem Applaus von unserem Ehrengast, dem international bekannten und berühmten Pianisten Amos Ansanti, der uns diesen wunderbaren Abend geschenkt hat. Danke, mein Freund«, schloss er und lud das Publikum ein, sich zum Meer zu begeben, wo ein Feuerwerk stattfinden würde, und anschließend das Restaurant mit seiner Terrasse über dem Wasser aufzusuchen, um Fisch zu essen.

»Ich wusste nicht, dass du heute hier spielen würdest«, stammelte Calliope, während die Techniker damit begannen, die Kabel einzurollen und die Bühne abzubauen. Vom Strand wehten leise Stimmen herüber.

»Mir geht es nicht anders. Eva hat mir nichts verraten. Magst du ein Stück spazieren gehen?«

»Gerne«, sagte sie, und gemeinsam bogen sie in eine der Seitenstraßen ein.

Schweigend gingen sie durch die kleinen Gassen des Ortes in Richtung Fischereihafen, an über die Straße gespannten Wäscheleinen hingen ausgebleichte Jeans und weiße Bettlaken, die von den Laternen in ein gelbliches Licht getaucht wurden.

»Das sieht alles aus wie ein altes sepiafarbenes Foto.« Calliope deutete auf einen blumengeschmückten Balkon mit schmiedeeisernem Geländer, durch das die weiße Pfote einer dösenden Katze herabhing. Unten schleppte die Küchenhilfe einer Trattoria einen Müllsack auf die Straße.

»Alles ist so friedlich. So normal«, sagte sie.

Für sie war Normalität seit Ettores Unfall zu etwas Seltenem, etwas Kostbarem geworden. Sie schloss die Augen, um dieses Gefühl tief in sich einsickern zu lassen, dann öffnete sie sie einen Spalt, um ihn verstohlen zu mustern. Sein drahtiger Körper war noch genau wie früher, lediglich der Bart war neu, er verstärkte seine männliche Ausstrahlung. Am liebsten hätte sie ihn berührt, um herauszufinden, ob seine Haut noch so weich war wie damals, als sie auf den roten Samtsesseln im Odeon-Kino gesessen und sich geküsst hatten. Seine Lippen hatten nach Wolle und Zuckerwatte geschmeckt, das wusste sie noch.

»Es ist viel Zeit vergangen, aber du hast dich überhaupt nicht verändert«, sagte sie.

»Da liegst du falsch, ich habe schon jede Menge Falten und ein paar graue Haare, leider«, entgegnete er und lachte.

Seine Worte versetzten ihr einen Stich ins Herz.

Die Vergangenheit ist Fluch und Segen zugleich, hatte ihr Großvater immer gesagt, selbst wenn man sie abschüttelt, haftet ihr Duft für immer auf der Seele.

In stummem Einvernehmen gingen sie weiter zum Hafen mit seinem Labyrinth aus Stegen und Schiffen, die an dicken Tauen vor Anker lagen.

Plötzlich wandte er sich ihr zu und sah ihr in die Augen. »Im Gegensatz zu mir hast du dich praktisch nicht verändert.«

»Du Schmeichler. Dabei hast du mich erst gar nicht erkannt«, erwiderte sie und gab ihm einen Klaps.

»Ich spreche nicht von deinem Aussehen.«

Mit einem Mal war er ganz ernst. Genauso ernst wie damals, als sie ihm Lebewohl gesagt und er entgegnet hatte, dass das der größte Fehler ihres Lebens sei und sie es später bereuen würde. Ihr kam es vor wie gestern.

Ja, sie hatte ihre Entscheidung bereut. Wie oft hatte sie den Hörer genommen und seine Nummer gewählt, um gleich wieder aufzulegen. Dann kamen das Studium in Palermo, die Auseinandersetzungen mit ihrem Vater, die Nächte in ihrem Zimmer, in denen sie sich wünschte, ihr Leben selbst in die Hand nehmen zu dürfen, und schließlich Ettore.

Wie lange war das alles her?

Sie legte sich eine Hand in den Nacken, atmete ein, atmete aus, ein, aus, wie ihr Schwimmlehrer es ihr vor Jahren beigebracht hatte, um sie von ihrer Angst vor dem Ertrinken zu befreien.

Jetzt überfiel sie eine unerklärliche Angst, wenn sie Amos in die Augen schaute.

»Hör zu, ich …«

Sie senkte den Kopf und wusste nicht weiter. Also blickte sie hoch in den nächtlichen Himmel, an dem goldene, rote und blaue Blitze zuckten. Das Schauspiel erinnerte sie an die Feste zu Ehren des Schutzheiligen von Salina, an Menschenmassen auf der Piazza und an heimliche Küsse im Auto, bevor sie Hand in Hand auf der Treppe vor der Kathedrale gesessen und den explodierenden Raketen zugesehen hatten.

»Schau, das Feuerwerk!«, rief sie und deutete nach oben.

»Du magst es immer noch, oder?«

»Natürlich, es ist einfach wunderbar, so magisch.«

»Siehst du? Ich hatte recht. Du bist immer noch das junge Mädchen vom Gymnasium.«

»O nein, dieses Mädchen gibt es schon lange nicht

mehr, mein lieber Herr Musikus«, sagte sie und schlang die Arme um den Oberkörper.

Amos kickte den Verschluss einer Flasche über den Boden. »Schade.«

»Vielleicht ist es besser so.«

»Erzähl mir, was aus dem Mädchen geworden ist.«

»Warum?«

Er stellte sich vor sie hin und hielt ihren Blick fest. »Weil ich wissen will, ob unsere Trennung wenigstens einen Sinn hatte.«

»Ich bin verheiratet.«

»Ja, ich habe den Ring gesehen. Aber das ist nichts, was dich definiert. Niemand wird von einem Ring definiert, und du schon gar nicht.«

Calliope seufzte. Das Gespräch nahm eine Wendung, die sie beunruhigte. Amos war nicht mehr der Junge mit dem Kopf voller Träume, er war zu einem Mann geworden, den sie nicht einschätzen konnte.

»Drücken wir es anders aus: Im Moment kümmere ich mich um das Familienunternehmen, und das, denke ich, definiert mich durchaus.«

»Hast du das in all diesen Jahren gemacht?«

»Nein, ich habe die Geschäftsführung erst vor Kurzem übernommen, nachdem mein Mann einen schweren Unfall hatte. Ursprünglich war es eher eine Notlösung, aber inzwischen genieße ich es, nicht mehr untätig zu Hause zu sitzen, sondern etwas zu bewegen. Ich bringe zum Beispiel Projekte voran, die lange in der Schublade lagen und auf den richtigen Zeitpunkt gewartet haben. Und das bereitet mir Freude.«

»Sprich weiter, worauf wartest du noch? Ich will alles wissen«, sagte Amos und klatschte in die Hände.

Und da sah sie es wieder, das Leuchten in seinen Augen, das heller war als jedes Feuerwerk. Die sprühende Lebensfreude, die sie so sehr vermisste, wenn sie an den Ring an ihrem Finger dachte.

»Okay.« Calliope schob den Gedanken an Ettore beiseite. »Vorrangig beschäftige ich mich mit der Wiederentdeckung alter Getreidesorten für die Pastaherstellung. In der Wissenschaft scheint man sich einig zu sein, dass Allergien und Nahrungsmittelunverträglichkeiten mit der abnehmenden Qualität der Lebensmittel zusammenhängen. Die alten Getreide haben zum Beispiel einen wesentlich geringeren Glutenanteil als das Mehl aus den heutigen Sorten. Und da gerade bei Kindern Allergien zunehmen, sehe ich durchaus Potenzial, auch was die Absatzzahlen betrifft. Wir tun also ein gutes Werk und machen zugleich gute Geschäfte. Hoffe ich. Auf diese Weise werden die Menschen irgendwann begreifen, dass man aus der Vergangenheit viel für eine bessere Zukunft lernen kann.«

»Das reicht.« Amos winkte ab. »Du hast mich voll und ganz überzeugt, ich unterschreibe jedes Wort. Deine Idee ist echt genial, lass dich von niemandem aufhalten und lass dir keine Steine in den Weg legen. Mach weiter, ich bin sicher, dass du den richtigen Riecher hast.«

»Danke«, antwortete Calliope errötend.

Er strich ihr mit den Fingerspitzen über den Arm. »Ist alles in Ordnung?«

»Ja, natürlich. Ich bin es nur nicht mehr gewöhnt, dass man mich lobt.«

»Du bist eine merkwürdige Frau, weißt du das?«

»Ich bin einfach eine Frau, die gelernt hat, dass man in der Arena des Lebens Tag für Tag kämpfen muss. Und dass der Kampf nie vorbei ist.«

»Das Leben ist nicht immer ein Kampf, Calliope. Manchmal ist es auch einfach schön. Ganz ohne Dramen und Fallstricke.«

Sie zuckte mit den Schultern. »Kann sein.«

»Soll ich es dir beweisen?«

»Gerne.«

»Gut.« Amos rieb sich die Hände, während eine hungrige Möwe schreiend über sie hinwegflog. »Dann sag mir, was dir an deiner neuen Aufgabe als Chefin gefällt.«

»Nun ja, vor allem mag ich, dass ich den Platz meines Großvaters einnehme, von dem ich die Liebe zur Fabrik und zu allem, was mit der Herstellung von Pasta zusammenhängt, habe. Außerdem gefällt es mir, Neues auszuprobieren und, ob du es glaubst oder nicht, knallhart um Preise zu feilschen.«

»Gut, mach weiter.«

»Okay.« Sie runzelte die Stirn und fragte sich, worauf er hinauswollte. »Montagmorgens trinke ich meinen Kaffee gerne am Empfang und höre mir an, was meine Angestellten über ihr Wochenende erzählen. Und ich liebe es, wenn der Sohn meiner Sekretärin nach der Schule in die Firma kommt, um seine Hausaufgaben bei uns zu machen. Das gibt mir ein Gefühl von Lebendigkeit. Und dann sitze ich gerne abends, wenn alle anderen gegangen sind, im Trockenraum. In diesem Gemisch aus Getreide und Wasser steckt so viel Leben, doch leider wissen das nur die allerwenigsten. Und es steckt so viel Liebe darin, für seine Familie ein Teller Pasta zuzubereiten. Darin kommt das Bedürfnis zum Ausdruck, sich um sie zu kümmern, sie zu ernähren. Wenn das keine Liebe ist, was dann?«

»Und wo sind deine Kinder?«

»Wie kommst du darauf, dass ich welche habe?«

»Touché.«

»Verdammt, ich hasse das.« Sie setzte sich auf einen der Stege im Hafen und ließ die Beine baumeln.

»Hab ich was Falsches gesagt?«

»Nein, es ist nur ...« Sie fuchtelte mit den Händen, dachte an die Vorwürfe ihrer Schwiegermutter, an die spitzen Bemerkungen ihrer Schwägerin, an Azaleas bohrende Blicke, wenn es um dieses Thema ging. »Ich hasse es, dass alle meinen, eine Frau über dreißig müsste unbedingt ein Kind haben. Als wäre das ihre Aufgabe. Viele glauben, man könne ohne Kind nicht glücklich sein, und Nachwuchs zu produzieren wäre für eine Frau die einzige Möglichkeit, sich selbst zu verwirklichen. Wie zu Zeiten meiner Großeltern. Warum haben wir überhaupt für Frauen- und Bürgerrechte gekämpft, wenn man uns mittels Milchflaschen und Windeln in die Steinzeit zurückkatapultiert?«

Amos hob abwehrend die Arme. »Schon verstanden, ich ergebe mich, verehrte Suffragette. Wobei ich ketzerisch anmerken möchte, dass in der Steinzeit nicht gerade viele Milchflaschen im Umlauf gewesen sein dürften.«

Sie lächelte.

»Calliope«, sagte er sanft und betonte jede Silbe, dann fuhr er sich mit der Zunge über die Lippen.

»Sag nichts«, entgegnete sie, da sie eine erneute Anspielung auf ihre gemeinsame Vergangenheit fürchtete. »Falls du sagen willst, dass …«

»Morgen fahre ich nach Rom und werde dort einige Konzerte geben«, unterbrach er sie und griff nach ihrer Hand. »Versprich mir, dass du morgen früh zur Fähre kommst, um dich von mir zu verabschieden. Ich will nicht noch einmal fünfzehn Jahre warten, um dich wiederzusehen.«

»Amos, morgen habe ich …«

»Sag zur Abwechslung einfach mal Ja«, bat er sie und umschloss ihre Hand mit diesem romantischen Eifer, den er in all den Jahren nicht verloren hatte.

Abermals schaute sie zum Himmel und hatte das Gefühl, als würde ein Engel die Sterne heller strahlen lassen.

»Gut, ich komme.«

Für den Rest des Abends musste sie an dieses Versprechen denken – während sie mit Eva auf der Piazza noch etwas trank, und auch später noch, als sie im Bett lag und statt den verzauberten Himmel die schmucklose Decke anstarrte. Trotzdem war in ihr ein Leuchten, sie spürte es deutlich, und es ließ sich nicht einmal vom Anblick ihres schlafenden Ehemanns vertreiben. Amos hatte es mit den melancholischen Klängen seines Flügels in ihr entzündet, mit seinem jungenhaften Lächeln, das verschüttete Erinnerungen zurückbrachte. Sie betrachtete den Mond, dessen Licht auf das Kleid fiel, das sie morgen auf der Sitzung tragen würde. Und am Fährhafen.

»Versprochen ist versprochen«, murmelte sie leise und zog die Decke höher.

24

Calliope ließ die Gabel fallen und sprang auf. So ging das nicht. Ganz und gar nicht. Diana, die auf der anderen Seite des Schreibtischs saß, schob ihren Teller beiseite.

»Hör mal, du bist seit Tagen total komisch. Du sprichst kaum noch und verbringst den ganzen Tag im Büro. Was ist eigentlich los mit dir?«

»Ich habe einfach zu viel zu tun, zu viel im Kopf, das ist alles.«

»Ettore?«

»Ettore«, wiederholte sie mit einem sarkastischen Unterton und blickte nach draußen, wo der Wind durch die wenigen Bäume und Sträucher auf dem Fabrikgelände fegte. Es lag Regen in der Luft, sie meinte bereits, die feuchte Erde zu riechen.

Seit der letzten Diskussion mit ihrem Mann herrschte Funkstille zwischen ihnen. Sie gingen sich so gut wie möglich aus dem Weg, nutzten Santiago als Mittelsmann, wenn es etwas zu regeln gab, und abends, wenn sie nebeneinander im Bett lagen, wünschten sie sich lediglich kühl eine gute Nacht.

Calliope seufzte. »Ettore und ich leben getrennt unter einem Dach. Wir reden nicht mehr, und ich denke ernsthaft darüber nach, ins Gästezimmer umzuziehen oder mich in der Firma einzurichten. Das Sofa hier ist bequem, man kann gut darauf schlafen.«

»Du weißt so gut wie ich, dass das keine Lösung ist«, wandte ihre Schwester ein. »Vielleicht solltet ihr mal zu einer Eheberatung gehen und eine Paartherapie machen.«

»Du glaubst doch nicht, dass Ettore dem zustimmen würde. Dann müsste er sich ja auch mit sich selbst auseinandersetzen.« Sie verschränkte die Arme vor der Brust. »Und es ist viel leichter, anderen die Schuld zuzuschieben. Ich fürchte, daran würde selbst die beste Therapie nichts ändern.«

»Was ist die Alternative? Willst du ihn verlassen?«

»Niemals«, sagte sie wie aus der Pistole geschossen, denn sie klammerte sich nach wie vor daran, dass er ihre große Liebe war, und beschwor immer wieder die schönen Erinnerungen herauf. »Ich liebe meinen Mann trotz allem, auch wenn es mir manchmal schwerfällt. Man darf nicht immer alles gleich hinschmeißen. Wer weiß, wenn wir vorübergehend mal auf Distanz gehen und nicht mehr ständig diskutieren und streiten, regelt sich vielleicht manches von allein. Zum Glück lenkt die Arbeit mich ab, obwohl hier im Augenblick auch nicht alles rund läuft. Im Gegenteil«, fügte sie hinzu und sah deprimiert auf den weißen Teller vor sich, auf dem ein brauner Klumpen Pasta lag.

Diana schlug die Beine übereinander und nickte. »Diese Mischung ist wohl eher nicht das Optimum, würde ich sagen.«

»Nein, ganz sicher nicht. Das Mehl aus diesem sizilianischen Getreide hat einen zu starken Eigengeschmack, und die Nudeln werden schon nach zwei Minuten Kochzeit zu Matsch.« Calliope erhob sich und begann im Zimmer auf und ab zu gehen. »Wir brauchen eine neue Strategie. So etwas kann man nicht auf den Markt bringen, da laufen einem die Kunden ja davon.«

»Und wenn ihr einfach ein wenig herumexperimentiert: weniger Wasser beimischt, die Pasta länger trocknen lasst, was weiß ich?«

Calliope setzte sich wieder hinter den Schreibtisch, dessen Ledereinlage noch immer leicht nach dem Tabak roch, den ihr Vater geraucht hatte.

»Bei der Qualität, die mir vorschwebt, können wir uns keinen Fehler erlauben. Zur Not müssen wir noch mal ganz von vorne mit einer Testreihe beginnen.«

»Jetzt sei nicht so melodramatisch!«

»Ich bin nur realistisch. Ein mangelhaftes Produkt kann für die Firma große finanzielle Verluste bedeuten, und das dürfen wir nicht riskieren. Wenn das so weitergeht, muss ich die Markteinführung verschieben«, sagte sie und massierte sich die Schläfen. »Erschwerend kommt hinzu, dass ich die alten Bronzeplatten, die ich als Vorlage für die Herstellung der neuen Stanzformen brauche, noch nicht gefunden habe. Ich kann mir nicht vorstellen, dass sie im Zuge einer der Modernisierungen weggeworfen wurden.«

Diana stand auf. »Da du alle meine Vorschläge in den Wind schießt, gehe ich jetzt und überlasse dich deinem Schicksal. Melde dich, wenn du es dir anders überlegst«, sagte sie und schloss die Tür hinter sich.

Bislang war von der Schwangerschaft nichts zu sehen, da Leggings und übergroße Pullover die Rundung ihres Bauches verdeckten, aber Calliope wusste, dass es nicht mehr lange dauern und das Problem offen zutage treten würde. Falls man die Geburt eines Neffen oder einer Nichte als Problem bezeichnen konnte.

Ihre Schwester hatte recht, sie übertrieb. Immerhin stand am Nachmittag ein Termin mit einem Produzenten an, der ein anderes Mehl anbot, eine mögliche Alternative also. Ihr Handy signalisierte den Eingang einer SMS. Als sie den Namen des Absenders las, legte sie das Telefon beiseite und vergrub das Gesicht zwischen den Händen.

Es war Amos.

Seitdem sie sich am Fährterminal verabschiedet hatten, ging er ihr nicht mehr aus dem Sinn. Sie musste unentwegt daran denken, wie er ihre Hände gehalten und sie angesehen hatte. Natürlich war es falsch, es war gefährlich und dumm, sie durfte sich nicht ihrer Sentimentalität hingeben, doch es tat so unendlich gut, sich wieder als Frau zu fühlen, von einem Mann umworben und begehrt zu werden.

Steht es um mein Ego so schlecht, dass ich jemanden brauche, der mir ein Kompliment macht, damit ich mich besser fühle?, fragte sie sich und starrte auf die unappetitlichen Reste ihres Mittagessens.

Sie nahm das Foto ihres Großvaters zur Hand, der ihr von klein auf eingeschärft hatte, wie wichtig die Familie war. Sie erinnerte sich noch gut an seine Worte.

»Die Familie«, hatte er ihr an einem ihrer gemeinsamen Nachmittage im Trockenraum gesagt, »steht für unsere Wurzeln. Ohne sie sind wir wie ein Kartenhaus, das beim leisesten Luftzug zusammenstürzen kann. Achte immer darauf, dass du mit deinen Liebsten im Frieden bist. Und bleibe immer schön mit beiden Füßen fest auf der Erde. Um in die Zukunft zu sehen, musst du wissen, wo du herkommst.«

Sie wählte die Nummer ihrer Schwester, sie hatte plötzlich das Bedürfnis, mit ihr zu reden.

»Was willst du?«, fragte Diana mit einem deutlich genervten Unterton.

»Ich wollte mich nur bei dir bedanken, dass du mit mir die ganzen Sorten probierst. Also danke. Mehr will ich gar nicht.«

»Irgendwie ist es absurd, dass wir miteinander telefonieren, obwohl wir uns eben erst gesehen haben. Eigentlich schade, dass du nicht auch schwanger bist. Dann könnten wir gemeinsam die Beine hochlegen, irgendwelches Fast-Food-Zeug essen und mit einer Schale Popcorn auf dem Sofa einen Film ansehen. Und Ettore müsste dir natürlich die geschwollenen Beine massieren.«

Unwillkürlich musste Calliope grinsen. »Dieser Plan hat einiges für sich.«

»Ich würde an deiner Stelle darüber nachdenken. Dann käme vielleicht alles wieder in Ordnung. Das Karma geht oft seltsame Wege.«

»So wie bei dir?«

Eine Weile herrschte Schweigen, dann hörte sie Diana vernehmlich seufzen. »Ich glaube nicht, dass Raffaele das Kind will. Er ist mit seinen Schäfchen, um die er sich kümmern muss, mehr als zufrieden. Außerdem dürfte es keine Option für ihn sein, sich seinen Vorgesetzten zu erklären und seinen Beruf aufzugeben.«

»Hast du mit ihm darüber gesprochen?«

»Nein. Ich möchte die Schwangerschaft so lange für mich behalten, bis ich mir darüber im Klaren bin, ob ich das Kind bekommen will.«

»Du bist dir also immer noch nicht sicher?«

»Keine Ahnung, ich schwanke hin und her. Manchmal denke ich, es wäre das einzig Vernünftige, das Kind anzunehmen, dann wieder überlege ich, wie ich das mit meinem Wunsch vereinbaren soll, Schauspielerin zu werden. Da ist man abends fast nie zu Hause und außerdem oft auf Tournee. Und mit einem Kind einen neuen Partner zu finden, ist auch nicht einfach.«

»Warum das? Eine alleinerziehende Mutter zu sein, ist doch keine ansteckende Krankheit.«

»Sag das mal den Regisseuren und Produzenten!«

»Vielleicht solltest du mal über den Tellerrand schauen. Es gibt so viele Möglichkeiten, wenn du dich nur mal richtig umsiehst. Wann willst du es eigentlich Mutter sagen?«

»Schwesterherz, ich bitte dich.«

»Diana, du kannst die Sache nicht bis in alle Ewigkeit hinausschieben. Früher oder später wird man dir die Schwangerschaft ansehen, das ist dir doch wohl klar.«

»Keine Sorge, ich sage es ihr, sobald ich für mich eine Entscheidung getroffen habe. Sie soll es von mir erfahren, also sag ihr nichts.«

Calliope lehnte sich zurück, fuhr mit einer Hand über den Schreibtisch und öffnete gedankenverloren die Schubladen. Bei einer kam es ihr vor, als wäre sie seit Großvaters Zeiten nicht mehr aufgemacht worden. Lauter alte Sachen lagen darin: ein altmodisches Brillengestell, eine vorsintflutliche Lupe und allerlei Schreibutensilien, die heute niemand mehr benutzen würde. Und ein Kästchen mit lauter Schlüsseln, die eindeutig nicht zu neuen Möbeln gehörten.

»Hey, warum sagst du nichts mehr?«, hörte sie Dianas Stimme. »Hast du etwas Spannendes gefunden? Den Schlüssel zum Glück vielleicht?«

»Fast«, antwortete sie und fischte ein kleines, hübsch gearbeitetes Stück heraus, das ihr irgendwie bekannt vorkam. »Hier ist der Schlüssel, den unser Großvater immer an einer Kette in der Westentasche getragen hat, als wäre es der Schlüssel zu einem Geheimnis.«

»Und du hoffst, er führt dich in eine Höhle mit dem Schatz von Ali Baba und den vierzig Räubern?«

»Wer weiß«, orakelte Calliope. »Wenn es das ist, was ich denke und hoffe, dann ist es der Schlüssel zu einem Schatz, den ich schon die ganze Zeit verzweifelt suche und den ich schon verloren geglaubt hatte.«

25

Azalea hatte zu dem sonntäglichen Mittagessen geladen, das wegen Ettores Allergie vor einiger Zeit ausgefallen war.

Lucia war überglücklich, ihren Sohn wiederzusehen, und redete unentwegt auf ihn ein, um ihm ein Lächeln zu entlocken. Rosa versuchte vergeblich, ihre Kinder in Schach zu halten, die wie wild durch die Masseria tobten, und Diana setzte alles daran, ihrem Schwager auszuweichen, hielt sich lieber an Santiago, der ihr Problem erkannte und sie nach Kräften abschirmte.

Und was Calliope betraf, so dachte sie, seitdem sie gestern den Schlüssel entdeckt hatte, ausschließlich darüber nach, zu welchem Schloss er gehören mochte. Aus der Vergangenheit stieg verschwommen das Bild ihres weißbärtigen Großvaters vor ihr auf, der einen Schrank geöffnet und dabei gemurmelt hatte, dass das Möbelstück sogar ein Geheimfach besitze. Mehr hatte er nicht gesagt, und sie wusste nicht mehr, wo dieser Schrank gestanden oder wie er ausgesehen hatte und ob es ihn überhaupt noch gab. Das Klingeln ihres Handys hörte sie nicht.

»Da möchte dich offenbar jemand ganz dringend sprechen«, sagte Ettore und spießte mit der Gabel ein Stück von dem karamellisierten Apfelkuchen auf, für den Azalea berühmt war. »Jetzt siehst du mal selbst, dass der Chef selbst an Wochenenden immer für die Firma erreichbar sein muss«, fügte er süffisant hinzu, spielte offenbar darauf an, dass sie sich früher immer darüber beschwert hatte.

»Weiß ich, ich bin Profi genug«, entgegnete sie spitz, griff nach dem Telefon und ging hinaus auf die Terrasse, von der aus der Blick über die Orangen- und Olivenbäume und die Kornfelder hinweg bis hin zu den Weinbergen und der Silhouette der kleinen Stadt reichte.

Sie drückte eine Taste auf ihrem Handy und hielt den Atem an. Amos. Schon wieder.

Als sie die Nachricht öffnete, erschienen auf dem Bildschirm Aufnahmen aus Wien: die Kuppel des Sezessionsgebäudes, der Goldene Saal des Musikvereins, das Riesenrad im Prater. Und dazu ein paar Sätze, die ihr beharrliches Festhalten an ihrer Ehe weiter ins Wanken brachten.

Ich wünschte, du wärst an meiner Seite, damit ich all diese Schönheit mit dir teilen könnte. Amos

Calliope umklammerte das Handy und schickte ein Stoßgebet gen Himmel. Amos musste damit aufhören, und zwar schnell, sonst würde sie sich am Ende zu etwas hinreißen lassen, das sie später bereuen würde. Das konnte sie Ettore nicht antun, selbst wenn ihre Ehe in Scherben lag. Immerhin war er ein schwerbehinderter Mann.

Sie löschte die SMS aus ihrem Kopf und von ihrem Handy und ging zu ihrer Familie zurück.

»Habe ich etwas verpasst?«, fragte sie und schaute zu Diana, die ihr eigenes Stück Kuchen und das von Santiago auf dem Teller hatte, während Lucia einen ihrer Enkel auf dem Schoß hielt, der sich das Knie gestoßen hatte, als er seinen Bruder fangen wollte.

»Großmutter sein ist so viel schöner, als Mutter zu sein«, sagte sie zu Azalea und achtete genau darauf, dass Calliope sie hörte. »Bei den Enkeln kann man sich den Luxus erlauben, sie nach Strich und Faden zu verwöhnen, und abends gibst du sie bei ihren Eltern ab und kannst dich bei einem Glas Whisky und einem alten Orson-Wells-Film entspannen. Das würde dir sicher auch gefallen. Wirklich jammerschade, dass deine Töchter in der Hinsicht so gar keine Anstalten machen«, fügte sie mit einem vorwurfsvollen Blick auf ihre Schwiegertochter hinzu.

»Umso glücklicher und dankbarer sind wir, dass wenigstens du von Rosa so reich beschenkt worden bist«, gab Calliope mit leiser Boshaftigkeit zurück und goss sich ein Glas Rotwein ein.

Lucia ließ nicht locker. »Warum willst du nicht begreifen, dass ein Kind ein Segen ist und nichts eine Frau so erfüllt wie die Mutterschaft? Und bei dem, was Ettore gerade durchmacht, würde es eurer Ehe bestimmt guttun. Jedenfalls mehr als dein Job. Und für eine Großmutter hat ein Enkel vom Sohn einfach einen höheren Stellenwert als die Kinder der Tochter. Nichts für ungut, Liebes«, sagte sie und tätschelte beiläufig Rosas Arm.

»Wer will noch Dessert?«, schaltete sich Azalea ein, um die unsägliche Diskussion zu beenden, und stellte ein Tablett mit Dessertwein und einen Teller mit Gebäck auf den Tisch, das aussah wie kleine weiße Trüffel. »Die hat Santiago gebacken, nach einem Rezept aus seiner Heimat Mexiko.«

»Sie heißen Polvorones de nuez«, erklärte der junge Physiotherapeut. »In den USA nennt man sie Mexican Wedding Cookies, dabei haben sie mit Hochzeiten gar nichts zu tun.«

Selbst seine launigen Worte vermochten die eisige Atmosphäre nicht aufzutauen. Keiner der Anwesenden schaute den anderen an, niemand sagte ein Wort. Rosa war beleidigt abgezogen. Lucia, die sich keiner Schuld bewusst war, griff nach einem Cookie.

»Freundlichkeit ist heutzutage eine eher seltene Tugend geworden«, stellte Ettore zynisch fest und schaute zu seiner Mutter.

»Meine Güte, was habe ich denn schon gesagt?«, ereiferte sich Lucia. »Es ist nun mal eine Tatsache, dass es etwas anderes ist, wenn der Sohn ein Kind bekommt. Es geht schließlich um die Blutlinie, den Erhalt der Familie. Warum sind wohl alle so darauf fixiert, einen Sohn zu bekommen? Natürlich um den Namen zu erhalten und weiterzugeben, das liegt in unseren Genen, in unserer Natur.« Sie richtete das Tuch, das sie um die Schultern trug. »Jetzt sagt doch mal was und starrt mich nicht so an, als wäre ich verrückt.«

»Nun ja, Lucia«, folgte Azalea ihrer Aufforderung, »ich glaube auch, dass Kinder ein Segen sind, egal ob Mädchen oder Jungen. Aber sie brauchen Liebe, ein Nest, in dem sie groß werden können, Sicherheit, Stabilität. Man sollte also keine leichtfertigen Entscheidungen treffen und vorschnell Nachwuchs in die Welt setzen. Und im Fall unserer Kinder ist es sicher besser, noch zu warten. Natürlich möchte ich Großmutter werden, aber wichtiger ist, dass Ettore sich wieder erholt«, sagte sie und schenkte ihrem Schwiegersohn ein warmes Lächeln.

Lucia war noch immer beleidigt, Carlo starrte wie üblich auf Dianas Dekolleté, und Ettore griff nach den Rädern seines Rollstuhls und schickte sich an, das Esszimmer zu verlassen.

»Ich werde mal nach Rosa sehen, wie es aussieht, ist ihr Ehemann zu beschäftigt. Die steile Theorie meiner Mutter hat sie offensichtlich verletzt. Verständlicherweise. Danke für das wunderbare Mittagessen, Azalea, es war wie immer köstlich.«

Lucia nahm sich derweil noch von dem mexikanischen Gebäck. »Wirklich vorzüglich. Es erinnert mich an französische Patisserie. Mein Mann, Gott hab ihn selig, war verrückt danach.«

Die Contessa begriff einfach gar nichts, dachte Calliope. Wie konnte man der eigenen Tochter gegenüber so unsensibel sein? Sie konnte Ettores Bedürfnis, sich von ihr fernzuhalten, gut verstehen. Seine Schwester, die von ihrer Mutter eher wie eine Dienstbotin behandelt wurde, als wäre sie kein vollwertiges Familienmitglied, tat ihr leid. Calliope nahm einen Schluck Wein, um ihren Ärger hinunterzuspülen.

Da wurde sie von einer weiteren Nachricht von Amos abgelenkt. Er hatte ein Foto seines im Jugendstil gestalteten Hotelzimmers geschickt.

Ich habe ein Stück komponiert und dabei an dich gedacht. Wenn ich es heute Abend spiele, werde ich mir vorstellen, du würdest im Publikum sitzen.

Sie entschuldigte sich bei ihrer Mutter. »Ich muss noch arbeiten«, erklärte sie, schaute zu Diana, die sie fragend anblickte, und ging ins Wohnzimmer hinüber, wo Rosa weinend in den Armen ihres Bruders lag.

Dann verließ sie die Masseria und fuhr zum tristen Gewerbegebiet, in dem sich die Fabrik befand. Die Fenster hatte sie geöffnet, um sich vom Wind den Kopf freipusten zu lassen.

Vor einigen Minuten hatte sie an Ettore eine andere Seite gesehen, eine mitfühlende Menschlichkeit, von der sie nicht gedacht hätte, dass sie noch existierte. Auf der einen Seite freute es sie, nicht zuletzt für ihn selbst, da es ihm das Leben und das Miteinander erleichtern würde, andererseits bezweifelte sie, dass es ihrer beider Zusammenleben noch einmal grundlegend zum Besseren wenden konnte. Durch die Begegnung mit Amos hatte sich zu viel in ihr verändert, und sie hatte einen ganz neuen Blickwinkel auf ihre Ehe bekommen. Und zwar einen, der nicht unbedingt ein Happy End verhieß.

Sie betrachtete das Wiedersehen mit ihrer Jugendliebe als unerwartetes Geschenk. Es war, als ob ihre Geschichte nie wirklich zu Ende gegangen wäre, sondern als ob das Leben lediglich auf die Pausentaste gedrückt hätte. Trotzdem machte sie sich keine Illusionen. Wenngleich sie sich einander so nah fühlten wie vor all den Jahren, war es fraglich, ob ihre Beziehung noch alltagstauglich war oder ob ihre unterschiedlichen Lebenswege sie bei genauem Hinsehen nicht weiter auseinandergeführt hatten, als es ihnen im Glück des Wiederbegegnens vorkam. Calliope glaubte nicht so recht daran, dass ihre Geschichte enden könnte wie im Märchen: *Und so lebten sie glücklich und zufrieden bis an ihr Lebensende.*

»Verdammt!«, schrie sie plötzlich und bremste scharf, weil sie um ein Haar Zio Peppes Honigstand gerammt hatte, den er heute etwas zu nah an der Straße aufgebaut hatte. Er selbst döste unter einem blauen Sonnenschirm vor sich hin. Reumütig kaufte sie ihm zwei Gläser ab.

In der Fabrik angekommen, begab sie sich sogleich in den Trockenraum. Wie immer fühlte sie sich, als würden die Wände sie umarmen. Sie setzte sich auf den Boden und schaute auf die langen Reihen frischer Pasta. Der Trockenapparat summte, und bei diesem monotonen Geräusch verschwammen für sie Raum und Zeit.

Sie schloss die Augen und zog die Knie an die Brust. Hier war sie zu Hause, hier war sie in ihrem Element. Die Gesichter von Ettore, Lucia, Azalea, Diana und Amos lösten sich auf, ihre Gedanken wurden leichter. Ihre verspannten Schultern lockerten sich, der Atem wurde wieder ruhiger, und aus der Vergangenheit stieg Aristide auf, der trotz seiner riesigen Hände so sanft und freundlich gewesen war.

Warum waren die alten Formplatten nicht mehr auffindbar, lautete die eine Frage, und die zweite, wie konnte sie dem Geheimnis auf die Spur kommen?

Nervös wippte sie mit dem Fuß, dann tauchten aus der Erinnerung auf einmal Bilder auf.

»Die alten Fotos! Natürlich, warum bin ich nicht früher draufgekommen!«, rief sie.

Es existierten Fotos aller jemals hergestellten Pastasorten, sie lagerten mit anderen Unterlagen im Archiv.

Carmen war gerade dabei, die wichtigsten Dokumente aus der Firmengeschichte zu digitalisieren.

Erwartungsvoll begab sich Calliope ins Archiv und musterte die Bestände. Darunter dicke, ledergebundene Folianten mit Goldschrift.

»Dann wollen wir mal«, sagte sie und zog einen der ältesten Bände heraus.

Er enthielt Zeitungsausschnitte, Briefe, Urkunden und Fotos. Bei einem Paar, sie mit Hut und Spitzenhandschuhen, er mit Bart, Melone und Vatermörderkragen, handelte es sich um die Firmengründer, ihre Ururgroßeltern. Ein weiteres Foto zeigte sie im Kreis ihrer Angestellten, der damals noch recht überschaubar war. Dazu Bilder von frühen Maschinen, die noch von Hand bedient werden mussten, lauter Schätze, die der Fortschritt verdrängt hatte. Auf einem Foto erkannte Calliope die riesigen Zuber, in denen früher der Teig geknetet wurde, und die langen Tische, an denen die Arbeiterinnen ihn ausgerollt hatten.

Calliope war fasziniert. Die Bände erzählten ebenso die Geschichte der Pastaherstellung im Wandel der Zeiten wie die Geschichte ihrer Familie. Und sie selbst fühlte sich in diesem Moment als Bindeglied zwischen Vergangenheit und Gegenwart.

Natürlich beschäftigte sie sich vor allem mit den Dokumenten, die ihren Großvater betrafen. Sie studierte die vergilbten Zeitungsartikel, wie etwa den, in dem berichtet wurde, dass Aristide vom Staatspräsidenten zum *Cavaliere del Lavoro*, zum Ritter der Arbeit, ernannt worden war. Daneben ein Foto des sichtlich bewegten

Großvaters, der dem Präsidenten seinerseits eine goldene Plakette mit dem *Merletto d'oro* überreichte, den er eigens zu diesem Anlass kreiert hatte: ein kleines Rechteck, in das ein zartes Spitzenmuster eingeprägt war. Calliope sah förmlich vor sich, wie diese außergewöhnliche Pasta in einer edlen Verpackung in den Regalen stehen würde.

Allerdings musste sie dazu erst mal die alten Formplatten finden. Gerade überlegte sie, sich mit frischem Elan auf die Suche zu machen, als ihr Handy vibrierte.

Diesmal war es nicht Amos, sondern ihre Schwester.

Raffaele will das Kind nicht. Ich brauche dich.

26

Calliope entdeckte Diana im Garten, wo sie auf dem Schwimmbeckenrand saß.

»Hier bist du«, sagte sie erleichtert, setzte sich neben sie, zog ihre Schuhe aus und tauchte die Füße ebenfalls ins Wasser, dem die am Boden angebrachten Strahler eine unwirkliche Farbe verliehen.

Fahlgrün wie das Gesicht ihrer Schwester. Diana trug die Haare offen, sodass sie ihr über die Schultern bis auf den weißen Leinenkaftan fielen. Ihre geschwollenen Augen verrieten, dass sie geweint hatte. Jetzt brach sie erneut in Tränen aus.

»Hey, ich bin bei dir«, flüsterte Calliope und schlang die Arme um sie. »So leicht kommt mir dieser Mistkerl nicht davon.«

Ihre Wut auf den Priester war unermesslich. Was für ein verantwortungsloser Mensch! Dass er Diana nicht heiraten konnte, geschenkt. Aber er hatte die verdammte Pflicht, sich um sie zu kümmern, nachdem er sie in diese Situation gebracht hatte.

»Lass gut sein, es hat keinen Sinn.«

»Ach, und warum nicht? Haben wir Frauen etwa nicht das Recht, uns zu verteidigen, aufzubegehren, auf unsere Rechte zu pochen?«

Diana blickte ins Leere. »Lass es bitte.«

Resigniert hob Calliope die Hände. »Wie du meinst.

Dann werde ich ihm eben nicht die Nase brechen. Aber ich finde es skandalös. Noch dazu von einem Pfarrer. Natürlich ist er in einer heiklen Lage. Aber das ist keine Rechtfertigung dafür, sich aus der Verantwortung zu ziehen. Er muss sich ja nicht unbedingt offen zu dem Kind bekennen, er scheint ja zu wissen, wie man heimlich agiert. Aber er sollte wenigstens so viel Anstand haben, dir zu helfen. Wie und womit auch immer. Also, erzähl mir, was passiert ist.«

Diana legte den Kopf auf ihre Schulter. Der Wind vom Meer hatte aufgefrischt, Grillen zirpten, Geckos liefen die Hauswände hinauf, in der Masseria selbst herrschte Totenstille.

»Ich habe ihm alles erzählt und die Möglichkeit eines Schwangerschaftsabbruchs erwähnt.«

»Und?«

»Na ja, er sagte sofort, es dürfe auf keinen Fall rauskommen. Wenn der Bischof davon erführe, würde er riesige Schwierigkeiten bekommen. Deshalb dürften wir uns im Moment nicht sehen. Und ob du es glaubst oder nicht, er hat mich tatsächlich gefragt, ob das Kind wirklich von ihm ist«, schloss sie schluchzend. Sie war am Boden zerstört.

»Was für ein Arsch«, murmelte Calliope.

»Männer sind Schweine, einer wie der andere. Wie kann er mich so etwas fragen?« Sie griff nach dem Taschentuch, das ihre Schwester ihr hinhielt. »Warum behandeln uns die Männer so? Wie kann Raffaele sich nur so verändert haben?«

»Er hat einfach Angst«, sagte Calliope lakonisch. »Sich

einzugestehen, dass es sein Kind ist, würde seine Welt zerstören, ihm alle Gewissheiten nehmen. Er hat Angst, seine Existenz und damit seine Identität zu verlieren. Er könnte nie wieder der sein, der er jetzt ist. Ein Mann Gottes, ein Repräsentant der Kirche, der überall hohes Ansehen genießt. Er hat Angst, als ein Nichts dazustehen. Und insofern ist er nicht der Mann, den du verdienst.«

In ihrem Kopf verschwammen dic Bilder von Ettore und Raffaele. Beide konnten nicht mit Gefühlen umgehen, weder mit den eigenen noch mit denen anderer. Sie beide waren in einer Spirale des Selbstmitleids gefangen, in dem Käfig ihrer Ängste, aus dem sie nicht herauskamen. Umso wichtiger war es, dass Diana und sie sich dagegen wappneten.

Sie atmete tief durch und nahm Diana in den Arm. »Behalt das Kind und gib diesem Pfaffen einen Tritt. Keine Sorge, wir kümmern uns um euch beide. Und falls Mama wider Erwarten Theater machen sollte, bin immer noch ich da. Du kannst dich auf mich verlassen, das verspreche ich dir. Wir dürfen uns nicht von Männern unterkriegen lassen, die mit der Liebe, die wir ihnen schenken, nicht umgehen können.«

Auf gar keinen Fall, dachte sie später, als sie neben Ettore im Bett lag, der ruhig atmete. Ihr Ehering brannte ihr am Finger. Hatte es überhaupt noch einen Sinn, ihn zu tragen? Sie drehte sich zur Seite und suchte im Mondlicht im Gesicht ihres Mannes einen Abglanz des alten Ettore. Sanft streichelte sie ihn. Sie wusste nicht, was sie tun und was sie denken sollte.

Bei Tageslicht schien ihr meist alles vergeblich und ihre Ehe am Ende. Nachts hingegen, in Momenten wie diesen, wollte sie nicht wahrhaben, dass es für sie keine Hoffnung mehr gab. Dann dachte sie daran, wie oft sie früher unter diesen Decken gelacht oder in der Küche bei einem aufgewärmten Abendessen zusammengesessen hatten. Und sie dachte an Sonntage im Bett, an kostbare, viel zu kurze Urlaubstage, etwa in Sizilien, wo ihnen ein Freund sein weißes Häuschen auf der Insel Alicudi überlassen hatte. Ein Versteck fernab der Welt, wo die Uhren anders gingen. Genau das Richtige für zwei Verliebte.

Wo war diese Zeit geblieben? Wohin war der Ettore von damals entschwunden? Dieser ewig schlecht gelaunte und streitsüchtige Mann, das war nicht mehr er selbst.

Sie stützte sich auf den Ellenbogen und blickte in sein im Schlaf entspanntes Gesicht. Sie hatte Diana geraten, einen Mann zum Teufel zu jagen, der ihre Liebe nicht verdiente. Ihr selbst jedoch fiel das schwer. Ständig schwankte sie hin und her, je nachdem, wie er sich gerade verhielt. Sicher war es töricht, den schlafenden Ettore als Maßstab zu nehmen, denn kaum war er aufgewacht, traf sie sogleich seine volle Wut.

Seufzend schob sie die Decke zur Seite, stand auf und trat ans Fenster. Kein Windhauch bewegte die Orangenbäume, die schwer an der Last der reifen Früchte trugen. Eine feuchte Schwüle war zu spüren, und der wolkenverhangene Himmel verhieß nichts Gutes, es würde Regen geben. Calliope fächelte sich Luft zu und legte die Stirn gegen die kühle Scheibe. Als sie nach unten schaute, entdeckte sie im Garten eine schattenhafte Gestalt.

Ihr blieb fast das Herz stehen. Amos.

Er stand dort unten und starrte nach oben wie ein verliebter Sechzehnjähriger, ein moderner Romeo mit Handy. Eine SMS traf ein.

Ich muss bei dir sein. Du bist alles, was ich immer gewollt habe, das habe ich begriffen, als wir uns in Balivo wiederbegegnet sind. Es war, als hätte mich der Blitz getroffen. Ein zweites Mal. Ich spürte deine Hände, hatte deinen Duft in der Nase, es war, als wären wir nie getrennt gewesen. Das Leben ist weitergegangen, aber ich habe nie aufgehört, dich zu lieben.

Ihr zitterten die Knie, am liebsten wäre sie zu ihm nach unten gegangen und hätte sich an seinen warmen Körper geschmiegt. Dieser Mann wollte sie, er dachte an sie, träumte von ihr. Sie könnte dem giftigen Hauch der Krankheit entfliehen, der sie erstickte. Was sollte sie tun? Drauf und dran, der Verlockung zu folgen, die nach ihr rief, vernahm sie plötzlich Geräusche vom Bett.

Ettore hatte angefangen, hektisch zu atmen, er stöhnte leise. Trotz seiner Lähmung hatte er oft Schmerzen in den Beinen oder im Rücken, und die Medikamente halfen nicht immer, mittlerweile schien er gegen einige immun zu sein. Damit war die Entscheidung gefallen.

Noch einmal las Calliope Amos' Nachricht, streichelte mit den Fingerspitzen zärtlich über die Buchstaben, die in ihr ein leidenschaftliches Feuer entfachten. Dann zog sie die Vorhänge zu, schaltete das Telefon aus und legte sich mit klopfendem Herzen und von einer tiefen Enttäuschung erfüllt neben ihren schlafenden Mann.

Sie hatte keine Wahl, er brauchte sie, und sie musste

ausharren. Und was das Schlimmste daran war: Sie liebte ihn gegen ihren Willen und würde es weiterhin tun.

»Gute Nacht, mein Liebster«, flüsterte sie.

Amos wartete noch eine Weile, sah zu, wie sich immer mehr Wolken vor die Sterne schoben, und spürte, wie der Wind böig auffrischte, sodass die Orangen an ihren Zweigen zu zittern begannen.

Schließlich versenkte er die Hände in den Taschen und stapfte unverrichteter Dinge davon.

27

Azalea goss Kaffee in ein Glas und reichte es Calliope, die herzhaft gähnte und sich ein Stück Brombeertarte in den Mund schob.

Es hatte in der Nacht geregnet, und nun roch es nach Erde und Feuchtigkeit, fast ein bisschen modrig, was allerdings durch den Duft der reifen Früchte, die auf die Ernte warteten, wieder wettgemacht wurde. Am Himmel zogen Schwalben ihre Kreise.

Während sie ihr Frühstück zu sich nahm, sah sie ihre To-do-Liste für den heutigen Tag durch.

»Wie läuft es?«, erkundigte sich ihre Mutter.

Die Tochter brach sich ein Stück vom Kuchen ab und wischte sich die buttrigen Finger an der Serviette sauber.

»Heute habe ich einen vollen Tag. Techniker, Lieferanten, Werbefachleute …«

»Ich spreche nicht von der Firma«, unterbrach sie Azalea und nahm sich einen Keks von einem Keramikteller, der mit türkisfarbenen und goldenen Arabesken verziert war.

Calliope wurde nervös. Worauf wollte ihre Mutter hinaus? Ahnte sie etwas von Dianas Schwangerschaft? Normalerweise stellte sie nie ohne Grund irgendwelche Fragen. Sie warf einen Blick zu ihrer Schwester hinüber, die indes nicht beunruhigt wirkte. Mit ihr hatte Azaleas Frage also nichts zu tun.

»Wie läuft was?«, fragte sie zurück und rückte ihren Stuhl ein Stück vom Tisch weg. »Falls du Ettore meinst, da gibt es nichts Neues. Erst Körperpflege und jetzt Körperübungen, beides mit Santiago.«

Sie schaltete das Handy ein, das sofort zu vibrieren begann. Es gab eine ganze Reihe von neuen Nachrichten.

»Ist alles in Ordnung?«, bohrte Azalea weiter.

Calliope warf einen kurzen Blick auf die SMS. Fast alle waren von Amos, in der letzten wünschte er ihr einen schönen Tag.

»Bestens«, antwortete sie und ließ das Telefon in ihre Handtasche gleiten, dann tippte sie ihrer Schwester auf die Schulter. »Möchtest du mit mir in die Firma kommen? Ich könnte beim Meeting mit den Werbeleuten Unterstützung brauchen, und dein Sinn für Ästhetik wäre da sehr hilfreich. Ich setze großes Vertrauen in dich, was das angeht.«

»Deine Schwester scheint mir in letzter Zeit extrem abgespannt zu sein. Ich weiß nicht, ob es so gut ist, ihr irgendwelche Aufgaben aufs Auge zu drücken«, gab Azalea zu bedenken, was Diana mit einem wütenden Blick quittierte.

Sie lehnte alles, was von ihrer Mutter kam, rigoros ab, verschmähte selbst Gerichte, die sie gekocht hatte. So auch jetzt, als Azalea sie ermunterte, ein frisches Hörnchen oder ein Stück Brombeertarte zu essen.

»Diana hat momentan einfach nicht so viel Appetit, vielleicht hat sie eine Magenverstimmung«, warf Calliope ein.

»Wenn es nur der Appetit wäre, könnte ich es ja verstehen. Aber ich habe den Eindruck, dass deine Schwester mit diesen magersüchtigen Models aus den Zeitschriften konkurrieren will, in denen sie Tag und Nacht herumblättert. Dabei müsste sie sich eigentlich so langsam, aber sicher an ihre Abschlussarbeit machen. Oder liege ich da falsch?«

Angriffslustig drehte sich Diana zu Azalea um. »Ist das jetzt deine neue Strategie, über mich zu sprechen, als ob ich gar nicht da wäre? Willst du mir damit zeigen, dass ich unerwünscht bin? Merk dir eins: Ich entscheide immer noch selbst, wie ich meine Tage verbringe.« Sie wandte sich an ihre Schwester. »Gib mir eine Viertelstunde, dann bin ich startklar und komm mit dir. Alles ist besser, als hier herumzusitzen.«

»Kein Problem, wir haben Zeit«, antwortete Calliope und massierte sich die Schläfen. Eine neue Kopfschmerzattacke bahnte sich an.

Warum kam ihr ständig etwas dazwischen, das sie daran hinderte, sich mal rundum wohlzufühlen? Von glücklich sein mochte sie gar nicht reden, das wäre zu vermessen.

»Gut, dann gehe ich schon mal nach draußen. Es sei denn, wir beide haben noch irgendetwas zu besprechen«, fragte sie ihre Mutter.

»Nein, haben wir nicht, aber du solltest vielleicht in Ruhe deinen Kaffee austrinken.«

»Ich hab genug, danke. Ich gehe das Auto holen, sag Diana Bescheid, dass ich am Tor auf sie warte.«

Von der Terrasse aus blickte sie zu dem Fenster hoch, hinter dem ihr Mann seine morgendlichen Übungen machte. Von ihm hatte sie sich gar nicht verabschiedet. Früher wäre das undenkbar gewesen, ohne einen letzten Kuss, eine rasche Umarmung auseinanderzugehen. Das war alles vorbei.

Schluss mit den trübsinnigen Gedanken, rief sie sich zur Ordnung. Sie musste sich endlich damit abfinden, dass dieses alte Leben endgültig der Vergangenheit angehörte. Entweder sie akzeptierte es und litt weiter, oder sie musste daraus die Konsequenzen ziehen ... Aber wie sollten die aussehen, was würde danach kommen? Das war die Frage aller Fragen.

Sie musste nicht lange warten, und Diana erschien. »Stimmt etwas nicht?«

»Alles okay, lass mich schnell noch einen Blick in den Briefkasten werfen.«

Sie fand eine Rose und einen Zettel mit der Aufschrift *Einen schönen Tag*. Der Absender fehlte, aber der war auch nicht nötig.

Am Ende des Vormittags, den sie mit der Prüfung der verschiedenen Entwürfe zugebracht hatten, rang Diana sich, nachdem alle anderen den Konferenzraum verlassen hatten, zu einer Empfehlung durch.

»Du solltest Nummer fünf nehmen«, sagte sie zu Calliope und hielt ihr das Bild einer goldgelben Papiertüte hin, die wie ein Geschenk mit etwas braunem Bast verziert war. An diesem Band hing ein Papierschild mit dem olivgrünen Logo der Firma und einer kurzen Beschreibung der Inhaltsstoffe. »Der Entwurf spricht eine wählerische, anspruchsvolle Klientel an und wirkt sehr authentisch. Er schlägt eine Brücke zur Vergangenheit, ohne altbacken zu wirken, wenn du verstehst, was ich meine.«

Calliope lächelte: »Weißt du was?«

»Was denn?«

»Heute hast du endlich den Titel ›Papas kleine Prinzessin‹ abgelegt. Du besitzt einen sehr guten Instinkt, sowohl, was das Künstlerische betrifft, als auch für das Marketing. So jemanden wie dich könnten wir gut brauchen.«

»Ist das dein Ernst?«

»Natürlich. Würde ich dir etwas vormachen, kleine Schwester? Du bist erwachsen geworden, obwohl du für mich immer das kleine Mädchen mit den Zöpfen und der Zahnspange bleiben wirst.«

»Wow«, sagte Diana und schaute sie ungläubig an.

Auf ein solches Lob hatte sie nicht zu hoffen gewagt, zumal sie niemals wirklich welches bekommen hatte. Sie war in der Familie immer das Püppchen gewesen, süß, aber oberflächlich, und nicht wirklich ernst zu nehmen. Die Verzärtelung durch den Vater hatte diese Tendenz noch verstärkt. Nie hatte er mal Tacheles mit ihr geredet, sondern immer alles entschuldigt.

Dann war er gestorben, und sie stand unversehens ohne den großen Schutzschirm da, den der Vater für sie aufgespannt hatte. Ohne seine Protektion wurde sie zudem zum Gegenstand übler Nachrede. Kurz nach der Beerdigung begannen die Leute in Salina zu tuscheln, dass sie eine Schmarotzerin sei, die noch nie einen Finger gerührt habe, ein Wirrkopf, der nur zum Schein studiere. Man ließ kein gutes Haar an ihr.

Nur ihre Schwester hatte sie verteidigt, als der Vater nicht mehr da war. Und sie war auch jetzt an ihrer Seite, wenn das Wesen, das in ihr heranwuchs, sie dazu brachte, sich zu erbrechen, oder wenn sie das Ultraschallbild und die Telefonnummer des Arztes anstarrte, der die Abtreibung vornehmen sollte. Sie schaute hinter die Fassade, hinter die angeklebten Wimpern, die Designer-High-Heels und die Prada-Handtaschen.

»Gut«, setzte Calliope nach längerem Schweigen erneut zum Sprechen an, »dann sehen wir uns Entwurf Nummer fünf einmal näher an.«

Ihre Schwester hatte recht, erkannte sie. Dieses Design brachte all das zum Ausdruck, wofür die neue Pastalinie stand: Tradition, Naturbewusstsein, Erfahrung, handwerkliches Können, Familiensinn und Verantwortungsbewusstsein.

Calliope war begeistert. Das Produkt nahm Gestalt an, jetzt fehlten nur noch die alten Bronzeplatten, damit Duplikate davon abgefertigt werden konnten, die für die modernen Maschinen ausgelegt waren.

»Abgehakt«, sagte sie. »Jetzt können wir uns auf die Werbekampagne konzentrieren. Das ist zwar eine große Investition, aber sie ist nötig, wenn wir die Firma an den internationalen Markt bringen wollen. Nach allen Prognosen werden wir die Ausgaben wieder reinholen. Und wir müssen in der Presse auftrumpfen. Auf allen Gesundheitsseiten muss im Zusammenhang mit gesunder und nachhaltiger Ernährung unsere glutenfreie Pasta auftauchen. Und wir brauchen einen neuen Internetauftritt, einen Onlineshop und …«

»Himmel, Calliope, hör auf. Du machst das alles sehr gut, entspann dich«, unterbrach sie Diana.

»*Wir* machen das sehr gut«, verbesserte sie ihre Schwester, »deine Hilfe ist unabdingbar – du wärst bestimmt sensationell gut für die Konzipierung der Werbekampagne.«

»Okay, okay. Tu mir bitte einen Gefallen und hol zwischendurch mal Luft. Sonst machst du am Ende uns alle verrückt, und dann kommt nichts Gescheites mehr zustande. Jetzt sei einfach mal zufrieden und entspann dich.«

Calliope lehnte sich in ihrem Sessel zurück und starrte auf die weiße Wand vor sich. Dann schloss sie kurz die Augen, öffnete sie wieder und sah ihre Schwester an.

»Ettore fehlt mir. Der Ettore, der er einmal war. Irgendwie fühle ich mich immer mehr wie eine Witwe, obwohl mein Mann immerhin noch so lebendig ist, dass er mir jeden Morgen zeigt, wie wenig er meine Hilfe schätzt. Ist es nicht verrückt, dass ich ihn nach wie vor vermisse?«

»Schluss jetzt.« Diana sprang so plötzlich auf, dass ihr Stuhl nach hinten kippte. »Jetzt mach mal einen Punkt. Du hast mir erst gestern lang und breit erklärt, dass ich einen Mann, der mich mies behandelt, hochkant aus meinem Leben werfen soll. Dabei hast du fast mehr Grund als ich, ernsthaft darüber nachzudenken, ob es nicht an der Zeit ist, deinen Ratschlag selbst zu beherzigen und umzusetzen. Ettore behandelt dich wie seinen Fußabtreter. Er will dich nicht, obwohl du ihm andauernd sagst, wie sehr du ihn liebst? Na schön, dann lass ihn doch und sieh dich woanders um.«

»Schlägst du mir etwa vor, nach einem Lover Ausschau zu halten?«

»Nenn es, wie du willst. Ich spreche einfach von jemandem, der dich zu schätzen weiß. Du bist Ettore nichts schuldig. Er hat dich doch schon lange vor dem Unfall vernachlässigt.«

»Eine Ehe ist kein Kartenspiel, es geht nicht darum, Punkte zu sammeln. Vor allem dann nicht, wenn man für die Punkte Fehler begehen muss, die man vielleicht hinterher bereut.«

»Ein Nervenzusammenbruch ist auch keine Lösung«, erwiderte Diana und verschränkte die Arme vor der Brust. »Wenn du so weitermachst, bist du irgendwann völlig ausgebrannt. Da erscheint es mir fast sinnvoller, du lässt dich scheiden. Dann müsstest du wenigstens nicht mehr ständig seine boshaften Bemerkungen und seine Launen ertragen. Er hat dir sogar vorgeworfen, an seiner Sonnenallergie schuld zu sein. Wie krank ist denn das? Wenn es schon so weit ist, ist professionelle Hilfe angesagt. Dein Mann muss sich in Therapie begeben, vielleicht sogar einen Psychiater konsultieren. So geht es jedenfalls nicht weiter. Das kann sehr, sehr böse enden.«

»Im letzten Punkt gebe ich dir voll und ganz recht, er braucht dringend professionelle Hilfe. Aber was eine Scheidung angeht: So weit bin ich noch nicht. Nicht, solange ich immer noch das Gefühl habe, mir trotz allem einen Rest von Liebe für ihn bewahrt zu haben.«

»Himmel, sieh der Realität doch mal ins Auge: Du liebst einen Mann, den es nicht mehr gibt, einen Geist oder, wenn du so willst, einen Wiedergänger, wie die, die in alten Schauermärchen herumspuken.«

»Das stimmt nicht«, widersprach Calliope, die um jeden Preis ihre Ehe verteidigen wollte. »Ettore ist immer noch der Mann, den ich geheiratet habe. Das habe ich am Sonntag gesehen, als er seine Schwester getröstet hat, nachdem Lucia diesen gehässigen Kommentar vom Stapel gelassen hat.« Sie nahm ihr Gesicht zwischen die Hände. »Da war er wieder genau der Mann, in den ich mich verliebt habe«, fügte sie trotzig hinzu, obwohl sie nur zu gut wusste, dass sie sich wieder mal etwas vormachte.

Auch Diana war das klar. »Schön und gut, aber das war seine Schwester, zu der das Verhältnis momentan nicht so belastet ist wie zu dir. Das kann man weiß Gott nicht vergleichen.«

Calliope schwieg, ihr gingen die Argumente aus.

Ihre Schwester musterte sie. Was sie sah, war eine Frau im Businesskostüm, einerseits entschlossen und selbstsicher, andererseits mit verkrampftem Gesichtsausdruck, hektischen Bewegungen und dünner Stimme. Sie wirkte wie ein gehetztes Tier. Diana war sich sicher, dass sie bei dem Versuch, Ettores Seele zu retten, untergehen würde.

»Was ist aus der Frau geworden, die in jungen Jahren vehement auf ihrer Unabhängigkeit bestanden hat und für die Rechte der Frau auf die Straße gegangen ist? Eine Frau, die mit einem Mal schweigend die Grausamkeiten und Gemeinheiten ihres Mannes erträgt?«

»Nein«, gab Calliope knapp zurück und hob den Kopf, »eine Frau, die um den Mann kämpft, den sie liebt, weil niemand auf dieser Erde perfekt ist. Irgendwann stellt das Leben uns alle auf eine harte Probe, und dann ist es gut, wenn man jemanden an seiner Seite hat, der einem hilft, die Scherben wieder zu kitten.«

»Das weiß ich«, räumte Diana ein und legte instinktiv die Hände auf den Bauch, »das weiß ich sogar sehr gut.«

Ihre Worte hallten in der Stille des großen Konferenzraums wider. Calliope wollte sich nicht mit ihrer Schwester streiten, die hatte es ohnehin schwer genug. Sie nahm die Autoschlüssel aus der Handtasche und schob die Unterlagen zusammen, um sie Carmen auf den Schreibtisch zu legen.

»Es war ein langer Tag, lass uns nach Hause gehen. Wir haben uns eine kleine Pause verdient«, sagte sie und legte den Arm um Dianas Schultern. Sie waren innig miteinander verbunden, ganz gleich, wie verschieden sie waren.

Draußen dämmerte es, als hätte ein Maler mit dicken Pinselstrichen den Himmel dunkelblau angemalt. Die ersten Sterne strahlten und wirkten gar nicht so weit entfernt wie sonst. Beinahe hatte man das Gefühl, die Arme nach ihnen ausstrecken zu können, um sie zu berühren und sich etwas zu wünschen.

Calliope schlug die Straße ein, die am Meer entlangführte. Sie atmeten die salzige Luft tief ein und lauschten der Brandung, die an die Felsen rollte. Es war Neumond, vielleicht war das ja auch für sie der Beginn einer neuen Lebensphase. Der Mercedes schlängelte sich durch die Kurven, die die Hügel durchzogen. Nach und nach ging überall in den verstreuten Ansiedlungen die Straßenbeleuchtung an, in der Ferne erkannte man die Fähren, die mit den über die Toppen gespannten Lichterketten aussahen, als wären sie von einer Weihnachtsfahrt übrig geblieben.

Sie hielten an derselben Stelle an wie wenige Wochen zuvor, stiegen aus und sogen den Duft von Ginster und Mastix ein, den Geruch der Macchia, mit dem so viele glückliche Erinnerungen verbunden waren. Calliope holte zwei Dosen aus der Handtasche und reichte eine Diana, die sogleich die Nase rümpfte.

»Nimm, es ist Kokoswasser. Ich habe gelesen, dass es gut sein soll für Schwangere. Meine Sekretärin hat es ausprobiert, als sie in andern Umständen war, und trinkt es noch heute.«

»Du sprichst mit deiner Sekretärin über Schwangerschaften? Ich dachte, du willst kein Kind.«

Calliope umklammerte die Dose, lehnte sich an den Kofferraum und schaute auf das Meer. Der Horizont war eine schmale Linie, die Himmel und Wasser trennte und vor der man die Silhouetten der Schiffe erkennen konnte, die fast täglich schwer beladen mit Touristen vom Festland oder von Sizilien die Äolischen Inseln ansteuerten.

»Es gibt vieles, was ich wollte und nicht bekommen habe«, antwortete sie knapp.

»Wem sagst du das«, sagte Diana. »Ich hätte mir nie träumen lassen, dass ich mich mal in einen Pfarrer verliebe und zu allem Überfluss auch noch ein Kind von ihm bekomme. Und das ausgerechnet in dem Moment, in dem ich endlich weiß, was ich beruflich machen will. Seit deiner Kindheit fragt man dich, was du mal werden willst. Was hab ich nicht alles aufgezählt: Apothekerin, Superheldin, Konditorin, Feuerwehrfrau, Kreuzworträtselerfinderin. Alles Schwachsinn. Und dann bin ich eines Tages in Rom ins Theater gegangen, in Shakespeares *Sommernachtstraum*, und wusste sofort: Das ist es, was ich werden möchte. Schauspielerin. In dieser Nacht war ich so glücklich wie noch nie, auch wenn ich damals nicht wusste, wie hart und steinig der Weg werden würde. Und auf einmal wird alles wieder infrage gestellt. Mit diesem Kind kann ich die Zukunft, die ich mir erträumt habe, vergessen.«

»Dann wirst du es behalten?«

»Nein.« Diana schaute in den Himmel. »Ich habe lange darüber nachgedacht, seitdem ich weiß, dass ich schwanger bin, habe ich nichts anderes gemacht ... Ein Kind zu haben, wäre weder für mich noch für das kleine Wesen gut, ich würde es hassen, weil es meinen Traum zerstört hat. Aber abtreiben kann ich es auch nicht. Ich werde es zur Adoption freigeben. Raffaele wird mir hoffentlich helfen, eine nette Familie zu finden.«

Calliope spielte am Verschluss ihrer Dose herum. »Hast du mal über Santiago nachgedacht?«

»Über den Physiotherapeuten deines Mannes? Inwiefern sollte ich über ihn nachdenken?«

»Er ist hoffnungslos in dich verliebt. Erzähl mir nicht, du hättest es nicht gemerkt. Letzten Sonntag beim Essen konnte er seinen Blick kaum von dir abwenden.«

»Natürlich ist es mir aufgefallen, aber im Moment

habe ich andere Dinge im Kopf. Vielleicht kriege ich eine kleine Rolle in einem Film, ein Mann oder ein Baby würden da nur stören.«

»Verstehe. Egal, es ist deine Entscheidung, ganz gleich, wie sie ausfällt. Überleg es dir gut, ich bin an deiner Seite, was immer du tun wirst.«

Calliope klappte ihren Kragen hoch, um sich gegen die kühle Abendluft zu schützen. Entlang der Küste füllten sich langsam die Restaurants, der Duft nach gegrilltem Fisch und geröstetem Brot zog bis zu ihnen herauf.

»Hast du in deinem Leben alles verwirklicht, was du dir vorgenommen hast? Abgesehen von den Problemen mit Ettore, natürlich.«

»Das Schicksal hat es wirklich nicht schlecht mit mir gemeint, wenn man Papas Entscheidung wegen der Firma mal außen vor lässt. So gesehen, kann ich mich nicht beklagen, und du hast recht, ich sollte das Leben mehr genießen. Ich habe mehr als viele andere in meinem Alter. Sogar einen potenziellen Geliebten, der mir regelmäßig versichert, wie sehr er mich liebt.«

Diana fiel aus allen Wolken. »Wer ist es?«

»Frag nicht und trink dein Kokoswasser, es wird dir guttun.«

»Sag mir doch, wer es ist.«

»Diana …«

»Schon gut, schon gut«, sagte sie und gab ihr die Dose zurück.

Dabei lächelte sie verschwörerisch, wie damals, als sie Großvater Aristides Hühner aus dem Stall befreit hatten. »Weißt du was?«

»Was?«

»Ich finde es schade, dass Ettore und du keine Kinder haben wollt. Erst wenn man sich um andere kümmert, entdeckt man, wer man wirklich ist. Und du wärst eine wunderbare Mutter.«

28

Calliope steckte noch einen Olivenzweig in die Korbflasche, die in der Wandnische im Schlafzimmer stand.

»Ach Ettore«, murmelte sie und dachte an die Nacht zurück, in der sie die alte Flasche zerschlagen hatte. Sie meinte wieder das eiskalte Wasser unter ihren Füßen zu spüren und Ettores Augen zu sehen, die ihr sagten, dass er sie zu sehr liebe, um sie zu hassen. Leider waren keine Taten gefolgt, die das unter Beweis gestellt hätten. Im Gegenteil, seither herrschte zwischen ihnen Funkstille.

Sie legte die Schere in die Kommode zurück und entdeckte dabei den grünen Ordner, in dem Ettore seine Krankenakten aufbewahrte. Grün, die Farbe der Hoffnung. Eine Wahl, die ihr fast ein bisschen ironisch vor kam, denn Hoffnung verhieß der Inhalt nicht. Erneut musste sie an Dianas Worte vom gestrigen Abend denken, daran, welche Bedeutung ein Kind für sie beide haben könnte. Bislang hatte sie unter keinen Umständen eines gewollt, doch jetzt, wo es anscheinend nichts mehr gab, was sie noch verband, könnte ein kleines, aus der Asche ihrer Verbindung geborenes Wunder vielleicht die Rettung ihrer Ehe sein.

Unsinn, schalt sie sich, wie konnte sie so etwas auch nur in Erwägung ziehen? Ein Kind sollte aus Liebe entstehen und nicht aus dem verzweifelten Versuch, eine kaputte Beziehung zu kitten.

»Wie läuft es mit der Physio, was sagt Valdi?«, fragte sie Santiago, der den Kopf zur Tür hereinsteckte.

»Was den Arm betrifft, ist der Professor recht zufrieden …«

»Und die Beine?«

Santiago schob die Untersuchungsergebnisse, die letzten Unterlagen des Anwalts und eine Schadenersatzforderung an die ANAS, die Straßenverkehrsbehörde, in einen Plastikumschlag. Aber auch eine hohe Summe auf einem Scheck würde ihr das Lächeln ihres Mannes nicht zurückbringen können.

»Da ist er mit Prognosen sehr zurückhaltend. Es kann gut sein, dass Ettore sich noch einmal operieren lassen muss, aber dazu müssen erst noch einige Untersuchungen gemacht werden, bevor der Professor über eine Umstellung der Therapie entscheiden kann. Heute werden wir mehr erfahren.«

»Warum, hat Ettore heute einen Termin bei ihm?«

»Hat er dir das nicht gesagt?«, erkundigte er sich – inzwischen waren sie beim vertrauten Du angelangt, da der junge Mexikaner längst als Familienmitglied betrachtet wurde.

»Nein, hat er nicht. Gibt es überhaupt noch Hoffnung, dass er jemals wieder laufen kann?«

»Dazu äußert sich der Professor nicht. Aber immerhin lassen sich in seinen Beinen ja schwache Muskelreaktionen feststellen. Er sagt, in solchen Fällen hänge vieles vom Einsatz der Patienten ab, und in der Hinsicht ist Ettore nicht besonders kooperativ. Das macht mir ein wenig Sorge.«

Calliope geriet ins Grübeln. Mit seinem inneren Widerstand machte ihr Mann es nur sich selbst und allen anderen schwer, die ihm helfen wollten. Wieder kam ihr der verrückte Gedanke an ein Kind. Vielleicht würde es ihm ja helfen, aus seinem psychischen Tief herauszukommen. Das Miterleben der Schwangerschaft, die Geburt, das erste Lächeln … Wer weiß, ob ihm das nicht neuen Auftrieb geben würde, trotz seiner Behinderung aktiv am Leben teilzunehmen und vielleicht doch noch seinen Traum von der Arbeit mit Therapieeseln zu verwirklichen.

Sie hatten früher so viele Träume gehabt und jeden Tag ihres Lebens genossen. Ihre Hochzeitsreise nach Griechenland fiel ihr ein, die weißen Dörfer, der Duft der Kräuter, die Nächte, in denen die Einheimischen zu Ehren des Namenspatrons barfuß auf der Straße tanzten, der Geschmack des Ouzo. Einmal hatten sie zu viel getrunken und waren am Strand eingeschlafen. Als sie völlig durchgefroren aufgewacht waren, hatten sie sich in ihren großen schwarzen Schal gehüllt und den Sonnenaufgang bewundert. Gemeinsam.

Es war müßig, sich in Erinnerungen zu verlieren. Man konnte die Zeit nicht zurückdrehen. Da musste schon ein Wunder geschehen.

Seufzend begab sie sich in die Küche, wo ihre Mutter bereits mit den Vorbereitungen fürs Mittagessen beschäftigt war.

»Heute gibt es *Cavatelli* mit Kichererbsen und Muscheln, die habe ich gerade ganz frisch im Ort besorgt. Was meinst du?«, fragte sie ihre Tochter.

Lächelnd griff Calliope nach ihrem Handy, das sie auf den Tisch gelegt hatte, tippte darauf herum und hielt es Azalea hin. Das Display zeigte Aristide, der dem Staatspräsidenten eine goldene Plakette überreichte, auf der eine Pasta mit Spitzenmuster befestigt war. Sie hatte es von der alten Aufnahme abfotografiert.

»Demnächst können wir stattdessen mal Merletti d'oro für dieses Gericht verwenden, was hältst du davon? Vorausgesetzt, ich finde die alten Formplatten.«

Entgegen ihrer Erwartung reagierte ihre Mutter alles andere als begeistert. Sie wurde sogar richtig wütend, was bei ihr nicht gerade häufig vorkam.

»Darf man erfahren, woher du dieses Foto hast?«

Völlig verdattert legte ihre Tochter das Handy weg. »Ach du meine Güte, was ist denn los? Stimmt etwas nicht?«

»Sag mir erst mal, wie du an dieses Foto gekommen bist.«

»Ich habe es ganz einfach im Archiv entdeckt, in einem der alten Folianten. Es war neben einem Artikel über Aristides Ernennung zum Ritter der Arbeit abgedruckt. Verrate du mir mal lieber, warum dich dieses Foto so nervös macht.«

Azalea schüttelte den Kopf und lief wie ein aufgescheuchtes Huhn in der Küche auf und ab.

»Entschuldigt die Störung.« Santiago blieb im Türrahmen stehen, suchte Calliopes Blick und deutete auf die Wanduhr. »Ich fahre jetzt mit Ettore zu seinem Termin bei Valdi. Falls es etwas Besonderes gibt, rufe ich an.« Er klopfte auf den grünen Ordner. »Die gesammelten

Gutachten, Untersuchungsergebnisse, Anwaltsschreiben habe ich vorsichtshalber dabei«, sagte er und verließ rasch die Küche, in der spürbar dicke Luft herrschte.

»Mama, was ist mit diesem Foto?«, drängte Calliope ihre Mutter erneut, sobald Santiago verschwunden war.

Vergeblich, denn Azaleas Miene blieb verschlossen. Sie faltete die Hände und blickte an die Decke, als wollte sie beten, dann wandte sie sich wieder an ihre Tochter.

»Hör mir gut zu, mein Schatz. Vergiss diese Fotos und diese Form. Und alles, was dein Großvater sich zu dieser Zeit ausgedacht hat, falls du noch auf andere Dinge stoßen sollest. Wühle nicht zu sehr in der Vergangenheit. Deine Großmutter würde sich im Grab umdrehen, wenn du diese Pastakreation wieder hervorholen würdest. Außerdem ist es nur eine Testform, die nie zur Produktionsreife gelangt ist.«

»Alles, was recht ist, Mama, aber Großmutter ist tot!«

»Das heißt nichts. Selbst wenn man auf die andere Seite geht, kann man immer noch sehen, was diesseits des Flusses passiert. Dein Vater zum Beispiel ist ständig bei mir. Das spüre ich, ich spreche jeden Tag mit ihm und ich bin sicher, dass er darunter leiden würde, wenn ich etwas täte, was ihn verletzt.«

Ihre Stimme brach.

»Entschuldige, Mama, ich wollte damit nicht sagen, dass …«

»Die Seelen spüren auch dann noch etwas, wenn sie nicht mehr in ihren Körpern sind«, fügte sie leise hinzu und legte die Hand auf ihr Herz.

Calliope schob den Stuhl zurück. »Ich verstehe deine Gefühle, aber deine Reaktion verwirrt mich. Ich will wissen, was los ist, warum ich ausgerechnet diesen Entwurf nicht verwenden soll.«

»Es hat seinen Grund.«

»Und den möchte ich gern erfahren. Ich suche schon die ganze Zeit verzweifelt nach den Bronzeplatten mit den alten Mustern, damit wir der neuen Teigmischung auch optisch ein Alleinstellungsmerkmal geben können, und jetzt soll das alles umsonst gewesen sein? Warum soll ich einen Meter vor der Ziellinie aufgeben?« Sie hielt inne. »Du schuldest mir eine Erklärung, Mama.«

Mit einem resignierten Seufzen setzte Azalea sich ihr gegenüber. »In Ordnung. Es hat einen Grund, warum die Stanzformen vor vielen Jahren verschwunden sind. Dein Großvater Aristide selbst hat sie an dem Tag eingeschlossen, an dem Domenico geboren wurde. Und niemand hat sie je wieder hervorgeholt.«

»Warum nicht?«

»Weil sie für einen Verrat stehen, der ein Menschenleben gekostet hat.«

29

Nach Azaleas ausführlichem Bericht fühlte Calliope sich leer und verwirrt. Ihr war, als hätte man ihr das Bild ihres geliebten Großvaters aus dem Herzen gerissen. Der Mann, über den ihre Mutter gesprochen hatte, war ihr völlig fremd, so hatte sie Aristide nie gesehen.

»Das kommt mir alles so absurd vor«, sagte sie immer wieder und suchte nach einer logischen Erklärung für ein unlogisches Verhalten, das auf Leidenschaft beruhte. »Ich kann einfach nicht glauben, dass Großvater sich Hals über Kopf in eine Schauspielerin verliebt hat und mit ihr eine Affäre gehabt haben soll. Wie lange? Drei Jahre?«

»Vier«, verbesserte sie Azalea. »Die Geschichte endete 1951. Danach war Aristide nicht mehr derselbe. Er wurde wortkarg, lebte nur noch für seine Arbeit und kümmerte sich kaum um seine Kinder. Er soll sich nächtelang in seinem Büro eingeschlossen haben, niemand wusste, was er dort machte. Erst als Eugenio und ich heirateten und kurz darauf Enkel durch die Masseria tapsten, gab er seine Zurückhaltung auf und nahm wieder am Leben teil.«

»Das muss ja ein traumatisches Erlebnis gewesen sein, wenn er sich so verändert hatte.«

»In der Tat, das war es. Dennoch war er ein wunderbarer Mensch, mein Schatz, du darfst nicht schlecht von ihm denken«, ermahnte Azalea sie. »Wir alle haben unsere Schwächen, wir machen alle Fehler.«

Aber doch nicht ihr angebeteter Großvater, dachte Calliope, für die ein Heiliger von seinem Sockel gestoßen worden war. Sie musste sich sehr zusammennehmen, sich ihre Enttäuschung nicht anmerken zu lassen.

»Großmutter wusste Bescheid, nehme ich an?«

»Ja. Anna war von Anfang an im Bilde. Aristide war kein Schürzenjäger und nicht raffiniert genug, es zu verheimlichen. Deshalb war es letztlich ein Leichtes für sie, es herauszufinden.«

»Aber warum ist er überhaupt auf Abwege geraten? Was hat denn Großmutter nur gemacht, dass er ihr das angetan hat?«

»Die Frage könnte nur er dir beantworten, wenn er noch am Leben wäre. Als Außenstehender weiß man nie, was in einer Ehe vor sich geht. Anna war vom alten Schlag, sie führte ein strenges Regime. Wobei ich zwischen den beiden nicht einen einzigen Streit erlebt habe.«

»Wenn sie keine Eheprobleme hatten, muss sich die andere Frau zwischen sie gedrängt haben«, vermutete Calliope und schaltete ihr piependes Handy aus – mit Amos wollte sie sich jetzt nicht auseinandersetzen.

»Vielleicht haben sie aber auch erst nach dieser Krise eine einigermaßen harmonische Ehe geführt und vorher sind die Fetzen geflogen, wer weiß das schon? Anna hat Aristide geheiratet, als sie mit Eugenio schwanger war. Eine andere Lösung gab es damals nicht. Solche Ehen waren nicht unbedingt glücklich und mussten trotzdem das ganze Leben lang halten. Scheidungen waren zumindest für fromme Katholiken ein absolutes No-Go, wie ihr es heute nennen würdet. Dass es da auch mal zu Spannungen kam, blieb natürlich nicht aus, und die Ehen waren damals oft eher Zweckgemeinschaften. Wer weiß, wie das anfangs bei Anna und Aristide war.«

»Das mag ja alles sein, aber es fällt mir trotzdem schwer, mir vorzustellen, dass Großvater seine Frau betrogen haben soll, während sie mit seinem Sohn schwanger war.«

Ihre Mutter runzelte die Stirn. »Wie meinst du das?«

»Ganz einfach. Du hast gesagt, die Beziehung endete 1951, als Domenico geboren wurde. Das heißt, Großvater hatte diese Affäre, als Großmutter schwanger war. Wie grausam!«

»Nein, so war es nicht.« Azalea zögerte, es fiel ihr sichtlich schwer, die Kindheitsideale ihrer Tochter zu zerstören. »Domenico ist nicht Annas Sohn. Seine biologische Mutter ist eine gewisse Eleonora Mariani.«

»Großvaters Geliebte?«

»Ja, ihre Beziehung dauerte vier Jahre, bis Eleonora bei Domenicos Geburt starb. Es gab wohl irgendwelche Komplikationen, ich weiß es nicht so genau. Aristide war bei der Geburt dabei, und das hat ihn derart traumatisiert, dass er danach einen ganzen Monat kein Wort mehr sprach. Er kam noch in derselben Nacht in die Masseria zurück, völlig verstört und den kleinen Domenico auf dem Arm. Anna setzte ihn unter Druck, stellte ihre Bedingungen. Sie werde den Kleinen als ihren Sohn aufziehen, sofern ihr Mann schwor, den Namen der richtigen Mutter nie wieder zu erwähnen. Sonst werde es einen handfesten Skandal geben. Aristide versprach es, und damit hörte Eleonora Mariani auf zu existieren. Sie wurde komplett aus der Geschichte der Familie Costa gestrichen. Er durfte nicht einmal zu ihrer Beerdigung gehen.«

»Das ist ja Erpressung.«

»Eine Frau, die ihren Mann liebt, tut alles, um ihn zu halten, und Anna liebte deinen Großvater, wenn auch auf ihre Weise.«

»Und er?«

»Ob er sie liebte? Schwer zu sagen. In der Situation tat er, was für das Kind das Beste war: Er gab nach und akzeptierte Annas Forderungen bedingungslos. Er sprach nie wieder von Eleonora und vernichtete alles, was ihn an die vier Jahre mit ihr erinnerte. Darunter jene Stanzformen mit den ungewöhnlichen Motiven, an deren Entwürfen sie beteiligt gewesen war, ohne dass damit je Pasta entstanden wäre. Damals zog er auch die alten Bronzeplatten, mit denen bis zu dem Zeitpunkt zum Teil noch gearbeitet worden war, aus dem Verkehr und nahm eine komplette Modernisierung der Produktion vor. Als wollte er die Vergangenheit aus seinem Gedächtnis löschen. Allerdings nehme ich an, dass sie nicht weggeworfen, sondern irgendwo gelagert wurden.«

Calliope dachte an Aristides Foto aus dieser Zeit, an sein Lächeln, seinen Stolz.

Plötzlich erinnerte sie sich an eine Frau, die auf vielen Bildern im Hintergrund gestanden hatte, immer präsent, aber stets etwas abseits. Lange dunkle Haare, große Augen. Eigentlich eine Person, die aussah, als wäre sie es gewohnt, im Mittelpunkt zu stehen. Kein Wunder, als Schauspielerin stand sie schließlich im Rampenlicht.

Und noch etwas anderes fiel ihr wieder ein: dass Aristide im Winter beim ersten Schneefall ständig in den Garten gestarrt und lautlos geweint hatte. Nun ahnte sie, warum. Domenico war im Dezember geboren worden, und Eleonora war am Tag seiner Geburt gestorben. Vielleicht erinnerte ihn der Schnee im Garten ja an ihr verschneites Grab, das er nach ihrer Beerdigung sicher heimlich besucht hatte.

»Er hat sie geliebt, nicht wahr?«

Azalea zuckte mit den Schultern. »Ich weiß es nicht, aber ich gehe davon aus.« Sie hielt inne, die Kirchenglocken läuteten, es war fast Zeit fürs Mittagessen. Sie stand auf und griff nach den Einkaufstaschen, um sie auszuräumen. »Verstehst du jetzt, warum du diese Entwürfe nicht benutzen kannst?«

Calliope trat auf ihre Mutter zu, die bereits eine Knoblauchzehe zerquetschte.

»Ehrlich gesagt, hat mir deine Geschichte gezeigt, dass ich genau das machen muss. Großvater hat mir gegenüber öfter mal ein Geheimnis erwähnt. Und mehr noch. Er hat mir unter dem Siegel der Verschwiegenheit mal ein paar kleine Matrizen gezeigt. Ich habe nie mitbekommen, woher er sie geholt und wohin er sie anschließend geräumt hat. Vermutlich waren das die Formen, die nie über das Versuchsstadium hinausgekommen sind. Was für Muster es genau waren, weiß ich nicht mehr, ich kann mich nur vage erinnern, dass er sie mit irgendwelchen Namen bezeichnete, die mir natürlich nicht mehr einfallen.« Dann sah sie ihre Mutter plötzlich forschend an. »Sag mal, woher kennst du eigentlich die ganze

Geschichte, wenn es ein so streng gehütetes Familiengeheimnis ist?«

Azalea lächelte. »Aristide hat es deinem Vater kurz vor seinem Tod gestanden. Und der hat es mir erzählt.«

Während ihre Mutter sich wieder der Zubereitung des Mittagessens zuwandte, zog Calliope sich zurück, um gründlich über das Gehörte nachzudenken. Sie fuhr in die Firma, weil sie sich dort ihrem Großvater am nächsten fühlte.

Eines stand fest: Fortan würde sie ihn in einem neuen Licht sehen. Er war nicht mehr unfehlbar, er war von seinem Sockel gestürzt und zu einem fehlerhaften Menschen aus Fleisch und Blut geworden.

Und zwar aus dem Wunsch nach Liebe heraus, der für die Familie Costa so charakteristisch zu sein schien und der in ihrer Ehe ebenfalls tiefe Spuren hinterlassen hatte.

Hatte Aristide womöglich die Wärme im Ehebett vermisst und sie deshalb woanders gesucht und gefunden?

Azalea hatte das Verhalten ihrer Großmutter mit den Traditionen und Sitten der damaligen Zeit entschuldigt, aber Liebe konnte man nun mal nicht in solchen Kategorien messen. Liebe war Liebe. Calliope wusste nur zu gut, wie es sich anfühlte, wenn sie fehlte.

An dem Schreibtisch sitzend, an dem schon der Großvater gesessen hatte, ließ sie den Blick durch das Büro schweifen, das für sie inzwischen zu einem zweiten Zuhause geworden war. Hierher zog sie sich zurück, wenn sie in Ruhe nachdenken musste oder wenn sie Ettores Gegenwart nicht mehr aushielt. Inmitten der Bücherregale und alten Möbel fühlte sie sich sicher und geborgen wie im Mutterschoß. Hier hatte sie das Gefühl, ein Glied in einer Kette von Vorfahren zu sein, hier war sie umgeben von Erinnerungen und hielt stumme Zwiesprache mit all jenen, die vor ihr die Geschicke der Firma bestimmt hatten.

Wo zum Teufel mochten sich die Bronzeplatten und die Stanzformen, mit denen experimentiert worden war, verbergen?

Bevor sie untätig herumsaß, konnte sie genauso gut in diesem Raum eine neue Suchaktion starten. Diesmal ging sie systematisch vor. Erst der Schreibtisch, in dem sie den Schlüssel gefunden hatte, dann kam das Bücherregal an die Reihe, aus dem sie Reihen verstaubter Bände heraushob. Nichts. Sie klopfte die Rückseiten ab, ob sich dahinter ein Hohlraum verbarg. Wieder nichts. Leise fluchend, wischte sie sich den Schweiß von der Stirn.

»Wo hast du diese vermaledeiten Formen versteckt, Großvater?«, flüsterte sie.

Sie war sich so gut wie sicher, dass sie ganz in der Nähe sein mussten.

Nach dem Bücherregal wandte sie sich dem wuchtigen Renaissanceschrank mit seinen Intarsien aus Olivenholz zu – wieder ohne Erfolg. Was nun?

Ein Blick aus dem Fenster zeigte ihr, dass die Sonne bereits nach Westen zu wandern begann. Ihr Magen knurrte, weil sie nichts gegessen hatte. Azalea hatte sie zweimal angerufen, um ihr mitzuteilen, dass das Mittagessen auf sie warte, doch sie war zu sehr in die Suche vertieft gewesen. Zu spät, jetzt musste sie durchhalten, es ging nicht anders. Zum Glück hatte sie in ihrem Schreibtisch eine angebrochene Packung Kekse entdeckt, die von einem Meeting übrig geblieben war. Dazu würde sie sich einen Passito genehmigen, einen Dessertwein, der auf den Inseln erzeugt und gerne nach dem Essen getrunken wurde.

Sie ging zu dem imposanten Barschrank, einer englischen Antiquität aus dem neunzehnten Jahrhundert, öffnete ihn und griff nach der Flasche. Dabei erregte etwas ihre Aufmerksamkeit. Vor dem mittleren Fach waren nachträglich Innentüren eingesetzt worden, doch im Schloss steckte kein Schlüssel. Ein Geheimfach?

Ihr Herz schlug schneller, als sie sich vor den Barschrank kniete und ausprobierte, ob sich die Türen öffnen ließen, wenn man von unten daran zog. Taten sie nicht. Offenbar hatte sich vor ihr noch niemand für das Fach interessiert, der Schrank war auch so groß genug. Plötzlich kam ihr eine Idee.

Sie stemmte die Hände in die Hüften. »Gut gemacht, Großvater. Dann wollen wir mal sehen, ob ich dich wirklich so gut kenne, wie ich glaube«, sagte sie und holte den kleinen Schlüssel aus der Schreibtischschublade, den Aristide an einer Kette in seiner Westentasche ständig bei sich getragen hatte.

Kaum drehte sie ihn im Schloss, machte es Klick, und die Tür öffnete sich. Volltreffer. Als sie die Tür ganz aufmachte, sah sie, dass dieses Innenfach nie für Flaschen und Gläser gedacht gewesen war, denn es bestand aus Schubladen und ein paar kleineren Fächern, wie man es von Schreibsekretären kannte. Gleich in der untersten Schublade wurde sie fündig, dort lag Aristides Schatz: die alten Bronzeplatten, die Spuren jahrzehntelanger Benutzung aufwiesen, sowie die kleinen Matrizen, mit denen offenbar für neue Muster experimentiert worden war. Wie für die Pasta in Form zarter Spitze, die Aristide dem Staatspräsidenten gewidmet hatte. Unwillkürlich fragte sie sich, wie ihr Talisman, die kleine Blüte, der Verbannung entkommen war. Vermutlich aus Versehen. Außerdem fanden sich dort allerlei Skizzen, die nie als Pasta zum Leben erweckt worden waren. Calliope entdeckte außergewöhnliche Spiralen, seltsame Räder, Blätter und Blumen, Locken, Schnecken und Muscheln oder Formen mit Lochmustern an den Rändern. Die Entwürfe hatten etwas Poetisches, etwas Magisches, das den Betrachter unwiderstehlich anzog und die Kunden sicher zum Kaufen des Endprodukts verführt hätte.

Für sie hingegen waren sie ein Vermächtnis ihres Großvaters, kleine Wunder aus einer vergangenen Zeit, denen sie die verdiente Anerkennung verschaffen würde. Den in der Frühzeit der Fabrik mit den alten Bronzeplatten hergestellten Pastaformen ebenso wie den neuen Entwürfen, die über die Experimentierphase nie hinausgekommen waren. Sie war sich sicher, dass der Großvater im Himmel in diesem Moment zufrieden lächelnd auf seine Enkelin hinunterschaute, die sich von allen Costas, die die Fabrik seit über mehr als hundert Jahren geleitet hatten, vor allem ihm verbunden fühlte. Aristide der Zweite, der Enkel des Gründers, war ihr Held, ihr Vorbild. Ein Gedanke, der ihr über manch traurige Stunde hinweghalf.

Als sie die Papiere, die in der Schublade lagen, einer näheren Inspektion unterzog, fand sie ein mit einem Bastfaden zusammengehaltenes Bündel Briefe. Sie stammten sämtlich von Eleonora, die ihrem Geliebten in den vier Jahren ihrer heimlichen Beziehung geschrieben hatte. Calliope kamen die Tränen, und gebannt begann sie zu lesen. Die Briefe zeugten von einer tiefen Liebe, und aus den späteren sprach eine erwartungsvolle Vorfreude auf das gemeinsame Kind, das sie trotz allem als Krönung ihrer Liebe betrachteten. Mimi, so nannte Eleonora es in ihren letzten Briefen vor der Geburt liebevoll. Wohl eine Koseform für Domenico, der ihr das Leben und Aristide das Lächeln genommen hatte.

Zwischen den Briefen lag ein Foto, das eine junge Frau mit wunderschönen großen, wenn auch traurigen Augen zeigte – sie erinnerten ein wenig an die ihres Onkels. Auf der Rückseite des Bildes stand geschrieben: *Du fehlst mir, mein Liebster*, und daneben war ein verschnörkeltes Herz gemalt.

So glücklich Calliope war, die alten Formplatten und dazu völlig neue Stanzscheiben entdeckt zu haben, empfand sie in diesem Moment die Briefe, die vor ihr auf dem Boden lagen, als den größeren Schatz. Was musste der Großvater nach Eleonoras Tod durchgemacht haben? Sein Leben war sicher öde und leer gewesen, und auch auf Domenico musste all das eine Auswirkung gehabt haben.

Wäre er anders geworden, wenn er mit einer liebevollen Mutter aufgewachsen wäre? Und hatte sein Vater ihn überhaupt geliebt, oder hatte er ihm die Schuld am Tod seiner Mutter gegeben? Es würde zumindest so einiges erklären.

Das dauert ja ewig, dachte Ettore, der ungeduldig vor Valdis Sprechzimmer saß und wartete, dass seine Untersuchung endlich begann. Man hatte ihm mitgeteilt, der Professor sei aufgrund einer Operation zeitlich in Verzug geraten, er möge sich gedulden.

Ettores Stimmung war jedenfalls auf dem Tiefpunkt angelangt, als sich die Tür endlich öffnete und der Arzt sich von dem Patienten vor ihm verabschiedete, ebenfalls ein Rollstuhlfahrer, den eine Frau in einem salbeigrünen Kostüm und mit stark toupierten Haaren begleitete. Im Vorbeigehen rammten sie Ettores Rollstuhl.

»Entschuldigen Sie, meine Frau ist nicht sehr geschickt mit diesem Gerät«, entschuldigte sich der Mann.

»Zum Glück muss ich es nicht mehr lernen«, flötete seine bessere Hälfte vergnügt. »Nach der Operation brauchst du ihn hoffentlich nicht mehr.«

»Ich hoffe, dass gilt für Sie genauso, mein Freund«, warf der Mann ein.

»Die Tatsache, dass wir beide im Rollstuhl sitzen, macht uns noch lange nicht zu Freunden«, entgegnete Ettore kühl und schickte sich an, Richtung Untersuchungszimmer zu fahren, ohne das sichtlich düpierte Ehepaar eines weiteren Blickes zu würdigen. Selbst Santiago, der ihn schieben wollte, erteilte er schroff eine Abfuhr.

»Lass mich, das schaffe ich allein. Ich bin diese ganze übertriebene Fürsorge langsam leid.«

Als er nach einer Stunde in das Wartezimmer zurückkehrte, war von seinem herablassenden Benehmen nichts mehr übrig. Alle Farbe war aus seinem Gesicht gewichen, und seine Hände zitterten. Jetzt hätte er gerne Santiago an seiner Seite gehabt.

Der sei kurz in die Cafeteria gegangen, um sich etwas zu essen zu holen, erklärte ihm eine marokkanische Reinigungskraft. Er werde nicht lange wegbleiben, habe er gesagt. Und dass er hier warten solle.

»Nein danke, richten Sie ihm bitte aus, dass ich auf dem Parkplatz auf ihn warte. Mein Handy ist leer, er kann mich nicht anrufen.«

Er musste unbedingt raus, sonst würde er noch durchdrehen. So schnell er konnte, fuhr er zum Fahrstuhl, und als sich die Türen hinter ihm geschlossen hatten, schlug er die Hände vor das Gesicht.

Die neueste Prognose war noch niederschmetternder als die vorherige. Die Chance, dass er jemals wieder laufen könne, sei minimal, hatte ihm der Professor erklärt. Bei den Untersuchungen und Tests hätten sich kaum Verbesserungen gezeigt.

Dessen ungeachtet hatte Valdi ihm geraten, sich einer neuen Therapie zu unterziehen, die sich wie die bisherige noch in der Testphase befand. Man könne ja nie wissen. Ettore glaubte nicht daran, dass die neue Therapie etwas bringen würde, und ebenso wenig versprach er sich von einer Operation. Er hatte das Gefühl, dass Valdi ihn hinhalten wollte, bis er von alleine aufgab. Sein Fall sei eben sehr komplex, hatte der Arzt abschließend gesagt, was immer das bedeutete.

»So eine Scheiße!«, schrie Ettore und schlug mit der Faust gegen die Aufzugwand, während ihm Tränen die Wangen hinunterliefen und auf seine beige Leinenhose tropften.

Es war vorbei, es gab kein Licht am Ende des Tunnels. Ehe er so weitermachte, würde er sich lieber umbringen. Er wollte nicht für den Rest seines Lebens auf Hilfe angewiesen sein, egal von wem.

Bitterkeit, Wut und Verzweiflung überkamen ihn. Und schuld an allem war Eugenio. Hätte der ihn nicht in diese Laufbahn gedrängt, hätte es dieses Meeting nie gegeben und damit auch nicht diesen verhängnisvollen Unfall.

Ettore steigerte sich so sehr in seinen Hass und sein Selbstmitleid hinein, dass er im Aufzug in Panik geriet. Er musste raus, und zwar so schnell wie möglich. Einen kleinen Jungen, der ihm in der Halle im Weg stand, scheuchte er drohend weg.

Als er den Parkplatz erreichte und den Weg zu seinem Wagen mit dem Behindertenausweis hinter der Windschutzscheibe einschlug, vernahm er plötzlich eine bekannte Stimme. Sie gehörte Mario, dem Mann von Calliopes Freundin Eva, der ein paar Autos weiter stand. Er sah blass aus, und sein Lächeln wirkte wie eingefroren.

Da Ettore keine Lust auf Small Talk verspürte, wandte er sich schnell ab, bevor der andere ihn bemerken würde, hielt jedoch sogleich inne und lauschte, weil Mario nun laut ins Telefon zu brüllen begann. Noch so einer, der sich nicht unter Kontrolle hatte, dachte er zynisch.

»Ich hab doch gesagt, dass ich zahlen werde. Ich muss nur Geld flüssig machen. Wie bitte? Nein, kein Problem, mach dir keine Sorgen. Schließlich habe ich immer gezahlt, oder? Diesmal … Ja, ja, ich weiß, dass ich öfter mal spät dran war … Nein, ich bringe das in Ordnung. Ja, ich weiß, dass ich das schon vor einem Monat gesagt habe, aber es gab Schwierigkeiten mit Lieferanten, die bezahlt werden mussten.«

Das klang verdammt nach Kredithaien und Zinswucher, dachte Ettore, und ihm fielen wieder die nächtlichen Telefonate seines verschuldeten Vaters und die Streitgespräche seiner Eltern ein, bei denen er sich unter die Decke verkrochen und die Ohren zugehalten hatte.

Er kannte diese Parallelwelt und das schmutzige Geschäft mit der Angst. Und er war sicher, dass Mario mit einem von denen zu tun hatte, die mit glänzenden Lackschuhen in schwarzen Jaguars durch Salina fuhren. Zwei Brüder, denen das Beerdigungsinstitut San Marco gehörte und die für ihren kleinen Nebenverdienst bekannt waren. Sie liehen irgendwelchen armen Wichten Geld zu Wucherzinsen von bis zu dreihundert Prozent, ein Deal, aus dem diese nie mehr herauskamen und am Ende ihre ganze Existenz verloren. Und Mario war in ihre Fänge geraten.

Ettore beugte sich gerade vor, um besser hören zu können, als sich eine Hand auf seine Schulter legte.

»Da bist du ja«, sagte Santiago außer Atem. »Ich habe mir nur kurz ein Brötchen geholt, und als ich wiederkam, meinte die Putzfrau, du wärst schon weg. Was hat Valdi gesagt?«

»Sprechen wir nicht darüber«, gab Ettore nur knapp zurück.

Santiago zuckte die Achseln. »Gut, dann sage ich Calliope Bescheid, dass wir jetzt kommen.«

»Nein, warte. Zuerst musst du mich noch woanders hinbringen.«

»Und wohin?«

»Zum Friedhof. Ich habe da noch eine Rechnung mit jemandem offen.«

Inzwischen wunderte sich sein Physiotherapeut über nichts mehr. Er half Ettore beim Einsteigen und brachte ihn zum gewünschten Ort.

Zwei ganze Stunden saß er schweigend vor dem Grab seines Schwiegervaters. Um ihn herum kamen und gingen Hinterbliebene, die lieber ihre Toten besuchten, statt mit Freunden oder Verwandten den strahlenden Sonnenschein zu genießen. Auf Eugenios Grab standen rote Nelken in einer kleinen Metallvase, neben der Fotografie des Verstorbenen brannte ein ewiges Licht. Vermutlich kam Azalea noch immer jeden Tag hierher. Warum seine Schwiegermutter diesen Mann in dem Maße liebte, wie er ihn hasste, war ihm ein Rätsel.

»Kannst du mir bitte den Notizblock und einen Stift aus der Seitentasche des Autos holen?«, bat er Santiago.

Es dauerte eine Weile, bis der Mexikaner vom Parkplatz zurückkam und Ettore das Gewünschte reichte. Sofort begann er zu schreiben.

Eugenio,
das »Lieber« spare ich mir, denn ich bin kein Heuchler. Ich bringe es nicht fertig, dich so zu nennen, nach

dem, was du mir angetan hast. Ich schreibe dir, um dir zu sagen, dass ich deine Tochter unverändert liebe. Du hast mich gegen meinen und gegen ihren Willen gezwungen, dein Nachfolger zu werden. Und deshalb bist du schuld, dass diese Liebe inzwischen unmöglich geworden ist.

Er schaute auf das Foto und ballte die Faust.

Was für ein Leben kann ich einer so starken, lebendigen und leidenschaftlichen Frau wie Calliope noch bieten? Soll sie für immer auf die Rolle der Krankenschwester reduziert werden? Wir wissen beide, dass das unmöglich ist. Und dass alles so gekommen ist, ist deine Schuld. Einzig und allein deine, obwohl ich anfangs auch ihr Vorwürfe gemacht habe. Das war ein Fehler. Denn du warst derjenige, der unbedingt wollte, dass ich diese verdammte Firma übernehme, und nicht sie. Und weil ich das getan habe, hatte ich diesen Unfall. Weil ich zu diesem Meeting musste und abends trotz meiner Müdigkeit zu ihr zurückwollte. Weil ich eingesehen hatte, dass ich sie wegen der vielen Arbeit vernachlässigt hatte.

Ich hoffe, dass du wegen allem, was du angerichtet hast, in der Hölle schmorst. Da ich an den Rollstuhl gefesselt bin, kann ich meine Frau nicht einmal mehr lieben. Du hast mir alles genommen, und das werde ich dir nie verzeihen. Genieß deine Zeit, solange du noch kannst, denn wir werden uns bald wiedersehen.
Ettore

Er las seinen Brief noch einmal durch, riss dann die Blätter vom Block und faltete sie zusammen.

»Leg sie bitte neben das Foto«, bat er Santiago, dann machten sie sich über die breite Allee auf den Weg in Richtung Ausgang.

An einem Grab saß eine zierliche, schwarz gekleidete Frau mit silbergrauen Haaren, die Kirschen aß und sich mit dem Verstorbenen unterhielt. Einige Passanten musterten sie, als hätte sie den Verstand verloren, lediglich ein kleines Mädchen winkte ihr zu, woraufhin die alte Dame ihr eine Kirsche anbot.

»Manchmal ist die Liebe stärker als der Tod«, sagte Ettore zu Santiago und deutete auf die Witwe, »und man macht einfach weiter, als wäre der andere noch da.«

»Das ist Magie.«

»Nein, mit Magie oder Einbildung hat das absolut gar nichts zu tun, das ist die Wahrheit – die Liebe in ihrer reinsten Form.«

»Wie zwischen dir und Calliope? Es ist nicht zu übersehen, dass ihr euch trotz aller Schwierigkeiten noch immer liebt.«

Erst verdrehte Ettore die Augen, dann lächelte er, weil die Erinnerungen an ihre glücklichen Tage mit einem Mal überhandnahmen. Er schloss die Augen, genoss die Sonne und dachte an ihre Hände, ihre Lippen.

»Weißt du, dass ich mich Hals über Kopf in sie verliebt habe? Ein Abend hat genügt«, erzählte er, während Santiago ihn über den knirschenden Kies schob, vorbei an duftenden Rosen und Marmorengeln. Hin und wieder drang der Geruch nach welken Blumen zu ihnen herüber. »Sie ist mir sofort aufgefallen, damals, auf der Party bei ihrer Cousine. Sie saß in einer Ecke und unterhielt sich, dann schaute sie zum Fenster hinaus in den Sternenhimmel. Sie hatte eine Blume ins Haar gesteckt, die farblich zu ihrem grellroten Lippenstift passte. Sie war wunderschön. Verliebt habe ich mich allerdings erst, als wir nach draußen gingen. Sie hielt ein halb volles Glas Prosecco in der einen und die Flasche in der anderen Hand und vermied es, auf die Fugen zwischen den Gehwegplatten zu treten. Und dabei hat sie *Start me up* von den Rolling Stones gesungen. In eine solche Frau verliebt man sich entweder sofort, oder man hält sie für gaga.«

»Und du hast dich für die erste Variante entschieden.«

»O ja.«

»So kann es wieder werden.«

»Nein, ausgeschlossen.«

»Doch, Ettore! Calliope wird dich selbst dann lieben, wenn du nie wieder laufen wirst.«

Zwei Frauen mit Blumensträußen und Vasen gingen an ihnen vorbei und grüßten. Kurz darauf hörte Ettore, dass sie über ihn sprachen. In Salina kursierte das Gerücht, er und Calliope hätten getrennte Schlafzimmer und zwischen ihnen sei eine Eiszeit ausgebrochen, seit sie sich die Firmenleitung unter den Nagel gerissen habe.

»Gerade, weil ich sie kenne, möchte ich sie nicht in einer Ehe gefangen halten, die nicht funktionieren kann«, antwortete er. »Das ist nicht das Leben, das ich ihr versprochen habe. Und dann noch das Gerede der Leute. Kannst du dir vorstellen, wie erniedrigend das ist?«

»Unsinn, das interessiert deine Frau nicht. Sie ist stark genug, um darüberzustehen.«

»Ach, vergiss es.«

Vor der Statue der Jungfrau Maria am Eingang zum Friedhof blieben sie stehen. Die Gläubigen hatten dort brennende Kerzen und Dankestafeln aufgestellt. Manche dankten der Jungfrau für ein Kind, andere dafür, dass sie sie geheilt oder ihnen das Leben gerettet hatte. Eine Plakette mit seinem Namen würde es sicher niemals geben. Da müsste schon ein Wunder geschehen. Er zuckte mit den Schultern und schaute noch einmal die Allee hinunter, zu deren Seiten die ewigen Lichter für die Seelen leuchteten, die sich auf die Reise begeben hatten.

»Lass uns gehen, dieser Ort macht mir eine Gänsehaut.«

30

Calliope hatte alles perfekt vorbereitet, alles sah genauso aus wie vor sechs Jahren auf ihrer Hochzeitsreise nach Griechenland. Sie hatte die Terrasse beim Schwimmbecken mit weiß-blauen Teppichen und Decken dekoriert, Lichterketten aufgehängt und den Weg zum Tisch mit Kerzen beleuchtet. Auf dem Tisch standen alle die Spezialitäten, die sie seinerzeit gemeinsam entdeckt hatten, unter anderem eine Flasche Ouzo. Sie hatte griechische Musik aufgelegt und trug dasselbe Kleid wie am ersten Abend ihrer Reise.

Ettore sollte in ihr die Frau sehen, die er geheiratet hatte. Sie war nämlich immer noch davon überzeugt, dass sein schroffes, abweisendes Verhalten nur Tarnung war und dass er sie im Grunde seines Herzens nach wie vor liebte, sie aber nicht mit seiner Behinderung belasten wollte. Es stimmte einfach nicht, dass seine Gefühle für sie tot waren. Eine Liebe wie die ihre konnte nicht einfach so sterben, da war Calliope sich sicher.

Sie schaute auf ihr Handy, ignorierte Amos' Nachrichten und schrieb eine SMS an Santiago.

Bring Ettore bitte sofort auf die Terrasse, sobald ihr zurück seid. Ich habe eine Überraschung für ihn, gab sie sich geheimnisvoll.

Als Santiago ihn durch den Garten schob, blickte Ettore sich neugierig um. Er schien weniger gleichgültig als sonst, musterte sogar wie erhofft ihr Kleid. Offenbar merkte er, was für ein Abend es werden sollte. Alles erinnerte an Griechenland, selbst der Duft nach Rosmarin.

Er fuhr sich mit den Fingern durchs Haar und warf seiner Frau verstohlene Blicke zu. Ihr Lächeln verzauberte ihn, genau wie damals.

»Calliope, ich …«

Seine Stimme war ein Krächzen, so gerührt war er, dass sie die Atmosphäre von damals hatte auferstehen lassen, als sie beide einfach Calliope und Ettore gewesen waren. Er spürte ihre Bereitschaft, alles dafür zu tun, ihre Ehe zu retten. Jetzt nahm sie sein Gesicht zwischen ihre Hände und küsste ihn, und er gab sich dieser Verlockung hin.

Das Eis zwischen ihnen schmolz, erwärmt von ihrem Atem, ihren Lippen und ihren Händen, die durch sein Haar strichen. Trotz Valdis niederschmetterndem Befund war dieser Abend ein Sieg. Calliope war an seiner Seite, lag in seinen Armen, ein Dialog zweier Körper, durch die Kleidung hindurch, sie hielten einander mit Blicken fest.

Es war wie bei ihrem ersten Kuss, der Beginn eines Neuanfangs.

Darauf hatte Calliope nicht zu hoffen gewagt.

»Willkommen zurück«, sagte sie leise.

Sie drückte auf eine Taste ihres Handys, und über der von Orangenbäumen umstandenen Terrasse erklang die Musik, die ihre Hochzeitsreise begleitet hatte. Den Kopf auf Ettores Schulter gelegt, ließ sie den bewegenden Tag in Griechenland noch einmal Revue passieren und griff nach einem Polaroidfoto, das er auf einem Boot von ihr gemacht hatte. Es zeigte sie im Profil vor einem Sonnenuntergang, sie lächelte, und ihre Haare wehten im Wind.

»Wir waren so glücklich«, flüsterte sie, strich mit den Fingerspitzen sanft über den Schnappschuss und meinte wieder Ettores Stimme zu hören, die ihr zurief, sie solle sich umdrehen, sie sei so schön.

»Ja, das waren wir.« Er suchte aus den auf dem Tisch verstreuten Fotos eines heraus, auf dem sie auf den weißen Stufen vor einer Kirche saßen und sich küssten.

»Unsere Tage in Griechenland waren die schönsten meines Lebens. Damals dachte ich, glücklicher könne man nicht mehr sein.«

Sie legte ihre Hand auf seinen Arm. Die Nacht war hereingebrochen, in den Bäumen hatten die Grillen ihr abendliches Lied angestimmt, und im Hintergrund ertönte leise Bouzoukimusik.

»Es war die schönste Hochzeitsreise, die man sich vorstellen kann«, stimmte er zu.

»Das war nur der Anfang«, sagte sie und deutete zum Großen Bären, den sie früher so oft fasziniert betrachtet hatten, wenn sie unter dem Sternenhimmel von der Zukunft träumten. »Wir können noch alles verwirklichen, was wir uns gewünscht haben. Lass es uns wenigstens versuchen. Und vor allem, lass mich dir helfen.«

»Calliope, die Dinge sind nicht immer so, wie wir sie uns vorstellen.«

»Das weiß ich, das haben wir ja gerade erlebt. Aber es ist Zeit, das hinter uns zu lassen und für einen Neuanfang zu kämpfen.«

Sie hielt seinen Blick fest, wollte ihn tief in seinem Innersten erreichen, dort, wo er noch der Mann war, den sie geheiratet hatte.

»Du hast gesagt, du hasst meinen Vater, weil er dich um das Leben gebracht hat, das du dir gewünscht hast – ich verstehe deine Wut, aber er ist tot. Warum nimmst du dein altes Leben nicht wieder auf? Das ist deine Chance, das ist unsere Chance, um endlich glücklich zu sein.«

Sie war überzeugend, wie immer, wenn sie auf diese Weise mit ihm sprach, wenn sie seine Hände in ihre nahm und sie drückte, wenn sie ihn mit diesen riesigen Augen ansah, die ihm versprachen, ihn nie allein zu lassen. Sie war ein Fels, auf den man bauen konnte.

»Calliope, ich …«

»Sag einfach Ja.«

Plötzlich schien alles möglich. Sie beugte sich zu ihm herunter und küsste ihn, dann stand sie auf und füllte zwei Gläser mit Ouzo, um auf ihre Zukunft anzustoßen. Als sie im Vorübergehen einen Blick auf das Handy warf, erkannte sie, dass sie drei neue SMS bekommen hatte, die vierte traf gerade ein. Amos.

Sie schüttelte den Kopf. Heute nicht. Heute war ihr und Ettores Tag, die Feier einer Liebe, die einmal unendlich und grenzenlos gewesen war.

»Wer war das?«

»Evas Bruder.«

»Und was will er von dir?«

»Mich und seine Schwester zu einem Konzert einladen«, erwiderte sie rasch, wenngleich es nicht ganz der Wahrheit entsprach. »Ist nicht so wichtig, das hat Zeit. Lass uns lieber an Griechenland denken.«

Als sie auf ihn zuging, übersah sie eine Stufe, stolperte und stürzte.

»Um Himmels willen!« Ettore drückte sich aus seinem Rollstuhl hoch, um ihr zu Hilfe zu kommen, doch es gelang ihm nicht. Calliope saß in einem Meer aus Scherben und Ouzo, aus einer Wunde am Knie quoll Blut.

Deprimiert starrte er auf das Blut und verfluchte einmal mehr seine Behinderung, weil er ihr nicht helfen konnte. Er war ein verdammter Krüppel, und er stellte sich vor, wie die Szene auf Außenstehende wirken würde: Seine Frau war gestürzt und saß hilflos am Boden, und er saß noch hilfloser im Rollstuhl daneben. Nein, so wollte er nicht leben.

Dieser an sich banale Vorfall hatte ihm in aller Deutlichkeit gezeigt, dass Griechenland ein ferner Traum bleiben und ihr Leben nie wieder so werden würde, wie es einmal gewesen war.

»Ist alles in Ordnung, Liebling?«, hörte er Calliope fragen und schaute in ihre besorgten Augen. »Da sieht man mal, wie unachtsam Glück macht«, fügte sie scherzhaft hinzu, als er nicht antwortete. Dann räusperte sie sich. »Vielleicht sollten wir noch einmal über etwas sprechen, bei dem wir uns bisher nicht einigen konnten. Obwohl es eine ziemliche Herausforderung wäre, bin ich mir sicher, dass wir sie nach den Erfahrungen der letzten Monate bestehen würden.« Sie streckte die Hand nach ihm aus. »Ich glaube, die Zeit ist reif, über einen kleinen Benvenuti nachzudenken.«

»Ein Kind?«

»Ja. Ich weiß, dass ich immer dagegen war. Aber inzwischen habe ich begriffen, dass es den perfekten Moment nicht gibt und man einfach ins kalte Wasser springen muss. Es würde mir viel bedeuten, wenn du der Vater meiner Kinder wärst. Du und kein anderer. Wir gehören zusammen, und ein Kind würde uns noch mehr zusammenschweißen, es wäre ein ewiges Zeichen unserer Liebe. Deshalb ist die Antwort auf die Frage, die du mir vor ein paar Monaten gestellt hast, Ja. Ja, ich möchte ein Kind von dir.«

»Nein«, erwiderte er schroff, und sein Gesicht verwandelte sich in eine Maske.

»Ettore, bitte …«

»Ich habe mich geirrt. Mag sein, dass es damals sogar richtig gewesen wäre. Aber jetzt … Die Dinge haben sich geändert, nichts ist mehr wie früher.«

Calliope schüttelte den Kopf, kniete sich vor ihn hin, versuchte, mit ihrem magischen Blick, wie er es immer genannt hatte, zu ihm durchzudringen. Vergeblich.

»Bestimmt ist deine Lähmung nur eine vorübergehende Erscheinung. Davon sollten wir unsere Zukunft nicht bestimmen lassen«, versuchte sie zu beschwichtigen.

»Und wenn nicht? Was, wenn ich für immer an diesen Rollstuhl gefesselt sein werde?«

Ein kalter Schauer lief ihr über den Rücken, und sie erblasste. »Was hat Valdi heute gesagt?«, fragte sie leise.

In ihrem Blick lag Liebe, doch zugleich erkannte er darin ihre Angst, ein Leben führen zu müssen, auf das sie nicht vorbereitet war. Wieder vibrierte ihr Telefon.

»Wir werden kein Kind bekommen. Niemals. Und nimm den Anruf ruhig an.«

Sie schaute kurz auf das Display und steckte das Handy kommentarlos ein.

»Schon wieder Amos?«, fragte er in einem Anflug von Eifersucht. »Geh ran, ich habe nichts mehr hinzuzufügen«, sagte er, und es klang sehr endgültig.

Sie zog das Telefon aus der Tasche und entfernte sich ein paar Schritte, damit er sie nicht hörte.

Dennoch beobachtete Ettore sie. Erst vor Kurzem hatte er einen Artikel über diesen Amos und das Festival in Balivo gelesen, bei dem Calliope ihn offenbar getroffen hatte. Sicher ein guter Typ, immerhin hatte er ihr Herz früher schon einmal erobert. Der ideale Ersatz also.

»In Ordnung, dann noch einen schönen Abend«, hörte er sie sagen, bevor sie auflegte.

Ettore schaute auf die Scherben am Boden, die ihn an seine zerbrochene Seele erinnerten. Noch hatte er den Geschmack ihres Kusses auf den Lippen, noch spürte er die Wärme ihrer zärtlichen Hände, aber zugleich wuchsen in ihm Wut und Verzweiflung.

»Wenn du unbedingt ein Kind möchtest, such dir jemand anderen dafür. Ich bin bereit, es anzuerkennen«, stieß er bitter hervor. »Dann wären unsere Mütter und ganz Salina endlich zufrieden.«

»Bist du verrückt geworden? Was redest du denn da?«, fuhr sie ihn an.

»Unsere Ehekrise ist doch schon Stadtgespräch, wusstest du das nicht? Dem sollten wir ruhig mal ein bisschen Nahrung geben, oder?«, antwortete er mit vor Zynismus triefender Stimme und dachte wieder an die beiden Frauen auf dem Friedhof.

»Seit wann kümmerst du dich darum, was die Leute reden?«

»Immer schon. Das heißt, sofern es der Wahrheit entspricht.«

»Ich verstehe dich nicht, Ettore.« Sie fuhr sich entnervt über die Stirn. »Eben haben wir noch über eine gemeinsame Zukunft gesprochen und schienen uns wieder näherzukommen, dann rutsche ich aus und schon ist alles anders? Oder liegt es daran, dass dieses verfluchte Telefon andauernd klingelt? Hilf mir bitte auf die Sprünge, ich komme da nicht mit.«

»Da gibt es nicht viel zu verstehen.« Wind war aufgekommen und hatte die Tischdecke hochgeweht, sodass einige mit griechischen Antipasti gefüllte Schalen umfielen und auf dem weißen Leinen Flecken hinterließen. »Selbst wenn ich versuchen würde, es zu erklären, du würdest es nicht verstehen wollen. Du willst dir einfach weiter vormachen, dass die Welt immer nur das Beste für uns will, aber leider ist das nicht so. Nichts wird mehr wie früher werden. Alles andere ist eine Illusion. Wir müssen uns der Realität stellen. Und unsere Realität ist dieses Gerät«, stieß er barsch hervor und hieb mit der Hand auf die Räder des Rollstuhls.

»Und deshalb müssen wir aufgeben? Ist es das, was du mir sagen willst?«

Calliope war den Tränen nahe. Die Hoffnung, die sie zu Beginn des Abends empfunden hatte, drohte sich erneut in Schall und Rauch aufzulösen. Ettore war dabei, sich in den Mann zurückzuverwandeln, zu dem er nach seinem Unfall geworden war. Ein weiteres Mal waren ihre Träume geplatzt. Ihre Enttäuschung blieb ihm nicht verborgen.

»Entschuldige, ich denke, ich ziehe mich besser zurück. Ich bin wirklich sehr müde«, murmelte er und fuhr auf die Tür zu.

»Ich kenne diesen Mann, zu dem du geworden bist, nicht«, schrie sie ihm hinterher. »Ich weiß nicht, was der Mann, neben dem ich Nacht für Nacht liege, an der Stelle hat, wo bei anderen Menschen ein Herz schlägt. Eines aber weiß ich: Etwas stimmt mit ihm nicht mehr. Er hat alles Menschliche verloren.«

»Wenn du das so siehst, solltest du dir lieber einen anderen Platz zum Schlafen suchen«, entgegnete er kühl. »Irgendwo, wo du nicht in meiner Nähe sein musst. Gute Nacht, Calliope.«

Nachdem er im Haus verschwunden war, sank sie in ihrem Gartensessel zusammen. Ihr Versuch, Ettore aus seiner inneren Isolation zu reißen, war gescheitert. Sie hatte alles gegeben, und dennoch war es nicht genug gewesen.

Auf dem Tisch vor ihr lagen noch die Fotos, die sie angeschaut hatten, und plötzlich kam ihr alles lächerlich vor. Sie griff nach dem Bild, auf dem sie vor der Kirche saßen, zerriss es in viele kleine Schnipsel und warf sie hoch in die Luft, damit der Wind sie davontrug. Dann erhob sie sich und ging schluchzend zum Swimmingpool hinüber.

Die Schminke lief ihr über das Gesicht, in der Hand hielt sie die Ouzoflasche, aus der sie immer wieder einen großen Schluck nahm. Sie war gescheitert. Diese Erkenntnis schmerzte sie in einem Maße, das sie ungeachtet aller Rückschläge, die sie in den letzten Monaten hatte einstecken müssen, nicht erwartet hatte.

Mit einem Mal war sie überzeugt, dass sie ohne Ettore nicht weiterleben könne.

Langsam stieg sie die Stufen ins Wasser hinab, ihr Gesicht spiegelte sich in der Wasseroberfläche, der Ouzo brannte ihr im Magen. Sie stellte die fast leere Flasche auf den Beckenrand und tauchte unter, ihr Kleid breitete sich aus wie eine sich entfaltende Blüte. Auf den Zehenspitzen stehend, begann sie im kühlen Wasser zu zittern. Sie hob den Blick zum Himmel, als könne von dort Hilfe kommen. Hilfe, die in letzter Minute verhinderte, was bereits besiegelt war.

Ihr Herzschlag setzte einen Moment lang aus, ihre Lungen zogen sich zusammen. Dann ließ sie sich sinken, Himmel und Wasser vermischten sich, sie schloss die Augen, während der Stoff ihres Kleides sich vollsaugte und sie nach unten zu ziehen begann. Sie hatte gehört, Ertrinken sei ein grausamer Tod, doch nichts konnte grausamer sein als das, was ihr Mann zu ihr gesagt hatte.

Calliope wollte nur noch vergessen, Hoffnung war ein Luxus, den sie sich nicht mehr erlauben durfte. Sie musste sich auslöschen, einfach verschwinden. Noch einmal öffnete sie die Augen, um den Sternenhimmel zu sehen. Der Moment war da, sie öffnete den Mund, Wasser drang hinein. Immer mehr Wasser. Ihr Körper wurde von Krämpfen geschüttelt, dann packte mit einem Mal jemand ihr Handgelenk und zog sie nach oben.

»Lass mich gehen, Amos«, stammelte Calliope und

hustete, während er sie hochzog, sie fest an sich presste und sie auf die eiskalte Stirn küsste.

»Lass mich gehen«, wiederholte sie unter Tränen, während er sie in seine Jacke wickelte und sie auf eine der Liegen legte.

»Das habe ich vor vielen Jahren gemacht, und diesen Fehler werde ich nicht wiederholen. Ich will dich nicht erneut verlieren«, antwortete er und küsste sie zärtlich.

31

Ein neues Leben, dachte Calliope und beobachtete durch das Fenster ihres Büros die ankommenden und abfahrenden Lastwagen.

Obwohl der Sommer sich dem Ende zuneigte, herrschte eine Gluthitze. Daran war der Schirokko schuld, der heiße Wüstenluft mitbrachte. Die Läden vor den Fenstern der Häuser blieben tagsüber geschlossen, die Ventilatoren liefen auf Hochtouren. In der Firma gab es zwar eine Klimaanlage, aber jeder, der im Trockenraum zu tun hatte, bekreuzigte sich, bevor er hineinging.

Carmens Sohn, der noch immer Schulferien hatte, lief in seinen gelben Sandalen durch die Büros und jammerte, dass er lieber ans Meer wolle.

Calliope dachte an die Termine, die vor ihr lagen. Da war vor allem eine internationale Messe für Bioprodukte in Rom, an der sie gerne teilnehmen wollte. Das wäre der erste Schritt zur Vermarktung der neuen Linie, der ideale Rahmen, um das Produkt den Kunden vorzustellen. Sobald die neuen alten Bronzeplatten und die nach den alten Zeichnungen gefertigten Matrizen fertig wären, würden die ausgefallenen Pastakreationen endlich dem Vergessen entrissen und realisiert werden. Calliope hatte sich gegen Azaleas Bedenken durchgesetzt.

»Wo immer Großmutter sein mag, ich hoffe, sie macht ihren Frieden damit, denn ich werde nicht zurückweichen«, hatte sie zu ihrer Mutter gesagt, als sie das letzte Mal über das Thema gesprochen hatten.

Die Liebe ging manchmal wirklich seltsame Wege, genau wie bei ihrem Großvater, dachte sie, und zu oft vergaß man, dass Liebe an sich nichts Schlechtes sein konnte, niemals. Unvermittelt schob sich Amos' Bild vor das von Aristide, und sie meinte wieder, seine Wärme zu spüren wie in der Nacht, als er sie davor bewahrt hatte, sich das Leben zu nehmen.

War das etwa Liebe, fragte sie sich und ließ zum ersten Mal den Gedanken zu, dass es für sie noch eine andere Liebe geben könnte als die zu Ettore. Vielleicht begann sich in dem Augenblick, in dem die eine erlosch, die andere zu entfalten. Noch verlangte der Jugendfreund nicht mehr von ihr als ihre Gegenwart, nahm Anteil an ihrem Leben und schickte ihr kleine Kompositionen, die er für sie geschrieben hatte.

Mit ihm fühlte sich alles irgendwie leicht an, wobei diese Leichtigkeit nichts mit Oberflächlichkeit zu tun hatte, sondern eher ein Ausdruck heiterer Gelassenheit und selbstverständlicher Zuverlässigkeit war.

Eine Leichtigkeit, die sie mit Ettore in dem Moment verloren hatte, in dem sie sich das Eheversprechen gaben.

»Hast du zehn Minuten, um mit deiner Schwester zu Mittag zu essen, oder soll ich mir bei Carmen einen Termin geben lassen?«, riss Diana, die auf der Türschwelle stand und mit einer Tüte wedelte, sie aus ihren Gedanken.

Calliope hatte ihre Schwester seit einigen Tagen nicht mehr gesehen, da sie zu Probeaufnahmen für die kleine Filmrolle, auf die sie hoffte, nach Rom gefahren war.

»Komm rein«, sagte sie lächelnd. »Was hast du uns Gutes mitgebracht?«

»Lauter ungesundes Zeug«, antwortete ihre Schwester und zog zwei Aluschalen mit Pommes und Brathähnchen sowie eine riesige Portion süße Taralli aus der Tüte.

»Das sind bestimmt sechstausend Kalorien, willst du uns umbringen?«, scherzte Calliope.

»Das erledigt vorher die Schwangerschaft, glaub mir.« Diana drückte Ketchup auf die frittierten Kartoffelstäbchen. »Wie geht es dir?«

Grinsend wischte sich Calliope die Hände an der Serviette ab: »Ich versuche mit den Gerüchten Schritt zu halten: In Salina erzählt man sich, Ettore und ich stünden kurz vor der Scheidung, schliefen in getrennten Zimmern und stritten, dass die Fetzen fliegen.«

»Sie sind gut informiert«, kommentierte Diana sarkastisch.

»Alles Geschwätz.«

»Während ich unser köstliches Mittagessen gekauft habe, ist mir übrigens ein anderes Gerücht zu Ohren gekommen, das zur Abwechslung nicht dich, sondern die Familie deiner Freundin Eva betrifft. Angeblich steckt ihr Mann in ernsten Schwierigkeiten, es heißt, die Supermärkte würden nicht mehr laufen. Stimmt das?«

Calliope dachte daran, wie bedrückt Eva in letzter Zeit gewirkt hatte. Sie hatte sich zwar nicht näher darüber ausgelassen, was genau ihr Sorgen bereitete, jedoch nebenbei einmal erwähnt, dass die Geschäfte nicht mehr so laufen würden wie früher und Mario mit den Nerven völlig am Ende sei.

Eva neigte dazu, die Situation zu übertreiben, während Amos alles mit einer Reihe von Fehlinvestitionen zu erklären versuchte. Er sorgte sich vor allem, dass die Gerüchte überhandnahmen und seine Schwester ihren Posten an der Spitze ihrer Wohltätigkeitsorganisation verlieren könnte. Diesen Schlag würde Eva nicht überstehen. Um sie zu unterstützen, hatte Calliope einen Vertrag mit den La-Luisa-Supermärkten geschlossen und ihnen die Costa-Produkte exklusiv überlassen.

»Leider scheint an den Gerüchten was dran zu sein«, räumte sie ein. »Eva hat irgendwann erwähnt, dass Mario Herzprobleme hat. Sie führt das auf den vielen Stress bei der Arbeit zurück.«

»Das sollte dir zu denken geben, findest du nicht?«

»Wieso, was hat das mit mir zu tun?«

»Du arbeitest ebenfalls zu viel, das pfeifen die Spatzen bereits von den Dächern.«

»Zugegeben, die neue Linie zur Produktionsreife zu bringen, ist ganz schön an die Substanz gegangen, aber es hat sich gelohnt. Jetzt bin ich wieder viel entspannter als vor ein paar Wochen.«

»Was sich von unserer Mutter leider nicht sagen lässt. Sie ist immer noch sauer.«

»Sie wird sich schon beruhigen. Und am Ende wird sie stolz sein, du wirst sehen. Auch wenn sie sich wie die Hüterin der Familiengeheimnisse aufspielt, ist sie zugleich eine Geschäftsfrau, die weiß, worauf es ankommt.«

»Und du? Weißt du das auch? Ich meine nicht geschäftlich, sondern privat. Was hat Ettore zu deiner Idee mit dem Baby gesagt?«, hakte Diana nach.

Calliope zuckte zusammen, die Frage beschwor schmerzhafte Erinnerungen herauf.

»Hey, ist alles in Ordnung?«

Nichts war in Ordnung, absolut gar nichts. Sie hatte sich sogar das Leben nehmen wollen, weil sie an jenem Abend überzeugt gewesen war, dass sie nach Ettores Zurückweisung, die so endgültig geklungen hatte, nie wieder glücklich sein würde.

»Wie es aussieht, ist es vorbei mit Ettore und mir. Ich weiß nicht mehr weiter, alle meine Versuche, unsere Ehe zu retten, sind gescheitert und haben alles nur noch schlimmer gemacht.«

»Du solltest mal irgendwas unternehmen, um dich abzulenken, eine Reise beispielsweise. Neue Eindrücke bringen dich auf andere Gedanken.«

Calliope schüttelte den Kopf, sie saß wie versteinert am Schreibtisch vor den Resten ihres Essens.

Bilder stürmten auf sie ein: der Kuss, den sie mit Ettore am Anfang jenes verhängnisvollen Abends getauscht hatte, die Ouzoflasche, die schillernden Farben des Pools, die Angst in Amos' Augen und seine warmen Lippen auf den ihren, als er ihr seinen heißen Atem in die Lungen pumpte, nachdem er sie aus dem Wasser gezogen hatte.

»Was ist los?«, hörte sie Diana fragen.

Sie biss sich auf die Lippen und schaute auf Aristides silbergerahmtes Foto.

»Du hast recht, ich werde ein neues Leben beginnen. Mein Leben.«

32

Die Uhr neben ihrem Bett zeigte kurz nach halb drei. Calliope wälzte sich auf die andere Seite, seit Stunden lag sie wach, der Schlaf, den sie so dringend brauchte, wollte sich einfach nicht einstellen.

O Gott, dachte sie. *Was habe ich bloß getan?*

In dieser Nacht war eine weittragende Entscheidung gefallen. Sie hatte ihre Liebe zu Ettore endgültig begraben und mit Amos geschlafen. Jetzt, am frühen Morgen, war sie sich nicht mehr so sicher, ob das richtig gewesen war oder nicht doch trotz allem ein Betrug an ihrem Mann.

Dabei, das musste sie sich selbst eingestehen, war der Anstoß von ihr gekommen. Sie hatte es schlicht gebraucht, sie hatte sich nach dem Gefühl gesehnt, begehrt zu werden. Sie war es leid, dass ihr Mann sie nicht mehr als Frau betrachtete. Amos dagegen verzehrte sich nach ihren Küssen.

Sie hatten sich bei Sonnenuntergang im Ort getroffen und waren direkt zum Sommerhaus der Familie Ansanti gefahren, einer Villa inmitten der Natur mit Blick auf den Golf von Balivo. Rings um die zweistöckige Villa duftete es betörend nach Kräutern. Früher war sie oft hier gewesen, mal mit Eva, mal mit Amos. Jetzt hatte Amos' Mutter sich entschlossen, das Haus zu verkaufen, weil es zu selten genutzt wurde.

»Ich habe ihr gesagt, dass es kein guter Zeitpunkt ist, um es zu verkaufen, aber sie will nicht auf mich hören«, erklärte Amos und öffnete ein Fenster, um die stickige Luft herauszulassen.

Er hatte an alles gedacht. Ein Silberleuchter mit Kerzen stand bereit, im Kühlschrank wartete ein Eiskübel mit einer Flasche Champagner, ein befreundeter Sternekoch würde das Essen liefern. Es sollte ein romantischer Abend werden, wie ihn sich eigentlich jede Frau erträumte. Nur spukte in Calliopes Kopf immerzu Ettore herum. Und als sie mit Amos in den Sternenhimmel blickte, lehnte sie sich zwar lächelnd an ihn, doch ihr Herz war schwer.

»Ich habe diesen Ort immer geliebt, er hat etwas Magisches. Manchmal bin ich zwischen meinen Konzerten hierhergekommen, um mich zurückzuziehen.«

»Ist euer Stadthaus nicht groß genug?«

»Da bin ich nicht wirklich ungestört, mit meiner Mutter und Evas Familie. Mich überkommt dort oft das Gefühl zu ersticken, ich brauche Raum für mich und meine Musik.«

Bei dem Gedanken an die riesigen Salons in der Stadtvilla musste Calliope lächeln. Die Ansantis waren eine der reichsten Familien nicht allein auf Salina, sondern in der ganzen Region, eine Dynastie von Notaren – eine Familientradition, die erst Amos gegen den Widerstand der Eltern durchbrochen hatte.

»Mehr brauche ich nicht zum Glücklichsein. Das Meer, einen Flügel und dich«, fügte er hinzu. »Aber reden wir nicht mehr von mir, genießen wir lieber den Abend und die Aussicht.«

»Du hast recht«, stimmte sie ihm zu und blickte auf den liebevoll gedeckten Tisch.

Seine Aufmerksamkeiten taten ihr gut und rührten sie, was allerdings nicht zu verhindern vermochte, dass sich die Erinnerung an den letzten Abend mit Ettore ständig in den Vordergrund schob. Erst als Amos' Hand sich auf ihre legte, gelang es ihr, diese Gedanken zurückzudrängen und sich auf den Augenblick zu konzentrieren. Sie war bereit, dieses Zusammensein zu genießen, und forcierte es, indem sie ihn leidenschaftlich küsste. Der Rest ergab sich später wie von selbst.

Sobald der Rausch der Leidenschaft verflogen war, kehrten die Schuldgefühle zurück. Sie hatte Ettore betrogen, den vor Gott geschlossenen Bund gebrochen, an dem sie bislang so unbeirrt festgehalten hatte. Widersprüchliche Gefühle zerrten an ihr, denn trotz ihres schlechten Gewissens bereute sie nichts. Zu sehr hatte sie es genossen, bedingungslos, ohne Wenn und Aber, von einem Mann geliebt zu werden.

Hatte sie nicht ein Recht darauf, mal wieder glücklich zu sein und ausschließlich an sich zu denken, wie sie es Diana versprochen hatte? Sie hoffte es, fürchtete jedoch, dass sie für diesen gestohlenen Moment des Glücks würde büßen müssen. Schließlich musste man für das Glück immer bezahlen, das hatte sie am eigenen Leib erfahren.

Egal, sagte sie sich. Hauptsache, sie hatte ihn nach langer Zeit wieder einmal erlebt, diesen magischen Moment, wenn sich die Körper und Seelen zweier Menschen begegneten. Das war es, was sie besonders vermisst hatte, das Gefühl einer tiefen Verbundenheit. Sie atmete tief durch, schob die Schuldgefühle beiseite, und ihre Arme umschlossen den Mann, der neben ihr lag, der sie geliebt hatte und der sie erneut mit seiner Zärtlichkeit umgab, um die Tür zu ihrem Herzen zu öffnen. Aber ungeachtet aller Hingabe, die sie ihm entgegenbrachte, hätte sie seine heiser geflüsterten Worte nach wie vor lieber von einem anderen gehört.

33

Ettore lag im Bett und las. Laut Kalender war es eine ganz normale Augustnacht mit Moskitos und quakenden Fröschen, doch normal war seit ein paar Tagen gar nichts mehr. Calliope kam und ging, war gedrückter Stimmung, und Santiago, sein Fels in der Brandung, war mit einem Ticket, das er ihm spendiert hatte, nach Mexiko geflogen. Seitdem schickte ihm die Klinik wechselnde Vertretungen ins Haus, mit denen nichts wirklich funktionierte.

Trotz der späten Stunde betrat Azalea das Schlafzimmer und musterte das hagere Gesicht und den Dreitagebart ihres Schwiegersohns. Die Veränderung in seiner Seele bereitete ihr Sorgen, von der Veränderung seines Verhältnisses zu Calliope wusste sie nichts.

»Wie ist es?«, fragte sie und deutete auf das Buch über Tiertherapie, das er gerade las.

»Interessant«, antwortete er knapp.

»Es tut dir sicher gut, wenn du deine alten Interessen wieder aufnimmst.«

Er schaute sie finster an und blätterte um.

Azalea ließ sich nicht entmutigen. »Ich bin wirklich nicht gut als Eheberaterin«, sagte sie wenige Minuten später und setzte sich auf die Bettkante. »Aber ihr beide solltet über eure Beziehung sprechen.«

»Wir haben uns nichts mehr zu sagen. Worüber sollen wir da reden?«

»Das ist Unfug, und diese Vermeidungstaktik ist das Schlimmste, was ihr machen könnt. Dir muss doch bewusst sein, dass du mit deinem permanenten Schweigen und dieser schrecklichen Wut, die du in dir trägst, deiner Frau sehr, sehr wehtust.«

Ettore verdrehte die Augen und legte sein Buch zur Seite. »Bist du fertig?«

»Nein, tut mir leid, ich habe gerade erst angefangen«, gab sie scharf zurück.

Sie hatte die Nase gestrichen voll von Ettores Verhalten, das jeden zivilisierten Umgang unmöglich machte, und gab ihm die Schuld, dass ihre Tochter offenbar einen anderen Mann in ihr Leben gelassen hatte. Die ersten Signale hatte sie ignoriert, doch mittlerweile glaubte sie Calliopes Ausreden nicht mehr, wenn sie behauptete, dass sie im Büro schlief.

»Seit deinem Unfall hast du in deiner Ehe zu viele Leerstellen entstehen lassen«, griff sie das Thema wieder auf, »es wird Zeit, dass du sie füllst.«

Ettore verschränkte die Arme vor der Brust, sein Gesicht wirkte angespannt.

»Ich weiß, dass dein Leben derzeit ein Albtraum ist«, begann Azalea von Neuem. »Nichts ist so gelaufen, wie du es dir vorgestellt hast, erst die Firma, dann der Unfall. Aber dennoch war Calliope immer an deiner Seite, das kannst du nicht bestreiten.«

»Das habe ich nie getan.«

»Warum benimmst du dich dann so, als wäre sie dir egal? Die Leute reden schon. Stört dich das denn gar nicht?«

»Nein, ich habe mich noch nie in meinem Leben um irgendwelches Geschwätz gekümmert.«

»Schön für dich. Und was, wenn deine Frau darunter leidet? Als ihr Ehemann hast du immerhin eine Verantwortung ihr gegenüber.«

Seufzend fuhr Ettore sich übers Gesicht. Im Grunde mochte er Azalea, er hatte sich immer eine Mutter wie sie gewünscht. Aber die Art, mit der sie ihn gerade in die Ecke zu drängen versuchte, passte ihm überhaupt nicht. Das war Erpressung.

»Ich verstehe, dass es nicht leicht für sie ist, jeden Tag die Blicke der Mitarbeiter in der Fabrik und das Getuschel zu ertragen. Aber da kann man nichts machen, da muss man eben durch. Irgendwann stürzen sich die Leute auf ein neues Thema und suchen sich ein neues Opfer.«

»Da irrst du dich, man kann sehr wohl etwas dagegen tun. Du musst ihr helfen. Benimm dich wieder wie ein Ehemann, sei einfach der, der du immer gewesen bist, den ich geliebt habe wie einen eigenen Sohn.«

»Du bittest mich um etwas, das ich nicht …«

»Hör mir erst mal zu.« Sie blickte ihn herausfordernd an und versuchte, in seinen Augen den Mann wiederzufinden, der er einmal gewesen war. »Ihr gebt euch auf, dabei habt ihr euch so sehr geliebt. Erzähl mir nicht, dass alles endgültig vorbei ist und Calliope dir plötzlich nichts mehr bedeutet. Ich weiß, dass das nicht stimmt. Du redest dir das nur ein, weil du denkst, dass du sie aufgrund deiner Behinderung nicht mehr verdienst, und weil du Angst hast, dass sie dieses neue Leben mit dir nicht erträgt. Versuch es wenigstens, Ettore, niemand kann sein

Leben wirklich vorausplanen. Vor bösen Überraschungen ist niemand gefeit, man muss eben versuchen, darüber hinwegzukommen. Und dann ist es gut, wenn man einen Partner an seiner Seite hat, der einen unterstützt. Genau das ist der tiefere Sinn der Ehe. Ich weigere mich zu glauben, dass dir das nicht reicht.«

Ettore dachte an die vielen Liebesnächte, die er mit Calliope in diesem Bett verbracht hatte, doch dann sah er sich selbst auf dieser Matratze liegen, sah die gelähmten Beine, und eine tiefe Verbitterung stieg in ihm auf.

»Dein Plädoyer für den sogenannten heiligen Bund der Ehe ist wirklich beeindruckend, aber leider gelten deine Definitionen nicht für jeden. Wie du schon sagtest, manchmal kommt einem das Leben dazwischen und mischt die Karten neu.«

»Das Leben kann die Karten mischen, wie es möchte – aber wenn du Calliope wirklich liebst, darfst du sie nicht aufgeben.«

»Schön, ich habe deine Analyse unserer Ehe zur Kenntnis genommen. Was noch? Worauf genau willst du hinaus?«

»Du hast vergessen, dass du sie liebst, das will ich dir klarmachen. Damit du dich besinnst und eure Ehe nicht einfach sterben lässt.«

»Entschuldige bitte. Ohne dir zu nahe treten zu wollen, aber das ist eine Sache zwischen Calliope und mir.«

»O nein, das geht mich sehr wohl etwas an. Ich liebe euch beide und sehe nicht tatenlos zu, wie ihr das Glück, das euch verbunden hat, einfach wegwerft«, widersprach sie empört.

Am liebsten hätte sie Ettore gesagt, dass für ihre Tochter bereits ein anderer Mann existierte, der die Leere ausfüllte, die er hinterlassen hatte, aber das brachte sie nicht übers Herz. Deshalb beschränkte sie sich darauf, ihn inständig zu ermahnen, das Ruder herumzureißen, bevor es zu spät war, und ihrer Ehe noch eine Chance zu geben.

»Ich kann nicht nachvollziehen, dass man eine Liebe so leichtfertig aufs Spiel setzt. Das geht doch nicht«, setzte sie entschlossen nach. »Gebt euch noch eine Chance, eine einzige. Ich bin sicher, dass ihr beide, wenn ihr einmal versucht, unbefangen miteinander umzugehen, ohne dem anderen die Schuld zu geben, eure Liebe wiederfinden werdet. Ich weiß es, und du weißt es auch, auch wenn du zu dickköpfig bist, um es zuzugeben.«

Ettore verzog den Mund zu einem unergründlichen Lächeln, und Azalea erkannte, dass sie so nicht weiterkam. Sie musste einen anderen Weg finden, um zu ihm durchzudringen.

»Hat Calliope dir jemals die Geschichte von den Orangenbäumen der Masseria erzählt?«

Überrascht schüttelte Ettore den Kopf. Er wunderte sich sichtlich über den abrupten Themenwechsel.

»Nicht dass ich wüsste, nein. Ich weiß nur, dass das Anwesen seit Generationen im Besitz von Eugenios Familie ist. Warum fragst du?«

»Früher beherrschten die Costas den Salzhandel auf Salina, und die Masseria war ursprünglich ein Lager. Als das Geschäft zurückging, weil anderswo, auf Sizilien etwa, die Salzgewinnung in viel größerem Umfang betrieben werden konnte, verlegten sie sich auf etwas anderes.

Sie zogen in die Masseria und kauften die Felder ringsum auf, um Weizen anzubauen und zur Herstellung von Pasta zu nutzen. Innerhalb weniger Jahre wurde daraus ein einträgliches Geschäft, das schließlich zur Gründung der Firma führte.

Aristide Costa, der Patron des Unternehmens, setzte es sich nun in den Kopf, neben der schon bestehenden Olivenplantage einen Orangenhain anzulegen, obwohl ihm alle sagten, dass der Boden dafür völlig ungeeignet, weil viel zu sandig sei, doch er hatte es sich in den Kopf gesetzt und verwirklichte seinen Plan.«

»Eine verrückte Idee. Wie kam er darauf?«, warf Ettore ein.

Azalea hob langsam den Blick. »Aus Liebe natürlich. Ganz einfach. Einer von seinen jüngeren Brüdern, Luigino, litt unter krankhaftem Vitamin-C-Mangel und hatte furchtbare Schmerzen. Er war im Wachstum zurückgeblieben und konnte kein normales Leben führen. Damals gab es gegen diese Krankheit keine Medikamente, und die einzige Therapie bestand in der Verabreichung von möglichst vielen Zitrusfrüchten.«

»Und deshalb wurde der Orangenhain angelegt?«

»Genau aus diesem Grund.« Azalea nickte. »Dieser Costa hat große finanzielle Opfer gebracht und hart geschuftet, um den Boden für die Anpflanzung optimal vorzubereiten. Es ist ihm gelungen, und später, als die Bäume erste Früchte trugen, wurde das Anwesen die Masseria degli Aranci genannt, das Haus der Orangen. Ein perfekter Name, findest du nicht?« Sie sog tief die Luft ein und meinte ein wenig vom Duft der Orangenblüten zu erahnen, mit dem das Haus getränkt war. »Leider ist dieser Luigino dennoch sehr jung gestorben, allerdings nicht an seiner Krankheit, sondern an einer banalen Grippe. Aber er ist nie in Vergessenheit geraten, weil ihm der Orangenhain zu verdanken ist.«

»Hübsche Geschichte«, sagte Ettore und fragte sich, warum seine Schwiegermutter sie ihm wohl erzählte. »Soll dieser Orangenhain eine Art Metapher für mich und Calliope sein?«

»Nun ja, ich bin eher geneigt, eure Ehe mit der Krankheit Luiginos zu vergleichen. Um geheilt zu werden, muss man Opfer bringen. Das Wichtigste aber ist die Liebe, und die Bereitschaft, ein Stück von sich selbst für das Wohl des anderen aufzugeben. In eurem Fall euer Stolz und eure Wut. Wenn wir gemeinsam essen, sehe ich immer, dass ihr euch mit Blicken sucht, doch was ihr zueinander sagt, ist furchtbar, dieser anklagende Ton, dieser Sarkasmus. In letzter Zeit habt ihr kein freundliches Wort mehr füreinander gehabt, und keiner von euch weicht auch nur einen Zentimeter von seiner Position ab. Ich verstehe nicht, warum ihr euch nicht mal an einen Tisch setzt und sachlich miteinander redet.«

»In einem irrst du dich«, unterbrach sie Ettore. »Hier geht es nicht um unterschiedliche Positionen. Die Probleme zwischen uns liegen viel tiefer.«

»Umso mehr müsst ihr sie angehen. Aber wie es scheint, habt ihr diesbezüglich nichts unternommen. Ihr lasst einfach zu, dass die Situation immer mehr eskaliert. Wohin soll das führen? Wollt ihr, dass ihr euch komplett voneinander entfremdet?«

»Das ist genau der Punkt. Es gibt keine Lösung für unsere Probleme. Oder die Lösung ist zu schmerzhaft, und keiner von uns hat den Mut, sie auszusprechen.«

Empört richtete Azalea sich auf, sie konnte nicht glauben, was sie da zwischen den Zeilen gehört hatte.

»Du wirst dieses Haus und Calliope nicht verlassen, falls es das ist, worauf du anspielst. Bloß wegen dieses verdammten Rollstuhls.«

Ettore zog die Augenbrauen hoch. »Bloß?«

»Ja, du hast richtig gehört. Geht es eigentlich nicht in deinen Schädel, dass das Problem nur in deinem Kopf existiert?« Sie tippte sich an die Schläfe. »Willst du nicht begreifen, dass es uns egal ist, ob du den New-York-Marathon läufst oder nicht? Meine Tochter hat sich schließlich nicht in deine Beine verliebt, sondern in das, was in dir ist.«

»Sei so lieb und erspar mir diese Plattitüden.«

»Warum wusste ich, dass du mir so kommst?« Kämpferisch verschränkte sie die Arme vor der Brust. »Tut mir leid, das sagen zu müssen: Aber der derzeitige Zustand deines Charakters ist viel schlimmer als dein körperlicher Zustand.«

»Ach ja?« Ettore hieb mit der Faust wütend auf die Matratze. »Meinst du, es ist mir egal, dass ich keine Kinder haben kann, weil die Medikamente all diese schrecklichen Nebenwirkungen haben? Am liebsten würde ich sie alle auf einmal schlucken, wenn ich nicht Angst haben müsste, dass jemand den Notarzt ruft und ich mich in einem Krankenhausbett wiederfinde. Glaubst du, es ist angenehm, meiner Frau nicht in die Augen schauen zu können, weil sie sich bücken muss, um mit mir auf einer Höhe zu sein? Wenn sie mich küsst, komme ich mir vor wie ein Bettler. In dem Moment, als ich aus dem Koma erwacht bin, habe ich meine Würde als Mensch verloren.« Ein unbändiger Zorn stieg in ihm auf, den er nicht zu kontrollieren vermochte. »Seitdem muss ich ertragen, dass mich jemand wäscht und auf die Toilette bringt, mich an- und auszieht, mich in den Rollstuhl hebt und mir wieder heraushilft. Wenn Santiago nicht verfügbar ist, muss das alles die Frau machen, die ich einmal über die Schwelle dieses Hauses getragen habe. Was kann es Demütigenderes geben, als dass die Frau, die du liebst, dir die Unterhose runterziehen und dich aufs Klo setzen muss?«

Seine Stimme zitterte vor verletztem Stolz, und in seinen Augen lag ein unendlicher Schmerz, der Azalea für einen Moment die Sprache verschlug.

»Und es ist nicht so, als würde das für Calliope keine Rolle spielen. Das wissen wir beide.«

Der Satz brachte bei Azalea sämtliche Alarmglocken zum Schrillen. »Was willst du damit sagen?«

»Lass es, es hat ohnehin keinen Sinn. Du willst es nicht verstehen. Oder es ist dir egal«, erwiderte er knapp.

»Nun, wenn es das ist, was du denkst, dann ist dem wohl nichts mehr hinzuzufügen. Du hast anscheinend dort, wo das Herz sitzen sollte, ein schwarzes Loch. Vielleicht bin ich zu alt, um zu verstehen, was in deinem Kopf vorgeht, aber ich gehöre zu einer Generation, die versucht hat, Probleme zu lösen, sie zum Guten zu wenden, statt einfach gleich alles hinzuwerfen. Zu meiner Zeit haben

Mann und Frau nicht eher geruht, als bis sie sich wieder vertragen hatten. Auch wenn es schwierige Jahre waren, haben wir Menschen immer als Menschen behandelt und nicht wie Gegenstände, die man gegen ein neueres Modell eintauscht, wie es heute üblich ist.«

Azaleas Stimme brach, als sie an Eugenio und seine Krankheit dachte, an die vielen Nachmittage, die sie miteinander im Garten gesessen und von der Kindheit ihrer Sprösslinge geredet hatten. Nie waren sie eingeschlafen, ohne sich einen Gutenachtkuss zu geben, und morgens waren sie Hand in Hand aufgewacht. Bis zum letzten Tag seines Lebens.

»Du hast mich tief enttäuscht, Ettore«, fuhr sie nach einer Weile fort. »Mit deinem Sturkopf und mit deiner Festgefahrenheit verbaust du euch jede Chance. Du begreifst nicht, dass du auf diese Weise alles verlierst, dich selbst und deine Frau, wobei sie dir ja anscheinend gleichgültig ist.«

»Ich habe keine Frau mehr«, verteidigte er sich. »Als ich mit dem Wagen in den Abgrund gestürzt bin, war mein Leben zu Ende. Ettore Benvenuti ist in dieser Nacht gestorben, und es wird Zeit, dass ihr das endlich begreift.«

»Hör auf mit dem Theater. Wenn du das so siehst, dann lass dich scheiden, anstatt ständig mit deiner Behinderung zu kokettieren. Zieh einen Schlussstrich, gib deine Frau frei, damit sie anderweitig ihr Glück finden kann.«

»Das würde ich ja tun, aber das ist jetzt nicht der richtige Zeitpunkt. In ein paar Monaten wird die neue Produktlinie eingeführt, und sie hat gerade alle Hände voll zu tun.«

»Du bist ja gut!« Azalea brach in ein bitteres Lachen aus und schüttelte den Kopf. »Nein, Ettore, versteck dich nicht hinter irgendwelchen Ausreden. Wenn du sie nicht verlässt, dann nur deshalb, weil du sie noch immer liebst. Du bist wegen dieses verdammten Rollstuhls einfach nur zu feige, es zuzugeben.«

Mit diesen Worten stand sie auf und verließ grußlos den Raum.

Im Schlafzimmer blieb Ettore mit seinen Gedanken allein. Alles hier erinnerte an ihre gemeinsame Zeit. Sein Blick fiel auf seine Beine, die Tag für Tag dünner und schlaffer wurden. Ein schleichender Tod.

Eine einzelne Träne lief ihm die Wange hinab, als er an seine Liebe dachte, die er abtöten musste, um Calliope freizugeben. Ein Zittern lief durch seinen Körper und ließ alle Dämme brechen. Er verbarg das Gesicht in beiden Händen und brach in Tränen aus.

34

Calliope warf den Schlüssel auf den Küchentisch, ließ sich auf einen Stuhl fallen und massierte sich die Schläfen. Ihr Kopf drohte zu platzen. Noch immer hatte sie Amos' Geruch in der Nase, spürte seine Hände auf ihrem Körper, hörte seinen erregten Atem. Doch nachdem sie miteinander geschlafen hatten, waren die Schuldgefühle zurückgekehrt. Wie jedes Mal, wenn sie sich trafen. Sie blinzelte, als plötzlich die Lampe anging.

»Was zum Teufel …?«

»Ich bin es nur«, beruhigte sie Diana, die barfuß in einem karierten Hemd die Küche betrat und zum Kühlschrank ging, um ein Glas mit Erdnussbutter und eines mit Gurken herauszunehmen. »Sag jetzt nichts, ich leide auch so genug. Erst die Übelkeit, dann die geschwollenen Beine und jetzt diese grässlichen Fressattacken, nach denen ich ein solches Sodbrennen habe, als hätte ich Kerosin getrunken. Wenn die Schwangerschaft kein Albtraum ist, dann weiß ich es nicht.«

Calliope lächelte amüsiert. »Gesund sieht das nicht aus.«

»Ich weiß, aber ich kann mich nicht bremsen, das Baby bestimmt einen von innen.«

»Ach wirklich? Vielleicht möchte es ja gerne eine Tasse Tee, ich wollte mir sowieso gerade einen machen.«

»Etwa Kamille mit Lavendelhonig?«

»Ja, wieso fragst du?«

»Weil du den immer dann trinkst, wenn dich etwas beschäftigt. Also, spuck's aus, was ist los?«

Calliope seufzte.

»Immer noch Ettore?«

»In gewisser Hinsicht schon, aber nicht nur«, sagte sie und griff nach dem Honig und zwei geblümten Tassen.

»Ich warte«, erklärte Diana ungeduldig.

»Seit einiger Zeit treffe ich mich wieder mit Amos.«

»Amos Ansanti, der Pianist? Deine alte Jugendliebe?«

»Genau der.«

»Okay, dann schieß los.«

»Im Grunde gibt es nicht viel zu berichten.« Calliope goss Tee ein und setzte sich an den Tisch. »Wir haben uns auf dem Festival in Balivo wiedergetroffen, haben Kontakt gehalten, und so kam eins zum anderen.«

»Und deshalb kommst du so spät oder gar nicht nach Hause?« Als die Schwester nickte, fuhr sie fort: »Azalea hat es sofort gemerkt, und Ettore auch, glaube ich. Die Ausrede mit der Firma wird man dir nicht ewig abnehmen.«

»Jetzt übertreib mal nicht, ich schlafe wirklich meistens im Büro …«

»Mit Ettore ist es also endgültig aus?«, unterbrach Diana sie.

Calliope rührte in ihrer Tasse, damit sich der Honig auflöste. »Ich würde dir darauf gerne eine Antwort geben, wenn ich denn wirklich sicher wäre. Ettore hält unsere Beziehung für tot, aus und vorbei, behauptet er wenigstens, während ich daran nicht wirklich glauben kann und will, verstehst du?«

»Und trotzdem bist du glücklich mit Amos?«

»Ich weiß es nicht, ich verstehe es selbst nicht so recht. Bei Amos fühle ich mich geliebt und begehrt. Genau das Gegenteil von dem, was ich seit Monaten in meiner Ehe erlebe. Aber jedes Mal, wenn ich von einem Treffen mit ihm zurückkomme, habe ich ein schlechtes Gewissen. Kaum sitze ich im Auto, fange ich an zu heulen.«

»Jedes Mal, wenn du mit ihm geschlafen hast?«

»Ich weiß, dass es sich anhört wie in einem schlechten Film. Zuerst betrüge ich meinen Mann mit meinem Ex-Freund, dann breche ich mitten auf der Straße in Tränen aus. Irgendwie ist es total verrückt. Einerseits leide ich unter der Situation, sehne mich nach Zärtlichkeit, die ich bei Ettore nicht mehr finde, andererseits beharre ich darauf, dass unsere Liebe unvergänglich ist und ich ihn nicht verlassen kann. Ein echtes Dilemma. Wenn du mir das alles vor einem halben Jahr prophezeit hättest, hätte ich es nicht geglaubt. Eine Frau, die ihren Mann mit ihrem Jugendfreund betrügt. Und der Mann sitzt zu allem Überfluss im Rollstuhl. Das ist Kitsch im Quadrat. Und doch ist es wahr. Du musst mich für eine Irre halten.«

Diana griff nach den Händen ihrer Schwester. »Nein, du bist keine Irre, höchstens ein bisschen verwirrt. Und tief in dir drin immer noch verliebt in deinen Mann.«

»Und wenn ich einfach nur zu feige bin, mir einzugestehen, dass Ettore und ich am Ende sind? Wenn ich mir einrede, ihn noch zu lieben, weil ich der romantischen Vorstellung von ewiger Liebe nachhänge und nicht sehen will, dass die schönen Erinnerungen von einer unschönen Realität überholt wurden?«

»Vielleicht bist du zu stolz, um zuzugeben, dass du einen Fehler gemacht hast«, warf Diana lakonisch ein und gab zu dem Honig noch einen Löffel Zucker in ihren Tee. »Vielleicht ist es ja so, wie du sagst, vielleicht aber auch nicht. Es gibt ja durchaus noch eine ganz andere Möglichkeit.«

»Und die wäre?«

»Dass du Liebe und Leidenschaft bei Amos suchst, weil Ettore sie dir nicht mehr geben kann, du sie aber eigentlich viel lieber mit deinem Mann erleben möchtest. Und dass du darunter leidest, empfindest du als gerechte Strafe, zumal Ettore ständig mit seinem Leiden kokettiert. So könnte man es auch sehen.«

»Hm, und was denkst du? Welche Theorie ist deiner Meinung nach die richtige?«

»Das kannst nur du wissen, bei solchen Dingen gibt es kein Richtig oder Falsch. Aber eines ist in jedem Fall sicher: Du würdest nicht jedes Mal nach dem Sex mit einem anderen Mann heulen, wenn es für dich mit Ettore aus und vorbei wäre. Man weint nicht um jemanden, der es nicht wert ist.«

Calliope lachte: »Du klingst wie unsere Mutter, das könnte glatt von ihr sein.«

»Ehrlich? Das sieht sie sicher anders, vor allem, wenn sie erfährt, dass ich ein Kind von unserem ehrwürdigen Pfarrer erwarte. Dann habe ich endgültig bei ihr verschissen. Na ja, Tochter des Jahres wäre ich so oder so nicht geworden.«

»Warum sagst du es ihr nicht endlich? Früher oder später wird es sich ohnehin nicht mehr verheimlichen lassen.«

»Ich kann immer noch für eine Weile nach Rom zurückgehen, wenn es sein muss. Dort habe ich Freunde, bei denen ich unterkommen kann, wenigstens so lange, bis ich das Kind zur Welt gebracht habe.«

»Das ist doch absurd. Du kannst nicht ewig davonlaufen.«

»Und du kannst dir nicht ewig was vormachen. Du musst dich ebenso der Realität stellen wie ich.«

»Du denkst, ich stecke den Kopf in den Sand?«

Diana zuckte mit den Schultern: »Ja, das denke ich, nach allem, was du mir erzählt hast. Übrigens war heute ein Steuerberater da und hat Ettore irgendwelche Dokumente unterschreiben lassen.«

»Was hat das jetzt mit dem zu tun, worüber wir gerade sprechen?«

»Nichts, aber ich habe ein sehr aufschlussreiches Gespräch belauscht, das dich mindestens so interessieren dürfte wie mich. Als ich ihnen den Kaffee gebracht habe, haben sie sich gerade darüber unterhalten, dass der Mann deiner Freundin Eva mit seinen Geschäften in eine bedrohliche Schieflage geraten ist und netterweise von seinem Schwager, deinem Lover, über Wasser gehalten wird. Offensichtlich wandert ein Großteil seiner Gagen direkt auf Marios Konto. Wusstest du das?«

Calliope nahm einen Schluck Tee und dachte nach. »Nein, Amos hat mir nichts erzählt. Und Eva schweigt sich über das Thema Mario sowieso aus, dabei sieht man ihr an, dass irgendetwas nicht stimmt. Ich werde versuchen, mehr darüber herauszufinden.«

Eine Stunde später stand sie vor ihrer Schlafzimmertür, hinter der eine andere Welt zu liegen schien, in der Ettore und sie trotz allem, was sie miteinander erlebt hatten, zwei Fremde waren. Sie zögerte einzutreten, wandte sich stattdessen zum Flurfenster und schaute in den Garten. Der Mond leuchtete hell über dem Orangenhain, und die Silhouetten der Bäume standen da wie stumme Wächter. Calliope sah hinauf zu den Sternen, deren silbernes Licht wie ein Zauberpulver wirkte, das auf die Erde fiel.

Könnte es doch ihre Wünsche erfüllen! Könnte sie doch wie früher wieder an die Wirksamkeit himmlischer Magie glauben! Ein letztes Mal atmete sie tief durch, dann überwand sie sich und ging zur Schlafzimmertür, drückte die Klinke hinunter und betrat den Raum.

Ettore las noch, auf dem Nachttisch lag seine Uhr, daneben stand ein Glas Wasser. Als er Calliope bemerkte, hob er den Blick.

»Ciao«, sagte sie, legte den Autoschlüssel auf die Kommode neben der Tür und streifte die Schuhe ab.

Sie hätte alles dafür gegeben, wenn er sie mal fragen würde, wo sie gewesen war, warum sie immer so spät nach Hause kam und ohne Erklärung ging, wann es ihr passte. Aber nein. Er las einfach weiter.

War es so unmöglich für ihn geworden, sie zu lieben, fragte sie sich, während sie vor dem Spiegel die Ohrringe abnahm. Immerhin war sie eine Frau, der die Männer in Salina nachsahen. Und Ettore war und blieb trotz seiner

Lähmung schließlich ein Mann. Calliope beschloss, ihn herauszufordern.

Sie zog ihr weißes Seidenkleid mit den großen roten Blumen aus, unter dem sie hauchzarte malvenfarbene Unterwäsche trug. Früher hatte er ihrem Körper nie widerstehen können, und bis vor einigen Monaten wäre er in einer solchen Situation aus dem Bett gesprungen, hätte ihr etwas ins Ohr geflüstert und sie in die Arme gerissen. Jetzt hingegen las er ungerührt weiter und schenkte ihr nicht die geringste Aufmerksamkeit.

Sofort griff sie nach dem Morgenmantel, um ihren Körper zu bedecken, sie schämte sich für ihren ungeschickten Versuch, ihren Mann zu verführen.

»Ich gehe duschen«, sagte sie und verschwand.

Sie ließ heißes Wasser über ihren Kopf fließen, nicht allein, um ihre Muskeln zu entspannen, sondern um die Erinnerung an das Zusammensein mit Amos abzuwaschen, das sie mal wieder gehörig verwirrt hatte. Das mit den beiden Männern überforderte sie. Ihr Leben war ein schmaler Grat zwischen dem, was sie sein wollte, und dem, was sie tatsächlich war, und da die Balance zu finden, erwies sich immer wieder als schier unmöglich.

»Es reicht«, murmelte sie, als der Wasserdampf so intensiv wurde, dass er ihr fast den Atem nahm.

Sie drehte die Dusche ab, hüllte sich in ein großes blaues Handtuch und betrachtete sich im Spiegel. Vielleicht nahm er sie ja wahr, wenn er sich unbeobachtet fühlte, dachte sie, aus der Ferne, trotz des Schweigens, das zwischen ihnen herrschte. Nach einer Weile zog sie ein leichtes Nachthemd über, ging barfuß ins Schlafzimmer zurück und schluckte eine Kopfschmerztablette. Ettore rührte sich nicht, sah nicht einmal von seinem Buch hoch.

»Mach das Fenster zu, es zieht«, hörte sie ihn plötzlich sagen.

Kommentarlos befolgte sie seinen Wunsch, bevor sie neben ihm unter die Decke schlüpfte.

»Gute Nacht«, flüsterte sie Ettores Rücken zu.

Er wandte den Kopf, warf ihr noch einen letzten Blick zu und löschte das Licht.

35

Inzwischen war es Anfang September, und mit dem schönen Wetter schien es vorerst vorbei zu sein. Allerdings brauchte die Natur nach dem heißen Sommer dringend eine Abkühlung und Regen, denn die Erde und die Felder waren ausgedörrt und von tiefen Rissen durchzogen. Auch die Olivenbäume und der Orangenhain hatten unter den Folgen der Trockenheit gelitten.

Auch die Menschen atmeten auf. Calliope jedoch war der Wetterumschwung egal, sie war momentan viel zu sehr mit ihren privaten Problemen beschäftigt, um an etwas anderes denken zu können. Ettore oder Amos, das war die Frage. Sie hatte Spaß mit Amos, sie lachten und amüsierten sich, teilten leidenschaftliche Momente, in denen sie sich wünschte, es möge Liebe sein, doch zurück in ihrer eigenen Welt glaubte sie nicht daran. Sie sah sich und ihn einfach nicht als Einheit.

Vielleicht hatte Diana ja recht damit, dass sie sich etwas vormachte. Sie tastete nach ihrem Talisman, Aristides kleiner Blüte aus Bronze, und fühlte sich im Stich gelassen, als sie keine magische Wirkung verspürte. Anscheinend musste sie diese Schlacht alleine schlagen, dachte sie enttäuscht.

Ihr Handy vibrierte, es war Amos, der ihr einen schönen Tag wünschte. Gerade als sie es wieder einstecken wollte, begann es zu klingeln.

»Ich bin's, Eva«, erklang die gehetzte Stimme ihrer Freundin. »Bitte komm, es ist etwas Schreckliches passiert.«

»Was ist los?«

»Hast du es noch nicht gehört? Hast du heute Morgen die Lokalnachrichten nicht gesehen?«

»Nein, warum?«

»Einer von Marios Supermärkten hat gebrannt. Die Polizei geht von Brandstiftung aus.«

Calliope bekam weiche Knie. Nicht auszudenken, wenn das in der Fabrik passieren würde!

»Hat die Polizei bereits einen Verdacht? Und wie geht es Mario?«

»Deshalb rufe ich ja an.« Eva brach in Tränen aus. »Nachdem er benachrichtigt wurde, ist er sofort losgefahren und hat sich immer noch nicht gemeldet. Amos wollte nach ihm schauen. Ich bin sicher, dass ihm etwas passiert ist, verstehst du, ich weiß es einfach! Mario hat ohnehin schon Probleme mit dem Herzen, so viel Aufregung verkraftet er nicht …«

»Jetzt denk doch nicht gleich an das Schlimmste«, unterbrach sie die Freundin, »ich bin in fünf Minuten bei dir.«

Unterwegs fiel ihr ein, was Diana ihr über Marios finanzielle Schwierigkeiten erzählt hatte. Der Brand schien das zu bestätigen, er konnte durchaus ein Racheakt sein. Da war eindeutig etwas faul.

»Ich verstehe nicht, was ich hier soll«, sagte Amos zu Ettore, der ihm in Eugenios ehemaligem Arbeitszimmer in der Masseria am Schreibtisch gegenübersaß. »Warum hast du mich hergebeten?«

»Ich denke, das weißt du. Es geht um meine Frau, um Calliope.«

»Ich wusste, dass dieser Moment irgendwann kommen würde, aber so schnell habe ich nicht damit gerechnet«, entgegnete Amos.

»Du hast wohl gar nichts verstanden, oder?« Ettore schlug mit der Faust auf den Tisch.

»Du bist ein eifersüchtiger Ehemann, und das ist verständlich, aber wenn du denkst, dass ich auf Calliope verzichte, dann hast du dich getäuscht.«

»Du bist wirklich ein Idiot. Ich weiß gar nicht, was meine Frau an dir findet.« Ettore wurde ebenso ausfallend wie beleidigend. »Ich weiß schon eine ganze Weile von eurer Beziehung, aber ich wollte es nicht an die große Glocke hängen. Nur leider beginnen die Leute zu reden, und das ist weder für die Familie noch für die Firma gut. Deshalb habe ich dich hergebeten. Und dass es gerade heute ist, hat seinen Grund.«

»Und welchen?«

Ettore griff nach der Zeitung mit dem Artikel über den Brand, in dem spekuliert wurde, dass es Verbindungen zwischen dem Besitzer der Supermarktkette La Luisa und der Unterwelt gab.

»Was habe ich mit den Geschäften meines Schwagers zu tun?«, erwiderte Amos achselzuckend.

Ettore sah ihn an, er wirkte wie eine Katze, die erst mit

der Maus spielte, um ihr dann den tödlichen Schlag zu versetzen.

»Eine Menge. Wie ich zufällig erfahren habe, hat Calliope mit Mario einen Vertrag über irgendwelche Exklusivrechte geschlossen. Dabei hat der Gute mehr Schulden, als er je zurückzahlen kann. Insofern ist fraglich, ob sie jemals Geld sieht, auch wenn du deinen Schwager kräftig unterstützt. Außerdem gehst du mit meiner Frau ins Bett. Siehst du, wie alles zusammenhängt?« Er legte eine bedeutsame Pause ein. »Ich möchte nicht, dass davon etwas an die Öffentlichkeit dringt und am Ende der Name meiner Frau oder der der Firma wegen eurer schmutzigen Geschäfte in den Dreck gezogen wird. Deshalb schlage ich dir ein Geschäft vor: Ich kümmere mich um Marios Schulden und die Presse, und du tust alles, damit niemand von deiner Affäre mit meiner Frau erfährt.«

»Und dass wir eine Affäre haben, ist dir egal?«

Ettore zuckte die Schultern. »Hauptsache, es kommt nicht an die Öffentlichkeit. Alles andere interessiert mich nicht. Übrigens: Calliope wünscht sich ein Kind, wenn du da für mich einspringen möchtest, hätte ich nichts dagegen.«

Die seltsame Offerte machte Amos stutzig, er vermutete einen Hintergedanken, einen Fallstrick.

»Ein unmoralisches Angebot, um den Film zu zitieren. Wo ist der Haken?«

»Es gibt keinen. Wenn du annimmst, hast du alles, was du willst: Du müsstest nicht länger für deinen Schwager aufkommen, und meine Frau bekommst du als Sahnehäubchen obendrauf. Was willst du mehr?«

»Ich glaube nicht, dass es eine gute Idee ist, zweigleisig zu fahren: Letztlich würde sie dann offiziell zu dir und inoffiziell zu mir gehören, richtig?«

»Du bist nicht gerade ein guter Geschäftsmann«, sagte Ettore mit einem kalten Lächeln. »Sonst wäre dir aufgefallen, dass ich mit keinem Wort gesagt habe, dass ich einer Scheidung nicht zustimmen würde, sofern Calliope mich darum bitten würde. Was sie allerdings nicht tun wird. Damit musst du dich wohl abfinden.«

»Dann mach du ihr den Vorschlag, gib du sie frei. Wirklich frei. Dann ist endlich Schluss mit der ganzen Heimlichtuerei. Denn das ist grausam, und zwar für alle Beteiligten«, konterte Amos und schlug nun seinerseits mit der Faust auf den Tisch. »Ich liebe diese Frau und würde alles für sie tun. Es ist unerträglich, ständig mitanzusehen, wie du sie quälst. Und dann faselst du scheinheilig die ganze Zeit vom Wohl der Firma und der Familie. Was für ein absoluter Unsinn.«

»Wenn du Calliope wirklich kennen würdest, wüsstest du, dass das kein Unsinn ist. Die Firma bedeutet ihr alles. Frag sie doch mal, warum sie nicht die Scheidung einreicht. Aber wahrscheinlich bekommst du dann eine Antwort, die dir nicht gefallen wird. Vielleicht ist eure Beziehung ja gar nicht so großartig, wie du glaubst.«

Amos verkniff sich eine Erwiderung. Dabei hasste er Ettore zutiefst seit jener Nacht, in der er Calliope davor bewahrt hatte, sich seinetwegen das Leben zu nehmen. Er sah wieder ihr Gesicht vor sich, ihre Verzweiflung, und wenn er überlegte, dass die Ursache für all dieses Elend hier vor ihm saß, hätte er aus der Haut fahren können.

Leider hielt sein Widersacher wie ein Puppenspieler die Fäden fest in der Hand und zog sie nach Belieben.

»Hör mir gut zu, Benvenuti. Ich liebe Calliope, und wenn das alles hier zu Ende ist, werde ich sie dir wegnehmen. Für immer. Ich lasse nicht mehr zu, dass sie in diesem Haus bleibt, in dem alles sie an die schlimmste Zeit ihres Lebens erinnert. Und die Firma braucht sie ganz sicher nicht zum Glücklichsein.«

Als er Ettores zynisches Lächeln sah, gefror ihm das Blut in den Adern.

»Du hast überhaupt keine Vorstellung davon, wie diese Frau wirklich ist. Calliope lebt für die Firma, und wenn du glaubst, dass sie sich aus der Geschäftsführung zurückzieht, um mit dir auf Tournee zu gehen, irrst du dich gewaltig.« Er schob seinen Rollstuhl ein Stück zurück und fixierte ihn. »Und über noch etwas solltest du mal nachdenken. Calliope mag zwar mit dir ins Bett gehen, aber abends kommt sie zu mir nach Hause. Ich bin es, neben dem sie einschläft. Und jeden Abend, wenn sie denkt, dass ich schlafe, sagt sie mir, dass sie mich liebt.«

»Fahr zur Hölle«, schrie Amos außer sich vor Zorn und stürzte aus dem Zimmer.

Im Flur stieß er mit Diana zusammen, die ihm verwundert nachschaute, als er grußlos an ihr vorbeieilte.

Nicht viel besser erging es ihr mit Ettore, der kurz darauf in seinem Rollstuhl aus dem Arbeitszimmer kam und sie ihn fragte, was los sei.

»Das geht dich nichts an«, schrie er sie an und verschwand.

Einen Wäschekorb in den Händen, kam Azalea und sah sie verblüfft an. Die Zeichen standen auf Sturm, und keine der beiden wusste, warum.

36

»Wir müssen reden. So geht es nicht weiter.«

Azalea füllte die Reste des Mittagessens in eine Plastikbox und trocknete die Teller ab, die sie zum Abtropfen auf das Gitter gestellt hatte. Ettore saß in seinem Rollstuhl hinter ihr am Tisch.

Während des Essens war die Stimmung angespannt gewesen, sie hatten nicht viel gesprochen, obwohl tausend Fragen in der Luft gelegen hatten. Calliope war nicht da gewesen, sie hatte sich wegen eines Termins mit einer Werbefirma entschuldigt.

»Worüber müssen wir reden«, erkundigte sich Ettore. »Was beunruhigt dich?«

»Aus deinem Mund klingt das fast ein bisschen komisch, weißt du das?«, erwiderte seine Schwiegermutter und schaute in den Garten hinaus.

Er blickte zu Boden. Er wusste genau, was sie meinte. Jeder wusste es, der desolate Zustand seiner Ehe blieb inzwischen niemandem mehr verborgen.

»Du meinst Calliope.«

Azalea legte das Handtuch zur Seite und wandte sich zu ihm um. »Ich finde, es war ein Fehler, Amos herzubitten. Damit hast du ihm eine Rolle zugestanden, die er nicht haben sollte.«

»Ich hatte nicht die Absicht, seine Rolle als Calliopes Liebhaber zu legitimieren, ich wollte nur sie, die Familie und die Firma vor einem Skandal bewahren. Dazu musste ich einige Dinge klarstellen. Amos hat bei dieser Geschichte nichts zu verlieren, Calliope dagegen sehr wohl.«

Für einen Moment verschlug es Azalea die Sprache. Obwohl sie wusste, welche Rolle Amos im Leben ihrer Tochter spielte, war es ein Schock, es laut ausgesprochen zu hören, noch dazu von Ettore. Sie musste sich zusammenreißen, um nicht die Fassung zu verlieren. »Es ehrt dich, dass du dich um den guten Ruf deiner Frau sorgst, vor allem, wenn man den Zustand eurer Beziehung betrachtet. Ich frage mich nur, ob nicht noch etwas anderes dahintersteckt.«

Ettore lächelte schwach. »Ich weiß, was du sagen willst, aber so ist es nicht. Ich bin kein romantischer Held, sondern ein Geschäftsmann, der seine Investitionen schützen will.«

»Calliope ist keine Investition«, entgegnete seine Schwiegermutter entrüstet. »Ich dachte immer, sie sei die Frau, die du aus Liebe geheiratet hast.«

»Hm.«

»Tu nicht so gleichgültig. Ich kann in dir lesen wie in einem offenen Buch. Wenn ich Calliopes Namen erwähne, schaust du weg, deine Stimme zittert. Du leidest unter der Situation genauso sehr wie sie.«

»Ist das nicht normal? Niemand wird gerne betrogen.«

Sie legte ihm die Hände auf die Schultern. »Ich weiß. Trotzdem kann der Schmerz, den ihr euch gegenseitig zufügt, erst ein Ende haben, wenn ihr es beide wollt.«

Er lächelte. Sie war eine Mutter, die wild entschlossen war, ihr Kind zu verteidigen.

»Ich würde dir ja gerne recht geben, aber mein Gefühl sagt mir etwas anderes. Calliope und ich sind inzwischen zu weit voneinander entfernt, das Leben hat uns entzweit. Und dann noch das hier«, sagte er und zeigte auf seine schlaffen Beine, die in den Jeans, die Santiago ihm heute angezogen hatte, fast verschwanden. »Vielleicht musste es ja so kommen. Es ist in Ordnung, wenn sie versucht, mit jemand anderem glücklich zu werden. Ich kann ihr schließlich nicht das geben, was sie braucht.«

»Hör endlich mit dem Gejammer auf, das ist unerträglich«, schimpfte Azalea. »Man darf nicht den Kopf in den Sand stecken, bloß weil man Probleme hat. Keine Ehe ist perfekt. Das war meine auch nicht.«

»Ich glaube dir kein Wort«, erklärte er mit einem spöttischen Grinsen.

»Also gut«, seufzte sie und ließ die Hände in den Schoß sinken. Ihre Gedanken wanderten in die Vergangenheit. »Ich wollte Eugenio nicht heiraten. Meine Familie hatte es beschlossen, gegen meinen Willen.«

»Wirklich?«

»O ja. Wir haben uns auf einer Hochzeit in Salina kennengelernt. Meine Eltern waren dort eingeladen. Sie nahmen mich mit, weil sie auf der Suche nach einem passenden Mann für mich waren. Es gefiel ihnen gar nicht, dass ich in Rom als Lehrerin arbeitete.«

»Du warst ja eine richtige Rebellin.«

»Das kannst du laut sagen«, antwortete sie mit einem Augenzwinkern.

»Da fällt mir sofort noch jemand an.«

»Ja, Calliope ist mir in dieser Hinsicht sehr ähnlich,

und Diana ebenfalls. Aber bleiben wir beim Thema. Ich trug bei der Trauung ein Kleid, das ich in einer Schneiderei in der Viale Bruno Buozzi in Rom gekauft hatte. Eugenio saß in der Kirche zwei Reihen vor mir, sah mich und verliebte sich auf der Stelle.«

»Eine romantische Geschichte.«

»Das würde ich nicht sagen. Als meine Eltern mich zwangen, meinen Freund in Rom, einen Journalisten, zu verlassen, habe ich mich mit Händen und Füßen gewehrt: Ich habe nicht mehr gegessen, nicht mehr gesprochen und habe mich geweigert, zu Besuch auf die Insel zu kommen. Das ging so lange, bis mein Vater persönlich nach Rom kam und mich holte.«

»Das waren ja Zustände wie im Mittelalter.«

»Das kann man wohl sagen! Damals gingen die Uhren hier unten eben noch anders. Rückblickend kommt es einem so vor, als wäre die Zeit damals zwei Jahrzehnte zuvor stehen geblieben. Schließlich hatten überall die wilden Siebziger mit ihren Protesten und ihrer Flower-Power-Bewegung Einzug gehalten. Erstaunlicherweise aber willigte Eugenio immerhin ein, als ich ein Jahr Verlobungszeit verlangte, und versprach, mich nach diesem Jahr freizugeben, wenn ich keine Heirat wünschte. Er sagte, er wolle nicht an der Seite einer Frau leben, die ihn nicht liebe, hoffe jedoch, dass ich ihm eine Chance geben würde.«

»Ein echter Gentleman.«

»Das hat mich sofort beeindruckt. Er war drei Jahre älter als ich und irgendwie reifer als die anderen jungen Männer.« Sie schwiegen eine Weile, Azalea drehte den

Ehering an ihrem Finger. »Er schrieb mir jeden Tag, ein ganzes Jahr lang, und nach und nach fand er mit seinen Briefen den Weg zu meinem Herzen. Nach zwölf Monaten wurde ich seine Frau. Ich war siebenundzwanzig, in den Augen der Leute hier fast schon eine alte Jungfer. Alle fanden, ich müsse froh sein, überhaupt noch jemanden gefunden zu haben.«

»Ende gut, alles gut, oder?«

»Mehr oder weniger. In der ersten Nacht habe ich ihm gesagt, dass ich ihm ein Leben lang treu sein würde, aber noch nicht bereit sei, mich ihm hinzugeben. Erst nach drei Jahren war ich so weit.«

»Drei Jahre? Weißt du, wie lange drei Jahre für einen Mann sein können?«

»Ich brauchte Zeit. Heute lässt man sich viel leichtfertiger auf alles ein. Für mich war das eine ernste Sache, zumal ich ihn mir ja nicht selbst ausgesucht hatte.«

»Du hast recht, entschuldige. Und dann?«

»Er hat mich betrogen, ein einziges Mal. Aber das hat mich über den tieferen Sinn der Ehe nachdenken lassen.«

Ettore schluckte. »Aha.«

Azaleas Augen wurden feucht. »Mit Tränen in den Augen ist er vor mir niedergekniet und hat es mir gebeichtet, und ich habe ihm gesagt, dass auch ich einen Fehler gemacht hätte und er nicht allein die Schuld trage. Immerhin hatte ich mich ihm lange verweigert, und dass ich meinen Mann liebte, begriff ich erst, als die Blumen meines Brautstraußes längst vertrocknet waren. Als ich ihm allerdings endlich meine Liebe gestand, wusste ich, dass es für mich nie einen anderen geben würde. Er hat in meinem Herz Wurzeln geschlagen, die ich bis zu meinem Tod pflegen werde. Dennoch hat es viel Kraft und Willen gekostet, damit wir uns verzeihen konnten.«

»Ich verstehe.« Ettore zog Azalea an sich. Ihre Worte schmerzten, sie brannten so sehr in ihm, dass er zu weinen begann.

»Für Calliope und dich ist es noch nicht zu spät«, sagte sie und drückte seine kalte Hand.

»Ich wünschte, es wäre so. Ich wünschte, wir könnten diesen Kampf gewinnen, aber das ist unmöglich. Ich habe lange darüber nachgedacht, ich denke jeden Tag darüber nach, seitdem ich aus dem Koma erwacht bin. Ich glaube, Calliope hat etwas Besseres verdient. Wenn sie die Scheidung will, werde ich zustimmen, auch wenn ich denke, dass eine Trennung zu diesem Zeitpunkt ein Fehler wäre.«

Ettore hatte seinen Satz gerade beendet, als die Küchentür mit lautem Knall zuflog und vom Flur her schnelle Schritte und Schluchzen zu hören waren. Kurz darauf heulte der Motor des Mercedes auf.

Auf der Schwelle hatten Calliopes Tränen salzige Tropfen hinterlassen.

37

Calliope tigerte unruhig durch den Raum, draußen hatte es zu nieseln begonnen. Der Sommer, der Salina so lange mit endlosem Sonnenschein und bisweilen unerträglichen Temperaturen fest im Griff gehabt hatte, war vorbei. Seit Tagen hingen schwarze Wolken über der Insel, und es regnete andauernd.

Amos saß am Flügel, die Hände auf den Tasten. »Soll ich wirklich nicht mitkommen?«

»Ich denke, wir haben das lange genug diskutiert. Es bleibt bei meinem Nein.«

Sie griff nach ihrer Jacke und der Handtasche, aus der ihr Schlüsselanhänger mit dem Amulett gegen den bösen Blick herausblitzte, den Ettore ihr irgendwann einmal geschenkt hatte. Nachdem sie gehört hatte, was Ettore über die Scheidung gesagt hatte, war sie hierher geflüchtet, und Amos hatte ihre Tränen getrocknet, die nicht ihm, sondern einem anderen galten. Er war ihre Zuflucht, spendete ihr Trost und Wärme, bei ihm konnte sie ihrem Kummer entfliehen.

Aber jedes Mal, wenn sie ihn ansah, spürte sie tief in sich diese Diskrepanz zwischen Kopf und Herz. Amos war wichtig für sie, doch sie liebte ihn nicht auf dieselbe Weise wie Ettore.

»Ich muss los, ich muss in der Firma noch ein paar Sachen für die Präsentation morgen zusammensuchen.«

Es ging um die Messe in Rom, auf der alternative Lebensmittel und die Grundlagen einer gesunden biologischen Ernährung vorgestellt werden sollten und von der Calliope sich eine Menge versprach. Amos war ein wenig enttäuscht gewesen, als sie seine Begleitung abgelehnt hatte und an seiner Stelle Diana mitnehmen würde, weil diese sie bei der Vorbereitung so engagiert unterstützt hatte, dass sie sie nicht übergehen konnte.

»Das verstehst du doch, oder?«, vergewisserte sie sich noch einmal.

Amos zog sie an sich. »Nur, wenn du bald wiederkommst«, sagte er und küsste sie.

»Ich gebe mein Bestes«, versprach sie und verließ rasch das Haus.

Draußen empfing sie der Duft nach Salz und Wildblumen, den sie tief einsog. Er war wie ein letzter Gruß des Sommers.

Amos schaute ihr nach, wie sie sinnlich die Hüften wiegte. Mit ihren üppigen Brüsten, ihren weichen Lippen, die so bezaubernd lächeln konnten, und ihren langen Beinen war sie für ihn die Frau seiner Träume, und das sagte er ihr immer wieder.

Calliope genoss seine Bewunderung, die Liebe und Fürsorge, mit der er sie umgab. Zugleich aber hatte sie ein schlechtes Gewissen, weil sie das alles nicht in gleicher Weise erwiderte. Sie hatte ihn gar nicht verdient, dachte sie jedes Mal, wenn er ihr sagte, wie glücklich er sei, dass sie sich nach so langer Zeit wiederbegegnet waren. Sie glaubte ihm, ohne dieses Glück in gleicher Weise empfinden zu können.

»Ich mag den Geschmack deiner Küsse«, rief sie ihm zu, als sie sich ein letztes Mal umdrehte.

Er nickte und schenkte ihr sein jungenhaftes Lächeln. Es brauchte so wenig, um sich mit ihm wohlzufühlen. Amos wollte einfach nur geliebt werden.

Genau wie ich, dachte sie und warf ihm eine Kusshand zu.

Genau wie du, dachte sie eine halbe Stunde später, als sie im Trockenraum stand und die Pasta betrachtete, deren Formen auf Aristide zurückgingen und die mit den Reproduktionen der alten Formplatten entstanden waren. Ihr Großvater, der seine große Liebe verloren und sein Leben fortan ganz der Firma gewidmet hatte, wäre mit Sicherheit stolz auf sie gewesen.

»Schau, was aus uns geworden ist«, murmelte sie und wünschte, er wäre an ihrer Seite und könnte die Formate sehen, die so lange vor der Welt verborgen gewesen waren. »Du warst ein Visionär, Großvater, ein Künstler, den niemand verstanden hat. Deine Kinder nicht, deine Frau nicht. Es war ein Verbrechen, dir die Flügel zu stutzen, dich daran zu hindern, deine Fantasie auszuleben und neue Wege zu beschreiten. Erst mir hast du dich mitteilen, deine Lebensweisheiten und Visionen mit auf den Weg geben können. Alle hatten Angst vor dir und haben dich als abweisend empfunden, aber ich nicht. Mir bist du als zärtlich und freundlich in Erinnerung geblieben, und das kann mir keiner nehmen.«

Seitdem sie von seiner Beziehung mit der Schauspielerin wusste, war er ihr noch näher, sie suchte bei ihm nach

Antworten, die sie bei Ettore nicht fand. Sie wischte sich die Tränen aus dem Gesicht. Schade, dass ihr Großvater ihr aus dem Himmel keine Nachrichten schicken konnte.

Alles Quatsch, sagte sie sich und versuchte, ihre sentimentalen Gedanken zu verdrängen. Ein wichtiger Termin stand an, der sie als Geschäftsfrau forderte, aber eines musste sie noch loswerden.

»Schaust du mir wenigstens von da oben aus zu?«, fragte sie und zwinkerte in Richtung Decke.

In der Masseria angekommen, ging sie gleich zu Ettore, der sich im Arbeitszimmer hinter einer Zeitung verbarrikadiert hatte. Sie wollte sich verabschieden, ehe sie mit Diana aufbrach.

»Wünschst du mir kein Glück?«, fragte sie in dem verzweifelten Versuch, Kontakt zu ihm aufzunehmen. »Du weißt doch, dass morgen die Präsentation der neuen Linie ansteht.«

Erst nach einer gefühlten Ewigkeit ließ Ettore die Zeitung sinken. »Was hast du gesagt?«

»Nichts Wichtiges.« Resigniert wandte sie sich ab, sie musste mit Mühe die Tränen zurückhalten. »Diana und ich brechen auf, wir haben eine lange Fahrt vor uns.«

Als sie sich zum Gehen wandte, vibrierte ihr Telefon. Ettore ging davon aus, dass es wieder mal Amos war, den er nicht zuletzt wegen seiner ständigen Nachrichten hasste. Er faltete die Zeitung zusammen, seine Miene nahm einen zynischen Ausdruck an.

»Ich bin ganz überrascht, dass du nicht mit deinem Geliebten zur Messe fährst, sondern …«

»Mit meiner Schwester. Ja, und?«

Sie musterte ihn von oben herab, ohne sich nach unten zu beugen, was Ettore ohnehin hasste.

Auge um Auge, dachte sie, Schluss mit dem Mitleid.

»Ehrlich gesagt, verstehe ich dein Problem nicht. Was macht es für dich für einen Unterschied, mit wem ich dorthin fahre? Es interessiert dich ja sowieso nicht, das hast du mir deutlich genug gesagt. Also erspar mir deine Bemerkungen. Ich wünsche dir einen schönen Tag.«

Als sie weg war, ließ Ettore die Szene noch einmal Revue passieren. Er bereute das Verhalten, das er ihr gegenüber ständig an den Tag legte. Er hatte sich bei ihr einfach nicht im Griff.

»Verflucht! Aber was weiß sie schon von meinen Gefühlen?«

Er beugte sich vor, um nach der Kaffeetasse zu greifen, als er unvermutet ein merkwürdiges Kribbeln in den Zehen des linken Fußes spürte. Seine Hand zuckte zurück, er erstarrte. Gerade geschah etwas Bedeutsames, etwas, womit der Neurochirurg nicht mehr gerechnet hatte. Es fühlte sich an, als wären seine Zehen eingeschlafen.

Noch nie war ihm ein Kribbeln so angenehm erschienen.

»Calliope«, rief er aufgeregt und drehte sich um, sein Herz klopfte wie wild.

Sie sollte es als Erste erfahren und sich mit ihm freuen, ganz gleich, was zwischen ihnen passiert war. Doch als er den Rollstuhl ans Fenster schob, sah er nur noch die Rücklichter des Mercedes und eine weiße Staubwolke.

38

Diana schaute aus dem Autofenster und betrachtete das Panorama ringsum. Die Farben der Landschaft hatten zum Teil bereits die Farben des Herbstes angenommen. Die Kaktusfeigen waren reif, die Granatäpfel leuchteten. Sie dachte daran, wie sie als Kind die Früchte gegessen hatte, der Geschmack war süß und sauer zugleich gewesen.

Calliope und sie waren über die Felder gezogen und hatten die Früchte gesammelt, selbst von Bäumen, die ihnen nicht gehörten, und hatten nicht selten wüste Beschimpfungen der Nachbarn geerntet. Sie waren auf den Tuffsteinmauern herumgeklettert und mit aufgeschürften Knien nach Hause gekommen, es war eine herrliche Zeit gewesen. Sie legte eine Hand auf ihren Bauch und stellte sich vor, wie ihr Kind eines Tages über die Felder rennen würde. Das erinnerte sie daran, dass sie ihrer Mutter irgendwann reinen Wein einschenken musste, damit die sich nicht ständig weiter nach dem Fortgang ihrer Abschlussarbeit erkundigte.

Als könnte sie Gedanken lesen, wandte sich in diesem Moment ihre Schwester zu ihr um. »Nicht mehr lange, dann wird Mama sehen, was mit dir los ist. Du solltest es ihr lieber vorher sagen.«

Als Diana das Gesicht verzog, dachte Calliope, dass sie nichts von den strahlenden, glücklichen Schwangeren aus der Werbung hatte.

»Ich habe gestern Raffaele getroffen«, sagte sie plötzlich. »Er hat noch einmal wiederholt, dass er mit dem Kind nichts zu tun haben möchte und mich nicht wiedersehen will.«

Calliope bremste so heftig, dass der Wagen ins Schlingern geriet, und fuhr an den Straßenrand.

»Dazu könnte ich jetzt einiges sagen. Zum Beispiel, dass er dich und das Kind nicht verdient und sich wie ein Schwein benimmt«, stieß sie empört hervor. »Aber ich weiß, dass das kein Trost für dich ist. Es ist wirklich eine verfahrene Situation.«

»Verstehst du jetzt, warum ich Azalea noch nichts gesagt habe? Zuerst muss ich für mich eine Entscheidung treffen.«

»Du bist nicht allein, das habe ich dir schon einmal gesagt. Mama und ich sind an deiner Seite, du kannst dich auf uns verlassen.«

»Ich fühle mich aber allein. Der einzige Mensch, den ich mir an meiner Seite wünsche, will mich und das Kind nicht.«

»Dann vergiss ihn. Es kann nicht angehen, dass sich dein Leben um einen Mann dreht, der davonläuft, sobald es Schwierigkeiten gibt. Du hast weiß Gott Besseres verdient.«

Diana nickte und schaute den Autos nach, die achtlos durch die idyllische Landschaft rasten.

»Da haben wir etwas gemeinsam«, sagte sie nach einer Weile bitter. »Du hast auch etwas Besseres verdient, du willst es nur nicht wahrhaben.«

Die Messe, der eine Ausstellung mit dem Titel *Alte Getreidesorten – Schätze der Vergangenheit* angegliedert war, wurde ein voller Erfolg. Die Pressekonferenz war gut besucht, es wurden Fortbildungen angeboten, und die wichtigsten Teigwarenproduzenten waren erschienen, ebenso zahlreiche Küchenchefs und sogar einige Sterneköche. Alles lief bestens.

Doch Calliope war nicht so bei der Sache, wie sie es sich gewünscht hätte. Dianas Worte gingen ihr nicht aus dem Kopf. Dabei hätte sie vor Stolz platzen können, immerhin heimste sie von allen Seiten Lob für die neue Linie ein und wurde überdies als Musterbeispiel für eine erfolgreiche weibliche Führungskraft genannt. Es war mehr, als sie sich erträumt hatte, aber rundum glücklich war sie nicht.

Ihr fehlte derjenige, der sich mit ihr hätte freuen sollen. Wie sehr wünschte sie sich, er könnte sie sehen, wie sie am Mikrofon stand und mit klopfendem Herzen Fragen beantwortete, und würde ihr ein aufmunterndes Lächeln schenken.

»Das war ein voller Erfolg«, stellte Diana am Ende des ersten Tages fest, als sich die Halle mit den Ständen der einzelnen Aussteller zu leeren begann. »Du warst großartig«, fügte sie hinzu und nahm ihre Hand.

Calliope nickte abwesend. Sie suchte in dem Meer aus Köpfen immer noch den einen. Und plötzlich entdeckte sie ihn. Er stand ganz hinten mit einem Strauß weißer Calla. Und da war das Lächeln, das sie vermisst hatte.

»Er ist gekommen«, murmelte sie und drückte die Hand ihrer Schwester. »Ettore ist hier.«

Diana starrte sie ungläubig an. Litt sie unter Halluzinationen? Sie kniff die Augen zusammen.

»Grundgütiger, Calliope, das ist nicht Ettore, das ist Amos«, sagte sie und sah, wie das Lächeln der Schwester erstarb.

Amos kam aufgeregt winkend auf sie zu. Wie hatte sie einer solchen Sinnestäuschung erliegen können? Schließlich hätte Ettore im Rollstuhl sitzen müssen. Hatte ihr Wunschdenken ihr einen Streich gespielt?

»Du hast recht, Diana, es ist Amos«, flüsterte sie, kurz bevor er sie erreichte und ihr mit einem strahlenden Lächeln die Blumen übergab.

»Isst du mit mir zu Abend? Ich wüsste einen ganz besonderen Ort, an dem wir deinen Erfolg feiern können.«

Calliope schüttelte lediglich den Kopf, sie war nicht in der Lage zu sprechen. Mit einem Mal hatte sie das Gefühl, in der Falle zu sitzen. Diana sprang für sie in die Bresche.

»Wir haben eine Verabredung mit asiatischen Geschäftspartnern, das lässt sich leider nicht verschieben. Da muss Calliope natürlich dabei sein, das verstehst du sicher. Trotzdem nett, dich zu sehen«, sagte sie und reichte ihm die Hand.

Irritiert wanderte Amos' Blick zwischen den Schwestern hin und her und blieb dann wieder an Diana hängen. Dann sagte er, an Calliope gewandt:

»Du hast mir gar nicht verraten, dass du Tante wirst. Allerdings habe ich das ein oder andere Gerücht gehört.«

»Das nennt man Verschwiegenheit«, konterte Diana, die nie ein Fan von Amos Ansanti gewesen war, mit unverhohlenem Sarkasmus. »Ich wüsste auch nicht, warum meine Schwester es dir hätte sagen sollen. Du gehörst nicht zur Familie, und du bist auch nicht ihr Mann.«

»Ich fürchte, wir müssen jetzt zu unseren Asiaten. Die warten sicher schon auf uns«, schaltete sich Calliope ein, der die Spannung zwischen den beiden nicht entging, und bat ihre Schwester, schon einmal vorzugehen, ehe sie sich an Amos wandte. »Ihr könnt euch nicht besonders leiden, oder?«

»Das liegt an Diana. Egal, lass uns lieber von etwas anderem sprechen«, bat er und war ihr jetzt ganz nah.

»Entschuldige, ich muss weg, wir reden später«, wich sie aus.

So schön es auch war, umworben zu werden, zu jemandem zu gehören, war sie sich nicht sicher, ob es wirklich Amos war, von dem sie das wollte. Irgendwie war er fast ein bisschen zu aufdringlich.

»Ich verstehe«, antwortete er leicht pikiert. »Ich wollte einfach ein bisschen Zeit mit dir verbringen. Kannst du einem armen Pianisten nicht wenigstens ein Stündchen einräumen?«

Sofort regte sich ihr schlechtes Gewissen. Amos liebte sie wirklich, er hatte sogar die lange Fahrt auf sich genommen. Und zum Dank servierte sie ihn ab und dachte an ihren Mann, der sie konsequent vernachlässigte und auch noch beleidigte.

»Amos, ich weiß wirklich nicht …«

In diesem Moment kam Diana angelaufen. »Wir müssen los, die Kunden sind schon ganz ungeduldig«, drängte sie und zog Calliope am Arm hinter sich her.

Auf das Meeting am Abend folgten eine kurze Nacht und ein weiterer hektischer Tag. Amos war immer präsent, hielt sich mehr oder weniger diskret im Hintergrund, schrieb ihr Nachrichten, und abends fand sie auf dem Kopfkissen eine Calla vor. Am letzten Tag schließlich traf nach dem Abschlussbankett eine Nachricht von ihm ein.

Kannst du einen Moment runterkommen? Ich muss dir etwas sagen.

»Lass mich raten: wieder mal Amos?«, erkundigte sich Diana, die auf dem Bett lag und in der *Vogue* blätterte, während ihre Schwester sich rasch wieder anzog.

»Er ist unten und möchte mich sehen. Und ich gehe, ob du ihn nun magst oder nicht.«

»Denk dran, wir haben morgen eine lange Fahrt vor uns. Bleib nicht so lange auf, sonst schläfst du mir noch am Steuer ein.«

»Keine Sorge.« Calliope legte einen Hauch Rouge und Lipgloss auf. »Wie sehe ich aus?«

»Für ihn fast zu gut«, murmelte Diana verdrießlich. »Ich weiß, ich hab dir geraten, dich nach einem Lover umzusehen, aber ich bezweifle, dass dein Pianist der Richtige für dich ist. Er ist attraktiv, er ist nett, aber er ist auch ziemlich penetrant. Ich finde es nicht okay, dass er ohne Rücksprache mit dir einfach herkommt und dich vor vollendete Tatsachen stellt. Für unsere zukünftigen Partner bist du verheiratet, einige kennen Ettore noch. Lass dich nicht zu sehr auf Amos ein, das ist nicht gut für dich.«

»Warum nicht?«

Diana seufzte. Wie sollte sie es ihrer Schwester klarmachen? In ihren Augen war Ettore in Calliopes Leben immer noch präsent, das hatte sich selbst hier gezeigt. Es verging kein Tag, an dem sie nicht auf die von ihm geleistete Vorarbeit und auf seine Unterstützung hinwies. Am Stand hing sogar ein Foto der beiden. Sie waren und blieben ein Paar, privat und beruflich, trotz allem, was zwischen ihnen geschehen war.

»Weil Ettore und du euch liebt, ganz einfach.«

»Schluss damit! Du weißt genau, wie lange ich versucht habe, Ettore davon zu überzeugen, dass wir eine Chance haben. Ich habe gebettelt, geweint, geschrien, ich hab versucht ihn zu verführen. Ich war wütend, traurig und verzweifelt, nichts hat etwas genützt. Egal was ich getan habe, die Antwort war immer die gleiche: *Ich will dich nicht, geh weg, ich liebe dich nicht mehr*. Und das, obwohl ich mich immer bemüht habe, das Positive in den Vordergrund zu stellen, ihn zu ermutigen, an sich zu glauben. Es war alles vergeblich, und jetzt kann und will ich nicht mehr.«

Sie griff nach ihrer Handtasche und verließ das Zimmer. Niemand schien sie zu verstehen, nicht einmal ihre Schwester. Niemand begriff, dass sie sich jemanden an ihrer Seite wünschte, mit dem sie alles teilen konnte, dass sie sich doch nur nach einem kleinen bisschen Glück sehnte. Am allerwenigsten Ettore. Mit Amos war alles so viel einfacher. Er brauchte sie nur zu sehen, und schon lächelte er. Sie war seine Muse, ihr galten sein erster und sein letzter Gedanke des Tages.

Als sie ihn auf dem Bürgersteig vor dem Hotel auf und ab gehen sah, lief sie zu ihm und warf sich in seine Arme.

»Ich dachte fast, du kommst nicht mehr.«

Calliope nahm sein Gesicht in ihre Hände: »Und ich dachte fast, du bist nicht mehr da«, flüsterte sie und erwiderte seinen Kuss, der leidenschaftlich und voller Gefühle war, die sie förmlich trank, einatmete wie die Luft, die ihr in der Ehe mit Ettore so sehr fehlte.

»Lass uns von hier verschwinden«, sagte Amos leise, und Arm in Arm schlenderten sie ziellos durch dunkle Straßen und Gassen.

Sie nahmen die anderen Passanten gar nicht wahr, sie lachten und konnten nicht voneinander lassen, bis sie das Hotel betraten, in dem Amos abgestiegen war. Der Portier reichte ihm mit einem unverbindlichen Lächeln den Schlüssel.

Alle Zweifel waren dahin, wie jedes Mal, wenn sie in seine Augen sah, die sie wie Magnete anzogen.

Sei einfach glücklich, sagte sie sich, als ihr Kleid zu Boden glitt und ihre Körper sich begegneten. Später aber, als sie neben dem tief schlafenden Amos lag, kehrten die Gewissensbisse zurück.

Sie hatte versprochen, ihn auf seiner Konzertreise nach Frankreich für ein paar Tage zu begleiten, sie hatte es ihm nicht abschlagen wollen, wenngleich sie nicht sicher war, ob es eine so gute Entscheidung war. Sie hatte eingewilligt, weil seine Wärme sie umhüllte wie ein warmer Mantel und er ihr immer wieder sagte, wie sehr er sie liebe.

Ihm das Gleiche zu sagen, war ihr unmöglich. Sobald er von Liebe sprach, tat sich für sie jedes Mal ein Abgrund auf. Amos liebte sie, keine Frage, und er war aufrichtig, das wusste sie. Aber was sie ihm antworten sollte, das wusste sie nicht. *Weiß ich überhaupt noch, was Liebe ist?*, fragte sie sich, während Tränen der Verzweiflung auf das Kopfkissen tropften.

39

Calliope schaute auf ihr Handy – keine neue Nachricht. Nichts, weder von Ettore noch von ihrer Mutter. Ihre Stimmung war auf dem Tiefpunkt angelangt, zumal sie einen handfesten Krach mit Diana hinter sich hatte, den sie erst mal verdauen musste.

Deshalb zog sie es vor, auf der Straße vor dem Hotel auf Amos zu warten.

»Kannst du mir mal verraten, was das soll? Gerade jetzt, wo es einen Haufen Verträge zu checken gibt, wo dein Projekt endlich anläuft, haust du ab nach Paris. Ich erkenne dich wirklich nicht wieder«, hatte Diana gewettert und mit ihrem Hörnchen herumgefuchtelt. »Und wofür wirfst du alles hin? Für ein paar Stunden wilden Sex mit deinem Lover?«

»Nein, so ist es nicht«, hatte sie sich verteidigt, doch Diana war nicht zu bremsen gewesen.

»Dir ist hoffentlich klar, wie lächerlich das ist.«

»Er sagt, er liebt mich.«

»Aha. Unser Pianist hat anscheinend keine Zeit verloren und seine Trümpfe geschickt ausgespielt.«

»Ich bitte dich …«

»Okay, dann frage ich mal anders. Bist du glücklich mit Amos? Wirklich glücklich? Und damit meine ich nicht die Stunden der Leidenschaft, für die du am nächsten Tag büßt und dir die Augen aus dem Kopf heulst.«

»Was soll ich dir darauf antworten? Irgendwie schon, aber ich kann die Jahre mit Ettore nun mal nicht so schnell beiseiteschieben. Ich werde meinen Mann immer lieben, aber manchmal genügt Liebe eben nicht. Und ich habe es satt, ständig zurückgewiesen zu werden.«

»Wie du meinst. Du kannst ja schließlich tun und lassen, was du willst. Aber du solltest zumindest mal darüber nachdenken.«

»Worüber genau?«

»Dass du mit Amos zusammen bist, weil du an Ettore nicht rankommst. Ist doch so, oder?« Auf Calliopes scheinbar gleichmütiges Schulterzucken hatte sie hinzugefügt: »Du solltest dich mal hören, wenn du von dir und Amos redest. Das klingt immer, als würdest du von einer Geschäftsbeziehung sprechen und nicht von einer Liebesaffäre. Das allein sagt ja schon alles.«

»Das stimmt doch gar nicht.«

»O doch. Und wenn du ehrlich wärst, würdest du mir recht geben. Du kannst vor allem und jedem davonlaufen, aber nicht vor dir selbst. Niemand kann das, und irgendwann holt die Wahrheit dich ein.«

»Und was ist deiner Meinung nach die Wahrheit?«

»Dass du deinen Ehemann liebst und deine Jugendliebe dazu benutzt, dein Bedürfnis nach Wärme zu stillen. Was nicht verwerflich ist, aber auf Dauer wirst du so nicht glücklich. Das weißt du genauso gut wie ich.«

Calliope schaute auf ihr Handy. Nur ein Anruf von einer unbekannten Nummer, sonst nichts. Sie zog ihren Kalender aus der Tasche und begann darin zu blättern, betrachtete die Termine, die sie für den Abstecher nach Paris hatte streichen müssen.

Das bläuliche Herbstlicht umfing sie, sie fröstelte in ihrem leichten Trenchcoat und klappte den Kragen hoch. Eine Frau kam mit einem Brot aus der Bäckerei hinter ihr, auf der Straßenseite gegenüber saß ein Obdachloser auf einer Bank. Die Baseballkappe tief ins Gesicht gezogen, döste er vor sich hin. So viele Menschen, so viele Schicksale.

Wer war sie eigentlich? Manchmal wusste sie es nicht, sie hatte das Gefühl, zwischen allen Stühlen zu sitzen. Zwischen Ettore und Amos, zwischen Beruf und Privatleben.

Ihr Blick fiel auf ihren Ehering. Am liebsten hätte sie Santiago angerufen und nach Ettore gefragt. Aber als sie sich gerade dazu durchgerungen hatte, spürte sie eine Hand auf ihrem Arm.

»Willst du wirklich mit mir nach Paris kommen?«, fragte Amos.

»Natürlich, warum fragst du?«

Er vergrub die Hände in den Taschen seiner Jeans. »Nun ja, wir sind noch nicht einmal am Bahnhof, und du schaust dir schon voller Bedauern die Termine an, die du nicht wahrnehmen kannst. Wenn du nicht willst, fahr lieber mit Diana nach Hause.«

»Um Himmels willen, Amos, rede keinen Unsinn. Ich habe gesagt, ich komme mit, und hier bin ich. Reicht das nicht als Antwort?« Sie winkte einem Taxi und griff nach ihrem Koffer. »Zum Bahnhof, bitte.«

Während sie durch die Stadt fuhren, dachte sie an zu

Hause, an die Weite der einsamen Landschaft, die ihr so viel vertrauter war als die Häuserschluchten Roms mit ihren Libertyfassaden und den prächtigen Balkonen und den Hochhäusern aus Glas und Stahl, die den Petersdom überragten. Die Stadt erdrückte sie, sie sehnte sich nach dem Meer, den kleinen Dörfern, der zerklüfteten Küste und den vulkanischen Bergen im Inneren ihrer Insel. Amos griff nach ihrer Hand, er schien ihre Gedanken lesen zu können und ihr Unbehagen zu spüren.

Was Calliope nicht ahnte, war, dass er selbst unsicher war. Zu tief hatten sich Ettores Worte in ihn eingebrannt, dass sie ausschließlich für die Firma lebe und er bei ihr auf Dauer keine Chance habe. Er wollte sie nicht verlieren, doch das würde er vermutlich, falls sein Rivale recht behielt. Er hoffte, dass die gemeinsame Reise nach Paris für ihn arbeiten würde.

Amos löste seine Finger von den Tasten. Er hatte all seine Gefühle in seine Musik gelegt, während er das Stück spielte, das er in einer Sommernacht für Calliope komponiert hatte. An diesem Abend in der säkularisierten Kirche hatte er lediglich für sie gespielt, für diese Frau in der ersten Reihe, von der er geradezu besessen war.

Als er sie auf ihrem roten Samtsessel sitzen sah, gab er sich dem Traum hin, sie ganz für sich allein zu haben. Er wollte ihr am Ende des Konzerts in die Augen sehen, um Gewissheit zu bekommen. Noch nie hatte er sich ihr so nahe gefühlt. Sie war mit ihm nach Paris gefahren, als wären sie ein Liebespaar, ohne all die Probleme. Als sie

Hand in Hand ins Hotel zurückgingen, kam es ihm so vor, als leuchteten die Lichter der Stadt an der Seine in dieser Nacht ausschließlich für sie.

Warum konnte es nicht immer so sein?

»Was hältst du davon, für immer hierzubleiben«, fragte er sie spontan, als sie vor einer kleinen Brasserie stehen blieben. »Wir essen jeden Abend woanders, mal ganz fein, mal ganz rustikal wie hier in diesem Laden mit seinen rot-weiß karierten Tischdecken.«

Sie musste über seine Schwärmerei lachen. »Und kaum Platz zwischen den Tischen. Hier kann man den Nachbarn ja in die Suppe spucken.«

»Oder wir suchen uns jede Woche eine neue Stadt aus, die wir noch nicht kennen«, spann er den Gedanken weiter.

»Als Stadtnomaden, meinst du?«

Sie ließ den Blick über die bunte Mischung der Gäste schweifen, die von schlicht bis elegant den Querschnitt der Bevölkerung abbildete.

»Ich dachte eher an Liebesnomaden«, verbesserte er sie und schaute ihr tief in die Augen, bis der Kellner die Weinkarte brachte.

»Ich suche aus, in Ordnung?«, kam Amos ihr zuvor und gab in perfektem Französisch ihre Bestellung auf: »Einen Château Cantemerle.« Zu Calliope sagte er: »Es wäre eine Schande, in Frankreich zu sein und keinen Rotwein zu trinken, nicht wahr?«

Sie kam nicht zum Antworten, ihr Begleiter verhandelte bereits mit dem Kellner über den besten Jahrgang. Für meine Frau etwas Prickelndes, hätte Ettore einfach gesagt, ohne eine große Schau abzuziehen wie Amos, der sich, ohne sie nach ihren Wünschen zu fragen, als großer Weinkenner aufspielte. Und in der Tat wäre ihr etwas Prickelndes lieber gewesen – der hochgelobte Rotwein war ihr zu schwer, zu erdig und zu trocken. Ohne Begeisterung stieß sie mit ihm an, als er sein Glas hob.

»Auf unsere Zukunft.«

»Auf die Zukunft«, korrigierte sie ihn.

»Und nächste Woche könnten wir in Wien in den Prater gehen und, wenn du willst, Neujahr in New York verbringen. Ich habe dort Konzerte bis zum dreißigsten Dezember, es wäre wunderbar, den letzten Tag des Jahres im Big Apple zu sein.«

Er zwinkerte ihr zu, während sie in ihrem Essen herumstocherte. »Meinst du nicht, dass um diese Zeit schon alles ausgebucht ist?«

»Keine Sorge, ich habe meine Kontakte. Einer meiner Freunde hat eine Wohnung an der Upper West Side in der Nähe des Central Park, sehr attraktiv, was Kunst und Kultur angeht. Es wird dir gefallen, da bin ich sicher. Und dann schauen wir uns das Feuerwerk über dem Hudson River an, das soll noch viel schöner sein als das berühmte Spektakel am Times Square.«

Calliope riss erstaunt die Augen auf. »Wenn ich dich so höre, habe ich das Gefühl, noch gar nichts erlebt zu haben. Das sagt mir alles nichts.«

»Umso schöner, wenn wir das jetzt gemeinsam nachholen. Zu zweit erlebt man ohnehin alles intensiver. Wenn ich daran denke, wie wir die ganze Welt bereisen, sehe ich die riesige Pinnwand mit Ansichtskarten und

Fotos, auf der wir unsere Erinnerungen dokumentieren, schon vor mir.«

Sie nickte, während er einen Schluck Wein trank.

»Dank der Musik habe ich die ganze Welt gesehen, aber für manche Dinge braucht man den richtigen Menschen an seiner Seite, um sie wirklich genießen zu können. Und du bist der richtige Mensch für mich. Seit wir uns getrennt haben, habe ich auf dich gewartet«, flüsterte er.

Seine Worte verschlugen ihr den Atem, sie berührten sie, bewiesen ihr einmal mehr, wie sehr dieser Mann sie liebte. Natürlich wollte sie gerne all diese Abenteuer erleben, von denen er gesprochen hatte, doch eine innere Stimme wiederholte wieder und wieder, dass das alles nichts als Hirngespinste waren, die niemals Realität werden würden. Illusionen, tröstlich einen Abend lang, um das eigene Leben zu vergessen und in ein anderes zu schlüpfen, um das Lächeln eines verliebten Mannes zu sehen und seine Küsse zu genießen.

Ein Zeichen von Leichtigkeit, von Joie de vivre.

Das war die Essenz von Paris, einer Stadt, in der alles möglich war und wo man den Sinn des Wortes Liebe in seiner ganzen Tiefe erfahren konnte.

Liebe, die sie in der hereinbrechenden Nacht in Amos' Armen fand, ihren Kopf an seine Brust gelegt, während sie gemeinsam den beleuchteten Eiffelturm betrachteten und die Spiegelung von Tausenden Lichtern in der Seine bewunderten. Er begehrte sie, wollte sie den Fauxpas mit dem falschen Rotwein vergessen lassen.

Vielleicht reichte ihr diese Art des Zusammenseins ja, überlegte sie, vielleicht war es gar nicht so schwer, sich zu lieben. Im hellen Licht des Mondes und unter dem Sternenhimmel schien alles möglich.

Ein Straßenmusiker spielte *La Vie en Rose* auf seiner Violine, als sie langsam die Treppenstufen des Hotels hinaufstiegen.

»Ich möchte ein Kind«, brach es plötzlich aus ihr heraus.

Amos blieb wie angewurzelt stehen, hielt ihre Hand fest umklammert und schaute sie forschend an.

»Ein Kind?« Sein Herz begann heftig zu klopfen, er fühlte sich dem Ziel seiner Wünsche plötzlich ganz nah. »Du willst ein Kind?«

»Ja, oder besser gesagt, nein. Es ist wie immer kompliziert«, fügte sie hinzu und verstand selbst nicht, welcher Teufel sie da geritten hatte.

»Was ist daran kompliziert?«

»Nun ja, ich möchte schon ein Kind. Lange habe ich dieses Thema verdrängt, bis ich eines Morgens meine biologische Uhr laut und deutlich ticken hörte. Ettore hat zynisch gelacht und mir vorgeschlagen, mir eines von einem anderen machen zu lassen, er sei aus dem Rennen. Absurd, oder?«

Sie lächelte verlegen, trat dabei von einem Fuß auf den anderen und versuchte sich zu beherrschen, aber jede Sekunde, die Amos nichts sagte und sie stumm anstarrte, steigerte ihre Nervosität. War es ihr wirklich ernst damit? Bisher war sie immer davon ausgegangen, ein Kind müsse von Ettore sein.

»Ach, vergiss es«, sagte sie und eilte ihm voraus ins Foyer.

Schweigend fuhren sie im Aufzug nach oben, und immer noch schweigend betraten sie ihr Zimmer.

Amos war ratlos, die Stimmung schien völlig gekippt. Sie spürte seine Enttäuschung.

»Komm her und lass uns darüber reden«, sagte sie, setzte sich aufs Bett und klopfte auf den Platz neben sich.

Er verzog das Gesicht. »Lassen wir das, ich bin zu müde für eine derartige Diskussion«, erwiderte er und vergrub die Hände in den Taschen.

Kein Lächeln, kein Kuss. Calliope kam sich vor wie im heimischen Schlafzimmer mit Ettore, nur dass sie jetzt eine andere Mauer vor sich hatte.

»Warum redest du nicht mehr mit mir, Amos. Es ist wegen der Kinderfrage, oder?« Sie packte ihn am Arm, sie musste wissen, ob sie etwas Falsches gesagt und damit alles kaputtgemacht hatte. Ob sie ein weiteres Mal zurückgewiesen wurde, wie schon von ihrem Mann. »Du hast dich gar nicht dazu geäußert. Glaub mir, ich wollte dich nicht bedrängen, es war nur eine spontane Eingebung, mehr nicht.«

Er schüttelte den Kopf. »Nein, das ist es nicht.«

»Was dann?«

Amos schaute sich ihm Spiegel an. Er müsste Calliope alles über die Vereinbarung mit Ettore erzählen, aber das konnte er nicht. Ihr Glück war begrenzt, irgendwann würde Ettore seinen Lohn verlangen. Was er allerdings noch mehr fürchtete, war Calliopes Reaktion, wenn sie davon erfahren würde. Im Grunde war ihre Reise nach Paris für ihn eine Flucht, doch man konnte nicht ewig fliehen.

»Was ist los mit dir? Sollen wir ausgerechnet hier, in der Stadt der Liebe, zum ersten Mal streiten?«, bohrte Calliope weiter, und als er immer noch nichts sagte, fühlte sie sich provoziert. »Du willst also nicht mit mir reden. Schön, dann starr ruhig weiter die Wand an.«

Er ballte die Hände zu Fäusten. »Es tut mir leid, es ist nicht so leicht zu erklären, und ich glaube nicht, dass du es verstehen würdest …«

»Na großartig«, fuhr sie ihn hitzig an. »Weißt du was, lass dir ruhig Zeit, dann fallen dir schon die richtigen Worte ein, die auch ich mit meinen beschränkten geistigen Fähigkeiten erfassen kann. Ich gehe solange duschen.«

Sie schnappte sich ihr Handy, schloss sich im Bad ein und drehte die Musik auf.

Amos gab sich geschlagen, er beschloss, ihr alles zu beichten.

»Calliope, ich bitte dich, komm raus und wir reden, okay?« Als sie nicht reagierte, fügte er hinzu: »Bitte, sei nicht kindisch. Komm raus, damit wir uns wie zwei Erwachsene unterhalten können.«

Die Tür wurde aufgerissen, und sie stand vor ihm wie ein Gespenst, bleich und am ganzen Körper zitternd, den Blick starr und mit Tränen in den Augen. Aus dem Bad war die raue Stimme von Bruce Springsteen zu hören, der über die Straßen von Philadelphia sang.

Amos ging auf sie zu, versuchte vergeblich, ihre Hände zu greifen.

»Was ist los?«, fragte er und deutete auf ihr Handy. »Deine Mutter, die Firma?«

»Ich brauche ein Auto, ich muss sofort nach Hause. Jetzt«, flüsterte sie kaum hörbar.

»Nimm lieber morgen den Zug vom Gare de Lyon.«

»Morgen ist es zu spät.«

»Wer hat dich angerufen? Sag endlich, was los ist.«

Sie schob ihn zur Seite, warf ihre Sachen in den Koffer.

»Calliope?«

»Das war Diana«, stieß sie hervor, »mein Mann ist wieder auf der Intensivstation.«

»Ettore?«

Calliope hielt inne und drehte sich langsam zu Amos um. »Mein Mann.« Und dann brach es aus ihr heraus. »Ich liebe ihn, obwohl ich mir wirklich Mühe gegeben habe, es nicht zu tun. Aber es funktioniert nicht, ich liebe ihn immer noch, trotz allem, ich komme nicht dagegen an.«

Amos strich sich mit der Hand übers Gesicht. »Dann ist das ein Abschied für immer?«

»Ja«, antwortete sie, ohne zu zögern, »Diana hat gesagt, er hat versucht, mich anzurufen, und mir Blumen geschickt …«

»Ich weiß«, unterbrach Amos sie schuldbewusst. »Ich habe an der Rezeption darum gebeten, sie wegzuwerfen, und ich habe seine Anrufe abgelehnt, wenn du gerade nicht in der Nähe deines Telefons warst.«

»Du hast was?«

»Es tut mir leid, ich konnte nicht anders. Er hat mich vor einiger Zeit zu einem Gespräch in die Masseria bestellt und mir erklärt, seinetwegen könne ich mit dir ein gemeinsames Leben aufbauen und sogar ein Kind mit dir haben, und jetzt hat er es sich plötzlich wieder anders überlegt.«

Sie presste ihren Pullover an die Brust. »Noch mal, bitte. Ich versuche gerade zu verstehen, was du mir da gesagt hast.«

»Ich wusste, dass dieser Moment kommen würde!«

»Amos, bitte«, drängte sie.

»Schon gut, ich erzähle dir alles«, gab er sich geschlagen und berichtete von seinem Abkommen mit Ettore, von dessen Bereiterklärung, auf Calliopes Liebe zu verzichten, damit sie glücklich werden könne, und dass er Amos' Schwager die Schulden bezahlen würde, sofern er über ihre Liaison Stillschweigen bewahren würde. Es sei eine Art Deal gewesen, schloss er.

Calliope ließ sich auf einen Stuhl sinken und starrte ins Leere. Ettore hatte heimlich dafür gesorgt, dass Amos und sie eine Beziehung führen konnten, und das nur aus einem einzigen Grund: weil er sie liebte. Edel und selbstlos. Amos hingegen hatte sich so sehr von seinem Wunsch, sie zu besitzen, leiten lassen, dass er auf alles eingegangen war. Echte Liebe war das nicht, befand sie.

»Und du bist darauf eingegangen, nicht wahr?«

»Ja. Weil ich dich liebe. Wenn man liebt, macht man manchmal die verrücktesten Dinge.«

»Nein«, sagte sie und warf die letzten Sachen in den Koffer, »das ist keine Liebe, das ist Besitzdenken. Liebe ist, jemanden gehen zu lassen, damit er glücklich sein kann.« Sie wischte sich mit dem Ärmel die Tränen aus dem Gesicht. »Und jetzt entschuldige mich, ich muss heimfahren. Zu meinem Mann.«

Sie warf die Tür hinter sich zu, nahm den Aufzug nach unten und bat an der Rezeption darum, ihr einen Mietwagen zu besorgen.

40

Die Sonne hatte längst ihren Zenit überschritten und würde bald untergehen, als sie nach einer schier endlosen Fahrt ihre heimatliche Insel erreichte. Im Radio kamen die Nachrichten, und der Kaffee, den sie sich auf der Fähre geholt hatte, war inzwischen kalt geworden. Sie gähnte, ihr tat alles weh. Eine jazzige Melodie ertönte, ihr Handy klingelte bestimmt schon zum zehnten Mal. Der Name auf dem Display war immer derselbe: Amos. Sie ignorierte diesen Anruf ebenso wie die anderen und fuhr weiter, prostete sich mit ihrem Kaffee zu. Sie war völlig erschöpft, aber sie hatte es bald geschafft.

Sie wusste nicht, ob sie mit Ettore je wieder zu ihrem alten Verhältnis zurückfinden oder ob die Wunden, die er ihr zugefügt hatte, je wirklich heilen würden. Die Erkenntnis jedoch, dass sein abweisendes Verhalten lediglich seine Liebe zu ihr hatte kaschieren sollen, wie sie es inzwischen interpretierte, gab ihr neue Hoffnung, dass sich alles zum Guten wenden würde.

Ein neues Leben, ein neues Wir, das war es, was sie sich wünschte. Deshalb musste sie die Erinnerung an Amos auslöschen, die gemeinsamen Tage, ihr Lachen, ihre Leidenschaft. Auch das tat weh. Um sich auf den letzten Kilometern von seinen ständigen Anrufen nicht mehr aus der Ruhe bringen zu lassen, nahm sie das Telefon, schaltete es aus und warf es in den Fußraum des Wagens.

Wenig später erreichte sie das Krankenhaus und war wieder zurück bei ihrem Mann und in ihrem persönlichen Albtraum. Sie setzte sich an sein Bett und nahm seine Hand, dachte an seinen ersten Krankenhausaufenthalt nach dem Unfall, als er wochenlang im Koma lag, an den Schmerz, den sie empfunden hatte, und an die Hoffnung, an die sie sich geklammert hatte und die letztlich enttäuscht worden war. Trotzdem war die Liebe am Ende stärker gewesen.

Jetzt saß sie erneut an seinem Bett und betrachtete die Geräte, die seine Körperfunktionen kontrollierten. An der Wand hing ein weißes Telefon für Notfälle, und das Bett mit den vielen Knöpfen ließ sich auf alle möglichen Positionen einstellen, falls irgendwelche lebensrettenden Maßnahmen vorgenommen werden mussten.

»Für meinen Geschmack warst du in letzter Zeit ein wenig zu oft hier«, zwang sie sich mit einem Lächeln zu sagen.

Gleich beim Betreten der Intensivstation hatte sie die Kälte des lauernden Todes gespürt. Ihre Schwester hatte sie über alles aufgeklärt. Ettore hatte ein Aneurysma in der Aorta gehabt, das geplatzt war. In den meisten Fällen führte so etwas zum Tod. Er hatte unglaubliches Glück gehabt.

»Azalea wollte nicht, dass ich dich vorher anrufe. Du solltest dir keine Sorgen machen. Es ging Ettore schon seit Tagen nicht besonders gut. Als er schließlich mit Blaulicht in die Notaufnahme gebracht wurde, war sein Zustand mehr als kritisch. Er wurde gleich operiert, was er relativ gut überstanden hat. Eben den Umständen entsprechend. Wie es weitergeht, werden die nächsten Stunden und Tage zeigen müssen.«

Daraufhin waren sie zu Ettores Zimmer gegangen, und vor der Tür hatte Diana sie am Arm gefasst. »Und was ist mit Amos?«

»Es ist vorbei, denke ich.«

»Ich weiß, dass alles nicht leicht ist für dich, aber ich bin froh, dass du diese Entscheidung getroffen hast.« Sie machte eine kurze Pause, bevor sie noch etwas hinzufügte. »Santiago hat mir gesagt, dass Ettore gerade das hier gelesen hat, als er seinen Zusammenbruch hatte«, sagte sie und drückte ihr einen Zeitungsartikel in die Hand.

Calliope überflog ihn und gelangte einmal mehr zu der Überzeugung, dass ihr Mann sie wirklich liebte. Es war eine besondere Liebe, die weit über die zugegebenermaßen nette, heitere Verliebtheit hinausging, die sie mit Amos verband – diese Liebe war intensiv und kraftvoll, nur bisweilen eben auch zerstörerisch.

Sie hatten einander angeschrien und wehgetan, sie hatte ihn betrogen, doch sie liebte ihn. Sie liebte ihn, egal was aus ihm werden würde, denn sie kannte den Ettore, der er vor dem Unfall gewesen war – den Mann, der ein großes Herz besaß und mit dem sie in Griechenland nachts am Strand barfuß getanzt hatte.

Sie war Ettore, und Ettore war sie, seit sie die Ringe getauscht hatten.

»Die Liebe bist du«, sagte sie leise und küsste Ettores Hand, als sich eine andere Hand sanft auf ihre Schulter legte.

Azalea stand hinter ihr. Ihre Mutter, die selbst in Ettores schlimmsten Phasen unverbrüchlich an ihre Ehe geglaubt hatte. Sie zeigte ihr den Zeitungsartikel. Es war ein Bericht über die Präsentation der Pastafabrik Costa auf der Biomesse, dazu ein Foto, auf dem sie auf der Bühne zu sehen war, wie sie selbstbewusst in die Kamera lächelte.

»Das hatte er in der Hand, als er das Bewusstsein verlor, hat Santiago gesagt.«

»Mit Sicherheit hat er sich für dich gefreut«, beteuerte Azalea.

Von Gefühlen überwältigt, begann Calliope zu schluchzen. Ihre Mutter strich ihr zärtlich über die Haare.

»Ettore liebt dich mehr, als du dir vorstellen kannst, mein Mädchen«, sagte sie.

41

Calliope schloss die Tür des Trockenraums hinter sich und ließ sich todmüde auf den Boden sinken.

Kurz nach Sonnenaufgang hatte sie das Krankenhaus verlassen, war in die Firma gefahren, um die wichtigsten Verträge durchzusehen und ihre Arbeit wieder aufzunehmen. Bis zum Abend saß sie überwiegend an ihrem Schreibtisch, und als sie ihn anschließend aufräumte, waren der Nachtwächter und der Sternenhimmel ihre einzige Gesellschaft gewesen.

Bevor sie nach Hause aufbrach, war sie noch einmal an diesen Ort gekommen, der für sie etwas Magisches hatte. Sie musste nachdenken. Über sich selbst, über Ettore und ihre gemeinsame Zukunft, über Amos und nicht zuletzt über Diana, die sich wohl endgültig entschlossen hatte, das Kind, das sie erwartete, zur Adoption freizugeben.

»Wenn mein Kind nicht mal erfahren darf, wer sein Vater ist, gebe ich es lieber in eine Familie, die es vorbehaltlos liebt«, hatte sie mit Tränen in den Augen gesagt.

Die Worte ihrer Schwester gingen Calliope nicht aus dem Kopf, und sie musste immer wieder über ihren eigenen, wie sie selbst wusste, fragwürdigen Kinderwunsch nachdenken. Wusste sie überhaupt noch, was sie wirklich wollte? Dass Amos sie außerdem immer noch bedrängte, belastete sie noch zusätzlich.

»Du verlangst von mir, dass ich auf dich, auf uns verzichte. Aber das will ich nicht«, hatte er bei ihrem letzten Telefongespräch gesagt.

Zwar hatte sie inzwischen ihr Handy ausgeschaltet und Carmen angewiesen, seine Anrufe nicht mehr durchzustellen, doch sie kannte Amos gut genug, um zu wissen, dass er sich nicht lange abwimmeln lassen würde. Dabei hatte sie im Augenblick wirklich keine Kraft für eine weitere Auseinandersetzung.

»Warum kann ich nicht einmal in meinem Leben ein kleines bisschen Frieden haben, ohne all die Sorgen? Warum muss immer alles schieflaufen?«

Sie blickte zu dem Ventilator, der die Luft im Trockenraum bewegte und kleine Mehlwolken aufwirbelte, die sich sanft auf ihre Haut legten. Es war fast, als würde ihr Großvater sie berühren, der für sie in diesem Raum stets präsent war. Auch in diesem Moment spürte sie seine Nähe. Niemand sonst erlebte das so, niemand verstand, welch ein unerschöpflicher Quell der Inspiration Aristide für sie war.

Es war tröstlich, sich vorzustellen, er würde neben ihr sitzen wie früher an den unzähligen Samstag- und Sonntagnachmittagen und ihr wie damals mit Mehl einen Bart anmalen, damit sie endlich ihre finsteren Gedanken loswerden und wieder lächeln würde. Was das Geschäftliche betraf, konnte sie sich nicht beklagen. Die Umsatzzahlen stiegen rapide, und in der Presse wurde sie inzwischen als die Königin der Pasta gefeiert.

Das alles gab ihr Kraft. Der Artikel, den Ettore bei seinem Zusammenbruch in den Händen gehalten hatte, hing inzwischen gerahmt in ihrem Büro, und jeden Morgen, bevor sie mit der Arbeit begann, schaute sie ihn an, um sich zu erinnern, wer sie war und was ihr die Unterstützung der Menschen bedeutete, die sie liebten.

Sie sah sich um und sog den Duft der trocknenden Teigwaren tief ein. Azalea hatte vollkommen recht: Sie hatte Pasta im Blut, sie war die würdige Nachfolgerin Aristide Costas, des Firmengründers, und ihres Großvaters Aristide, der ihr unverkennbar seinen Stempel aufgedrückt und sie gelehrt hatte, dieses Geschäft zu lieben.

Stumm sprach sie ein Gebet für ihn, um ihm zu danken, dass er ihr den Weg gewiesen hatte. Ihr Leben waren die Firma und ihr Mann. Sonst nichts, dachte sie und strich über ihren Ehering.

»In Wirklichkeit ist dir dein Ehemann doch völlig egal!«, schrie Lucia, als sie Calliope in der Tür auftauchen sah. »Du hättest mir sagen müssen, dass mein Sohn fast gestorben wäre. Ich bin seine Mutter!«

Sofort schaltete Azalea sich ein. »Du warst auf einer Kreuzfahrt in der Karibik. So schnell kommt man von diesen Schiffen nicht runter, und abgesehen davon muss man erst mal zu einem Flughafen kommen, der nicht nur von kleinen Maschinen angeflogen wird. Deshalb wollten wir erst mal abwarten.«

Diana, die gerade mit Santiago vor dem Haus Blätter zusammengefegt hatte, steckte den Kopf zur Tür herein. »Mein Gott, was ist denn hier los?«

»Lucia ist aus dem Urlaub zurück und macht uns Vorwürfe, weil wir sie nicht früher informiert haben«, antwortete ihre Mutter und hob beschwichtigend die Hände.

»Jawohl, und dann muss ich auch noch erfahren, dass Calliope gar nicht da war, als das mit Ettore passierte. Nein, Madame war mit ihrer Jugendliebe in Paris! Das ist doch wohl die Höhe«, ereiferte sich die Contessa. »Ganz Salina weiß Bescheid, alle wissen, was du für eine bist.«

Calliope stand wie versteinert da. Kaum war sie aus der Firma zurück, war ihre Schwiegermutter schon über sie hergefallen. Allerdings war ihr schleierhaft, woher angeblich alle im Ort von ihrem Verhältnis mit Amos wussten, aber sie fragte lieber nicht nach.

»Du besitzt nicht mal den Anstand, es zu leugnen«, zeterte Lucia weiter. »Mein Sohn ist dir völlig gleichgültig. Für dich zählt nur, dass du in der Presse einen guten Eindruck machst, damit die Geschäfte laufen und du die Dividenden meines Sohnes einstreichen kannst. Ansonsten wirfst du ihn weg wie ein kaputtes Spielzeug und vergnügst dich stattdessen mit deinem Liebhaber. Und außerdem bist du schuld, dass er alle Brücken zu mir abgebrochen hat. Zu seiner eigenen Mutter«, fügte sie anklagend hinzu.

In diesem Moment trat Diana auf sie zu. »Jetzt reicht's. Da Azalea zu nett ist, um dich in die Schranken zu weisen, muss ich es eben tun: Ich möchte, dass du jetzt gehst. Verlass dieses Haus und komm nie mehr wieder. Jemand, der völlig aus der Luft gegriffene Anschuldigungen vom Stapel lässt, meine Schwester und meine Familie verleumdet und sich derart im Ton vergreift, hat in der Masseria nichts zu suchen. Also geh, du bist hier unerwünscht.« Sie öffnete die Tür: »Und wenn du mit Rosa und den Kindern das nächste Mal auf Kreuzfahrt gehst, lass einfach eine Nummer da, unter der wir dich zur Not über den Zustand deines Sohnes informieren können.«

»Es wird kein nächstes Mal geben. Sobald Ettore von dieser Geschichte erfährt, wird er keinen Fuß mehr in dieses Haus setzen«, gab Lucia hoheitsvoll zurück, nun wieder ganz die Dame aus altem Adel.

Diana schloss hinter ihr die Tür und drehte sich grinsend zu den anderen um. »So, nachdem das erledigt wäre, könnten wir eigentlich den Kamin anzünden und es uns gemütlich machen, was meint ihr?«

»Ich gehe Holz holen«, erklärte Santiago spontan, während Calliope voller Bewunderung die Hand ihrer Schwester drückte.

»Du bist eine echte Costa«, sagte sie.

42

September und Oktober gingen vorüber, und der November hatte begonnen. Die Straßen von Salina waren mit bunten Blättern bedeckt, ein kalter Nordwind wehte durch die Straßen und beutelte die Orangenbäume rund um die Masseria.

Die leuchtenden Farben des Sommers waren aus dem Garten verschwunden und hatten den gedeckten Farben des Herbstes Platz gemacht, die von einem warmen Orange und Goldgelb bis Bordeauxrot und Braun reichten. An den Weinstöcken hingen pralle Reben, und im Orangenhain, dessen Blätter noch grün waren, reiften die Sorten, die im Spätherbst geerntet wurden, und verströmten einen intensiven Duft.

Bald würden sie sie pflücken können, dachte Calliope. Das war das Schöne an Orangen – die Reifezeit verteilte sich nahezu über das ganze Jahr. Eine Tasse Vanilletee in den Händen, schaute sie auf die prächtigen Bäume. Weniger aufmunternd war der Himmel. Er war grau, und die Sonne ließ sich kaum einmal sehen.

Passend zu ihrer Stimmung, denn Ettore lag nach wie vor im künstlichen Koma. Es hatte Komplikationen gegeben, und die Ärzte wagten es derzeit nicht, ihn aufzuwecken. Außerdem belastete es sie, dass Amos partout nicht aufgeben wollte. Da sie seine Anrufe nicht mehr entgegennahm, schickte er ihr unentwegt Nachrichten, in denen er ihr mal seine Liebe schwor und sie dann wieder mit Vorwürfen überhäufte, weil sie beharrlich schwieg. Mittlerweile betrachtete sie es als fatalen Fehler, sich auf ihn eingelassen zu haben, so schön es auch gewesen war.

»Sollen wir nächste Woche mit der Ernte anfangen? Diana meint, es macht Spaß, und ich würde gerne mitmachen, wenn ich darf«, riss Santiagos Stimme sie aus ihren Gedanken.

Der junge Physiotherapeut war auf Wunsch der Familie in der Masseria geblieben, obwohl er momentan nichts zu tun hatte. Er sollte zur Verfügung stehen, wenn Ettore aufwachte.

»Klar, du gehörst schließlich zur Familie. Aber ich warne dich: Die Orangenernte ist anstrengend. Da heißt es früh aufstehen, schnell frühstücken und los.«

»Klingt nach einer schönen Familientradition«, meinte er.

»Ja, das ist es auch.«

Calliope dachte an ihre Kindheit zurück, daran, wie sie morgens mit ihrem Großvater am Feuer gesessen und Brot geröstet hatten, bevor sie mit dem Pflücken began nen. Alle waren glücklich gewesen. Aristide liebte die Ernte, weil er auf diese Weise viel Zeit mit seinen Enkeln verbringen konnte. Ihre Großmutter war nie dabei gewesen, sie blieb lieber im Haus und kochte, damit etwas zu essen bereitstand, wenn abends alle hungrig heimkamen. Sie hatte von den Traditionen der Familie Costa ohnehin nie viel gehalten – vielleicht die Nachwirkungen von Aristides Affäre mit Eleonora. Anna zog den gemeinsamen Sohn der beiden wie ihren eigenen auf, was für sie sicher nicht leicht gewesen war.

»Du hast recht, es ist eine schöne Tradition«, antwortete sie. »Einmal war sogar Ettore dabei.« Die Erinnerung schmerzte, und schnell wechselte sie das Thema. »Am Montag werde ich Professor Valdi anrufen und so schnell wie möglich einen Termin vereinbaren. Ich möchte wissen, inwieweit das Aneurysma Ettores Heilungsprozess beeinflusst und wie er den bisherigen Erfolg der Therapie einschätzt.«

»Na ja, ein paar kleine Fortschritte hat es ja gegeben und …«

Calliope schaute ihn überrascht an. »Und was? Was wolltest du sagen?«

Santiago, eine Packung Kekse in der Hand, fuhr sich nervös mit den Fingern durchs Haar. »Ich denke, das sollte Ettore dir selbst sagen, ich möchte da nicht vorgreifen.«

Calliope halbierte eine Orange und nahm die Presse aus dem Regal. Sie hatte schon länger bemerkt, dass da etwas im Busch war. Ettore hatte sich Fragen nach etwaigen Fortschritten kategorisch verbeten, und er hatte sich von ihr nicht zu seinen Arztterminen begleiten lassen. Doch damit musste jetzt Schluss sein.

»Ich bin seine Frau, Santiago, ich habe das Recht, es zu wissen«, erklärte sie resolut. »Es sei denn, er hat dich explizit gebeten, mir nichts zu sagen«, fügte sie mit einem bitteren Unterton in der Stimme hinzu, während sie die Orangen presste und den Saft in ein Glas goss.

Santiago zögerte eine Weile, ehe er sich zum Reden

entschloss. »Ettore hat es abgelehnt, sich noch mal operieren zu lassen.«

»Und warum? Hat er dir das auch gesagt«, fragte sie nicht wirklich überrascht.

»Er meinte, seine Chancen seien sowieso gering.«

»Verstehe. Und wie hat Valdi reagiert?«

»Na ja, er meinte, er soll seine Entscheidung noch mal überdenken und mit der Krankengymnastik weitermachen.«

»Aus dem Therapieprogramm ist er also nicht ausgeschieden, habe ich das richtig verstanden?«

»Genau.«

»Gut.« Calliopes Finger flogen über die Tastatur ihres Handys. »Ich werde mir jetzt bei Valdi einen Termin geben lassen und das Ganze mit ihm besprechen. Solange Ettore bewusstlos im Krankenhaus liegt, kann er mir zur Abwechslung mal nicht widersprechen.«

Der nächste Tag kam und brachte neue Aufregung. Calliope fiel ein aus dem Computer ausgedrucktes Foto in die Hände, das auf dem Schreibtisch im Arbeitszimmer lag. Es zeigte sie und Amos, wie sie Hand in Hand eine Theatervorstellung in Salina verließen. Wie kam es hierher? Amos' Worte über seine Vereinbarung mit Ettore fielen ihr wieder ein. Er hatte alles akzeptiert, um mit ihr zusammen sein zu können, und Ettore hatte sie gehen lassen und ihr eine Freiheit geschenkt, die sie nicht gewollt hatte. Er liebte sie, wenn auch auf eine Weise, die sie tief verletzt hatte.

Während sie noch auf den Schnappschuss starrte, kam

Diana herein. »Ich wusste es«, flüsterte sie. »Erst hatte ich nur einen Verdacht, aber als Amos hier auftauchte, war mir alles klar.«

»Was wusstest du?«

Sie deutete auf das Foto. »Ettore hat dich ganz bewusst in Amos' Arme getrieben, seit er wusste, dass ihr euch wiedergetroffen habt und euch gelegentlich seht.«

»Na toll, mein Leben scheint ja eine richtige Familienangelegenheit zu sein«, erwiderte Calliope verärgert. »Du hättest mir verdammt noch mal sagen müssen, dass Ettore Amos in die Masseria zitiert hat, um ihn für seine verrückten Ideen einzuspannen!«

»Das war nicht so einfach. Ich wusste ja auch gar nicht, was die beiden da genau ausgehandelt haben. Und ich hatte Angst, alles nur noch schlimmer zu machen, wenn ich es dir sage. Immerhin habe ich versucht, dich vor der Reise nach Paris zu warnen.«

Calliope fuhr sich mit der Zunge über die Lippen. »Was soll's. Ich dachte halt immer, meine Eheprobleme wären privat, aber anscheinend war ich die Einzige, die nicht wusste, was vor sich geht. Weiß sonst noch jemand über die Machenschaften meines Mannes Bescheid?«

»Ja, ich«, ertönte hinter ihnen Azaleas Stimme.

»Du?«

»Ja. Und ich habe geschwiegen, weil es das einzig Richtige war, nachdem ich vergeblich versucht habe, Ettore davon abzuhalten. Irgendwie hatte ich gehofft, die ganze Sache würde im Sand verlaufen.«

Calliope stützte sich auf einen Stuhl, sie konnte einfach nicht glauben, was sie da zu hören bekam.

»Ihr habt mich belogen, alle beide. Jetzt verstehe ich auch, warum Amos mich von Salina wegbringen wollte. Um uns beide Ettores Kontrolle zu entziehen.«

»Es tut mir leid.« Diana war sichtlich bestürzt. »Tut mir leid, dass ich die Zusammenhänge nicht gleich gesehen habe …«

»Verdammt, du hättest mir sagen müssen, was da hinter meinem Rücken ablief«, schimpfte Calliope, der nun Tränen die Wangen hinunterliefen. »Aber nein, du hast dich nur darum gekümmert, dass deine eigenen Geheimnisse nicht ans Licht kommen.« Sie wandte sich an Azalea, die ihre Töchter verwirrt anblickte. »Mama, weißt du eigentlich, dass Diana schwanger ist?« Ihre Schwester wurde blass, gab ihr Zeichen, doch Calliope war nicht mehr aufzuhalten. »Und weißt du auch, dass sie gar nicht mehr an der Uni ist, sondern in Rom Schauspielunterricht nimmt? Und dass sie an ihrer Abschlussarbeit schreibt, ist erstunken und erlogen.«

»Bitte, Kinder, hört auf«, versuchte Azalea den Streit zu beenden.

»Und soll ich dir sagen, wer der Vater ihres Kindes ist? Don Raffaele, der …«

Sie kam nicht mehr dazu, den Satz zu beenden, denn ihre Mutter versetzte ihr eine schallende Ohrfeige. »Missbrauch nie wieder das Unglück deiner Schwester, um deine Wut rauszulassen. Du hast kein Recht dazu. Sie hat doch gar nicht gewusst, was genau Ettore und Amos ausgehandelt haben. Sie hat genug eigene Probleme, da kann sie deine kleinliche Rache weiß Gott nicht auch noch gebrauchen.«

Verblüfft über diese flammende Verteidigungsrede, starrte Diana ihre Mutter an, die sich jetzt direkt an sie wandte.

»Und was dich betrifft, ich wusste schon lange von deiner Beziehung zu Don Raffaele. Ich habe immer gehofft, du würdest ihn rechtzeitig verlassen oder er würde die Sache beenden. Leider hatte er offenbar nicht den Verstand. Und du«, wandte sie sich an ihre ältere Tochter, »du hast alles gewusst und hast mir nichts gesagt. Es kränkt mich zutiefst, dass ihr so wenig Vertrauen zu mir habt.«

Draußen begann es zu regnen, und schwere Tropfen trommelten ans Fenster. Sonst war kein Geräusch zu hören. Die drei Frauen schwiegen, im Haus war es dunkel geworden.

Calliope griff nach den Autoschlüsseln. Bloß weg von hier, bevor sie den Verstand verlor. Sie würde an den einzigen Ort flüchten, an dem sie sich geborgen und aufgehoben fühlte.

Im Dunkel des Trockenraums ließ sie sich wie immer auf den Boden sinken. Über ihr drehte sich der Ventilator, neben ihr stand eine Flasche Wodka, die sie von zu Hause mitgenommen hatte. Azalea und Diana hatten recht: Sie hatte sich unmöglich aufgeführt, auf eine Art und Weise, wie sie es von sich nicht kannte, rachsüchtig und gemein. Aber natürlich war sie mit Recht enttäuscht, dass ausgerechnet die Menschen, denen sie vertraute, ihr keinen reinen Wein eingeschenkt hatten, sobald sie von diesem unsäglichen Deal erfahren hatten.

»Das ist der Dank«, beschwerte sie sich bei ihrem Großvater und hob die Flasche der Decke entgegen, ihrem imaginären Himmel, wo sie Aristide angesiedelt hatte. »Du und ich haben alles für die Familie gegeben, und was haben wir dafür bekommen? Eine ruinierte Ehe. Was für einen Sinn macht es eigentlich, so hart zu arbeiten, wenn man das Ergebnis nicht mit den Menschen teilen kann, die einem wichtig sind?«

Sie trank noch einen Schluck Wodka und hoffte, irgendeine Zustimmung aus dem Jenseits zu erhalten, aber die einzige Antwort war das Pfeifen des Nordwinds, das nicht gerade freundlich klang. Sie dachte an die flackernden Flammen der ewigen Lichter auf dem Friedhof, an die kalten Gräber, an den Grabstein ihres Großvaters mit dem Foto, von dem er sie jedes Mal anlächelte, wenn sie ihn besuchte. Vielleicht fröstelten in einer solchen Nacht selbst die Seelen, weil sie nichts hatten, um sich zu wärmen. Keine Decke, keine Umarmung.

»Womöglich fehlt dir ja da, wo du jetzt bist, noch viel mehr, Großvater«, murmelte sie. »Du fehlst mir auf jeden Fall schrecklich, in dieser verfahrenen Situation.«

Sie zog die Knie fest an die Brust und sah zum Fenster hinaus. Draußen herrschte tiefe Dunkelheit, hier und da durchbrochen vom erleuchteten Fenster eines Bauernhofs und den Lichtern der kleinen Stadt in der Ferne. Ein Bild, das sie an die weihnachtliche Festbeleuchtung erinnerte, doch das einzige Leuchten, nach dem sie sich sehnte, war das ihres Großvaters.

Und mit einem Mal zog sie eine Parallele. Aristide hatte ebenfalls seine Vergangenheit verschwiegen, nachdem er wegen Domenico von seiner Frau zu einem Arrangement gezwungen worden war. War das so anders zu bewerten als das, was Ettore und Amos gemacht hatten? Zumindest hatten in beiden Fällen sämtliche Beteiligten darunter gelitten.

Seufzend nahm sie noch einen Schluck Wodka, als ihr plötzlich einfiel, dass ihre beste Freundin heute zweiunddreißig wurde. Sie wählte ihre Nummer.

Nach einer Weile hörte sie Evas verschlafene Stimme. Wieso schlief sie, statt zu feiern?

»Calliope? Wie spät ist es? Alles in Ordnung?«, stammelte sie.

»Ich dachte, du schmeißt eine Party!«

»Nein, ich feiere morgen ein bisschen mit Mario und Davide, nur wir drei. Trotzdem danke, dass du angerufen hast.«

Mit einem Mal begann sich in ihrem Kopf alles zu drehen. In ihr brodelte es, ihr Magen brannte, ihr wurde übel.

»Hey, ist wirklich alles okay bei dir?«

»Ich weiß gar nichts mehr«, murmelte sie.

»Wo bist du? Soll ich zu dir kommen?«

»Nein, nicht nötig. Lass uns einfach noch ein paar Minuten am Telefon quatschen. Hast du Zeit?«

»Für dich habe ich alle Zeit der Welt.«

Aus den paar Minuten wurde eine Stunde, nach der Evas Welt in Scherben lag. Sie hatte nichts von den Kontakten ihres Mannes zur Unterwelt geahnt, der damit nicht nur seine Geschäfte, sondern auch sie und ihr Kind in Gefahr gebracht hatte. Als sie Evas verzweifeltes Weinen hörte, begriff Calliope, dass sie zu weit gegangen war, und als sie mitbekam, dass Mario gerade nach Hause kam, legte sie rasch auf.

Verflucht, warum musste sie ausgerechnet heute Abend ihre Wahrheitsliebe entdecken, schalt sie sich und griff erneut zur Flasche. Wenn überhaupt, hätte sie es ihr persönlich sagen sollen. Aber zu spät, das Kind war bereits in den Brunnen gefallen. Oder vielleicht auch nicht? Sie konnte immer noch zu Eva fahren, um ihr alles zu erklären.

Was dann passierte, entzog sich ihrer Erinnerung, der Wodka hatte ganze Arbeit geleistet. Jedenfalls endete die Autofahrt an einer Eiche, und sie fand sich zitternd und blutend hinter dem Steuer wieder. Ringsum herrschte eine gespenstische Stille, die erst von den Sirenen der Polizei und des Rettungswagens zerrissen wurde. Mit einem Mal waren überall Lichter, der Notarzt leuchtete ihr mit einer Taschenlampe in die Augen, ein Polizist stellte erste Fragen, bevor er sie in die Masseria zurückbrachte, wo Azalea und Diana, die zwischenzeitlich informiert worden waren, sie schon erwarteten.

Zum Glück war ihr nicht viel passiert, das Auto hingegen war ein Totalschaden. Blieb die Tatsache ihres beachtlichen Alkoholpegels.

Ihre Mutter verhandelte mit dem Polizeibeamten, auf der kleinen Insel kannte jeder jeden, da ließ man auch mal fünf gerade sein.

»Da Ihre Tochter keinerlei Vorstrafen hat, drücken wir ein Auge zu«, erklärte der Mann schließlich jovial. »Ein weiteres Mal geht das allerdings nicht, sonst wird da eine Strafanzeige wegen Alkohol am Steuer fällig.«

»Es wird nicht wieder vorkommen«, versicherte Azalea, während Diana ihre noch unter Schock stehende Schwester schnell wegführte, bevor der Polizist es sich am Ende noch anders überlegte.

43

Calliope schlich auf Zehenspitzen ins Zimmer ihrer Schwester und schüttelte sie sanft. Erschrocken fuhr sie hoch.

»Was ist passiert?«

»Ich brauche deine Hilfe.«

Diana schaute auf die Uhr. »Um drei Uhr morgens?«

»Ja, das bist du mir schuldig.«

Noch immer von ihrem schlechten Gewissen geplagt, nickte Diana. Dann schlug sie die Decke beiseite und griff gähnend nach einem Kapuzenpulli und ihren Leggings.

»Worum geht es?«

»Ich muss zu Ettore.«

»Und das kannst du nicht ganz normal während der Besuchszeiten machen?«

»Nein, deshalb brauche ich ja deine Hilfe. Du musst Schmiere stehen.«

»Und was genau hast du vor?«, erkundigte Diana sich misstrauisch.

Calliope atmete tief durch. »Ich will ganz allein mit ihm sein, ohne dass mich jemand stört. Und du musst mich warnen, sobald jemand kommt.«

»Klingt ja richtig gefährlich. Was versprichst du dir davon?«

»Na ja, ich bin wütend und enttäuscht wegen dieser ganzen Geschichte, ich fühle mich von Ettore benutzt.

Und er hat nicht nur mit mir gespielt, sondern mit allen.«

»Hast du nicht gesagt, dass du ihn verstehst?«

»Schon, aber nur zum Teil. Es ist einfach inakzeptabel, andere in derartige Konflikte zu stürzen oder sogar zu erpressen, wie er es bei Amos getan hat. So etwas lässt sich durch nichts entschuldigen.«

»Na schön, aber das erklärt immer noch nicht, warum wir uns mitten in der Nacht zu ihm schleichen müssen wie zwei Diebe. Er ist ja nicht mal bei Bewusstsein.«

»Wie ich schon sagte, ich habe eben das Gefühl, dass ich ganz allein mit ihm sein muss, ohne dass er etwas davon mitbekommt. Ich will mir über meine Gefühle klar werden. Sonst kann ich nicht entscheiden, ob ich ihm verzeihen kann und ob unsere Liebe noch zu retten ist. Und da trifft es sich gut, dass er mir nicht reinreden kann.«

Sie schauten sich an und lächelten.

»Okay, dann los. Wenn wir erwischt werden, sage ich eben, ich hätte vorzeitige Wehen«, meinte ihre Schwester und zwinkerte ihr zu. »Übrigens habe ich heute eine Zusage für den Film bekommen, für den ich neulich bei Probeaufnahmen war. Gedreht wird in Los Angeles, und für die Außenaufnahmen geht es für ein paar Monate nach Neuseeland. Stell dir das mal vor!«

Calliope sah das Strahlen in ihren Augen. Das war das Leben, das sie sich wünschte. Ein Kind wäre ihr dabei nur im Weg.

Diana schien ihre Gedanken zu erraten. »So, wie sich alles entwickelt, komme ich immer mehr zu dem Schluss, dass es richtig ist, das Baby zur Adoption freizugeben.

Mal abgesehen davon, dass ich es für ein Kind wichtig finde, dass es in einer kompletten Familie aufwächst, muss ich gestehen, dass in dem Leben, das ich mir wünsche, kein Platz für ein Kind wäre.«

»Hast du keine Angst, dass du es irgendwann bereuen wirst?«

»Darüber habe ich natürlich nachgedacht. Aber seien wir mal ehrlich: Ich habe immer versucht, das zu machen, was von mir erwartet wurde, und habe Jura studiert. Bis ich irgendwann ich selbst sein wollte und beschlossen habe, alles andere dafür aufzugeben. Nein, ich werde die Adoption nicht bereuen, da bin ich mir sicher. Und für mein Kind ist es besser, wenn es Eltern bekommt, die es lieben und für die es wahrscheinlich die Erfüllung ihres Lebenstraums bedeutet. Das ist viel mehr, als ich ihm jemals bieten könnte.«

»Aber du trägst dieses Kind seit Monaten in dir, da baut man doch automatisch eine Beziehung auf«, wandte Calliope ein.

»Das stimmt, aber das macht mich noch nicht zu einer Mutter. Ein Kind auszutragen, ist etwas ganz anderes, als es großzuziehen und ihm ein sicheres Zuhause zu geben. Und Letzteres finde ich viel wichtiger.« Sie legte ihrer Schwester die Hand auf die Schulter. »Und irgendwie ist es meine Pflicht, meinem Kind das beste Leben zu ermöglichen.«

Seufzend gab Calliope ihren Widerstand auf. Vielleicht war eine Adoption wirklich für alle Beteiligten das Beste. Ein Kind hatte ein Recht auf Liebe, und zwar auf eine Liebe, die keine Grenzen kannte.

»Hast du denn schon Kontakt zu einer Adoptionsvermittlung aufgenommen, oder gehst du in ein spezielles Krankenhaus, das darauf spezialisiert ist?«

»Ja und nein.«

»Was heißt das nun wieder?«

Inzwischen waren sie auf dem Parkplatz der Klinik angekommen und stiegen fröstelnd aus.

Diana rieb sich die Hände. »Ich werde es in eine Babyklappe legen. Ich weiß von einer, die zu einer Klinik gehört, die von katholischen Schwestern geführt wird und die solche Sachen diskret erledigen. Raffaele hat mir den Tipp gegeben, und ich habe mich dort mal umgesehen.«

»Wie kommst du auf so eine bescheuerte Idee?« Für Calliope war diese Lösung völlig indiskutabel. »Du musst doch sicher sein können, dass man die künftigen Adoptiveltern genau unter die Lupe genommen hat. Dazu solltest du unbedingt eine Organisation wählen, die behördlicher Kontrolle unterliegt. Ich kann mich gerne darum kümmern, wenn du willst. Mir liegt dein Kind auch am Herzen, ich möchte, dass es in eine gute Familie kommt und nicht in eine, die nur deshalb ausgewählt wurde, weil sie fromm ist.«

»Ist das dein Ernst?«

»Natürlich. Sobald du deine elterlichen Rechte abtrittst, wird das Kind aus unserer Familie verschwinden. Dann haben wir keinerlei Einfluss mehr.«

Diana lächelte glücklich und griff nach Calliopes Hand. »Danke, das macht mir vieles leichter. Du warst sowieso die ganze Zeit toll. Trotz deiner Probleme warst du für mich da und hattest immer ein offenes Ohr. Und

Verständnis, was in dieser rückständigen Gegend nicht gerade selbstverständlich ist.«

Gemeinsam betraten sie das Krankenhaus.

»Überleg dir vorsichtshalber schon mal, wie du das mit den falschen Wehen hinkriegst«, scherzte Calliope und tätschelte ihrer Schwester die Schulter.

Sie brauchten nichts vorzutäuschen. Dianas Wehen waren real.

Zunächst war alles wie geplant verlaufen. Calliope hatte sich unbemerkt auf die Intensivstation geschlichen und Ettores Zimmer betreten, um den reglos daliegenden Körper ihres Mannes zu betrachten.

Überall Schläuche und ein künstlicher Schlaf, genau wie damals, als diese ganze Hölle begonnen hatte.

Ging jetzt alles wieder von vorne los, fragte sie sich und strich Ettore über das Gesicht. Er lag ganz friedlich da, als gäbe es nichts, was sein Gewissen belastete – als schliefe er in dem ruhigen Bewusstsein, alles für ihr Glück getan zu haben.

»Du hast gar nichts verstanden, Ettore. Wirklich gar nichts«, sagte sie bitter, und Tränen rannen ihr die Wangen hinab.

Obwohl sie ihn noch liebte, war diese Liebe und damit ihre Ehe bis ins Mark vergiftet. Sie wusste nicht, wie sie auf dieser Basis zu einer neuen Gemeinsamkeit finden sollten.

Sie erkannte, dass sie innerlich Abstand brauchte, um all den Streit und Schmerz, die Tränen und die Wut über seine hinterhältige Manipulation zu verarbeiten. Ob sie je vergessen und verzeihen konnte, schien ihr fraglich. Sie nahm ein Blatt Papier aus dem Nachttisch, schrieb ein paar Zeilen und steckte die Nachricht in seine Tasche, die im Schrank stand. Dort würde er sie finden, wenn er aus dem Koma geholt wurde.

Da vernahm sie plötzlich einen markerschütternden Schrei, der ihr das Herz zerriss. Ganz ohne Zweifel war das ihre Schwester gewesen. Sie stürzte aus dem Zimmer und sah nur noch, wie eine Rollbahre mit der schreienden Diana in Richtung OP geschoben wurde. Dann schlossen sich vor ihr die Türen, ohne dass ihr jemand eine Auskunft gab. Sofort wählte sie die Nummer ihrer Mutter.

»Diana hat vorzeitige Wehen, irgendetwas stimmt da nicht. Sie ist gerade in den OP gebracht worden«, schluchzte sie in den Hörer.

Es folgte mehr als ein ganzer Tag voller Warten, Hoffen und Bangen.

Dreißig Stunden, in denen die Gebärende kämpfte wie eine Löwin, weinte, aufgab, und dann der Kaiserschnitt, der ihre kleine Tochter drei Monate zu früh auf die Welt holte.

Dreißig Stunden zwischen Leben und Tod, die Calliopes Leben wieder einmal von Grund auf erschütterten.

44

»Atena? Du willst das Kind Atena nennen?«, fragte Azalea, während sie mit Calliope und Santiago die Kleine in ihrem Brutkasten betrachtete.

Zwar war sie viel zu früh auf die Welt gekommen, doch die Ärzte hatten ihr einen guten Reifezustand bescheinigt. Sie war nicht allzu untergewichtig, atmete selbstständig und trank allein.

Eine echte Costa, dachte Calliope.

Nach dem Kaiserschnitt hatte eine Säuglingsschwester das Neugeborene zur Untersuchung mitgenommen, sie als frischgebackene Tante durfte sie begleiten und hatte ihren Finger in die Hand der winzigen Nichte gelegt, die sofort zugriff. Diesen Moment und dieses Gefühl würde sie nie vergessen. Seitdem spürte sie eine tiefe Verbindung zu diesem Kind, als hätte sich die Liebe zu ihrer Schwester auf dieses hilfsbedürftige Wesen übertragen. Mitsamt dem Verantwortungsgefühl, das sie als die Ältere und Vernünftigere der leichtlebigeren Diana gegenüber empfunden hatte.

»Warum nicht Atena?«, fragte sie. »In unserer Familie haben wir viele ausgefallene Namen. Denk mal an uns beide.«

»Hat Diana sich das gewünscht? Und hat sie mit dir darüber gesprochen, wie es weitergehen soll, wenn so etwas passiert?«

Calliopes Gefühle fuhren Achterbahn. Da war dieses bezaubernde Baby, das sich den Weg ins Leben erkämpft, jedoch seine Mutter das Leben gekostet hatte. Sie konnte immer noch nicht begreifen, dass Diana tot war. Seitdem waren kaum mehr als vierundzwanzig Stunden vergangen, aber es kam ihr vor wie ein ganzes Leben.

»Wir haben auf dem Weg ins Krankenhaus darüber geredet. Sie wollte das Kind zur Adoption freigeben, ohne den leiblichen Vater in irgendeiner Weise mit einzubeziehen.«

»Das war mir klar. Don Raffaele ist ein Feigling. Und weil sie sein Kind zur Welt gebracht hat, musste sie sterben …«

Erneut traten Tränen in Azaleas Augen, woraufhin Calliope ihre Mutter fest in den Arm nahm, um den unermesslichen Schmerz mit ihr zu teilen. Es war ein schrecklicher Moment gewesen, als der Arzt ihnen nach dem Kaiserschnitt eröffnet hatte, dass Diana es nicht geschafft habe. Zu viele Komplikationen hätten sich eingestellt, aufgrund einer vorzeitigen Ablösung der Plazenta sei der Blutverlust bereits vorher zu groß gewesen. Eine seltene, dafür umso gefährlichere Komplikation. Ohne Operation hätte auch das Kind nicht überlebt.

Mit rot geweinten Augen sah Azalea ihre Tochter an. »Wir geben dieses Kind nicht zur Adoption frei.«

Für einen kurzen Moment verschlug es Calliope die Sprache. »Wieso nicht? Immerhin hat Diana …«

»Sie wollte, dass du seine Mutter wirst, falls ihr etwas passiert.«

»Das kann nicht sein. Davon hat sie nie etwas gesagt.«

Azalea legte ihr den Zeigefinger auf die Lippen, in ihren Augen stand eine unendliche Trauer. »Das waren ihre letzten Worte, bevor man sie in den OP geschoben hat. Sie hat es sogar noch unterschrieben. Der Arzt hat es mir erzählt, als er mir sagen musste, dass …«

Wieder begann sie zu schluchzen, und wieder schlang Calliope die Arme um sie. Auch sie wollte getröstet werden, auch sie wollte hören, dass alles wieder gut werden würde. Nahm denn das Unglück kein Ende? Zuerst Ettores Unfall, dann Dianas Schwangerschaft, die Firma, die Affäre mit Amos und jetzt ein Waisenkind, das eine Mutter brauchte. Das war zu viel.

»Wir werden in Ruhe darüber nachdenken, was für die Kleine am besten ist.«

»Das liegt doch auf der Hand. Sie ist ein ungewolltes Kind, hat im Grunde keinen Vater, und nun hat sie auch noch die Mutter verloren. Was gibt es da zu überlegen? Die Kleine ist und bleibt Teil unserer Familie. Jetzt erst recht. Sie ist Dianas Vermächtnis, und deine Schwester hat sich vor ihrem Tod gewünscht, dass du die Mutterrolle an ihrer statt übernimmst. Willst du ihren letzten Wunsch etwa nicht respektieren?«, sagte Azalea unter Tränen.

Sie war am Boden zerstört, und das war nur zu verständlich. Niemals sollte eine Mutter ihr Kind zu Grabe tragen müssen, das war gegen die Natur.

Doch an einem dunklen, regnerischen Novembertag musste sie genau das tun.

Nach der Beerdigung fuhren Azalea, Calliope und Santiago schweigend in die Masseria zurück.

»Hilfst du mir beim Eingraben?«, fragte die verwaiste Mutter ihre Tochter und deutete auf einen hübsch gewachsenen Granatapfelbaum, der am Morgen geliefert worden war. »Diana hat diese Früchte besonders geliebt, und ich möchte den Baum unter dem Fenster ihres Zimmers einpflanzen. Es soll Atenas Zimmer werden, wenn sie das Krankenhaus verlassen darf.«

Ihre Augen wurden feucht.

Gemeinsam hoben sie ein Loch aus und setzten den Baum hinein, der schon einige Früchte trug. Calliope legte das Drehbuch für den Film dazu, den ihre Schwester nicht mehr drehen würde.

»Ich möchte, dass der Baum Kraft zieht aus den Träumen, die Diana vorangetrieben haben und die wir genau wie sie begraben müssen.«

»Das ist eine schöne Idee«, stimmte Santiago zu, setzte den Baum in die Erde und schaufelte das Loch zu.

Anschließend sprachen alle drei ein stilles Gebet.

»Bestimmt hätte Diana diese Art des Abschieds gefallen. Besser als die Beerdigung mit all den Blumen und dem Weihrauch und den vielen Gästen. Mein Kind war immer ein bisschen anders als die anderen«, flüsterte Azalea unter Tränen und stützte sich mit der Hand am Stamm ab.

Die folgenden Tage verliefen still und eintönig, unterbrochen allein durch die Besuche bei Atena, die kurz nach dem Tod ihrer Mutter in der Klinikkapelle getauft worden war. Taufpaten waren Eva und Santiago.

Als es darum ging, die Vaterschaft anzugeben, hatten sie sich wie bei der behördlichen Anmeldung für *Vater unbekannt* entschieden, wobei Azalea dem Pfarrer gegenüber einige vage Andeutungen gemacht hatte, dass es mit dem Vater eine besondere Bewandtnis habe.

Solange Atena noch im Krankenhaus war, verlief der Alltag in der Masseria im Grunde nicht viel anders als vorher. Diana war ohnehin nicht ständig zu Hause gewesen, und Ettore hatte sich mit Santiago die meiste Zeit abgeschottet. Calliope jedenfalls war dankbar, dass ihr Zeit blieb, sich auf die neue Situation einzustellen, was nicht leicht war für sie. Da hatte sie sich gerade erst als Frau wiedergefunden, und dann wurde sie plötzlich von einem Tag auf den anderen Mutter, ohne den Anpassungsprozess einer Schwangerschaft durchlaufen zu haben. Versonnen blickte sie auf die winzigen rosa Schuhe, die Carmen ihr gestrickt hatte. In ihrem Leben gab es nun einen kleinen Menschen.

»Wie Ettore das wohl aufnehmen wird«, murmelte sie und schaute durch das Fenster in die winterlich gewordene Landschaft, durch die ein kräftiger Wind fegte und die Kronen der Bäume beutelte – ein Spiegelbild ihres Lebens, das in letzter Zeit ebenfalls kräftig durchgeschüttelt worden war.

45

Die Zeit verging, der Dezember kam und ließ die Tage dunkler werden. Nicht so für Ettore, in dessen Leben neues Licht kam, wenngleich anfangs nur schemenhaft und wie durch eine Milchglasscheibe.

Seine Augen hatten Mühe, sich an die Helligkeit zu gewöhnen und die Silhouetten der Menschen und Objekte in seiner Umgebung zu erkennen, aber bereits einige Stunden nach dem Erwachen aus dem Koma gelang es ihm, das Gesicht seiner Mutter zu identifizieren. Außerdem wusste er, wo er war und was ihn hierhergebracht hatte. Und er erinnerte sich genau, dass er nach Calliope geschrien hatte. Selbst in seinem künstlichen Schlaf meinte er bisweilen ihre Stimme vernommen zu haben.

»Calliope?«, fragte er, woraufhin seine Mutter verlegen hüstelte.

»Sie ist in der Firma. Ich werde ihr sagen, dass du nach ihr gefragt hast«, beruhigte ihn Azalea und schaute zu Lucia hinüber, die etwas pikiert aussah.

Als die Schwester auftauchte, um seinen Blutdruck zu messen und ihm Blut abzunehmen, mussten sie das Zimmer verlassen.

»Wir sind sofort zurück, mein Schatz«, flötete Lucia und setzte ein Lächeln auf, das sofort wieder verschwand, als sie den Raum verlassen hatte. »Nebenbei gesagt ist mein Sohn nicht der Einzige, der wissen möchte, wie sich deine Tochter das künftig vorstellt. Nicht mal heute besitzt sie den Anstand, an seiner Seite zu sein.«

»Sie kommt jeden Tag ins Krankenhaus, um unsere kleine Atena zu besuchen, das kostet viel Zeit. Warum sie nicht auch hier vorbeikommt, darfst du mich nicht fragen. Ich werde mich da nicht einmischen, und das solltest du auch nicht tun. Was für Schwierigkeiten die beiden auch miteinander haben, sie müssen sie alleine lösen.«

»Da stimme ich dir zu, in diese Ehe haben sich schon genug andere eingemischt. Und jetzt müssen sie sich auch noch um ein Kind kümmern.«

»Vorsicht, Lucia. Dieses Kind ist meine Enkelin, und du kannst etwas erleben, falls du auch nur ein falsches Wort über sie sagst. Atena ist Calliopes Tochter, Punkt. Und wenn auch Ettore das akzeptiert, wäre das ein großes Glück. Doch das muss er selbst entscheiden.«

Tatsächlich versuchte Azalea, sich rauszureden. Wie sollte sie Lucia erklären, dass Calliope seit Atenas Geburt nicht ein einziges Mal bei Ettore gewesen war? Aber das war allein ihre Sache, und Azalea würde ihre Tochter nicht unter Druck setzen. Wie es mit ihrer Ehe weiterging, lag allein bei ihr. Sie hatte in den letzten Monaten ohnehin mehr als genug durchgemacht.

Als die Krankenschwester sie wieder ins Zimmer bat, blieb Lucia noch draußen, um zu telefonieren.

Ettore lag halb aufgerichtet in seinem Bett und starrte ins Leere. Er hatte stark abgenommen, seine Haut war grau und schlaff. Seit ihrem letzten Streit war ihr Verhältnis angespannt, aber ihn innerhalb eines Jahres ein zweites Mal mit dem Tod ringen zu sehen, hatte sie wieder milder gestimmt.

»Worüber grübelst du nach?«, fragte sie, um die Stille zwischen ihnen zu durchbrechen.

»Ich weiß, das klingt merkwürdig – aber seit dem Moment, in dem man mich ins Koma gelegt hat, bin ich auf einer Art Reise zu mir selbst gewesen. Und was ich gesehen habe, hat mir nicht gefallen.«

Azalea setzte sich auf seine Bettkante. »Redest du von deinem Verhalten im Allgemeinen oder von etwas Bestimmtem?«, erkundigte sie sich vorsichtig.

Er lächelte. »Ich denke, du kennst die Antwort.«

»Richtig. Und ich finde es wichtig, dass du in diesem Punkt selbstkritisch bist.«

»Meinst du, das genügt?«

»Für was?«

»Dass Calliope mir verzeiht.«

Seine Schwiegermutter blieb die Antwort schuldig, nestelte nervös an ihrem Halstuch.

»Das hast du nicht erwartet, oder?« Ettore fuhr sich durchs Haar. »Es klingt wohl nicht gerade glaubwürdig, wenn ich zugebe, dass ich mich vor meinem Zusammenbruch wie ein Idiot benommen habe und nun darauf hoffe, dass meine Frau mir verzeiht.«

»Das hört sich tatsächlich etwas merkwürdig an. Wobei inzwischen so viel passiert ist, dass mich gar nichts mehr überrascht. Zu deiner Beruhigung, ich habe immer gewusst, wie sehr du Calliope liebst.«

»Ja, das weiß ich. Selbst als ich diesem Musiker praktisch meine Frau angeboten habe, damit sie bekommt, was ich ihr nicht mehr geben kann, hast du nicht daran gezweifelt. Ich war damals so wütend, dass ich dachte, ich würde explodieren. Bis ich merkte, dass das Leben ohne sie kein Leben ist und dass es immer noch besser ist, im Rollstuhl zu sitzen, als sie gar nicht an meiner Seite zu haben. Bis ich das endlich begriffen habe, hatte ich sie beinahe verloren. Ich war gemein zu ihr, ich habe sie gestresst und genervt und durch sie hindurchgesehen. Ich habe mit aller Macht gegen sie gekämpft und wusste trotzdem, dass sie die Frau ist, mit der ich mein Leben verbringen will. Ich habe ihr Briefe geschrieben, Blumen geschickt, sie sogar angerufen, aber sie hat nicht reagiert. Und dann saß ich eines Tages im Arbeitszimmer und schrie ihren Namen.« Er seufzte und dachte an die letzten wachen Momente zurück, bevor er in Ohnmacht gefallen war, um nach Wochen im Krankenhaus wieder aufzuwachen. »Habe ich sie verloren, Azalea?«

Seine Schwiegermutter faltete die Hände in ihrem Schoß, während ihr Gesichtsausdruck sich verdüsterte. »Weißt du, Ettore, manchmal legen wir uns eine Realität zurecht, die es gar nicht gibt. Wir erzählen uns Geschichten, die wir am Ende selbst glauben, doch manchmal muss das Leben nur mit den Fingern schnippen, und schon stehen wir wieder ganz am Anfang. Alles bricht zusammen, und übrig bleibt nur, was wirklich zählt. Ist Calliope das für dich?«

»Ja«, antwortete er, ohne zu zögern.

»Dann ist es vielleicht noch nicht zu spät, sofern du dich wirklich anstrengst. Das musst du nämlich, wenn du sie zurückhaben willst.«

»Du meinst, wegen Amos?«

»Nein, Calliope hat mit ihm Schluss gemacht, als sie von deinem Aneurysma erfahren hat. Leider ist noch etwas anderes passiert, etwas Furchtbares.«

»Was denn?«

Azalea biss sich auf die Lippen, um nicht in Tränen auszubrechen, als sie ihm die ganze traurige Geschichte von Dianas Tod erzählte.

»Mein Gott, das muss furchtbar für euch gewesen sein«, sagte Ettore, nachdem sie geendet hatte, und wirkte zutiefst betroffen.

»Das ist es immer noch, jeden Tag. Selbst wenn man sich langsam an den Schmerz gewöhnt.«

»Und Calliope? Wie geht es ihr?«

»Sie ist völlig fertig, wie du dir sicher denken kannst. So unterschiedlich sie auch waren, sie haben sich sehr geliebt.« Sie griff nach der Hand ihres Schwiegersohns. »Du hast ja eiskalte Hände. Zieh dir eine Jacke über, bestimmt ist doch irgendwo eine.«

»Ich möchte noch eine einzige Chance«, begann er, statt ihren Rat zu befolgen. »Wenn ich zurückblicke, erkenne ich mich kaum wieder. Die Person, die in den letzten Monaten in der Masseria gelebt hat, das war nicht ich. Aber jetzt spüre ich, dass ich zurückgekehrt bin, dass ein neues Leben beginnt, und in diesem Leben will ich Calliope ein guter Ehemann sein.« Er hielt inne und schaute seine Schwiegermutter an. »Du glaubst mir nicht, oder?«

»Nun ja, das klingt fast zu schön, um wahr zu sein. Ich möchte mir keine Illusionen machen.«

Sie erhob sich und öffnete den Schrank, um in der Tasche nach einer Jacke zu suchen, als sie den Zettel fand, den Calliope an jenem verhängnisvollen Abend in der Stille dieses Zimmers an ihren im Koma liegenden Mann geschrieben hatte. Sie überflog die Zeilen und steckte sie zurück. Das war nicht der richtige Moment, sie ihm zu geben.

»Du bist erst seit wenigen Stunden wieder bei Bewusstsein«, sagte sie, während sie ihm in die Jacke half. »Eigentlich müsstest du verwirrt und müde sein, aber du sprühst vor Energie, bist viel offener als vorher. Ich frage mich, wie lange es dieses Mal anhält. Für immer, oder wirst du irgendwann wieder dieser unangenehme Zeitgenosse, der du in den letzten Monaten warst?«

Er schaute ihr fest in die Augen. »Darf ich dir etwas gestehen? Aber versprich mir, dass du mich nicht für verrückt erklärst.«

»Ich habe in letzter Zeit so viel Verrücktes erlebt, da wird mich dein Geständnis kaum umwerfen.«

»Ich war in meinem Koma nicht allein. Ich hatte jemanden an meiner Seite, der mich begleitet und mich dazu gebracht hat, meinem Inneren auf den Grund zu gehen und mich meinen Fehlern zu stellen.«

Seine Schwiegermutter wurde blass. »Ettore, willst du damit etwa sagen …«

»O ja. Und es war nicht irgendwer, es war Aristide.«

Das war zu viel für Azalea. Schwankend verließ sie das Zimmer, hielt sich nur mit Mühe auf den Beinen. Sie hatte nicht viel mit Übersinnlichem am Hut, und das hier schlug dem Fass den Boden aus. Aristide als Ettores

Führer aus dem Jenseits! Was sie aber vor allem verstörte, war, dass Ettore dabei so normal geklungen hatte, kein bisschen verrückt.

Sie ging zum Getränkeautomaten und warf einige Münzen ein. Vielleicht würde ein heißer Tee sie ja beruhigen. In diesem Moment rief ihre Tochter an.

Wenn man vom Teufel sprach, dachte sie und überlegte sogleich fieberhaft, wie sie das Calliope erklären sollte. Hatte womöglich Aristide ihr eingeflüstert, sie anzurufen? Fast hätte sie hysterisch gelacht.

»Hallo, Mama, bist du noch im Krankenhaus?«

»Ja, Ettore ist aus dem Koma geholt worden.«

»Ah.«

»Er hat nach dir gefragt, ich habe bis eben mit ihm gesprochen.«

»Verstehe.«

»Die Ärzte haben ihn untersucht, es scheint alles in Ordnung zu sein. Valdi war persönlich bei ihm und meinte, er könne bald wieder mit der Physiotherapie beginnen. Ganz langsam natürlich, die Wochen im Koma haben ihn viel Kraft gekostet.«

»Das sind gute Nachrichten.«

»Allerdings. Als ich ins Zimmer kam, war er noch etwas benommen, aber mittlerweile ist er wieder vollkommen ansprechbar. Er möchte zu dir zurück«, fügte sie hinzu und ignorierte das Schweigen am anderen Ende. »Bist du in der Firma?«

»Ja, wo soll ich sonst sein?«

»Nun, vielleicht an der Seite deines Mannes? Ich habe zufällig deine Nachricht an ihn gefunden. Ich nehme an, du hast sie am Abend vor Atenas Geburt geschrieben.«

Calliope schwieg einen Moment. »Was ich geschrieben habe, ist die Wahrheit. Um zu ihm zurückzukehren, brauche ich Abstand. Vor allem jetzt, wo ich mich in erster Linie um ein Kind kümmern muss.«

»Calliope, ich glaube nicht, dass …«

»Mein Leben wird sich nie wieder ausschließlich um einen Mann drehen, Mama. Den Fehler habe ich einmal gemacht, und ich werde ihn nicht wiederholen. Ich möchte mich um mich selbst, um die Firma und um meine Tochter kümmern.«

»Atena könnte einen Vater gut gebrauchen.«

»Möglich, aber noch mehr braucht sie eine Mutter, und das bedeutet für mich vollen Einsatz. Versteh bitte, dass das für mich im Augenblick Vorrang hat.«

Calliope hatte den Dickkopf der Costas, dachte Azalea. »Wie genau stellst du dir das vor?«

»Wie ich schon sagte: Ich werde arbeiten und Atena aufziehen. Ettore steht für mich nicht mehr an erster Stelle. Ich liebe ihn und werde ihn immer lieben, aber er muss verstehen, dass ich mich, meine Bedürfnisse und mein Glück nicht noch einmal hintanstellen werde. Und damit ich mich selbst unter Kontrolle habe, muss er zumindest vorübergehend aus der Masseria ausziehen.«

Azalea war wie vom Donner gerührt. Ausgerechnet jetzt, wo das Koma ihn geläutert zu haben schien …

»Bist du dir ganz sicher, Calliope? Möchtest du nicht lieber noch einmal ganz in Ruhe darüber nachdenken?«

»Nein, ich bin ganz sicher.«

»Gut, du weißt, dass ich immer zu dir halte«, erklärte ihre Mutter seufzend.

Der Brief seiner Frau erreichte Ettore genau eine Woche später. Calliope hatte eine unruhige Nacht hinter sich. Der Gedanke, ihren Mann zu treffen, war nicht gerade schlaffördernd gewesen. Als sie im Krankenhaus ankam, war Ettore gerade in der Radiologie, wo ein MRT gemacht wurde. Erleichtert über den Aufschub, nahm sie die alte Nachricht aus der Tasche und zerriss sie. Sie hatte von zu Hause eine neue Nachricht mitgebracht. Da sie sich noch nicht bereit fühlte, ihm persönlich gegenüberzutreten, legte sie den aktuellen Brief auf seinen Nachttisch und ging wieder.

Als Ettore ihn entdeckte, atmete er tief durch.

Ich liebe dich, Ettore. Ich habe dich immer geliebt, aber wir haben einander zu sehr verletzt.

Du hast mich zurückgestoßen und mich mit deinem Hass gequält. Und ich habe dich mit einem Mann betrogen, den ich nicht liebe und den du für mich ausgesucht hattest. Du hast mir die Sache mit der Firma vorgeworfen und mir das Leben zur Hölle gemacht, dabei wollte ich dich nur unterstützen. Deine Zurückweisung hat mir allerdings geholfen, zu wachsen und die Frau zu werden, die ich sein will.

Ich leugne nicht, dass ich dich liebe. Ich habe es begriffen, als meine Schwester mich angerufen hat, um mir zu sagen, dass du im Krankenhaus liegst. Und ich habe nicht gezögert, sofort zu dir zu fahren.

Dann ist Diana gestorben, und das hat so vieles in meinem Leben verändert. Sie hat mir ihre Tochter Atena anvertraut und mich gebeten, sie aufzuziehen wie mein eigenes Kind. Es ist also meine Pflicht, dieses kleine Leben zu schützen, das so sehr darum gekämpft hat, auf diese Welt zu kommen. Aus diesem Grund kann ich nicht zulassen, dass du sofort in mein Leben zurückkehrst.
Die Verantwortung, die ich übernommen habe, macht mir Angst. Daran muss ich mich erst noch gewöhnen und mir über vieles klar werden. Ich weiß nicht, ob du dich um Atena kümmern möchtest, ob du ihr Vater sein willst. Und bevor du auf diese Frage antwortest, muss ich erst einmal herausfinden, inwieweit ich dich überhaupt in ihrem Leben haben möchte.
Deshalb können wir im Moment nicht unter einem Dach leben, nicht jetzt, da die Kleine demnächst nach Hause kommt. Wenn du mich so sehr liebst, wie du sagst, wirst du das verstehen und mir Zeit geben.
Lass mich erst mein Leben wiederfinden, dann kann ich dir erneut die Tür öffnen. Sofern du das willst. Solltest du dich dagegen entscheiden, stimme ich einer Scheidung zu, mit allem, was du für richtig hältst.
Ich hoffe, dass wir dieses Mal das Richtige tun, du und ich.
Immer dein,
Calliope

»Das kann nicht sein«, sagte er und reichte Santiago den Brief.

»Ich glaube, das ist die richtige Entscheidung«, widersprach sein Therapeut. »Ihr beide braucht Zeit. Ihr müsst über vieles nachdenken. Und es gibt viel zu verdauen«, sagte er und warf einen Blick auf den Behandlungsplan von Professor Valdi. »Ich sehe Calliope kaum noch, sie ist entweder bei ihrer Tochter im Krankenhaus oder in der Firma.«

»Tja, ihre Tochter ... Das ist eine echte Überraschung. Obwohl, eigentlich nicht. Ich habe irgendwie geahnt, dass das Kind bei uns aufwachsen würde, selbst wenn Diana nicht gestorben wäre.«

»Bei uns?«, fragte Santiago überrascht.

Ettore drehte sich zu ihm um. »Calliope macht sich Sorgen wegen der Kleinen. Sie befürchtet, dass ich sie nicht will oder kein guter Vater oder Ehemann wäre. Obwohl sie mich noch immer liebt, wie sie schreibt. Ich weiß momentan nicht, wie ich ihr sagen soll, dass ich in den letzten Monaten vieles falsch gemacht habe und dass ich mich aufrichtig dafür schäme.«

Santiago deutete auf den Brief auf dem Bett. »Du musst ihr Zeit geben und für eine Weile das Feld räumen. Vielleicht wird es irgendwann so werden, wie du es dir erhoffst, aber mit Sicherheit nicht sofort. Dazu ist sie zu verletzt und desillusioniert. Aber sie wird sich wiederfinden, darauf solltest du vertrauen.«

»Hol bitte meine Tasche aus dem Schrank und gib mir mein Telefon. Ich muss meine Ehe retten, solange es noch nicht zu spät ist.«

»Tu das, aber zuerst solltest du an deine Gesundheit denken. In zehn Minuten hast du einen Termin mit Valdi, danach kannst du gerne telefonieren.«

»Lass dir eins gesagt sein, Santiago. Du bist kein guter Cupido.«

»Ich bin eben Physiotherapeut. Mit Pfeil und Bogen kenne ich mich nicht aus.«

46

»Sie kommen dann also mit Ihren Schülern. In Ordnung, wir lassen uns etwas einfallen, damit sie an der Besichtigung Spaß haben«, sagte Calliope und schüttelte der Direktorin der Grundschule Carlo Collodi die Hand.

Es war eine alte Firmentradition, Schüler einzuladen und ihnen zu zeigen, wie die Pasta hergestellt wurde, die sie anschließend kosten durften. Ihr Großvater Aristide hatte sich das noch ausgedacht.

Gerade jetzt im Dezember, wo Weihnachten näher rückte, dachte sie häufig an ihn, da wie so oft zu dieser Jahreszeit viele Kindheitserinnerungen in ihr hochkamen, die sie in diesem Moment bewogen, ihren Schreibtisch aufzuräumen und sich auf den Weg in die Stadt zu machen.

Ganz Salina bereitete sich auf das Fest vor, überall war geschmückt worden, über den Straßen hingen Leuchtgirlanden mit Engeln und Sternen, und in den Blumenläden wurden Weihnachtssterne verkauft. Andere Läden boten Krippen und weihnachtliche Figuren an, einschließlich Importen aus den USA wie blinkende Rentiere und Weihnachtsmänner, die Hoho riefen.

Vor der Kirche stand ein großer Weihnachtsbaum, um den sich Marktstände mit Obst und Gemüse über Wurst und Käse bis hin zu Brot und Gebäck sowie Trockenfrüchten gruppierten. Sie beschloss, in der Bar auf der

Piazza eine heiße Schokolade mit Sahne zu trinken und sich das bunte Treiben anzuschauen.

Während sie auf ihre Bestellung wartete, ging sie die Termine in ihrem Kalender durch, und ihr Blick fiel auf den dicken roten Kreis, den sie um das heutige Datum gezogen hatte: Heute sollte Ettore operiert werden. Professor Valdi war der Meinung gewesen, es trotz der gerade überstandenen schweren Krankheit verantworten zu können. Sie selbst hielt sich weiterhin von Ettore fern, was sie wissen musste, erfuhr sie von Azalea. Wobei ihre Mutter es nicht lassen konnte, immer wieder zu betonen, wie sehr ihr Mann sich verändert habe und wie sehr er sie vermisse. Sie ignorierte diese Botschaften. Noch war sie nicht bereit einzulenken, zumal das Baby, das inzwischen zu Hause war, sehr viel Zeit beanspruchte und sie nachts eine Menge Schlaf kostete.

»Du hast es also nicht vergessen«, hörte sie eine Stimme hinter sich sagen.

Aus ihren Gedanken aufgeschreckt, schlug Calliope den Kalender zu und drehte sich um. »Mama!«

Azalea stellte ihre Einkaufstaschen ab und setzte sich. »Wie geht es dir?«

Calliope schlug betont lässig die Beine übereinander, sie fürchtete, dass ihre Mutter irgendetwas im Schilde führte.

»Gut, warum?«

»Ist das eine Zimtschokolade?«

»Ja.«

»Mit Sahne?«

»Ja.«

»Dann geht es dir nicht gut, Liebes.«

»Mama, bitte. Ich bin kein kleines Mädchen mehr, das sich mit einer Schokolade trösten muss, sondern eine erwachsene Frau.«

»Ich weiß nicht.« Ihre Mutter wiegte zweifelnd den Kopf. »Eigentlich trinkst du immer dann Schokolade, wenn dich etwas bedrückt. Und ich ahne, worum es diesmal geht.« Wenngleich ihre Tochter genervt die Augen verdrehte, fuhr sie ungerührt fort. »Es ist ganz natürlich, wenn du dir wegen der Operation Gedanken machst. Schließlich ist heute ein entscheidender Tag für deinen Mann, und damit auch für dich. Du musst natürlich tun, was du für richtig hältst, ich will dir nichts vorschreiben, aber er könnte in dieser Situation ein bisschen Zuwendung gut gebrauchen.«

»Bei dir klingt alles immer ganz einfach«, wandte Calliope ein.

Azalea winkte dem Kellner, um sich ebenfalls eine Schokolade und etwas Gebäck zu bestellen, dann legte sie ihrer Tochter die Hand auf den Arm.

»Du bist enttäuscht, das verstehe ich. Was Ettore sich mit Amos geleistet hat, ist wirklich skandalös. Damit hat er versucht, dein Leben zu kontrollieren. Aber dennoch: Wie soll es nach der Operation weitergehen, wenn er entlassen wird?«

»Nun ja«, begann Calliope mit belegter Stimme, »eigentlich wollte ich auf einer vorübergehenden räumlichen Trennung bestehen. Aber da wir das Haus behindertengerecht umgebaut haben, wäre es Unsinn, wenn er es nicht mehr nutzen könnte. Ich gehe nicht davon aus, dass er je wieder so laufen wird wie vor dem Unfall. Meinetwegen können er und Santiago also in die Masseria zurückkehren, auch wenn wir nicht wieder zusammenkommen«, fügte sie hinzu, um der Euphorie ihrer Mutter einen Dämpfer zu versetzen.

»Warum solltet ihr nicht wieder zusammenkommen?«

»Darüber haben wir oft genug gesprochen, Mama.« Calliope rutschte nervös auf ihrem Stuhl hin und her. »Ich verstehe nicht, wie du einfach alles vergessen kannst, was Ettore mir angetan hat.«

»Zugegeben, es hätte schon weniger gereicht, um ihn zum Teufel zu schicken. Doch wenn mich der Tod deines Vaters eines gelehrt hat, dann dass Liebe Tausende von Facetten hat. Sie ist nicht nur schwarz oder weiß. Und du verschließt gerade vor den warmen Tönen der Liebe die Augen.«

»Ich weiß nicht, es ist so viel passiert …«

»Mein liebes Kind, lass dir eines gesagt sein: Die Liebe ist wie ein Krokus.«

»Ein Krokus?«

»Genau, wie diese wunderbare Blume, die am Ende eines jeden Winters ihr Köpfchen durch den Schnee oder die kalte Erde steckt. Wenn die ersten Flocken fallen, kann man sich nicht vorstellen, dass die kalte Jahreszeit jemals ein Ende haben wird. Doch plötzlich schiebt sie ganz überraschend ihre bunten Blüten hervor. Die Knolle hat lediglich eine Ruhepause eingelegt, aber ihr Herz hat nie zu schlagen aufgehört. Genauso ist es mit deiner Liebe zu Ettore: Auf sie ist ein gewaltiger Schneesturm niedergegangen, mit Eis und Hagel, doch ihr Kern ist unversehrt geblieben. Es ist nie zu spät, sich wiederzufinden. Nie. Daran glaube ich ganz fest.«

»Ich wünschte, ich hätte deine Zuversicht, aber ich bin erschöpft und mag nicht mehr kämpfen. Außerdem ist da noch das Baby, für das ich die Verantwortung trage.«

Azalea nahm ihre Hände zwischen die ihren. »Wenn du dir so sicher bist, ihn nicht mehr zu lieben, warum bist du dann so nervös und schaust ständig auf die Uhr?«

Der Blick der Tochter fiel auf die manikürten Fingernägel ihrer Mutter, das dezente Make-up, auf ihre ganze gepflegte Erscheinung. Selbst nach Eugenios Tod hatte sie sich nie gehen lassen, war immer gut gekleidet und geschminkt gewesen, als ob ihr Mann jeden Moment wieder zur Tür hereinkommen könnte. Wie damals stand stets der gefüllte Korb mit Orangen in ihrem Schlafzimmer, und jeden Morgen nach dem Aufstehen warf sie eine Kusshand in Richtung Himmel. Calliope würde so gerne eine Liebe wie die ihrer Eltern erleben, die so grenzenlos war, dass sie über den Tod hinausreichte.

»Weil …« Sie wollte gerade antworten, als Azaleas Handy klingelte. Sie wechselte ein paar Worte, dann wandte sie sich wieder ihrer Tochter zu.

»Das war Santiago, Ettore hat alles gut überstanden.«

»Und?«

»Die Chancen, dass er wieder laufen wird, sind gestiegen. Er darf bald nach Hause.«

»Dem Himmel sei Dank«, murmelte Calliope leise und umarmte ihre Mutter.

Wie gern hätte sie jetzt auch Ettore in die Arme genommen. Doch das Gefühl legte sich gleich wieder, als sie hörte, dass er schon in ein paar Tagen entlassen werden sollte. Dazu fühlte sie sich noch nicht bereit. Sie würde das Schlafzimmer räumen und sich im Gästezimmer einrichten müssen.

Und endlich durfte Ettore das Krankenhaus verlassen. Als Calliope in der Nacht auf Zehenspitzen ins Schlafzimmer schlich, um sich rasch ihr kleines Kuschelkissen zu holen, das sie vergessen hatte, blieb sie für einen Moment an seinem Bett stehen.

Ein fahles Licht drang durch die Schlitze der Läden, ein silberner Streifen des Mondes fiel auf Ettores Gesicht. Sie streckte die Hand nach dem Kissen auf ihrer Seite des Bettes aus.

Ettore schrak auf. »Was ist los?«

»Nichts, ich hab nur mein Kissen vergessen. Ich bin sofort wieder weg«, stammelte sie.

Dutzende Male hatte sie sich ihr Wiedersehen ausgemalt, allerdings nicht so. Ettore runzelte die Stirn, richtete sich ein wenig auf und knipste das Licht an.

»Wo willst du hin?«, fragte er und fasste sie am Arm.

»Ins Gästezimmer, damit du Ruhe hast.«

»Du musst nicht in einem anderen Zimmer schlafen.«

Sie seufzte. »Also gut, ich brauche Abstand. Das habe ich dir in dem Brief lang und breit erklärt.«

Er nickte. »Ja, ich habe ihn gelesen.«

»Lass uns ein andermal drüber reden, ich bin müde und muss morgen früh raus.«

»Wir hätten längst reden können, wenn du mir nicht die ganze Zeit aus dem Weg gegangen wärst.«

»Musst du jetzt eine Diskussion anfangen? Ich hab alle Hände voll zu tun und weiß schon nicht mehr, wo mir der Kopf steht.«

»Ein paar Minuten hättest du trotzdem erübrigen können.«

Calliope biss sich auf die Lippe. Sie wusste, worauf dieses Gespräch hinauslief, und das gefiel ihr ganz und gar nicht.

»Das sagst ausgerechnet du! Du hast monatelang kaum mit mir gesprochen und mich ignoriert.«

»Und das ist jetzt deine Rache für mein zugegebenermaßen nicht sehr nettes Verhalten? Du willst mich bestrafen, weil ich im Rollstuhl saß und zu wütend war, um mich auf unsere Beziehung zu konzentrieren?«

»Nein«, antwortete Calliope und schüttelte den Kopf. »Aber sieh uns doch mal an. Sieh, was aus uns geworden ist.«

In ihrer Stimme lag kein Zorn, sondern lediglich Enttäuschung und Traurigkeit.

»Du hast recht.« Er hob beschwichtigend die Hand. »Ich habe Fehler gemacht, unzählige Fehler. Das sehe ich ein und bereue es zutiefst.«

»Und du glaubst, damit ist alles wieder gut? Du hast mich Amos aufgedrängt, als wäre ich eine Ware. Du hast mich benutzt wie eine Marionette, die man nach Belieben lenken kann, und jetzt glaubst du ernsthaft, dass du das mit einem Lächeln und guten Vorsätzen einfach so aus der Welt schaffen kannst? Denkst du wirklich, ich könnte all das vergessen, was zwischen uns passiert ist? Die ganze Wut, die du an mir ausgelassen hast?«

»Das wollte ich damit gar nicht sagen, sondern …«

»Sondern was?« Draußen waren Geräusche zu hören. Egal, sollten ihre Mutter oder Santiago getrost die Ohren spitzen. »Meinst du etwa, ich warte seelenruhig darauf, dass du wieder der Mann wirst, den ich gekannt und geliebt habe? Und der mich geliebt hat? Ich habe dich um ein bisschen Liebe angebettelt, oder wenigstens Zuneigung und Zuwendung. Aber du hast immer weiter all deinen Frust auf mir abgeladen. Und dann auch noch die Sache mit Amos, den du, angeblich aus Liebe zu mir, zu meinem Teilzeitehemann bestimmt hast. Dabei wolltest du in Wirklichkeit nur deine Ruhe vor mir haben. Du hast mich gedemütigt, als Frau ebenso wie als Mensch«, schleuderte sie ihm ins Gesicht, machte auf dem Absatz kehrt und warf die Tür hinter sich zu.

47

Meine geliebte Calliope,
ich weiß, dass ich nicht das Recht habe, dir zu schreiben. Ich habe dich unsagbar verletzt, doch ich möchte, dass du weißt, wie leid es mir tut. Wenn ich die Zeit zurückdrehen könnte, würde ich es sofort tun, ich würde alles tun, um das, was einmal zwischen uns war, wieder zurückzuholen. Wie oft muss ich an unsere Hochzeitsreise denken, an unsere nächtlichen Tänze auf der Straße oder am Strand.
Ich würde alles dafür geben, wenn ich dich davon überzeugen könnte, dass ich begriffen habe, wie gemein und rachsüchtig ich dir gegenüber war. Leider brauchte es dazu ein Aneurysma und deinen Großvater, der mir während des Komas erschienen ist. Es mag dir vielleicht verrückt vorkommen, aber da erst habe ich verstanden, was mir im Leben wirklich wichtig ist.
Man sagt, dass Menschen sich nicht ändern – doch das stimmt nicht. Es bedarf nur eines Anstoßes, eines Auslösers. Mein Auslöser war einerseits der Rollstuhl, und andererseits warst es du. Aristides Vorwürfe noch im Ohr, habe ich dich in meinem Koma gesehen und erkannt, was ich dir angetan habe und was ich im Begriff war zu verlieren. Vor allem aber habe ich verstanden, dass ich etwas ändern muss, wenn ich nicht alles zerstören will.

Nachdem ich aufgewacht war, wollte ich die Worte deines Großvaters in die Tat umsetzen und mich allein auf dich konzentrieren, aber vielleicht war es zu spät. Zu spät, weil du zu verzweifelt warst und dir ein Leben mit mir nicht mehr vorstellen konntest.
Ich mache mir Vorwürfe, weil ich dich in Amos' Arme getrieben habe, auch wenn ich es nur getan habe, um dich glücklich zu sehen. Jemand sollte dir das geben, was ich dir nicht mehr geben konnte. Kinder zum Beispiel. Was das angeht, bin ich unendlich dankbar, dass Atena in dein Leben gekommen ist. Wenn du willst, ziehen wir sie gemeinsam groß, ich bin bereit dazu. Aus dir ist eine wunderbare Frau geworden, du hast deine Flügel ausgebreitet, und ich war dir nicht gewachsen. Aber trotzdem ist es mir nicht gelungen, dich loszulassen.
Ich bin nicht bereit dazu, dich gehen zu lassen. Ich war es nie, selbst damals nicht, als ich dir gesagt habe, dass keine Liebe mehr in mir ist und du mich ziehen lassen sollst. Selbst in diesem Moment war diese Stimme in mir, die mir sagte, dass das nicht wahr ist, nur wollte ich nicht auf sie hören. Und jetzt zahle ich den Preis dafür. Verdientermaßen, es gibt keine Entschuldigung. Eines indes solltest du wissen: Ich werde nicht aufgeben – nicht, nachdem ich endlich erkannt habe, was ich will.
Ich verspreche dir, dass ich alles tun werde, um wieder der Ehemann zu werden, der deiner würdig ist, ohne mich dir aufzudrängen oder deine Freiheit einzuschränken. Du hast mich gebeten, dir Zeit zu lassen,

und das ist nur recht und billig. Daher werde ich die Masseria verlassen und mit Santiago in ein Therapiezentrum ziehen, das auf Fälle wie den meinen spezialisiert ist.
Wo immer ich sein werde, du wirst in meinen Gedanken stets bei mir sein. Wenn wir uns das nächste Mal begegnen, werde ich dir hoffentlich auf meinen eigenen Füßen gegenübertreten. Und ich bete, dass wir irgendwann wieder zusammenfinden.
Ich liebe dich, warte auf mich,
dein Ettore

Calliope las den Brief wieder und wieder. Sie hatte ihn im Gästezimmer auf ihrem Kopfkissen gefunden und bis zum Morgengrauen wach gelegen, bis die Sonne den ersten Adventssonntag begrüßte. Als sie aufstand, war ihre Mutter schon damit beschäftigt, bei Weihnachtsmusik das ganze Haus und den Baum zu schmücken.

Sie lächelte, es tat gut zu sehen, dass wenigstens ein Familienmitglied seinen Frieden gefunden hatte. Azalea war und blieb der Fels in der Brandung, trotz allem, was das Leben ihr abverlangte. Calliope ging durch die einzelnen Räume. Überall waren duftende Tannenzweige, dekoriert mit rot leuchtenden Hagebutten, die zwischen den Orangenbäumen wild wuchsen. Die Gebinde lagen auf dem Kaminsims, auf Kommoden und Fensterbänken oder standen in hohen Vasen. In einer großen Schale auf dem Küchentisch waren mit Nelken gespickte Orangen mit verschiedenen Zweigen, Tannenzapfen, Zimtstangen und getrockneten Blüten zu einem Gesteck arrangiert, dessen verführerischem Duft bestenfalls der Glühwein Konkurrenz machen konnte, den ihre Mutter stets mit Orangenschalen und einer geheimen Gewürzmischung zubereitete.

Das erste Weihnachten ohne Diana. Und ohne Ettore. Sie ließ die vergangenen Christfeste, die sie mit ihm verbracht hatte, Revue passieren, die Traditionen, die sie sich geschaffen hatten und die von Jahr zu Jahr weitergeführt wurden. Sie sah ihn vor sich, wie er den Baum schmückte, zwischendurch hin und wieder eine ihrer selbst gemachten Pralinen naschte, und wie sie sich abends gemeinsam vor dem Kamin unter eine Wolldecke kuschelten.

So würde es wieder werden, beschloss sie. Für Atena. Leise betrat sie das Gästezimmer und betrachtete das Baby, das in der Wiege lag und mit den Beinchen strampelte. Ein neuer Lebensabschnitt hatte begonnen, ihre Zukunft. Sie hörte ihre Tochter glucksen, und Glücksgefühle durchströmten sie.

Calliope hätte sich nicht träumen lassen, dass es jemals wieder so sein würde.

48

Am Morgen des ersten Weihnachtstages betrat Calliope mit Atena auf dem Arm auf Zehenspitzen das Firmengebäude. Die Kleine war in eine Decke gewickelt, die Azalea genäht hatte und die auf der einen Seite mit zwei goldenen Ähren und den Initialen ihrer Enkelin verziert war: *A C*, Atena Costa, hatte sie in eleganten Lettern dort aufgestickt.

Die Fabrik war menschenleer. Als sie die Tür surrend öffnete, sprang der Ventilator zum Trockenraum an und begrüßte sie mit einem warmen Lufthauch. Atena lächelte entzückt.

»Meine Tochter«, sagte Calliope mit Blick auf die Initialen. Ihre Stimme zitterte vor Rührung, sie hatte diese zwei Worte zum ersten Mal laut und öffentlich ausgesprochen.

Jeden Morgen, bevor sie zur Arbeit ging, wiederholte sie sie leise vor dem Spiegel, um sich davon zu überzeugen, dass das alles wirklich wahr war. Sie hatte eine Tochter, und um die musste sie sich kümmern. Alles andere war nur mehr eine ferne Erinnerung, selbst der Schmerz, den Ettore ihr zugefügt hatte. Hin und wieder erkundigte sie sich bei Santiago nach ihm. In den letzten Tagen allerdings hatte sie wieder öfter an ihn gedacht, was wohl an der vorweihnachtlichen Stimmung lag. Angesichts des Festes der Liebe traten wie durch ein Wunder alle Konflikte in den Hintergrund, und die Liebe siegte über den Schmerz.

»Meinst du, wir sollten Ettore wirklich verzeihen?«, fragte sie ihre kleine Tochter und küsste sie auf die Stirn. Die Luft war erfüllt vom Pastaduft. Sie erzählte von einer jahrhundertealten Familiengeschichte, von Menschen, die sich um ein bescheidenes Abendessen versammelt hatten, einfachen Leuten, für die Kochen eine Herzensangelegenheit war. Sie erzählte von außergewöhnlichen Pastasorten, von Geheimnissen, die unerwartet ans Licht gekommen waren, von einer Vergangenheit, die es in Ehren zu halten galt, von kleinen Schätzen, die lange eingeschlossen gewesen waren, und von einer großen Liebe, die ein tragisches Ende genommen hatte.

Die ganze Geschichte der Familie Costa lag ausgebreitet vor ihr, all die Pastasorten, die aus Aristides Kreativität entsprungen waren. Dieser Mann, der für Calliope von Kindesbeinen an eine Inspiration gewesen war und der seine Liebe zur Pasta an sie weitergegeben hatte. Sie hoffte, die gleiche Liebe in ihrer kleinen Tochter wecken zu können, die gerade versuchte, mit der Hand nach einer Spaghetti zu greifen.

»Gefällt sie dir?« Calliope brach ein Stück ab und strich ihr damit sanft über die Lippen. »Spürst du, wie rau die Oberfläche ist? Das kitzelt, was?« Atena gluckste vergnügt und strampelte mit den kräftigen Beinchen, während sie versuchte, nach dem Pastastück zu greifen, das Calliope vor ihren Augen hin und her wandern ließ. Als sie die Nudel endlich zu fassen bekam, umklammerte sie sie und steckte sie in den Mund, um genüsslich daran zu lutschen. Die Pasta war noch weich und warm, spendete Trost und Geborgenheit wie eine Umarmung unter einer warmen Bettdecke.

Atenas Geste rührte Calliope tief.

»Du bist eine echte Costa, die Pasta liegt dir im Blut«, flüsterte sie ihrer Tochter ins Ohr. Das Display ihres Handys leuchtete auf: Azalea bat sie nach Hause zu kommen, das Weihnachtsessen stand fast schon auf dem Tisch. Atenas erstes Weihnachten.

Ihren kleinen Schatz fest an die Brust gepresst, ließ Calliope den Blick schweifen: Sie hatte alles, was sie sich immer gewünscht hatte, und noch mehr, selbst das, von dem sie gar nicht gewusst hatte, wie glücklich es sie machen würde: die Nudelfabrik und ihre Tochter. All das stand jetzt im Mittelpunkt ihres Lebens. Doch wenn sie auf ihre linke Hand schaute, auf die helle Stelle, wo einst ihr Ehering gewesen war, spürte sie sehr deutlich, dass ihr zum perfekten Weihnachtsglück noch etwas fehlte: Ettore. Hin und wieder bekam sie zwar leidenschaftliche Briefe von ihm, aber sie hatte Angst, ihm die Tür zu ihrem Herzen noch einmal zu öffnen. Wer wusste, ob er diesmal nicht nur sie, sondern auch ihre kleine Tochter verletzen würde.

»Ich werde nicht zulassen, dass du leiden musst, nur weil ich die falschen Entscheidungen getroffen habe«, flüsterte sie und legte ihre Stirn an die ihrer Tochter. Wie gerne hätte sie mit Diana darüber gesprochen! In Momenten wie diesen war ihr der Tod ihrer Schwester allzu schmerzlich bewusst. Mit ihrer Mutter konnte sie nicht über Ettore sprechen. Jedes Mal, wenn sie ihn Azalea gegenüber erwähnte, wich sie ihr aus. Dabei wusste sie, dass ihre Mutter viel Zeit mit Santiago verbrachte, der hin und wieder in der Masseria vorbeikam. Die beiden heckten etwas aus, da war sie sicher.

Ihre Mutter war entschlossen, den Kontakt mit ihrem Schwiegersohn nicht abreißen zu lassen. Calliope war sicher, dass sie in ihm ihren eigenen Sohn wiederfinden wollte, von dem sie sich viel zu früh hatte trennen müssen, ein Verlust, der nach dem Tod ihres Mannes und ihrer Tochter Diana noch viel schwerer wog. Azalea liebte Ettore, und nichts und niemand würde etwas daran ändern.

»Wir sind eine ziemlich komplizierte Familie, mein Schatz, aber mit der Zeit wirst du sie zu schätzen lernen«, sagte sie zu Atena, während sie mit ihr zum Ausgang ging, um sich auf den Weg zur Masseria zu machen, wo sie gemeinsam das schönste Fest des Jahres feiern würden. Sie drehte den Zündschlüssel und stellte die Heizung auf die höchste Stufe, die Temperaturanzeige im Auto zeigte ein Grad unter null und warnte vor Straßenglätte, aber für nichts auf der Welt hätte sie auf dieses Ritual verzichtet. Aristide und sie waren am ersten Weihnachtstag immer in die Fabrik gefahren, dann ins Zentrum von Salina und schließlich über die Küstenstraße zurück zur Masseria, auch wenn es ein Umweg war.

»Das war Teil eins«, sagte sie und blickte über den Rückspiegel zu Atena, die aus dem Fenster schaute. Nach einigen Kurven erreichten sie das Zentrum von Salina. Die Piazza lag in der Sonne und war voller Kirchgänger, die einander ein frohes Fest wünschten und sich dann in alle Richtungen zerstreuten, um mit Freunden und Familie zu Mittag zu essen, um Karten spielend und Nüsse knabbernd auf den Abend zu warten, während die Kinder mit ihren Geschenken spielten, die sie am Morgen unter dem Weihnachtsbaum gefunden hatten.

Köstlicher Essensduft lag in der Luft, während die Kirchenglocken ihre hoffnungsvolle Botschaft in die Welt entließen. Sie verkündeten die Geburt eines neuen Lebens, etwas, das auch für Calliope galt, die hier mit Atena auf dem Kirchplatz stand. In der Menge konnte sie Evas grünen Mantel ausmachen, aber als sich ihre Blicke trafen und Calliope die Hand zum Gruß hob, wandte Eva sich ab.

»Nicht schlimm, dann versuche ich es eben ein andermal. So schnell gibt deine Mama nicht auf«, sagte sie und zwinkerte ihrer Tochter zu. Dann machten sie sich auf den Heimweg.

Nach wenigen Minuten waren sie am Meer, die Mittagessenszeit rückte näher, und die Straßen waren nahezu menschenleer. Auf dem Weg entdeckte sie plötzlich auf einem Bauschild, das an einem Stacheldrahtzaun hing, den Nachnamen ihres Mannes. Calliope hielt an und stieg aus dem Auto. Vor ihr lag das Land des Bruders von Zio Peppe, der sein Vermögen damals mit der Finanzkrise in Argentinien gemacht und vor einigen Monaten die Ländereien verkauft hatte, die er von seinem Vater geerbt hatte. Er hatte für die vielen Hektar einen hohen Preis veranschlagt, und keiner in Salina hatte kaufen wollen.

»Niemand, bis auf einen«, sagte Calliope leise und kehrte zum Wagen zurück, um Atena zu holen. Dann ging sie durch das offen stehende Tor. »Ah, hier ist jemand«, sagte sie zu ihrer Tochter und folgte den Spuren der Lastwagen auf das Gelände. Überall lagen Baumaterialien für die Errichtung eines Zauns. Sie ging auf den Bereich zu, wo die Ställe gewesen waren, die früheren Besitzer hatten Viehzucht betrieben. Überrascht stellte sie fest, dass die Türen zu den Boxen aus Kalk- und Backsteinen frisch gestrichen waren und man in der Scheune daneben eine imposante Menge Heu aufgetürmt hatte. Ob es einen Wachhund gab? Nach einer Weile hörte sie einen Esel, dann Hundebellen. Und als der dazugehörige riesige schwarze Hund tatsächlich auftauchte, ging sie langsam zum Tor zurück. Das Handy auf dem Beifahrersitz zeigte drei Anrufe von Azalea an. Calliope rief zurück, um ihr zu sagen, dass sie gleich zu Hause war.

»Gut, aber parke bitte vor dem Haus.«

»Warum?«

»Weil du die Kleine dann schneller reinbringen kannst. Und anstatt so viele Fragen zu stellen, solltest du dich lieber beeilen.«

»Schon gut, ich weiß doch, dass du es nicht magst, wenn das Fleisch kalt wird.«

»In der Tat, und an Weihnachten schon gar nicht.«

»Zu Befehl.«

Zehn Minuten später parkte sie den Wagen im Garten der Masseria und ging mit ihrer Tochter auf dem Arm ins Haus. Im Esszimmer umfing sie der Duft nach Braten und Reis-Timbale, die ihre Mutter traditionell an

Weihnachten zubereitete. Im Kamin glommen die Zitronen- und Orangenschalen aus dem Punsch, den Azalea angesetzt hatte, ihr aromatischer Duft breitete sich im ganzen Haus aus. Auf dem Tisch standen die böhmischen Kristallgläser, in der Mitte der Tafel prangte ein rustikaler Aufsatz aus Blech, in dem Pinienzapfen angeordnet waren, die ihre Mutter im Garten gesammelt hatte. Azalea liebte diesen Kontrast aus Einfachheit und Raffinesse. Außerdem fiel Calliope sofort ein weiteres Detail ins Auge: Es war für einen Gast mehr gedeckt als geplant.

Sie schüttelte den Kopf und legte Atena in die Wiege, die Azalea im Esszimmer aufgestellt hatte, damit sie während des Essens bei ihnen war, Azalea selbst machte sich in der Küche zu schaffen.

»Wusstest du eigentlich, dass Ettore das Land von Zio Peppes Bruder gekauft hat?«, fragte Calliope und strich Atenas Decke glatt.

»Hast du den Brief gesehen, den ich dir auf den Tisch gelegt habe? Heute Morgen habe ich auf dem Weg zur Messe den Briefträger getroffen. Pietro hat sich entschuldigt, dass er es gestern nicht mehr bis zu uns geschafft hat.«

»Ach, und er hat dir den Brief in die Kirche mitgebracht?«

»Nun ja, er hat ja gewusst, dass ich auch da sein würde, wir sehen uns dort jedes Jahr und wünschen uns frohe Weihnachten. Gestern ist seine jüngste Tochter auf einer Eisplatte ausgerutscht und er musste mit ihr ins Krankenhaus und …«

Calliope griff nach dem Umschlag, Absender war das

Familiengericht. Sie wollte ihn am liebsten nicht öffnen, denn sie fürchtete, Ettore habe die Scheidung eingereicht und ihr doch nicht die Zeit zum Nachdenken eingeräumt, um die sie ihn gebeten hatte. »Ist es das, was ich denke?«

»Ich denke, du liegst komplett falsch«, hörte sie eine Stimme sagen. Sie fuhr herum, ihr Herz klopfte bis zum Hals, längst vergessen geglaubte Gefühle ließen sie erröten und legten sich wie ein Kuss auf ihre Lippen.

»Ettore?«

»Wie er leibt und lebt.«

Calliope betrachtete ihn von Kopf bis Fuß. Ettore stützte sich auf zwei Krücken und stand auf seinen eigenen Füßen. »Wo ist der Rollstuhl?«

Er wandte sich zur Tür. Dort wartete Santiago mit einem Präsentkorb, der so groß war, dass sein Gesicht fast dahinter verschwand.

»Sein Verdienst«, antwortete Ettore, »und das eure.« Er schaute erst zu Calliope und dann zu Atena, die friedlich in ihrer Wiege lag und schlief. Er ging auf die Kleine zu, küsste sie auf die Stirn und strich ihr über die Wange. Seine Hand schloss sich um den Kopf des Kindes, als sei sie ein Kissen.

»Sie wird von Tag zu Tag schöner«, sagte er leise und schaute sie liebevoll an. Als er Atenas Köpfchen wieder auf das Kissen legte, hatte er plötzlich Aristides kleine Pastaform in der Hand, die Calliope schon seit Tagen verzweifelt gesucht hatte.

»Wo hast du die jetzt her?«

»Zauberei«, sagte er und zuckte mit den Schultern. Azalea schaute durch die Küchentür liebevoll auf die beiden Männer, die inzwischen beide so etwas wie Söhne für sie waren, während Calliope und Ettore neben der Wiege standen. Sie sahen sich lange in die Augen. Sie hatten sich so viel zu sagen, hatten aber auch Angst davor, sich wieder in Missverständnissen zu verlieren. Deshalb sagten sie lieber nichts. Aber ihre Blicke und Atena in ihrer Mitte genügten, sie die Wahrheit erkennen zu lassen.

»Ettore, ich …«, murmelte Calliope, verstummte aber sofort, als er ihr einen Brief zeigte, der genauso aussah wie der ihre.

»Ich habe die nötigen Dokumente eingereicht, um Atena als unsere Tochter anzuerkennen, deine und meine Tochter«, sagte er und deutete auf Calliopes Umschlag. Er seufzte tief. »Du hast mich um Zeit gebeten, und ich habe sie dir gegeben. Vielleicht nicht so viel, wie du dir gewünscht hättest, vielleicht wäre es klüger gewesen, noch etwas zu warten, aber wie du es mir selbst geschrieben hast, liebe ich dich. Und ich werde dich immer lieben. Und wenn ich aus meiner Zeit im Rollstuhl etwas gelernt habe, dann das: Man kann lange über etwas nachdenken, aber allzu langes Nachdenken macht alles kaputt, Beziehungen, Menschen, Projekte. Deshalb bin ich hier. Ich möchte nicht, dass du zu lange nachdenkst und danach nicht mehr erkennst, wie sehr du mich brauchst.« Er hielt inne. Seine Stimme zitterte. So aufgewühlt war er nicht mal am Tag ihrer Hochzeit gewesen. Calliope ging zu ihm und griff nach seinen Händen. Auch sie war tief bewegt.

»Ettore, ich möchte dir so gerne glauben, glauben, dass

uns nichts mehr trennen kann, aber wie soll das gehen? Nach all dem, was passiert ist?«

»Liebe mich«, antwortete er prompt, »und ich schwöre, dass ich das Gleiche tun werde. Ich bin ein guter Ehemann, ich werde mich Tag für Tag anstrengen, aber ich bitte dich darum, mich wieder so zu sehen wie früher, vor dem Unfall, bevor das alles angefangen hat. Ich bin ein besserer Mensch, wenn du an meiner Seite bist. Ich habe wieder den Mut, mein Leben selbst in die Hand zu nehmen und mich der Verwirklichung meiner Träume zu widmen. Du hast mich gerettet, als ich es nicht mehr für möglich hielt. Du hast mir das Leben zurückgegeben.«

»Ettore«, schluchzte Calliope und schlug die Hände vors Gesicht, das er jetzt sanft umfasste.

Sie schaute ihn lange an, auf ihren Wangen brannten Tränen. Sie brauchte etwas, woran sie sich klammern konnte, um ihm glauben zu können, um die Kluft zwischen ihnen wieder zu schließen. »Ich habe das Land gekauft, um ein Therapiezentrum zu eröffnen, weißt du? Als du davon gesprochen hast, war ich zu wütend und zu dumm, um zu verstehen, dass du mich nur aus dem Sumpf ziehen wolltest, in dem ich steckte.«

Calliope riss überrascht die Augen auf. »Du machst was? Wie hast du …«

»Azalea«, antwortete er und drehte sich zu seiner Schwiegermutter um, der ebenfalls die Tränen in den Augen standen. Sie warf ihm eine Kusshand zu. »Es ist ihr Verdienst. Sie hat an unsere Ehe geglaubt, als wir es nicht mehr getan haben. Als ich heute Morgen die Predigt gehört habe, in der es um Liebe, Brüderlichkeit und Vergebung ging, als alle mit ihren Familien in den Bänken saßen und sich anlächelten, da habe ich verstanden, dass der einzige Mensch auf dieser Erde, mit dem ich das alles haben möchte, Familie, Streit, Liebe und die Wärme eines Heims, du bist. Ich will dich, ich will dich jeden Tag aufs Neue. Und Atena, unsere Tochter, wenn du mir erlaubst, ihr Vater zu sein.« Er griff in seine Jackentasche und zog ein gefaltetes Blatt Papier heraus, öffnete es und legte es auf Atenas Decke. Es war der Plan des Therapiezentrums, das sie sich eben erst angesehen hatte. »Ich will noch mal von vorne anfangen, Calliope, und zwar mit dir und mit unserer Tochter. Du bist die Liebe meines Lebens. Ich will es für die Liebe tun, die uns verbindet, die Liebe, die ich in deinen Augen sehe und die Ja zu mir sagt, die Augen, die um uns geweint haben. Die Liebe, die zwischen uns noch immer lebendig ist, allem zum Trotz. Sogar uns zum Trotz. Unsere Liebe.«

Azalea hielt die Luft an und umklammerte Santiagos Hand, während Ettore Calliope ansah. Calliope schwieg, ihre Hände, ihr Atem, selbst ihre Seele zitterten, sie stand vor einer neuen Herausforderung, ohne Garantie auf Erfolg. Und doch sah sie dem Mann vor ihr in die Augen, schob die Vernunft beiseite und öffnete ihr Herz. Sie wusste genau, dass es für sie keinen anderen Weg gab, um glücklich zu werden. Es hatte ihn nie gegeben.

»Das ist es, was du willst?«, fragte sie leise.

»Das ist es, was ich immer wollte.«

Sie nickte, griff in die Tasche und zog den Ehering heraus, den sie immer bei sich trug, und reichte ihn Ettore.

Ihre Hochzeit vor sechs Jahren war plötzlich nur einen Atemzug, einen Herzschlag entfernt.

»Dann heirate mich ein zweites Mal. Jetzt, vor unserer Tochter. Heirate mich und schwöre mir, dass es diesmal für immer sein wird.«

Ende

Lesen Sie weiter >>

LESEPROBE

Eine geheimnisumwobene Insel.
Der Duft der Erinnerungen.
Und eine unvergessene Liebe …

Elettras früheste Kindheitserinnerung ist der Duft von Anisbrötchen. Ihre Mutter war eine begnadete Bäckerin, deren Köstlichkeiten direkt den Weg in die Herzen der Menschen fanden. Doch seit sie schwer erkrankt ist, steuert die Bäckerei der Familie auf den Bankrott zu. Und Elettra ist ganz auf sich allein gestellt, denn sie erfuhr nie, wer ihr Vater ist. Als sie von einer kleinen Insel im Mittelmeer hört, auf der ihre Mutter die glücklichste Zeit ihres Lebens verbracht haben soll, reist sie kurz entschlossen dorthin. Inmitten von Zitronenhainen stößt sie auf ein verlassenes Kloster, das eine alte Liebe verbirgt – und vielleicht das große Glück.

Prolog

Sommer 1940

In der Ferne raschelten Blätter, der Wind trug das Versprechen des nahenden Sommers mit sich.

»Sieh nur, Joséphine, der Abend ist voller Magie.«

Ein helles Augenpaar folgte dem Zeigefinger hinauf zu den letzten Sonnenstrahlen des Tages, die den Horizont zum Glühen brachten.

»Stimmt. Und schau dir nur mal an, wie groß die Wolken sind.«

»Wie riesige Zitronen, genau wie die bei uns im Garten«, fügte Edda hinzu und fischte aus dem Korb, den sie zwischen sich und ihre Freundin gestellt hatte, ein Geleebonbon.

Das Bonbon war wie ein winziges Stück von einem Sonnenstrahl, kaum größer als ein Zuckerwürfel, aus Zitronensaft und luftgetrockneter, in Honig getauchter Zitronenschale. Edda hatte einen ganzen Tag gebraucht, um sie herzustellen. Stolz auf ihr Werk, betrachtete sie die goldenen Farben des von einer dünnen Zuckerschicht umhüllten Bonbons: ein Stückchen Mittelmeersonne. Sie schob das Bonbon zwischen die Lippen und riss freudig erstaunt die Augen auf, als sich in ihrem Mund der Geschmack eines ganzen Inselsommers entfaltete. Wilde Blumen, Salz, weiße Tischdecken, die in der Sonne trockneten, Karaffen voll eiskalter Zitronenlimonade, die sie schluckweise tranken, während sich die Nonnen in ihre Zellen zurückzogen und am Himmel die ersten Sterne funkelten – ein allabendliches Abenteuer, das sie stets mit ihrer besten Freundin teilte. Das Bonbon, das sie jedes Mal wieder auf eine Reise schickte, trug die ganze Magie jener drei Sommermonate in sich. Es waren die schönsten ihres Lebens, ihre Zeit mit Joséphine.

Gierig saugte sie den fruchtigen Zitronengeschmack auf, während ihre Freundin sie verblüfft ansah.

»Die Bonbons, die ich gestern für Schwester Anne gemacht habe, sind unglaublich lecker geworden, du musst unbedingt eines probieren«, sagte Edda und griff in den Korb. »Nimm, ich habe sie extra für dich gemacht, Joséphine. Du magst doch so gerne Zitronen.«

»Schon, aber die Bonbons sind doch der Nachtisch für das Mittagessen mit dem Bischof morgen. Die Schwestern werden böse auf uns sein, wenn sie das herausfinden, und dann bestrafen sie uns wieder.«

»Wenn sie's überhaupt merken«, sagte Edda augenzwinkernd. »Schwester Anne habe ich gesagt, dass die Bonbons nichts geworden sind, und habe dafür ein Glas mehr mit kandierten Zitronenschalen vorbereitet. Die hier sind alle für uns. Eigentlich für dich, weil du sie so sehr magst.« Lächelnd griff sie nach der Hand ihrer Freundin, die glücklich nickte.

Ihr Schweigen wurde nur vom Zirpen der Grillen unterbrochen, die eine schwüle Nacht ankündigten. Der Ostwind fuhr in die Zitronenbäume auf der Terrasse und verbreitete ihren verführerischen Duft. Unten vom Fischerdorf tönte aus einem Radio ein altes Lied über verratene Liebe zu ihnen herauf, eine samtige Frauenstimme. Die beiden Mädchen lagen auf der Terrasse des Klosters und träumten den Sommer herbei.

»Joséphine?«

»Ja?«

Edda drehte sich auf die Seite und stützte sich auf einen Arm. Ihr Stirnrunzeln verriet, dass sie etwas auf dem Herzen hatte. »Glaubst du, man kann jemanden so liebhaben wie eine Schwester, auch wenn sie gar keine richtige Schwester ist? Ich meine, wenn sie andere Eltern hat?«

Ihre Freundin setzte sich auf und schlang die Arme um die Knie. Sie taten ihr weh. Während der gestrigen Abendandacht hatten die beiden sich davongestohlen, wofür man sie mit aller Härte bestraft und einen ganzen Tag lang ohne etwas zu essen oder zu trinken in ihren Zellen eingesperrt hatte. Bis ihre beste Freundin sich mit einem Korb voller Süßigkeiten auf der Terrasse eingefunden hatte.

Nichtsdestotrotz hätte sie alles auf der Stelle noch einmal ganz genauso gemacht, da war Joséphine sich sicher. Denn seit Edda ins Kloster gekommen war, war es endlich vorbei mit ihrer Einsamkeit.

Sie rollte den Ärmel ihres Baumwollgewands hoch und zeigte ihrer Freundin den Halbmond auf der Innenseite ihres Handgelenks, der heller war als die übrige Haut. »Natürlich geht das. Wir zwei haben einen Pakt miteinander, erinnerst du dich?«

Edda nickte und zeigte triumphierend ihrerseits eine

kleine Narbe. »Freundinnen fürs Leben«, sagte sie leise, als wäre es eine Zauberformel.

»Zitronenschwestern«, scherzte Joséphine und zerteilte ein goldfarbenes, süßes Geleebonbon.

Zitronenbonbons

Zutaten

200 g Zucker, 100 ml Zitronensaft, 1 EL mit Honig kandierte Zitronenschale, 12 g Gelatine, 1 TL natürliches Vanillearoma, Zucker zum Dekorieren

Zubereitung

Die Gelatine mindestens zehn Minuten lang in kaltem Wasser einweichen, die Zitronenschale in kleine Würfel schneiden. Zucker, Zitronensaft und Vanillearoma in einen Topf geben und bei mittlerer Hitze zum Kochen bringen. Nach zwei Minuten die ausgedrückte Gelatine hinzufügen und umrühren, bis diese sich vollständig aufgelöst hat. Die Flamme ausstellen und die Masse in pralinengroße Silikonförmchen füllen, in die vorher jeweils ein kandierter Zitronenschalenwürfel gelegt wurde. Die Bonbons abkühlen lassen, aus den Förmchen lösen und in Zucker wälzen.

1.

Mit verschränkten Armen verharrte Elettra vor der verschlossenen Tür. Vor ihren Augen baumelte das Schild mit der Aufschrift »*La Bottega dei Sogni* – Der Traumladen«. Einer der beiden Aufhänger war kaputt, aber es hatte keinen Sinn mehr, ihn zu reparieren.

Sie redete sich Mut zu und trat ein letztes Mal über die Schwelle. Was für ein Vormittag. Sie hätte alles dafür gegeben, ihn einfach aus dem Kalender streichen zu können, doch da war nichts zu machen. Die Sonne war aufgegangen wie jeden Morgen und hatte ihr zahlreiche Erinnerungen beschert.

»Ich tauge weder zum Kochen noch zum Backen, und das hast du genau gewusst«, sagte sie zu dem Foto ihrer Mutter.

Es hing an einer der Wände, die mittlerweile leer waren wie fast der gesamte Laden, und zeigte eine rätselhafte Frau, die Elettra in Gedanken stets beim Vornamen anredete und nicht mehr mit Mama. Jedenfalls seit Edda im Koma lag. Als wollte sie betonen, dass sie von nun an auf eigenen Füße stand, so wie es ihr beider Schicksal offenbar gewollt hatte. Sie sah der Frau auf dem Foto sehr ähnlich, hatte den gleichen olivenfarbenen Teint und ebenfalls langes schwarzes Haar. Nur woher ihre grünen Augen stammten, wusste Elettra nicht.

»Wenn ich nur halb so gut backen könnte wie du, dann wäre alles anders gekommen. Die Leute würden Schlange stehen, um meine Kuchen und Brote zu kaufen, genau wie damals bei dir. Aber du wolltest ja nicht einsehen, dass ich nicht so bin wie du und einfach keine Lust habe, mein Leben hinterm Herd zu verbringen. Du wolltest, dass ich in deine Fußstapfen trete, obwohl du genau wusstest, dass ich andere Träume hatte. Dass ich in New York diesen verdammten Master in Journalismus machen wollte. Daraus ist aber nichts geworden, nachdem das Stipendium ausgelaufen war und das nötige Geld fehlte. Du dagegen«, sagte sie kopfschüttelnd und wischte sich die bitteren Tränen der Enttäuschung von den Wangen, »du warst felsenfest davon überzeugt, dass ich alles von dir lernen kann. Dass ich, wenn ich erst kochen und backen könnte, die Leute genauso froh machen könnte wie du. Was für ein absurder Plan. Jahrelang hast du mir gepredigt, dass gutes Essen Leib und Seele zusammenhält, dass selbst die einfachsten Kekse ein gebrochenes Herz heilen können. Ich habe dir mehrfach klarzumachen versucht, dass mir das Talent dazu fehlt. Genutzt hat es nichts. Und jetzt stehe ich hier. Die Bäckerei ist bankrott und ich muss ganz alleine damit klarkommen, weil ich außer dir nie jemanden hatte. Nichts hast du mir von meinem Vater erzählt, rein gar nichts. Für dich sei diese Geschichte beendet und begraben, hast du immer gesagt, und die Vergangenheit solle man ruhen lassen. Alles, was vor meiner Geburt war, auch deine Kindheit, waren deiner Meinung nach Erinnerungen, die nur dir allein gehörten.«

Als sie wieder draußen auf der Straße stand, hüllte Elettra sich in ihren Mantel und marschierte los. Ein Ziel hatte sie nicht. Sie überlegte, ob sie ihren Exfreund Walter anrufen sollte. Seit Kurzem war es aus zwischen ihnen und es schmerzte immer noch. Was seine Eltern wollten, war ihm wichtiger gewesen als die Liebe zu ihr. Es wäre ein Leichtes gewesen, seine Nummer zu wählen, aber sie brachte es nicht fertig.

Sie brauchte den Rat einer guten Freundin. Ihr Blick wanderte zu der Telefonzelle in der Mitte der Piazza. Einen Moment später warf sie ein paar Münzen, die sich in ihren Taschen versteckt hatten, in den silberfarbenen Schlitz.

»*Pronto?*«

Ihre Kehle war wie zugeschnürt, nur mit Mühe bezwang ihre Stimme die Angst. »Esther?«

Das eine Wort genügte, um die Freundin am anderen Ende aufhorchen zu lassen. Sie war schon so gut wie auf den Beinen.

»Sag mir, wo du steckst. Ich komme.«

»Nein, ist schon gut. Es ist spät und Sarah braucht auch ein bisschen Zeit mit ihrer Mutter.«

»Hör auf mit dem Quatsch und sag mir lieber, wo du bist«, beharrte Esther. Die beiden kannten sich seit Kindertagen.

»Ich bekomme schier keine Luft mehr, wenn das so weitergeht, drehe ich noch durch«, flüsterte Elettra. »Die Bäckerei ist pleite und die Behandlungskosten für Edda explodieren. Der Arzt will eine neue Therapie ausprobieren und ich gebe ein Heidengeld aus, damit sie nicht stirbt. Aber es geht ihr schlecht, und ich weiß nicht, wie lange ich mir das noch leisten kann.«

»Elettra …«

»Ich bin arbeitslos, Esther. Ich habe keine Ahnung, wie es weitergehen, wie ich meine Rechnungen bezahlen soll, mir fehlt sogar der Mut, meine Mutter zu besuchen und nachzusehen, wie es ihr geht. Allein der Gedanke an sie, wie sie in diesem Bett liegt mit all den Schläuchen um sie herum, macht mich fertig. Ich weiß nicht mehr ein noch aus. Ich … Ach, keine Ahnung, Esther. Ich wünschte, sie würde mir sagen, was ich tun soll. Ich wünschte, sie wäre jetzt hier, an meiner Seite, aber ich bin allein. Da ist niemand.«

»Ich bin doch da«, entgegnete ihre Freundin. »Und Edda steht dir auch zur Seite. Sie hört es, wenn du mit ihr redest, ganz sicher. Die eigene Mutter lässt einen nicht im Stich, also los, geh sie besuchen, und danach kommst du zu mir. Ich muss mit dir reden.«

Mit dem Ärmel wischte Elettra die Wimperntusche ab, die ihr die Wangen herabgelaufen war. »Ich kann nicht schon wieder Geld von dir annehmen, das weißt du.«

»Deinen Stolz kannst du getrost beiseitelassen. Dank der Kontakte, die mein Vater in der Branche hat, habe ich ziemlich viele Geräte verkauft. Bald kommt also Geld in die Kasse.«

Ein tiefer Seufzer durchbrach das Schweigen in der Leitung. »Wirklich?«

»Ja, wirklich. Aber eins musst du mir versprechen.«

Elettra nahm das letzte Geldstück aus ihrer Jackentasche und ließ es in den Schlitz fallen. »Was denn?«

»Dass du einen Teil von dem Geld verwendest, um zu verreisen.«

Ein bitteres Lachen. »Und wovon soll ich deiner Meinung nach die Reise bezahlen? Ich habe keine Arbeit mehr, meine Mutter braucht teure Medikamente und ich stehe am Rand eines Nervenzusammenbruchs. Tut mir leid, aber ich glaube nicht, dass dies der richtige Zeitpunkt für eine Kreuzfahrt in die Karibik ist«, erwiderte sie.

»Ich habe damit nicht gemeint, dass du ans andere Ende der Welt fahren sollst«, gab Esther gekränkt zurück. »Wie gesagt, in dieser Woche dürften die ersten Zahlungen eingehen. Geld ist also kein Problem mehr. Und ein Urlaub ist immer noch besser, als jahrelang einen Psychiater zu bezahlen, oder?«

»Esther …«, begann Elettra, aber ihre Freundin brachte sie zum Schweigen.

»Ich flehe dich an, tu ausnahmsweise einfach mal das, was ich dir sage«, sagte sie sanft.

Elettra lächelte. Sie war nicht überzeugt, dass der Vorschlag ihrer Freundin die beste Lösung war, doch allein wenn sie an den heutigen Tag dachte, an dem sie sich so weit wie möglich weg wünschte, hatte Esther vielleicht gar nicht so unrecht.

2.

Im Warteraum der Klinik beschlich Elettra der Gedanke, dass sie es schlicht nicht ertragen würde, bei ihrer Mutter am Bett zu sitzen. Mit beiden Händen umklammerte sie das Goldmedaillon, auf dem die Heilige Elisabeth von Ungarn abgebildet war, die Schutzpatronin der Bäcker. Edda verehrte sie so sehr, dass sie ihr zu Hause einen eigenen kleinen Altar errichtet hatte.

Elettra presste das Medaillon gegen die Brust. Sie wusste nicht recht, warum sie es bei sich trug. Sie hatte das Schmuckstück auf der Kommode liegen sehen und nicht anders gekonnt, als es mitzunehmen. Der Gesichtsausdruck der Heiligen wirkte verträumt, er vermittelte Frieden und eine Ruhe, die Elettra in den dreiunddreißig Jahren ihres Lebens noch nie erfahren hatte. Sie wendete das Schmuckstück hin und her und stutzte, als sie bemerkte, was am Rand eingraviert war: *Île du Titan.* Das war ihr bisher nicht aufgefallen. Der Name sagte ihr nicht viel, aber sie ging davon aus, dass er eines von Eddas Geheimnissen war.

»Eins von vielen«, sagte sie mit verbitterter Stimme zu sich selbst. Ihre Mutter hatte alles mit in ihre weiße, leere Traumwelt genommen: die Tage, die Wolken, ihr Lächeln.

Fest entschlossen, den Heimweg anzutreten, griff Elettra nach ihrer Tasche. Doch als sie sich erhob, spürte sie, wie ein warmer, intensiver, wohlbekannter Duft sie einhüllte. Sie runzelte die Stirn und versuchte ihn mit einer Erinnerung zu verbinden. Der Geruch nach Mehl mit einer Prise Zucker war ihr wohlvertraut, nur woher kam die leicht pikante Note? Da trug eine Brise ihr eine Erinnerung zu, die sie zusammenfahren ließ. Der Duft war unverkennbar, es gab keinen Zweifel. Er stammte von Eddas Anisbrötchen.

Sie liebte die Gewürzbrötchen über alles und hatte mit einem Mal wieder das Bild vor Augen, wie sie diese als Kind in ihre heiße Milch getunkt hatte, bis die Zuckerglasur sich langsam auflöste. Sie erinnerte sich deutlich an die Anissamen, die wie ein Feuerwerk im Mund ihren Geschmack nach Sommer entfalteten. Elettra wartete immer schon sehnsüchtig am Abend vorher, wenn Edda den Teig mit dem leicht fermentierten Duft zubereitete. Gut und unverfälscht hatte er gerochen.

»Mein Gott«, murmelte sie, die Hand auf die Lippen gepresst. *Ich bin kurz davor durchzudrehen*, dachte sie und blickte den Krankenhausflur mit den vielen Wäsche- und Medizinwagen hinunter. Ihre Eindrücke konnten nichts mit der Realität zu tun haben, sie entsprangen einzig und allein der lebhaften Fantasie einer jungen Frau voller Sehnsüchte.

»Nein, mein Kind, sei unbesorgt. Das hat alles seine Richtigkeit«, ertönte eine raue Stimme in ihrem Rücken.

Elettra schluckte unmerklich, das Blut stockte ihr in den Adern. Offenbar hatte jemand sie gehört, obwohl sie nur in Gedanken mit sich selbst gesprochen hatte. Oder hatte sie etwa doch laut gedacht? Sie atmete einmal tief durch und drehte sich um.

Hinter ihr saß eine alte Dame im Rollstuhl, die sie aus farblosen Augen ansah. Elettra versuchte ihre wachsende Verlegenheit mit einem Lächeln in den Griff zu bekommen, doch obwohl die Frau blind war, bekam sie anscheinend alles mit.

»Ich heiße Eva und ich bin eine Freundin von Edda. Freut mich, dich kennenzulernen«, fügte sie mit der Stimme einer Raucherin hinzu.

»Sie kennen mich?«, fragte Elettra. Ihr war beim Anblick dieses schmächtigen, in ein türkisfarbenes Plaid gehüllten Körpers nicht wohl.

»Zwangsläufig, schließlich spricht Edda immer nur von dir.«

Elettra wurde hellhörig. *Aha, darauf will sie also hinaus.* Wie oft hatte sie schon gelesen, dass wehrlose Menschen von einem selbst ernannten Medium eingelullt und um den Besitz gebracht worden waren, Betrügerinnen gab es allerorten. »Hören Sie, wenn Sie auf mein Geld aus sind, dann sind Sie an der falschen Adresse«, sagte sie, doch die Dame schüttelte den Kopf.

Elettras aggressive Erwiderung schien sie nicht aus der Ruhe zu bringen. Sie legte die Hände in den Schoß und seufzte tief. »Lass das Gefasel und hör mir zu. Deine Mutter macht sich Sorgen um dich«, sagte sie und wedelte sanft mit der Hand. »Sie möchte nicht, dass du dir zu viele Gedanken um die Bäckerei machst, die war ohnehin nicht mehr zu retten, sondern kümmere dich lieber um dich selbst. Sie findet, du siehst ein bisschen verhärmt aus.«

Elettra trat ein paar Schritte zurück. Verhärmt – ein Wort, das Edda gerne benutzte. Trotzdem blieb sie auf der Hut. »Tut mir leid, ich glaube, Sie verwechseln mich mit jemandem«, sagte sie kurz angebunden. »Meine Mutter liegt seit einem Jahr im Koma und ist gar nicht in der Lage, eine Unterhaltung zu führen. Und was mich angeht: Mit mir ist alles in Ordnung, vielen Dank.«

»Da bin ich aber anderer Meinung, du siehst aus wie eine Vogelscheuche.«

Elettra war so verdutzt über diese Unverschämtheit, dass es ihr kurz die Sprache verschlug, doch dann hatte sie genug von der Alten. »Tut mir leid, ich muss los.«

Sie umklammerte ihre Tasche und wollte nur noch weg hier, doch kaum hatte sie sich zum Gehen gewandt, machte die Alte Anstalten, sich aus dem Rollstuhl zu erheben.

»Warte!«, rief sie Elettra nach. Sie schlug mit der Faust auf die Armlehne und holte unter großer Anstrengung tief Luft. »Ich soll dir von Edda ausrichten, dass du Anisbrötchen backen sollst, aber gib nicht so viel von den geriebenen Orangenschalen dazu wie sonst immer.«

Eine Erkenntnis durchfuhr Elettra, und sie blieb wie angewurzelt stehen. Niemand außer ihr und Edda kannte diese Zutat bei dem Rezept.

»Woher wissen Sie …?«, fragte sie, doch die Alte kam ihr zuvor.

»Denk dran, Elettra, für die angegebene Menge Mehl nicht mehr als zwei Teelöffel. Wenn die Brötchen fertig sind, schlag sie in ein Leinentuch. Es liegt im Küchenschrank und hat einen Fleck, der von dir stammt. Als du acht Jahre alt warst, hast du Kaffee darauf geschüttet. Bring die Brötchen auf dem schnellsten Weg zum Kloster Santa Elisabetta auf der Isola del Titano. Wenn mich nicht alles täuscht, trägst du etwas von deiner Mutter bei dir, das dir den Weg weist«, sagte die blinde Dame und fuhr sich über den Hals. »Einen ganz besonderen Kompass.«

Elettra traute ihren Ohren nicht. Woher wusste diese Frau von dem Medaillon? Das war unmöglich. Seitdem ihre Mutter im Krankenhaus lag, hatte sie es nicht mehr getragen. *Trotzdem*, dachte sie und wurde neugierig.

Die Alte zeigte nun mit dem Finger auf sie. »Auf der Insel findest du die Antwort auf alle deine Fragen, mein Mädchen, du darfst dich allerdings durch nichts und niemanden beirren lassen. Hör nicht auf die Geschichten, die sich die Leute auf diesem unwirtlichen Flecken Land erzählen, und leg die Brötchen zu Füßen der Heiligen ab. Biete sie ihr als Gabe dar und bete, dann wird sie dich erhören. Fürchte dich nicht«, fuhr sie fort, »alles wird gut. Alles.«

Atemlos hörte Elettra zu, alle ihre Vorbehalte gegenüber der schmächtigen Dame waren wie weggefegt.

»Ich muss jetzt gehen, mein Mädchen«, verabschiedete die Blinde sich leise.

»Warten Sie!«, rief Elettra und ging vor ihr in die Knie.

Unterdessen war die Oberschwester im Korridor erschienen und übernahm den Rollstuhl.

»Eva, sagen Sie mir doch, wofür genau soll ich beten? Was befindet sich auf dieser Insel?«, flehte sie.

Die Schwester warf ihr einen wütenden Blick zu, manövrierte kurz den Rollstuhl und wandte sich zum Gehen.

Elettra sprang auf und packte sie an den Schultern. »Ich bitte Sie, lassen Sie mich mit ihr sprechen. Es ist wichtig.«

Die Oberschwester schüttelte ihre Hand ab und taxierte sie von Kopf bis Fuß. »Die Signora ist sehr krank, wenn Sie vielleicht ein wenig Respekt zeigen könnten und den Anstand hätten, sie in Ruhe zu lassen«, warf sie ihr an den Kopf und machte sich auf den Weg.

Der Rollstuhl entfernte sich leise und trug Eva und ihre Geheimnisse mit sich fort.

Die erhofften Antworten, die Vergangenheit – alles war aufs Neue entschwunden.

Wie gebannt blieb Elettra im Korridor stehen und sah zu, wie die Oberschwester die hilflose Frau in ihr Zimmer zurückbrachte.

Der Zauber war gebrochen, der Anisduft verschwunden.